사랑하고
사랑한다

사랑하고 사랑한다 1

초판 1쇄 찍은 날 § 2007년 2월 1일
초판 1쇄 펴낸 날 § 2007년 2월 10일

지은이 § 김윤수
펴낸이 § 서경석

편집장 § 문혜영
편집책임 § 이종민
편집 § 한지윤

펴낸곳 § 도서출판 청어람
등록번호 § 제1081-1-89호
등록일자 § 1999. 5. 31
어람번호 § 제5-0126호

주소 § 경기도 부천시 원미구 심곡1동 350-1 남성B/D 3F (우) 420-011
전화 § 032-656-4452 팩스 § 032-656-4453
http://www.chungeoram.com
E-mail § eoram99@chollian.net

© 김윤수, 2007

ISBN 978-89-251-0526-0 03810
ISBN 978-89-251-0525-3 (SET)

사랑하고 사랑한만라

1

김윤수 지음

도서출판
청어람

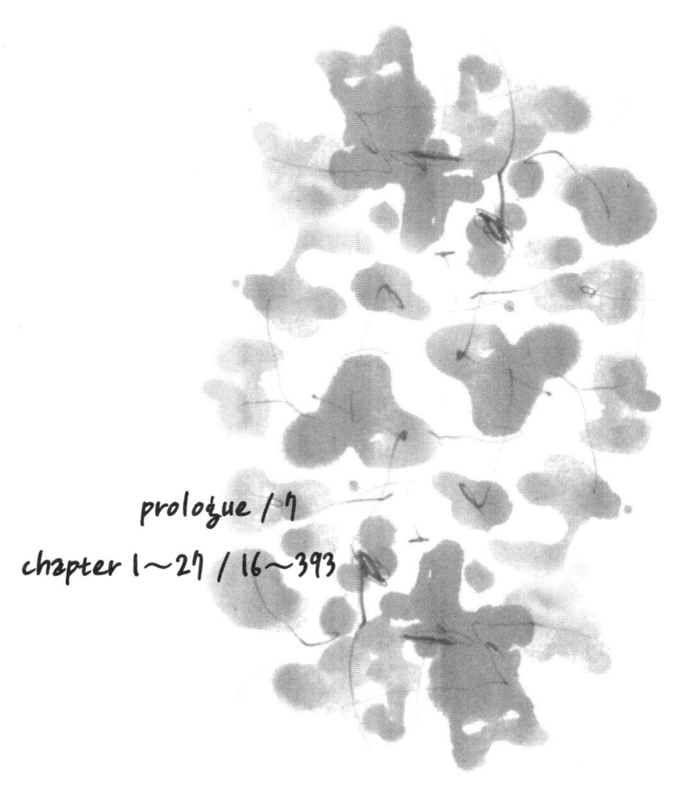

prologue / 7

chapter 1~27 / 16~393

2권)

chapter 28~56 / 7~396 ● 작가후기 / 405

"**내**가 정말 따라가도 되는 건지 모르겠어요."

청아의 조심스러운 말에 운전에 열중하던 강운은 씩 미소를 지었다.

"그동안 서로 아이 키우느라 정신없이 살았는데, 한 번쯤 이런 자리에 가서 분위기 전환을 하는 것도 나쁘지 않잖아요. 나도 청아 씨가 동행하지 않았으면 안 갔을지도 몰라요. 이런 자리, 사실 좀 어색해서……."

강운은 조수석에 앉아 차창 밖을 가만히 응시하고 있는 청아의 얼굴을 조심스레 힐끗거렸다. 원래부터 눈에 확 띄는 미인이라는 것쯤은 기꺼이 인정하는 바이지만, 아이보리 색 시폰 원피스를 입고 평소에는 하나로 질끈 묶고 다니는 윤기 나는 생머리를 컬로 말아 굽실거릴 듯 어깨 위로 늘어뜨린 모습은 그야말로 눈이 부시도록 아름다웠다. 연하게 한 화장 역시 얼마나 기가 막히게 잘 어울리는지……. 잡티 하나 보이지 않을 만큼 맑고 투명한 피부에 쌍꺼풀진 큰 눈, 오뚝한 콧날에 크지도 작지도 않은 적당한 입술, 고르고 하얀 치열은 웃을 때마다 그 미소에 광채를 부여했다. 그 조막만한 얼굴에 어떻게 이토록 선명한 이목구비가 다 들어가 있는지 볼 때마다 신기할 정도였다.

"누가 서른한 살 먹은 아이 엄마라고 하겠어요? 아마 이십대 초반이라 해도 믿을 겁니다."

"말도 안 돼. 요새 삼십대 아이 엄마들, 다 이래요. 처녀들보다 더 가꾸고 더 예쁜데? 우리 유치원 학부모들만 해도 엄마가 아니라 이모, 고모 아닌가 싶다니까요."

청아는 강운의 진심 어린 찬사를 그저 흘려들었다. 어릴 때야 예쁘다는 소리도 제법 듣고 자랐지만, 지금 이 나이에 인사말에 불과한 찬사를 곧이곧대로 들을 만큼 그렇게 어수룩하진 않았다. 몇 년간 아이와 씨름을 하며 나름대로 치열하게 살아온 그녀는 외모나 겉모양새에는 관심을 두지 않은 지 오래였다. 잘 보이고 싶은 남자나 달리 만나고 싶은 상대가 없어서 그럴 수도 있다. 아니, 살아가기에 급급해서인지도 모른다. 엄밀히 말해 한 아이의 엄마가 되어 그 아이를 책임지다 보니, 스스로에 대한 관심보다 아이에게 쏟는 관심이 더 컸다. 보통의 엄마들이 그러하듯이 말이다.

"강운 씨야말로 누가 아이 아빠라고 하겠어요? 진즉에 이렇게 입고 다니지. 만날 후줄근한 모습만 토다가 정장 입은 거 보니까 진짜 옷이 날개다 싶어요."

건축사인 강운은 평상시 면바지에 폴로 티셔츠, 포켓이 많이 달린 조끼 차림에 머리는 늘 덥수룩하니 손질도 제대로 하지 않고 설렁거리며 다녔다. 수염도 제대로 깎지 않았다.

성격상 갑갑한 것을 참지 못했고, 한 번 일에 빠지고 나면 하고 다니는 입성에는 별반 관심을 두지 않는 편이었다. 물론 전처와 헤어지기 전에는 이러지 않았다. 살림을 돌봐주는 연변 할머니가 있었기에 챙겨줄 사람이 없어서 그러는 건 아니었다. 그저 만사가 다 귀찮았다. 이혼한 거 티 내고 다니는 거냐는 핀잔도 곧잘 들었지만, 얼추 이 년여 정도가 흐르다 보니 이젠 그렇게 다니는 게 편안했다.

오늘 이들은 강운이 다니는 설계 사무소에서 설계를 한 빌딩의 준공기념식에 참석하기 위해 준공된 빌딩으로 향하고 있었다. 한창 성장을 거듭하고 있는 중견 기업의 새 사옥을 수주해 설계, 감리까지 맡은 강운의 사무소는 국내에서도 알아주는 굴지의 건축 사무소였다. 강운은 그 사무소 안에서도 핵심 설계사로 팀장을 맡아 이십여 층 규모의 빌딩을 설계했고, 오늘이 바로 그 빌딩의 준공기념식이 있는 날이었다.

요 며칠 서울의 도심지는 도시 열섬 현상으로 인한 극심한 열

대야에 시달리고 있었다. 해가 길어 오후 일곱 시를 향해 달려가는데도 아직 날이 채 저물지 않았다. 차창을 여니 후덥지근한 바람이 훅하니 밀려들어 왔다. 아이를 낳은 후로는 에어컨 바람에 오래 노출되는 것을 꺼리던 그녀지만, 창을 열자마자 들어오는 후끈한 바람에 그만 차창을 도로 슬그머니 닫아버렸다. 가는 도중에 땀이라도 흘려 옷매무새와 화장이 흐트러지기라도 하면 낭패였다. 강운에게는 중요한 자리이니 그의 파트너로서 최대한 성의를 다할 생각이었다.

가장 극심한 교통체증이 벌어질 시각이라 그런지 차는 슬금슬금 거북이 주행을 하고 있었다. 꼼꼼하고 흐트러짐없는 성격의 강운은 미리 막힐 시간을 예상해서 여유있게 출발 시간을 잡았다. 그는 차가 막히는데도 별다른 불평 없이 인내심을 가지고 운전에 열중했다.

"적어도 한 십 분은 걸려야 도착할 것 같군요. 차만 안 막히면 금방인데."

"서울 시내가 다 그렇죠 뭐. 근데 빌딩 연회장에서 하면 출장 뷔페가 오는 거예요?"

"네, 아마 꽤 신경을 쓰는 모양이더라고요. 모 기업은 따로 있지만, 이번에 아들에게 유통사업체를 하나 맡기면서 새 사옥을 지었거든요. 워낙 노른자위 땅이라 임대 수익만으로도 건축비가 충당이 될 정도였어요."

"와, 진짜 대단하네요! 이름난 재벌도 아닌데 그렇게 큰 건물을 다 짓고."

"뭐, 잘나가는 중견 기업이죠. 재계 100위권 안에는 든다고 하던데 그 정도만 돼도 사실 대단한 거예요. 아들이 이제 서른 하나라던가 둘이라던가?"

"나랑 비슷하네. 금수저 물고 태어난 사람은 어떻게 생겼는지 구경이나 한번 해봐야겠다."

"하하, 별다를 거 없어요. 몇 번 만나봤는데 사람이 참 괜찮더라고요. 예의도 바르고요."

"이런 파티에 가보는 건 처음이어요. 가던 뭐 하는 건데요?"

"준공기념식이니까 인사말 좀 하고 건배하고 음식 먹고 뭐 이 정도죠. 분위기 돋울 가수들도 부르는 모양인데 누가 올진 모르겠어요. 암튼 별다를 거 없는 따분한 행사예요. 어쨌든 청아 씨가 같이 가준다고 해서 얼마나 다행인지 모릅니다. 다들 파트너 동반인데 나만 짝 잃은 외기러기 꼴로 동정이나 살 뻔했잖아요. 이렇게 예쁜 파트너가 있으니 이젠 누구도 믹라 안 하겠죠."

"그러게 재혼하세요. 재석이 생각해서라도."

"재석인 새엄마라면 다 팥쥐 엄마에 신데렐라 계모인 줄 알고 있어서 힘들 것 같아요. 하긴 친자식처럼 돌봐주기가 쉽지는 않겠죠. 그러는 청아 씨야말로 예인이 생각해서라도 재혼하지 그래요?"

"괜히 새아빠 눈치 보면서 천덕꾸러기라도 되면 어떡해요? 그리고 요새 세상이 워낙에 무섭잖아요. 의붓아빠들이 그렇게 성추행을 한다고들 하고.”

“청아 씨, 그건 정말 소수의 인간 말종이나 그런 거죠.”

강운은 저도 모르게 발끈해서 소리쳤다.

“강운 씨가 왜 흥분하고 그래요? 우리 예인이 새아빠라도 되는 것처럼.”

청아는 재미있다는 듯 깔깔거리며 웃었다.

“강운 씨야 그럴 사람 아닌 거 알죠. 그럼 차라리 우리 둘이 재혼할까요? 재석이도 날 잘 따르고, 예인이도 강운 씨라면 껌 벅 죽고.”

강운은 재석의 유치원 선생이자 바로 옆집에서 사는 이웃사촌인 청아와 근 이 년간이나 인연을 이어오고 있었지만, 새치름 한 얼굴 생김과 정반대인 솔직하고 스스럼없는 성격에는 좀처럼 적응이 되지 않았다. 청아의 말이 그저 농담에 불과하다는 것과 이런 농담을 아무 거리낌 없이 할 정도라면 정말로 재혼 생각이 있어서 그러는 게 아니라는 것쯤은 너무나 잘 알고 있었 다. 그래서 그녀의 농담에 가슴이 철렁하기도 하고, 또한 약간 은 서글픈 기분이 들기도 했다.

“나야 그래 주면 고마운데. 우리 언제로 날 잡을까요?”

그래도 강운은 자신의 기분을 내색하지 않고, 얼른 농담으로 받아쳤다.

“에이, 한 번씩 해봤는데 날은 무슨. 그냥 합치면 되지.”

“나 이 년 넘게 독수공방 홀아비 신세였습니다. 진담으로 알아들을 테니 책임지세요."

"나야 그러고 싶은 마음이 굴뚝같지만, 그러면 강운 씨가 너무 손해잖아요. 눈물을 머금고 내가 마음 접어야죠."

늘 이런 식이었다. 막상 농담 삼아라도 정말로 결혼하자고 덤비면 이런저런 핑계를 대며 꽁무니를 뺐다.

"강운 씨 정도라면 처녀장가도 가능하잖아요. 얼굴 잘생겨, 돈 많아, 능력 좋아, 집안 빵빵해. 뭐 하나 나무랄 데 없고."

"나무랄 데가 없는데 이혼당했겠습니까? 문제가 많았으니 아내가 도망갔죠."

강운은 이제 이런 식으로 자신의 처지를 흔연스럽게 언급할 만큼 지난 상처로부터 점차 벗어나고 있었다. 그 이유 중 하나가 바로 옆에 앉아 있는 이 여자 때문이라는 것을 그는 인정하지 않을 수 없었다.

"서로 맞지 않은 인연이 억지로 인연을 만들어서 그런 거예요. 곧 강운 씨한테도 맞는 인연이 다가서겠죠. 아! 저 건물인가요?"

차가 좌회전을 하자마자 저 멀리서 전체가 통유리로 이루어진 대형 건물이 눈에 확 들어왔다. 건물 앞 도로의 가로등에 세모꼴 모양의 흰 깃발이 일일이 달려 있고, 그 입구에는 온갖 화환들과 장식들로 새로운 건물의 탄생을 알리고 있었다.

"대단해요. 진짜 이걸 강운 씨가 설계한 거예요?"

청아는 강운의 어깨가 저절로 으쓱해질 만큼 탄성을 내지르며 감탄사를 연발했다.

건물 로비에는 속속 사람들이 모여들고 있었다. 강운은 발레파킹을 해주는 행사요원들에게 차를 맡기고는 청아를 옆에 대동한 채, 건물 입구로 향했다.

"청아 씨, 이럴 땐 자연스럽게 팔짱을 끼는 겁니다."

강운은 청아에게 자신의 왼팔을 쓱 내밀었다.

"파트너를 팽개쳐 두면 매너없이 보일 텐데 제 체면은 세워주셔야죠."

"체면은 무슨. 어떻게든 접촉해 보려고 수 쓰는 거 다 압니다."

청아는 씩 웃으며 농을 걸었다.

"그런 건 모른 척해주시고요. 자! 저 팔 빠져요."

강운은 청아가 웃으며 팔짱을 끼자 짐짓 그녀의 손을 다른 손으로 톡톡 두드리며 눈을 지그시 감았다.

"드디어 접촉에 성공했군요. 오늘 분리는 안 됩니다."

"좋으실 대로."

빌딩 입구의 유리 회전문을 통과하고 나니 에어컨을 강하게 틀어서인지 이내 한기가 돌았다. 끈적하리만큼 후덥지근한 날씨라 땀을 식혀주는 강한 바람이 일순 상쾌하기까지 했다.

"청아 씨가 확실히 아름답긴 한가 봅니다. 사람들의 시선이 장난이 아니군요."

로비 안은 오가는 사람들로 제법 붐볐다. 이들은 행사장인 이층의 대연회장으로 가기 위해 천천히 걸음을 옮겼는데, 이미 빌딩에 대해서는 제 집보다 더 잘 아는 강운과는 달리 청아는 여기저기 둘러보느라 정신이 없었다.

"제가 원래 미모가 좀 되니까요. 참 이놈의 인기는 식을 줄을 모르네요."

"저 남자, 아까부터 청아 씨한테 눈을 못 떼는데요? 정말 반한 건가?"

이제껏 농담 반 장난 반으로 일관하던 강운의 목소리가 약간은 심상치 않게 들려 청아는 저도 모르게 그의 시선을 따라 얼굴을 들었다. 이층의 로비 난간에서 감색 양복 차림의 남자 하나가 경악에 가까운 표정으로 청아를 삼킬 듯이 내려다보고 있었다. 얼굴을 식별하기에는 조금은 먼 거리임에도 불구하고 청아는 그가 누구인지 쉽게 알아버리고는 저도 모르게 휘청거렸다.

이윤현? 네가 왜 여기에?!

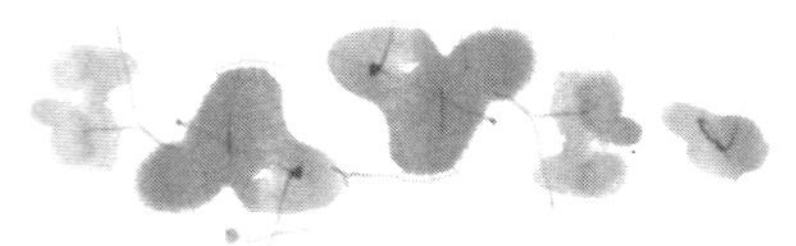

점심시간 때면 언제나 그러하듯 학교 내 구내식당은 아이
들로 북새통이었다. 한창 성장기의 아이들은 마치 소라도 잡아
먹을 듯 저마다 왕성한 식욕을 자랑했다. 집에서 싸온 도시락은
대부분 일찌감치 먹어치우고 떡볶이나 우동, 빵이나 과자 등을
사먹기 위해 잽싸게 일층의 매점으로 뛰어내려 갔다. 여고생들
중에는 다이어트를 한답시고 식사 조절을 하는 아이들도 없지
는 않았지만, 거의 대부분이 군것질 거리를 줄창 입에 달고 살
았다. 특히 입시 준비에 시달리는 고3 학생의 경우에는 체력 보
강을 위해서라도 어쩔 수가 없었다.

청아와 유진 역시 1교시가 끝나자마자 도시락을 잽싸게 먹어

버리고는, 점심시간을 알리는 4교시 종이 땡 하고 울리는 동시에 재빨리 매점으로 달려나갔다. 하지만 그렇게나 서둘렀는데도 이미 매점 앞에는 이십여 명의 아이들이 벌써부터 진을 치고 있었다. 대부분은 걸음이 재빠른 남학생들이었다.

"청아야, 여기야, 여기."

마침 앞줄에 서 있던 정환이 청아를 향해 이리 오라며 손짓을 했다. 뒤에 서 있던 남학생들이 우우 하고 야유를 보내기는 했지만, 대부분은 장난과 부러움이 섞인 야유였다. 그들 대부분과 안면이 있는 청아는 간단히 눈인사를 하며 고마움을 표했다.

"고맙다, 최정환."

청아는 쭈뼛거리는 유진의 손을 억지로 잡아끌더니 정환의 앞에 쓱 엉덩이를 디밀었다.

"이 웬수는 꼭 갚으마."

"그럼 나 우동 사줘."

"이 인간이 정말. 나 그냥 뒤로 간다."

"아냐, 아냐. 벼룩의 간을 내먹고 말지. 유진아, 안녕."

"안녕."

유진은 수줍게 웃으며 그의 인사어 답례를 했다.

정환은 청아와 국민학교 동창으로 어릴 때부터 아주 절친한 사이였다. 또래보다 작은 키에 얼굴에는 여드름도 덕지덕지 나 있어 볼품은 없었지만, 머리는 아주 좋아 전교 1, 2등을 다툴 만큼 공부를 잘했다. 그에 비해 청아는 세진고교의 3대 미녀 중의 하나로 꼽힐 만큼 늘씬하고 예뻤지만, 성적은 그저 그랬다. 두 사람은 손을 잡고 같이 걷거나 어깨동무를 하기도 하고 운동장 바닥에서 뒹굴며 뛰어노는 등 스스럼이 없었는데, 그 모습을 보는 아이들은 미녀와 야수 커플이라며 수군거리곤 했다. 사실 두 사람은 그저 친한 친구 사이일 뿐으로 결코 사귀는 사이는 아니었다.

청아는 예쁜 얼굴과는 달리 남자 못지않게 터프하고 활달한 성격이라 친하게 지내는 남자 친구들이 아주 많았고, 남자 친구뿐 아니라 여자 친구 역시 가리지 않았다. 그러다 보니 본의 아니게 아이들의 미팅 주선을 하거나 그룹을 이뤄 놀러가는 일을 꾸려가는 등, 어디서고 리더 역할을 도맡는 편이었다. 처음에는 예쁘고 싹싹한 성격 탓에 청아에게 호감을 갖던 남학생들은 이내 그녀와 친한 친구가 되곤 했다. 아직은 남자에게 별반 이성적인 관심을 느끼지 못하던 청아는 그들의 관심을 친구로서의 우정으로 교묘하게 돌려 버렸고, 그건 아직까지는 꽤나 성공적이었다. 사실 청아와 같이 예쁜 여학생과 친구로라도 지낼 수 있다는 것은 남학생들로서도 굳이 마다할 일은 아니었던 것이다.

"최정환, 이번에도 네 족집게 과외 유효한 거지?"

"몰라. 나도 이제 고3이라 시간 없어."

청아의 은근한 말에 정환은 눈살을 확 찌푸렸다.

"치사한 것. 너만 믿고 나 공부 안 했단 말이야. 그래 봐야 전교 1등은 떼놓은 당상이면서 뭘 그렇게 몸을 사리냐?"

"무슨 전교 1등."

정환은 갑자기 누군가의 눈치를 보는 듯 슬쩍 목소리를 죽였다. 청아는 그의 시선을 따라 반사적으로 고개를 돌렸고, 마침 바로 뒤에 서 있던 한 남학생과 정확히 시선을 맞닥뜨렸다.

3학년 5반, 이윤현. 확실히 정환이 녀석이 눈치를 볼 만도 했다. 그는 정환과 이 년 내내 전교 1, 2등을 나눠 먹고 있는 대단히 명석한 두뇌를 가진 놈이었다.

윤현은 청아의 시선을 받자 냉담하게 그 시선을 외면했다. 눈이 마주치자 반사적으로 미소를 지어 보인 청아와는 대조적인 행동이었지만, 그녀는 별로 대수롭지 않게 생각하고는 이내 시선을 돌렸다. 윤현의 성격이 까다롭고 비사교적이라는 것은 전교생이 다 아는 사실이었다. 180cm가 훌쩍 넘는 키에 영화배우도 울고 갈 잘생긴 용모의 윤현은 아이들의 관심을 한 몸에 받고 있는 것과는 대조적으로 그 폐쇄적인 성격 탓에 친구가 거의 없었다.

물론 그 나쁜 성격조차 매력적이라며 팬클럽까지 결성한 여학생들도 있기는 했지만, 그 비사교적이고 무뚝뚝한 성격 때문에 막상 다가서는 아이들은 거의 없었다. 그저 무뚝뚝한 정도라면 선물 공세를 펼치거나 은근슬쩍 인사를 하며 다가설 수도 있겠지만, 그는 아예 상대방에게 그 어떠한 여지도 주지 않았다. 후배 여학생 중 하나가 작정하고 선물 공세를 펼친 적도 있었는데 그 선물을 그 자리에서 집어 던졌다는 소문이 나돌면서 접근 불가 인물이라는 것을 온 교내에 확실히 인식시켰던 것이다. 무슨 말이라도 해야 대거리라도 해볼 텐데 가타부타 말도 없이 고개를 휙 돌려 버리거나 대꾸없이 씹어버리니 도무지 다가설 방법이 없었다. 이쯤 되면 아무리 잘생기고 머리 좋은 놈이라 해도 재수없다는 소리가 절로 나올 법했다.

청아는 사소한 계기만으로도 금세 친구 먹어버리는 탁월한 친화력을 가졌지만, 그 친화력이라고 아무에게나 발휘되기는 힘들다는 것을 윤현을 통해 확실히 깨달은 바 있었다. 고등학교에 입학했을 때부터 윤현과는 합동 수업을 같이 하기도 하고, 소풍 때 우연히 파트너가 된 적도 있어 웬만하면 친구까지는 못 되더라도 진즉에 인사 정도는 나누는 사이가 되었을 것이다. 하지만 말을 걸어도 냉담하게 씹어버리는 등 견고한 벽을 쌓는 윤현을 청아조차도 어찌해 볼 도리가 없었다. 친구 하기도 싫고, 마주치면 인사조차 싫다는 아이를 가지고 힘들게 물고 늘어질 필요는 없는 터라, 청아 역시 그 후부터 그를 모르는 척했다. 솔직히 빤히 알고 있는 아이를 모른 척하고 산다는 건 그녀의 성격상 쉽지 않은 일이었다. 더구나 어떻게 된 일인지 삼 년 내내 옆 반이 되어 합동 수업을 같이 하거나 축제 때 합동 공연을 하는 등 얽히기도 어지간히 얽혔고, 그게 아니더라도 복도를 지나면서 하루에도 최소 두서너 번씩은 마주치곤 했다. 청아는 안면이 있는 아이들과는 반사적으로 웃으며 인사하는 게 습관이 된

지라, 어쩔 때는 그를 모르는 척해야 한다는 사실을 잊어버리고 먼저 인사를 건네는 경우도 있었다. 물톤 그는 황당하다는 표정으로 그녀의 인사를 휙 외면해 버렸고, 그때마다 청아는 자신의 건망증을 저주해야만 했다. 처음에는 화도 나고 어지간히 약도 올랐다. 하지만 어느새 그러려니 무덤덤해졌고, 대수롭지 않게 넘겨 버릴 만한 여유도 생겼다. 격분에 지금의 청아는 뒤에 이윤현이 서 있다는 사실조차 이내 싹 잊어버릴 수 있었다.

"어쨌든 너 저번 마지막 시험에선 전고 1등 했잖아. 암튼 이번 주 일요일 날 무조건 학교로 나와라. 떡볶이 쏠게, 응?"

"가시나, 공부 좀 해. 네 딱가리 하기도 이젠 지겨워."

"이걸 확! 너같이 공부만 아는 샌님한테 인생을 가르쳐 주시는데 오히려 감사는 못할망정."

청아는 정환의 목을 오른팔로 다구 조르더니 꿀밤을 주며 장난을 걸었다. 순전히 장난이라 손에 힘이 전혀 들어가지는 않았지만, 정환은 으레 그러하듯 아프다며 설레발을 쳤다.

"유진아, 사람 살려. 이 찰거머리 좀 빨리 떼어가."

"이유진, 너도 달라붙어. 이 자식 아예 밟아버리자."

키득거리며 장난을 치다 보니 어느새 이들의 순서가 된지도 모르고 있었다. 이들 말고도 다들 수다를 떨고 장난을 치느라 정신이 없을 만큼 매점 겸 구내식당은 이미 난장판이었다.

"적당히 좀 하지?"

이때 누군가의 불만에 찬 목소리가 이들을 저지했다. 순간 청아뿐 아니라 정환, 유진까지 행동을 멈추고 멍한 표정으로 소리 나는 쪽을 응시했다.

"애들도 아니고 뒤에 사람들 기다리는 거 안 보여?"

"……."

"안 살 거면 비켜."

이윤현은 잔뜩 날이 서린 목소리와 함께 청아의 어깨를 거칠게 툭 밀어젖혔다. 의도적인 것인지 아닌지는 분간할 틈이 없었다. 그는 그저 가볍게 툭 하고 밀쳤을 뿐이었겠지만, 닥친 결과는 참담했다. 가뜩이나 마르고 여리한 몸의 청아는 짚신인형마냥 힘없이 툭 바닥 위로 쓰러졌고, 그때 마침 친구들과 장난을 치며 뛰어오던 한 남학생에게 왼쪽 발목을 거칠게 짓밟히고 말았다. 연쇄적이며 순간적으로 벌어진 일이었다. 누구도 예상하지 못했던 사고였고, 어느 한 가지만 맞아떨어지지 않았더라도 벌어지지 않았을 사고였다.

"아악!"

청아는 발목에 느껴지는 통증에 거의 숨이 멎어버릴 만큼 충격을 받고는 외마디 비명을 질렀다. 순식간에 주변에는 놀란 아이들이 몰려들어 웅성거렸다. 당황한 정환과 유진은 그녀의 몸을 붙들고는 어쩔 줄을 몰라 쩔쩔맸다. 사고를 당한 당사자인 청아는 발목의 극심한 통증에 거의 제정신이 아니었다.

"엉엉, 아파. 아파 죽겠어."

윤현은 바닥 위에 주저앉아 엉엉 울음을 터뜨리고 있는 청아의 모습에 난감한 표정을 지으며 입술을 질끈 깨물었다. 매점 안을 메우고 있던 아이들의 시선은 자연스레 멀뚱히 서 있는 윤현에게로 차츰 쏠리기 시작했다.

"젠장, 젠장."

윤현은 하는 수 없이 재빨리 그녀를 등에 업더니 양호실로 황급히 뛰었다. 정환과 유진, 그리고 발을 밟은 남학생까지 그의 뒤를 황급히 따랐다. 윤현의 등에 업혀가면서도 청아는 눈물콧물을 짜내며 엉엉 울어댔다. 그의 감색 교복 상의에 눈물콧물이 그대로 묻어났지만, 아랑곳할 여유가 없었다. 너무 아파서 기절할 것만 같았다. 그녀는 원래도 엄살이 심하다 할 만치 아픈 것을 유독 싫어했다.

청아는 자신을 업고 뛰는 윤현이 이를 악물며 뭐라뭐라 욕설을 내뱉는 것을 들으면서도 울음을 멈출 수가 없었다. 아파 죽을 지경이라 그를 탓할 겨를도 없었고, 그저 이 아픔이 빨리 없어졌으면 하는 마음뿐이었다. 실제 구내식당과 양호실은 같은 건물, 같은 층이라 시간상으로는 십여 초도 걸리지 않았지만, 청아가 생각하기에 마치 영원과도 같이 느껴졌다.

어찌어찌 양호실에 도착한 청아는 즉시 냉찜질을 받은 후 파스를 붙이고, 붕대로 발목을 돌돌 말았다. 다행히 뼈가 부러진 것은 아니고 살짝 삐끗한 것이라 했다. 양호선생님의 급한 처치를 받고 진통제까지 입에 털어 넣고 나니, 그제야 청아는 제정신이 들어 비로소 주변의 상황을 인지할 수 있었다.

그녀의 앞에는 양호선생님뿐 아니라 정환과 유진, 잔뜩 풀이 죽은 1학년 남학생, 그리고 무표정한 얼굴을 한 이윤현이 병풍처럼 둘러서 있었다.

"죄송해요. 많이 아프세요? 정말…… 정말 죄송해요."

아직 솜털이 보송한 어린 남학생은 당장이라도 눈물을 쏟을 듯 죄송하다며 연신 머리를 조아렸다. 청아는 그에게 잠시 시선을 주다가 이내 이윤현에게로 돌렸다.

사과를 받아야 할 사람은 따로 있었다. 그에게 거칠게 밀쳐지지 않았더라면 애초에 벌어지지 않았을 사고다. 생각해 보니 갈수록 열이 치받았다.

"아냐. 사과 받을 사람은 따로 있는데 뭐."

청아는 윤현을 쏘아보며 냉담한 어조로 입을 열었다.

"뭐야? 그게 나라는 거야? 지가 맥없이 나자빠져 놓고 누구한테 책임을 뒤집어씌워?"

윤현은 청아의 냉담한 시선과 더불어 정환, 유진의 부담스러운 시선에 저도 모르게 이렇게 버럭 소리를 질렀다.

"도둑이 제 발 저리다더니 내가 뭐라 하지도 않았는데 지레 난리네. 뭐, 성의없는 사과 따윈 나도 반갑지 않아. 몸으로 때워."

"뭐?"

윤현의 황당한 표정을 보니 청아는 왠지 모를 고소한 감정마저 들어 속으로 씩 회심의 미소를 지었다. 순간적으로 별생각없이 내뱉은 말이지만, 말하다 보니 꽤 괜찮은 생각인 것 같았다. 전교 최고의 싸가지 밥맛 절대고수를 부려먹는다? 이쯤 되면 발목을 약간 삐끗한 것쯤이야 그 과실에 비하면 별것도 아니었다.

"앞으로 발목 다 나을 때까지는 절룩거리며 힘들게 다녀야 하잖아. 책임지라고."

"책임?"

"등하교 시 책가방 들어주고 점심때 간식 사다 날라."

"너 미쳤냐?"

윤현은 청아의 천연덕스러운 요구에 그만 펄쩍 뛰었다.

"선생님, 이윤현 재가 절 확 밀쳐 가지고 제가 바닥에 쓰러졌거든요. 그래서 갑자기 달려오던 이 1학년한테 발을 밟혔어요. 이 경우 책임 소재가 누구한테 있다고 보세요? 고의적으로 절 밀친 사람이겠어요, 어쩔 수 없이 다리를 밟은 사람이겠어요?"

"너 여자앨 확 밀친 거니?"

청아의 의도적인 고자질에 양호선생님은 어이없다는 표정으로 이윤현을 응시했고, 그는 이 상황을 꽤 난감해했다. 그는 공부 잘하고 행동 반듯한 모범생으로 알려져 있었다. 가녀린 여학생에게 폭력을 행사해 부상을 입히고도 나 몰라라 하는 그런 무책임한 학생으로 보여서는 심히 곤란한 상황이었다.

"윤현이가 왜 널 밀친 거니? 둘이 싸우다 그런 거야?"

더 이상 말이 나왔다가는 자신의 잘못이 적나라하게 드러날 위기에 처하게 되자 그는 그만 순순히 백기를 들었다. 다른 건 몰라도 여자애에게 부상을 입혔다는 소문만큼은 아무리 싸가지 지존 이윤현이라도 감당하기 힘든 소문이었다.

"제, 제가 책임지겠습니다. 알았어, 알았다고. 그 발목 다 나을 때까지 책임지면 되잖아. 선생님, 별로 오래 안 걸리겠죠? 금세 낫는 거죠?"

"뭐, 그래도 일이 주는 걸리겠지."

양호선생님의 말에 윤현의 얼굴은 하얀 종잇장처럼 구겨졌다.

"일이 주나요?"

"선생님, 너무 아파요. 아파서 못 걸을 것 같아요."

청아는 이쯤해서 한번 엄살을 떨어주는 센스를 발휘했다. 사실 이젠 어느 정도 아픔이 익숙해져서인지 못 견딜 정도는 아니었다. 오히려 난감한 표정을 지으며 당황해하는 이윤현의 모습을 볼 수 있다는 것만으로도 아픔의 반절은 휙 하니 날아가 버린 기분이었다.

'네가 조금이라도 미안한 감정을 보였더라면 내가 이렇게까지는 안 했지. 이게 대체 웬일이래? 지난 이 년간의 수모를 일거에 되갚아줄 기회가 찾아오다니⋯⋯.'

청아는 선생님 몰래 혀를 날름 내밀어 윤현의 약을 바짝바짝 올렸다. 그 모습을 보고도 윤현은 그저 속수무책일 수밖에 없었다.

절룩거리며 걸어가는 신청아와 그 옆에서 뭐 씹은 표정으로 가방을 들어주며 졸졸 따라다니는 이윤현에 대한 소문은 몇 시간도 채 지나지 않아 금세 전교 구석구석에 퍼졌다. 친구 하나 없이 밥도 혼자 먹고 소풍이나 수학여행을 가서도 혼자 따돌림을 자처하던 그였다. 보통은 다른 아이들이 따돌림을 시키는 게 일반적인 일이지만, 그의 경우는 그 스스로가 전교생을 따돌리는 희한한 상황을 연출했다. 심하게 공부 잘하고, 심하게 잘생기고, 심하게 운동까지 잘하는 남자애라 배알이 꼴리고 뒤틀려도 누구 하나 쉽게 건드릴 수 없는 포스를 발산하는 아이였다. 그 정도 능력이 있으니 혼자 전교생을 따돌리는 희한한 괴력을 발휘하는 건지도 모르지만 말이다.

정규 수업이 끝난 후에도 고3 학생들은 저녁 아홉 시 반까지 자율학습을 의무적으로 해야만 했다. 이윤현은 사전에 약속한 대로 자율학습이 끝나자마자 바로 옆 반인 4반 뒷문 쪽 창을 통해 그 모습을 드러냈다. 키가 훌쩍 커서인지 꽤 높은 창임에도 그의 무표정한 얼굴이 그대로 드러나 보였다.

"진짜 왔어. 너 정말 쟤 부려먹을 작정이야?"

유진은 그의 모습을 확인하더니 가방을 챙기던 청아의 옆구리를 슬쩍 찔렀다.

"지은 죄가 있으니 알아서 찾아오네. 쟤 성격에 하루 이틀 해주는 척하다 말겠지. 사실 더 해줘도 골치 아파. 난들 저렇게 썰렁한 애랑 나란히 다니고 싶겠니? 누구 펭귄 만들 것도 아니고."

청아는 윤현의 얼굴을 한번 쓱 보는가 싶더니 고개를 절레절레 흔들며 책가방을 챙기던 손을 빨리했다.

"난 잘생기면 성질쯤이야 더러워도 다 감내할 수 있을 거라 생각했는데 이윤현 쟬 보면 불가능하지 싶어. 그냥 얼굴 보는 건 괜찮은데 같이 있으면 너무 불편하단 말이야. 청아야, 나 따로 가도 되지?"

"같이 가. 네 가방도 들어달라고 할게."

"됐거든. 난 정말 불편한 애랑 같이 다니면 숨이 막힐 것 같아. 난 제발 빼주라."

"이유진, 너 배신 때릴래? 저 성질 나쁜 애랑 둘이 어떻게 같이 다니라고?"

"나 간다."

정말로 이윤현과 같이 가는 게 불편하게 느껴졌는지, 유진은 잽싸게 가방을 둘러메고는 교실 밖을 서둘러 빠져나갔다. 어찌나 그 행동이 재빠른지 미처 붙잡을 겨를도 없었다.

청아는 한숨을 내쉬며 마저 가방을 챙기고는 절룩거리는 걸음으로 윤현이 기다리는 복도를 향해 천천히 걸어나갔다. 웬만한 교과서나 안 보는 노트들은 로커나 서랍에 넣어뒀지만, 아픈 다리를 이끌고 가방을 들처 메자니 어지간히 무거운 것도 사실이었다. 유진이라는 후원자가 사라져 버려 일순 이윤현을 부려먹는다는 게 재미없다는 생각도 들었지만, 아무래도 지금은 그의 도움을 받을 수밖에 없는 상황이었다.

윤현은 청아가 나오자 가타부타 말도 없이 그녀의 가방을 뺏듯 들어 한쪽 어깨에 가볍게 둘러멨다. 그리고는 먼저 성큼성큼 걸어나갔다. 청아는 그의 빠른 걸음을 따라 잡을 수도 없었고, 또한 그럴 마음도 없어 천천히 자신의 몸 상태에 맞춰 걸음을 옮겼다.

절룩거리며 천천히 걷다 보니, 하교하는 아이들은 어느새 그 숫자가 현저히 줄어들면서 급기야 그녀 혼자만이 어둡고 적막하기까지 한 너른 운동장을 가로지르고 있었다.

세진고등학교는 오층짜리 건물 두 개 동과 강당 겸 체육관 한 동으로 이루어져 있었고 운동장은 웬만한 대학 캠퍼스에 버금갈 만큼 크고 넓었다. 학교 측은 저녁 일곱 시 이후에는 소운동장 하나를 동네 이웃들에게 개방을 했다. 지금은 아직 3월인데다 뒤늦은 꽃샘추위 탓에 운동을 하는 사람들이 거의 보이지 않았지만, 날이 풀리면 늦은 밤까지 운동장을 걷고 뛰는 사람들로 활기가 넘쳤다.

윤현은 교문 앞에서 청아가 가까이 올 때까지 인내심을 가지고 기다리고 있었다. 더 가려고 해도 청아의 집이 어느 방향인지 모를 테니 그로서는 기다리는 수밖에 없었을 것이다.

청아는 아무 말 없이 교문을 나서 왼쪽 도로로 걸음을 옮겼다. 그제야 윤현도 그녀의 뒤를 천천히 따랐다.

"평소엔 오 분 정도만 걸으면 되는데 지금 같아서는 십 분이 넘게 걸릴지도 모르겠어. 버스를 타고 싶어도 정류장이 멀어서 차라리 걷는 편이 더 나아. 괜찮지?”

윤현은 묵묵부답이었다.

“다리 다 나을 때까지 가방 들어달라고 했지만 그거 그냥 해 본 소리였어. 오늘만 해주라. 내일이면 좀 나아지겠지. 사실 살짝 삐끗한 거라서 그렇게 아프진 않아. 근데 너, 너무 심했던 건 알지? 아무리 화가 나도 그렇지, 사람을 그렇게 확 밀쳐 버리는 게 어디 있니?”

역시나 대꾸없는 윤현의 옆얼굴을 힐긋거리며 청아는 그러면 그렇지 하는 표정을 지었다. 참으로 말도 없고 뚱한 녀석이었다. 그나마 저 잘생긴 낯짝과 명석한 두뇌가 없었더라면 어떠했을까? 하긴 인생에 만약이란 게 어디 있겠는가? 이윤현이 학교 최고의 우등생에 잘생긴 놈이라는 건 변하지 않는 사실인 것을…….

“솔직히 실망이었어. 네가 아이들과 어울리지 않고 혼자 노는 건 잘 알고 있지만, 그렇다고 여자애한테까지 함부로 하는 아이일 거라곤 생각지 않았거든. 너 키 185㎝쯤 되지? 몸무게는 70㎏ 넘을 거고. 너야 그냥 슬쩍 밀었다고 생각할지 몰라도 그 덩치에 난 깔려 죽어.”

청아의 키는 160㎝가 약간 넘을 뿐이었고, 몸무게도 43㎏에서 44㎏ 정도로 꽤 마른 편에 속했다. 못 먹는 것이 없을 정도로 왕성한 식욕을 자랑하는데도, 체질 자체가 아무리 먹어도 살이 찌지 않았다. 부모님도 마른 편이고, 세 살 아래 여동생은 그녀보다 더 마른 체형이었다.

역시나 아무 대꾸도 없이 몇 걸음 뒤쳐져서 걸어오는 윤현에게 청아는 쉴 새 없이 말을 붙였다. 아니, 혼자서 떠든다는 것이 더 맞는 표현일 것이다.

여러 상가들이 대낮같이 불을 밝히고 있는 대로변을 걷던 청아는 어느 식료품 가게 골목으로 얼마간 들어가더니, 한 자그마한 다세대 주택 앞에서 비로소 걸음을 멈췄다. 붉은 벽돌로 지어진 작은 이층 건물로 이 동네에는 흔하디흔한 적당한 규모의 주택이었다.

"여기야. 들어다 줘서 고맙다. 아까도 얘기했지만 그냥 해본 소리니까 내일부턴 오지 않아도 돼. 그럼 잘 가."

청아는 그에게서 가방을 받아 들고는 현관 벨을 눌렀다. 그녀가 집으로 들어갈 때까지도 윤현은 입을 꾹 다문 채 아무 말도 하지 않았다. 아무리 생각해도 구제불능인 자식이었다. 하지만 그나마 집까지 데려다 준 것만으로도 천지가 개벽할 일이었고, 청아는 그것만으로도 충분히 이슈가 될 것이라 생각했다. 사실 이윤현이 그녀의 말에 대꾸해 주거나 작별 인사를 받아줬더라면 아마 더 이상하게 생각했을 것이다.

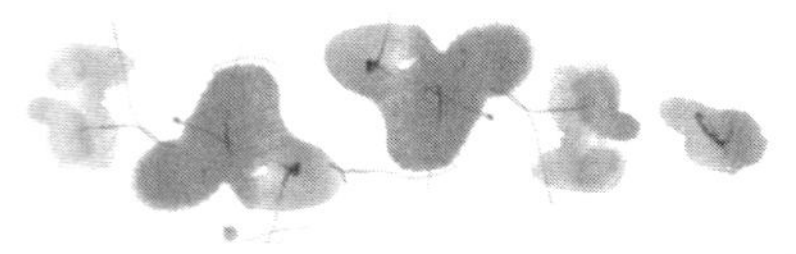

평범한 구청 공무원인 아버지 신장호와 전업주부인 어머니 민유희, 그리고 여동생 세린. 청아의 가족은 단출하면서도 늘 화기애애했다. 이제 마흔 중반인 아버지는 언제나 제 시간이면 정확히 퇴근을 했고, 늘 붕어빵 한 봉지라도 사들고 오는 등 빈손으로 귀가하는 법이 없었다. 엄마는 비록 낡고 허름한 다세대 주택이지만 늘 반들반들 윤기 나게 청소를 하고, 가족을 위해 영양 만점의 맛깔난 요리를 준비했다. 허리띠를 졸라매는 근검절약으로 몇 년 전 다세대 주택을 마련한 이들 부부는 일층은 자신들이 쓰고 이층과 지하방 두 칸은 월세를 놓아 그 세로 그런대로 넉넉한 생활을 꾸려갔다. 7급 공무원인 아버지의 월급이 그리 많은 건 아니지만, 적어도 정년과 노후가 보장된 안정된 직장에 자녀 학비 지원이 가능했고 은행 대출 시 혜택을 보는 등 장점이 많았다.

아버지는 주말이면 늘 가족과 함께 시간을 보냈고, 틈만 나면 차에 식구들을 태우고는 전국 여기저기를 돌아다니곤 했다. 화기애애하고 활달한 부모님과 많은 시간을 보내다 보니 청아 역시 부모님을 닮아 발랄한 성격이 저절로 자연스레 형성되어 갔다. 공부는 중간 정도로 썩 잘하지는 못했지만, 그렇다고 또래보다 머리가 나쁘다거나 기본적인 교양이 부족하지는 않았다. 실은 과거 문학 소녀였던 어머니의 영향을 받아 책 읽는 것을 아주 좋아했고, 또래들보다 똑 부러지며 반듯한 가치관을 지니고 있었다. 부모님과 늘 함께하며 그들과 많은 대화를 나눈 결과였다.

부모님은 늘 청아의 의견을 존중했고, 같이 TV나 영화를 보고 책을 읽으며 그 느낌을 함께 공유했다. 그 와중에 달리 이견(異見)이 생기는 경우에는 여러 가지의 사례를 들어가며 청아의 올바른 생각과 선택을 유도했다. 세린 역시 마찬가지였다.

청아가 다리를 절룩거리며 집으로 들어가니 거실에 둘러앉아 과일을 먹으며 TV를 보던 식구들은 다들 호들갑을 떨어대며 그녀를 마치 신주단지 모시듯 했다. 아버지는 얼음을 가져와 냉찜질을 준비하고, 어머니는 대야에 물을 떠왔다. 세린은 황급히 파스와 약을 찾아왔다.

"이를 어째. 아니, 이렇게 다쳤으면 얼른 조퇴하고 병원에 갈 일이지 왜 이제 와?"

민 여사는 청아의 발을 조심스레 씻기고는 비닐봉지에 넣은 얼음을 수건에 감싸 부은 곳을 부지런히 찜질해 주었다.

"괜찮아, 엄마. 고3이 이 정도 가지고 조퇴를 해서야 되겠어? 양호실에 갔더니 그냥 살짝 삐끗한 거래."

"그래도 많이 아플 거 아니냐? 안 되겠다. 내일은 아빠가 차로 바래다줄게. 집에다 전화하지 그랬어? 그럼 아빠가 학교 앞으로 데리러 갔을 거 아니니?"

"집이 지척인데 이 정도 가지고 뭘. 친구가 가방도 들어다 줬어. 걱정하지 마, 아빠. 나 혼자 갈 수 있어요. 아! 그리고 내일 친구가 데리러 와준대."

청아는 아버지에게 수고를 끼칠까 봐 일부러 이렇게 말했다.

"친구 누구?"

"이윤현이라고 있어."

"남자 친구냐?"

"그렇게 친한 앤 아닌데 자기 때문에 다쳤다고 굳이 가방을 들어준다잖아."

"하긴 뭐 네가 친구가 어디 한둘이냐? 우리 딸 이렇게 예뻐서 어떡하니?"

"원작자들이 탁월해서 그렇지 뭐."

청아는 혀를 날름 내밀며 애교를 떨었다.

그냥 하는 소리가 아니라 부모님 또한 인물이 보통은 아니었다. 동네에서는 이들 자매뿐 아니라 부모님들의 탁월한 외모도 꽤나 관심의 대상일 정도였다. 아이들은 구슬같이 예쁜 데다 부모 또한 성정이 반듯하고 경우가 있어, 이들 가정은 동네에서도 꽤 부러움을 샀다. 청아나 세린은 얼굴 모습만큼이나 예절 바르고 인사성이 좋아 동네 어르신들의 귀여움을 독차지했다.

청아는 핑크빛 톤으로 아기자기하게 꾸며진 자신의 방으로 들어가 잠옷으로 갈아입고는 바로 침대 위에 몸을 뉘었다. 사실 이런 레이스와 퀼트, 인형 등으로 꾸민 지나치게 공주 풍의 방은 그녀의 취향이 아니었다. 순전히 엄마가 원하는 스타일이었는데, 청아는 그냥 모르는 척 내버려 두었다. 딱히 원하는 스타일이 있는 것도 아니었고 엄마의 취미 중 하나가 뜨개질이나 퀼트였기에 그 취미를 방해하고 싶지는 않았던 것이다. 비록 가구들은 할인 가구단지에 가서 싼값에 구입한 것이지만, 엄마는 그것들을 마치 잡지에 나온 고급 가구들처럼 보이게끔 변신을 가했다. 그런 엄마의 노력 덕분에 집에 놀러오는 친구들은 하나같이 그녀의 방을 무척 부러워하며 찬탄의 시선을 던지곤 했다.

청아는 자명종 시계를 여섯 시에 닷춰놓고는 침대 옆 스탠드의 불을 껐다. 다음 주 화요일에 있는 전국 모의고사 준비를 하려면 이렇게 잠들어서는 안 되지만, 발이 아프다는 핑계로 마음 편히 잠에 푹 빠져들어 갔다. 그녀의 이제까지의 성적으로 보건대 서울 시내 4년제 대학은 사실상 좀 무리였다. 남은 고3 기간

동안 기적이 일어나 새삼 피 터지게 공부하지 않는 이상은 말이다.

　청아의 새벽은 늘 시간에 쫓길 만큼 바쁘고 혼잡했다. 지각은 단 한 번도 해본 일이 없을 만큼 시간관념이 철저했지만, 어떻게든 아침을 먹이려는 엄마와 실랑이를 하다 보면 간당간당할 때가 많았다. 특히 오늘같이 삐끗한 다리 때문에 뛸 수도 없을 때는 더 빨리 서둘러 집을 나서야만 했다.

　청아는 전날 엄마가 잘 손질해 준 교복을 입고 감색 외투를 걸쳤다. 어깨까지 내려오는 윤기 나는 검은 머리는 잘 빗질해 양쪽으로 갈라 묶었다. 여드름 하나 없는 맑고 투명한 피부에 작고 윤곽이 또렷한 얼굴은 젊음 그 자체만으로도 빛나고 아름다웠다. 수면 부족과 스트레스에 시달리는 고3이라 대부분이 뾰루지나 여드름에 시달렸다. 암흑의 시기라고나 할까, 보통은 대학에 들어가거나 사회인이 되지 않고서는 벗어나기 힘들었는데, 청아는 별다른 노력 없이도 피부 트러블 한 번 겪는 일이 없었다.

　중학생인 세린은 등교 시간이 늦어 여유가 있었고, 아버지는 벌써 출근을 하셨다. 청아는 오늘도 엄마의 애원을 무시하고는 빈속으로 서둘러 집 밖을 나섰다.

　아직 해가 뜨지 않아 바깥은 어슴푸레하니 어두웠다. 다행히 어제보다는 날이 풀린 듯 새벽의 냉기가 그리 괴롭지는 않아 다행이었다. 청아는 다리를 절룩거리며 마당을 지나 집 대문을 끼익 하고 열었고, 조심스레 문턱을 넘어 다시금 철문을 조용히 닫았다. 그 순간 골목 안 가로등 밑에서 우두커니 서 있는 이윤현의 모습을 발견하고는 그만 화들짝 놀라 걸음을 멈췄다.

"너…… 너."

윤현은 그녀의 가방을 휙 낚아채더니 성큼성큼 앞서서 걸어가 버렸다. 어떻게든 쫓아가 보려 했지만 아픈 다리 때문에 그를 따라잡는 건 처음부터 무리였다. 어쨌든 그의 생각지도 못한 등장은 청아를 어지간히 놀라게 만들었다.

"저 싸가지가 웬일이래? 진짜 양심의 가책이라도 받은 거야? 안 그러던 애가 저러니까 찜찜하잖아."

교실로 들어가니 그녀의 가방은 어느새 얌전히 책상 위에 올려져 있었다. 먼저 와 있던 반 친구들이 청아가 등장하자마자 윤현이 가방을 놓고 갔다며 호들갑을 떨어댔다. 아무리 그 무뚝뚝한 성격 때문에 기피 대상이라 해도 그는 여전히 여학생들의 동경의 대상이었다. 사실 나쁜 남자에게 끌리는 건 나이가 많으나 적으나 모든 여성들의 로망이 아니던가? 무뚝뚝하고 싸가지 없는 남자가 내게만은 한없이 다정한 것, 나로 인해 차가운 남자가 심장이 뜨겁게 뛰는 정열적인 남자로 변모하는 것. 하지만 청아에게는 그러한 환상 따위는 조금도 존재하지 않았다.

엄마 말에 의하면 그런 헛꿈으로 남자를 만나다가는 종내는 매 맞는 아내, 내지는 학대 받는 아내가 될 가능성이 99%라는 것이다. 사람의 본성은 나이가 들수록 변하기 어려우니 처음부터 반듯하고 밝은 성품을 가진 남자를 만나야 한다는 것이 부모님의 평소 지론이었고, 청아가 생각하기에도 그 말씀이 맞는 것 같았다.

"이윤현 쟤 그렇게 나쁜 앤 아닌가 봐. 여자 가방을 다 들어주다니 이거 진짜 해외토픽 감 아니냐?"

"에이. 그렇다 쳐도 여자를 그렇게 확 밀쳐 버리는 게 어딨냐? 지도 그건 안 되겠다 싶었겠지."

"청아야. 혹시 윤현이 쟤가 너한테 맘 있는 건 아닐까?"

"맞아. 쟤도 남자인데 설마 여자한테 관심없겠어?"

유진을 비롯한 아이들의 입방아에 청아는 대수롭지 않다는 듯 콧방귀를 뀌었다.

"저게 마음 있는 거면 쟤도 정상은 아니지. 입학 때부터 찔러 봤는데도 쌩까 버리던 녀석이라고."

"왜 남자애들이 좀 유치하잖아. 맘에 있는 여자애들 유달리 괴롭히는 것처럼."

"누가 고딩이나 돼서 국딩 때처럼 구냐? 그럼 이 기회에 그냥 한번 확 꼬셔봐? 그런 담에 처절하게 걷어차 버리는 거야. 세진 고교의 수많은 여 학우들을 위해 복수전을 펼치는 거지. 복수혈전."

청아의 의기양양한 농담에 아이들은 손뼉을 치며 왁자지껄 폭소를 터뜨렸다.

"진짜 한번 해봐. 솔직히 잘생긴 건 잘생긴 거지, 그렇게 사람 무시해도 되는 거냐?"

"맞아. 무슨 여자애들을 무뇌아로 알고 있잖아."

"고3이 공부해야지 그런 장난 칠 시간이 어딨냐? 그러지 말고 쟤가 언제까지 내 시다바리 할 건가 그거나 내기하자. 내 생각에 오늘까지는 해줄 것 같아. 난 천 원 건다."

청아의 내기 제안에 아이들은 하나둘씩 거기에 가담했다.

"에이, 저 파란 피 외계인이? 그냥 이게 마지막 아니겠어? 어제 오늘 두 번이면 쟤도 할 만큼 했다고 생각할 거다."

"아냐, 내일까지는 할 거야. 삼세판이란 것도 있으니까."

십여 명의 여자 아이들이 둘러앉아 각자 날짜와 숫자를 지정한 후, 천 원씩을 내놓았다. 대부분이 오늘이 한계일 거라 생각했고 내일까지 갈 거라 예상하는 아이는 딱 한 명에 불과했다. 윤현의 평소 성향으로 미루어 생각해 볼 때 그들의 예상치가 그리 무리는 아니었다.

하나, 이들의 예상은 허무하게도 여지없이 빗나가 버렸다. 윤현은 내일도, 모레도, 내일모레도, 심지어 글피까지도 청아의 가방을 묵묵히 날랐다. 점심시간 때면 시키지도 않았는데 간식까지 사다 대령했다. 하는 수 없이 만 원이 넘는 내기돈은 주인을 찾지 못하고 그냥 학교 근처 떡볶이 집에서 공중분해 되어 버렸다. 윤현의 묵묵한 행동이 아이들 사이에서 수많은 얘깃거리를 낳았음은 물론이다.

막상 너무도 순순히 임무를 충실히 이행하는 이윤현의 모습을 보니 청아 역시 난감하기 짝이 없었다. 말없이 가방만 날라다 주고 여전히 무뚝뚝하게 굴어대는 그가 도무지 이해가 가지 않을뿐더러 답답하기까지 했다. 평소 침묵을 못 견뎌하는 청아에게 사실상 윤현의 태도는 고문이나 마찬가지였다.

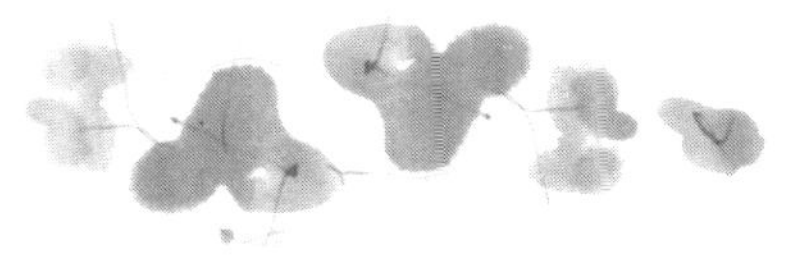

열 평이 채 안 되는 반지하 집에 들어설 때마다 윤현의 가슴은 턱턱 막혀왔다. 낡고 빛바랜 벽지에는 습기로 인한 곰팡이가 여기저기 보기 흉하게 피어 있었고, 온갖 잡동사니들로 발 디딜 틈 없는 방 두 칸짜리 공간은 덩치 큰 그가 제대로 몸 한번 죽 펴고 눕기에도 버거울 만치 좁았다. 그는 부모님, 두 동생과 함께 이런 비좁고 비위생적인 환경에서 마치 짐짝처럼 방치되어 근근이 삶을 이어가고 있었다.

그나마 그는 고등학교에 진학하면서부터는 가족들의 배려로 방 하나를 온전히 차지할 수 있었다. 줄곧 전교 1, 2등을 도맡아 하는 수재인 그는 이 시궁창 같은 환경에서 벗어날 단 하나의 희망이었다. 공사판 십장으로 벌어오는 돈보다 노름과 술판으로 탕진하는 돈이 더 많은 아버지조차, 윤현이 점점 커갈수록 아들의 눈치를 보며 행동을 자제하려 노력했다. 술만 취했다 하면 주정에 폭력을 일삼는 그도, 윤현이 앞으로 가져다줄 수 있는 장밋빛 미래에 대한 계산만큼은 놓치지 않았다.

신통치 않은 가장 대신에 가계를 꾸려 나가는 것은 어머니 예산댁이었다. 어머니는 낮에는 파출부로 일하고, 밤에는 음식점에 나가 새벽 세 시까지 일을 했다. 과로에 시달리는 어머니를 대신해 가사일을 돌보는 것은 고등학교 1학년인 여동생 윤지와 중학생인 남동생 윤민이었다.

윤현도 고3이 되기 전까지는 밥이며 빨래, 청소들을 도맡아 했지만, 동생들이 공부에나 전념하라며 그가 할 일들을 전부 떠맡았다. 집안에서 가장 팔자 좋게 늘어져서 온갖 혜택을 누리는 사람은 아버지 혼자뿐이었다.

윤현은 이 답답한 현실에서 벗어나고 싶은 강렬한 열망으로 공부에만 매진했다. 학원을 다니거나 고액과외를 받는 다른 아이들이 쉽게 공부하는 모습을 씁쓸히 바라보며, 그는 그 몇 배의 노력을 기울여 독학을 했다. 처음에는 나만 잘하면 되는 것 아니냐는 가벼운 마음이었지만, 그것은 딱 중학교 때까지였다. 고등학교에 들어가니 혼자 힘으로 하는 것은 한계가 있었다. 설렁거리며 공부하는 아이가 족집게 과외 하나만으로 금방 좋은 성적을 받는 걸 보는 기분은 더없이 참담했다. 고등학교에 들어

가면서부터 일체 친구를 사귀지 않은 것도 바로 그런 이유에서
였다. 친구를 사귀면 돈도 들고, 어려운 가정환경을 들키게 될
염려도 있었다. 그리고 무엇보다 공부할 시간을 많이 뺏길 수밖
에 없다. 그는 어떻게든 성공해야 한다는 목표가 너무도 강렬한
나머지, 자투리 시간 하나까지도 혹실히 관리하지 않으면 직성
이 풀리지 않았다. 가난한 집안 출신의 아이는 점점 성공하기
힘든 세상이 되어가고 있었다. 형편이 좋은 아이들과 똑같이 놀
고, 똑같이 공부해서는 그에게 기회란 없었다.

윤현은 청아를 그녀의 집 앞까지 바래다준 후, 아직은 서늘한
밤공기를 여과없이 맞으며 자신의 초라한 반지하 집을 향해 터
벅터벅 걸어갔다. 그녀의 집은 그의 집과 걸어서 불과 오 분여
밖에 걸리지 않을 만큼 가까웠다. 그리고 그는 그녀가 알려주기
전부터 그녀의 집이 어디인지 아주 잘 알고 있었다.

공부에만 매진해야 한다고 아무리 마음과 행동을 다잡아도
그 역시 혈기왕성한 한창 때의 사춘기 소년에 불과했다. 글래머
여배우들의 핀업 사진을 보며 자위를 하는 등 성적 호기심이 왕
성한 나이였고, 예쁘고 매력적인 여학생을 보면 가슴이 설레기
도 하고 손을 잡거나 키스해 보고 싶다는 욕구를 느끼며 곤혹스
러워하기도 했다.

그에게 이런 곤혹스러운 감정을 처음 느끼게 해준 여학생이
바로 신청아, 그녀였다. 참으로 눈에 확 띄는 예쁜 소녀였다. 잡

티 하나 찾을 수 없는 유달리 하얀 얼굴에 버들가지처럼 죽 뻗은 낭창낭창한 몸매, 워낙 눈에 확 띄는 미모이기에 그녀는 입학하면서부터 전교 남학생들의 시선을 한 몸에 모았다. 윤현 자신이 잘생긴 외모와 훌쩍 큰 키로 전교생의 주목을 받았다면, 청아 역시 그러했다. 그녀의 내면이나 그 안에 무엇이 깃들어 있는지는 전혀 중요하지 않았다. 예쁘고, 날씬하고, 시시때때로 귀에 착착 감겨드는 귀엽고 낭랑한 목소리만으로도 청아는 뭇 남학생들뿐 아니라 윤현의 주의까지 여지없이 잡아끌었다.

한데 청아는 예쁘고 아리따운 모습과는 달리 마치 사내아이처럼 활달하고 사교적이었다. 교복 치마 밑으로 체육복을 껴입고는 아무 곳에나 퍼질러 앉아 있는 건 예사고, 남자 아이들과 부끄러움없이 운동장 흙바닥을 뒹굴기도 했다. 계집애면 계집애답게 조신하게 굴면 그 얼마나 좋은가? 모르는 아이한테도 눈만 마주치면 인사를 하며 친하게 구는 통에 전교생 중에 친구 아닌 아이가 없을 정도로 오지랖까지 넓었다. 오죽하면 윤현이 노골적으로 무시하고 박대하며 눈조차 마주치려 하지 않아도 금세 잊어먹는 모양인지, 다음에 만나면 다시금 환한 표정으로 인사를 건넬 정도였다.

윤현은 여학생이나 친구에게 신경을 쓸 여력도, 여유도 없었지만, 이상하게도 청아의 모습만큼은 계속해서 그의 눈에 밟혔다. 누가 뭐라는 것도 아닌데, 그녀의 가장 친한 친구인 볼품없는 그 최정환이란 녀석이 얄미워 더욱 열심히 공부했다. 아버지가 알아주는 기업체 사장이라는 최정환은 윤현이 꿈도 꿀 수 없는 안정된 환경에서 온갖 뒷받침을 받으며 공부하고 있었다. 역시 여자 아이들이란 잘사는 남자에게 끌리기 마련인 것인가? 모든 아이와 스스럼없는 청아지만 특히나 최정환과는 특별한 사이라는 소문이 날 정도로 굉장히 친했고, 그는 하루에도 몇 번이나 두 사람이 팔짱을 끼고 걷거나 어깨동무를 하고 가는 모습을 본의 아니게 목격해야만 했다.

매점 앞에서 줄을 서서 기다리다 느닷없이 분통을 터뜨린 건, 아마도 그동안 알게 모르게 쌓여왔던 것이 폭발한 것인지도 모른다. 바로 코앞에서 다정하게 굴어대는 두 사람의 모습을 보니 어찌나 부아가 치밀던지 도무지 성질을 제어할 수가 없었다. 무관심하게 넘겨 버려야 한다고 아무리 마음을 다잡아도 그녀에게로 향하는 시선을 좀처럼 거둘 수가 없었다. 설사 그녀가 다가선다 해도 지금은 여자 친구를 사귈 때가 아니었다. 1, 2학년 때도 모른 척 넘겼는데, 고3이 된 지금에 와서 새삼스레 여자에게 관심을 둔다는 것은 어불성설이었다.

하지만 청아는 가면 갈수록 그의 마음을 혼란스럽게만 만들었다. 단순한 호르몬의 작용이거나, 혈기왕성한 남자 아이의 당연한 반응일 거라 치부해 봐도 나아지지 않았다. 청아가 자신에게 무관심하다는 것 자체가 더욱 그의 화를 북돋웠다.

어쨌든 자신의 실수 때문에 다친 청아를 보고, 윤현은 정신이 쏙 빠질 만큼 놀라 어쩔 줄을 모르고 허둥거렸다. 그는 저도 모르게 최정환의 손을 탁 쳐내고는 서둘러 청아를 업고 양호실로 뛰었다. 어린아이처럼 엉엉 울어대는 청아의 눈물이 그의 목덜미와 교복의 옷깃을 촉촉이 적셨다. 그녀 특유의 살 내음이 코끝을 찔렀고, 새털처럼 가벼운 몸은 비록 옷으로 가로막혔지만 나긋나긋 부드럽게 감겼다. 여자 아이와 이렇게까지 밀착된 적은 여태 단 한 번도 없었기에 그는 몹시도 당황하고 있었다.

이 아이는 내가 이런 음탕한 생각을 하고 있다는 것을 알고 있을까? 지난 이 년간 아무렇지도 않게 웃으며 인사하고 스쳐 지나간 남자애가 자신을 줄곧 바라보며 동경했다는 것을 알고나 있을까? 아마 알지도 못할 것이고 이러니저러니 관심도 없을 것이다. 그녀에게 자신의 마음을 들킬 생각도 없었다. 어차피 그저 그녀의 예쁜 용모에 반했을 뿐으로 막상 사귄다 한들 오래가지도 못할 것이었다. 아무리 예쁘다 한들 사내처럼 나대고 공부도 못하는 머리 빈 여자애와 사귈 마음도 없을뿐더러, 그녀 역시 지하 셋방에서 끼니 걱정을 하며 근근이 살아가는 남자애에게는 관심조차 없을 테니까.

하지만 청아가 다리가 다 나을 때까지 가방을 들어달라며 요구했을 때 그의 가슴은 저도 모르게 쿵쾅거리며 뛰었다. 적어도 며칠간은 그녀와 함께 등하교를 할 수 있고, 점심때면 심부름을 핑계로 당당히 얼굴도 마주 대할 수 있다. 아무리 아니라고 마음속으로 외쳐도 청아 주변을 얼쩡거리는 무리들 사이에 끼고 싶다는 유치한 바람이 그의 마음속 한편에는 대책없이 똬리를 틀고 있었다.

　'이번만이야. 그 애가 요구한 거고 내 잘못도 있었으니까. 그래, 그것뿐이야.'

　경사진 계단을 오르고, 좁고 지저분한 골목길을 돌아 조금 걸어 들어가던 윤현은 집 앞 주변에서 사람들이 서넛 모여 수군덕거리는 모습을 발견하고는 그만 입술을 깨물었다. 우당탕 물건이 깨지는 소리와 함께 여자의 새된 비명 소리가 어두운 골목 안을 날카롭게 베어내고 있었다. 윤현은 누가 뭐라 하지도 않았지만, 저절로 아버지의 소행임을 눈치 챘다.

　얼마간 잠잠하더니 또다시 시작인 건가? 대체 언제까지 자식이고 가족이라는 이유로 이와 같은 끌을 감내해야 한단 말인가?

　"저기 윤현이 오네. 어서 들어가 봐. 또 네 아버지 난리났어."

　집주인 할머니는 이젠 거의 포기했다는 듯 별다른 타박 없이 오히려 윤현네를 걱정하고 있었다.

　"이젠 됐네. 그래도 이 씨가 윤현이한테는 꼼짝 못하잖아."

　"요샌 좀 잠잠하더니 어째 또 그런가 몰라 동네 시끄러워서, 정말."

　같은 사글세를 사는 바로 옆방의 종민네가 오히려 혀를 끌끌 차며 불만을 토해냈다.

　"사람이 살다 보면 그럴 수도 있는 거지. 윤현아, 어서 들어가 봐."

집주인 할머니의 말에 윤현은 굳은 표정으로 살짝 목례만을 하고는 서둘러 그들 사이를 비집고 지나쳐 집으로 내려갔다.

복도 끝에 자리한 윤현의 집 낡은 문은 활짝 열려 있었다. 부엌 겸용의 마루는 이미 깨진 술병과 그릇들로 난장판이었고, 윤현의 아버지 이갑용은 그 아수라장 속에서 벌건 얼굴을 하고는 미친 사람마냥 주사를 부려대고 있었다. 유리 조각 위를 맨발로 마구 걸어다니는 통에 마룻바닥은 검붉은 피로 범벅이 되었다. 그 안을 야차처럼 누비며 물건을 던지고 육두문자를 쏟아내는 아버지의 모습을 보며 윤현은 온몸을 부들부들 떨었다.

"오빠!"

"형."

윤지와 윤민은 윤현의 모습을 보고는 마치 구세주라도 만난 양 반색을 했다. 아버지에게 맞아 멍이 든 얼굴을 하고 눈물콧물을 쏟아내고 있는 동생들을 보니 가슴속 깊은 곳에서 무언가가 치밀어 부글부글 끓어올랐다. 아버지의 이 같은 추태는 어린 시절부터 줄곧 봐왔던 모습이지만, 결코 적응될 수 있는 성질의 것은 아니었다.

술이 취한 와중에도 윤현을 발견한 이갑용은 순간 멈칫했다. 큰 키에 건장한 몸을 한 그는 과거 여자깨나 울리고 다녔음직한 잘생긴 용모를 가졌지만, 이제는 술과 고된 인생에 찌들어 그 흔적만이 어렴풋이 남아 있을 뿐이었다.

"윤민아, 아버지 방으로 모셔라."

윤현은 이를 악다물며 이렇게 내뱉었다.

"우리 잘난 아드님 오셨구먼. 우리 집안의 희망, 이 시궁창에서 이 못난 아비를 살릴 구세주. 니들은 다 헛 거야. 난 윤현이 너만 있으면 돼. 윤현아, 내 아들 이윤현."

"어서 모시라니까!"

윤현은 소리를 버럭 질렀다. 윤민에게 내뱉는 소리가 아니었다. 개소리 집어치우고 어서 들어가 잠이나 자라는 아버지에 대한 준열한 경고였다.

"아이쿠, 우리 윤현이가 시키는 대로 해야지. 이 아버지야 윤현이 하자는 대로 다 해야지. 야 이 새끼야! 빨랑 이불 깔아. 이렇게 굼떠서야 대체 뭐에 써먹어?"

윤민은 아버지의 재촉에 서둘러 안방으로 들어가 주섬주섬 이불을 깔았다. 언제 끝날지 모르던 아버지의 주사는 윤현의 등장으로 거짓말처럼 쉽사리 종료되었다. 이렇게 쉽게 아버지의 횡포가 정리되기 시작한 건 사실 이 년도 채 지나지 않았다. 그동안은 묵묵히 지켜보던 윤현이 어느 순간 더 이상 아버지의 폭력을 묵과하지 않겠다며 뒤집어엎었고, 언제까지고 자신의 밑에서 숨죽이며 살 줄 알았던 아들이 의외의 모습을 보이자 그는 놀랄 만큼 쉽게 움츠러들었다. 평상시에는 큰소리 한 번 내지 않을 만큼 순한 이갑용은 술만 마시면 그 한풀이라도 하듯 난동을 부렸는데, 이와 같은 사람의 특징이 강한 사람에겐 약하고 약한 사람에게는 강하다는 것이었다 이갑용은 쉽사리 이부자리에 드러눕더니 언제 그랬느냐는 듯 코를 드르렁거리며 깊은 잠에 빠져들어 갔다. 한바탕 폭풍이 지나가고 나니 남은 것은 그 처절한 흔적뿐이었다. 윤지는 눈물을 쓱 닦더니 어지럽혀진 집 안을 정리하기 시작했다. 윤민과 윤현도 주섬주섬 몸을 움직여 함께 이 난장판을 정리했다.

"오빠는 들어가서 쉬어. 내가 할게."

"됐어. 엄마 오시기 전에 빨리 치워놔야지."

코딱지만한 집인데다 이런 일에 이골이 나서 그런지 이들의 움직임은 재고 빨랐다. 순식간에 난장판의 흔적은 온데간데없이 사라지고 비로소 평화가 찾아들었다. 시계를 보니 벌써 자정이 가까워오고 있었다.

식당일을 하는 어머니는 새벽 세 시가 넘어야 집으로 귀가했다. 그나마 어머니라도 이런 꼴을 보지 않을 수 있으니 다행이었다. 아버지는 새벽 네 시면 일어나 공사판으로 나가는 터라 두 분은 벌써 몇 년째 별거 비슷한 생활을 하고 있었다. 물론 오늘같이 술이 떡이 되도록 난장을 치고 난 다음날에는 오후가 되도록 늘어지게 잠만 퍼잤다. 이러니 아무리 기술이 좋은 십장이라 한들 제대로 일을 맡을 리 만무했다.

"오늘은 또 왜 저러는 거냐?"

하도 손에 잡히는 것마다 집어 던지는 통에 잘 깨지지 않는 플라스틱 컵이나 그릇들을 사들였지만, 그것조차 좀처럼 남아나지가 않았다. 윤현은 집이 깨끗해지고 나서야 비로소 자리에 앉더니 한숨을 길게 내쉬었다. 집이야 치우면 그뿐이라지만 그릇이나 컵을 다시금 장만해야 할 생각을 하니 한 푼이라도 아쉬운 처지에 피눈물이 날 만큼 아까웠다.

그나마 그는 등록금 면제에 머달 이십만 원의 장학금을 지급받았다. 그들의 형편에 적지 않은 돈이었지만, 윤현에게 필요한 참고서와 학용품, 기타 최소한의 학교생활 유지비만으로도 빠듯했다. 윤지나 윤민의 경우는 이런 혜택이나마 누릴 수 없었다.

"요새 비수기잖아. 집에 오니까 대낮부터 술을 푸시더라고."

가장 하교 시간이 빠른 윤민은 오후 네 시부터 아버지에게 시달린 터라 눈에 띄게 피곤한 모습을 하고는 하품만 길게 했다. 며칠 전 공사가 끝나고 나서는 다른 일을 잡지 못한 모양인지, 이갑용은 며칠째 허탕만을 치고 일찍 구가했다. 사실 숙련공인 그는 그리 적은 돈을 벌어오는 것은 아니었다. 한데 그 번 돈을 술과 도박으로 탕진하거나 친구나 친척의 보증을 잘못 서주는 등 무능한 가장으로서의 안 좋은 점들은 하나도 빼놓지 않고 가지고 있었다. 주변에서는 사람 좋기로 정평이 나 있었지만, 가족들에게는 더없이 감당하기 힘든 존재였다.

"그럼 학교로 연락하지 그랬어?"

"형 공부하는데 어떻게 그래? 괜히 시간 낭비만 하고 속만 터지지."

윤현은 또래보다 작은 체구의 윤민을 연민이 가득한 눈으로 바라보았다. 윤현이 한참 자랄 때는 그래도 집에 여유가 있는 편이었는데, 윤민의 경우는 하필 한창 성장할 시기에 형편이 안 좋아져서 제대로 먹이지도 못했다. 윤현이 키도 훌쩍하니 크고 어디 가면 부잣집 아들로 오해받을 만큼 혈색이 좋은 반면, 윤민은 보기만 해도 안쓰러울 만큼 마르고 왜소한 체구를 가지고 있었다. 아버지가 탕진하는 술값이면 적어도 한 달에 한 번 돼지고기를 마음껏 구워 먹일 수 있을 텐데, 새삼 우렁차게 코를 골며 깊은 잠에 빠져 있는 그가 미치도록 원망스러웠다.

"다음부턴 꼭 불러. 자꾸 동네 시끄럽게 하면 여기서도 쫓겨나야 하니까. 내 말 알지?"

"응."

"오빠, 라면이라도 끓여줄까? 배고프지?"

쓰레기를 버리고 온 윤지가 이렇게 권했지만, 그는 대번에 고개를 저었다.

"됐어. 밤에 먹으면 머리만 더 무거워져."

윤현은 방으로 들어가 옷을 갈아입은 후, 지하방의 두 집이 공동으로 사용하는 화장실에 가서 차디찬 물로 세수를 했다. 그동안 윤지는 그의 방에 곱게 이부자리를 깔아놓은 후, 난방이 되지 않는 차디찬 마루에도 이불을 두껍게 깔았다. 그녀는 추운 겨울이면 어쩔 수 없이 아버지와 윤민과 같은 방을 썼지만, 날이 좀 풀리면 항상 이렇게 마루에 나와서 자곤 했다. 사춘기 소녀인 윤지에게 따로 방을 내줘야 하는 게 마땅하겠지만, 윤현은 짐짓 그것을 모른 척했다. 속 깊은 윤지도 마다할뿐더러 같이 시궁창에 빠지느니 그라도 어떻게든 벗어나야만 한다는 일념뿐이었다. 돈도 없고 배경도 없는 그가 시궁창 같은 개천에서 벗어날 길은 오직 공부밖에 없었다.

윤현은 세수를 마치고 나오더니 습관적으로 책상 앞에 앉아 교과서를 펼쳤다. 보통 중요한 시험을 앞두기 전이 아니면 그는 반드시 열두 시에는 잠자리에 들었는데, 오늘같이 아버지의 추태를 목격한 후에는 리듬이 흐트러져 아여 밤을 새버릴 때도 있었다. 한창 때의 나이라 그런지 며칠 밤을 새는 것쯤은 그렇게 큰 무리는 아니었지만, 장기적으로 공부를 해야 하니 적절하게 생활리듬을 조절하는 것이 필수였다.

"오빠, 이거 마시고 해."

윤지가 방문을 비죽 열더니 오런지주스를 한 잔 가지고 와 윤현에게 권했다.

"웬 거야?"

주스 한 병 마음껏 사다 마실 수 없는 형편이기에 어디서 난 건지를 묻고 있는 것이다.

"주인집 할머니가 주셨어. 수호 성적도 많이 오르고 무엇보다 혼자 공부하게끔 만들어줬다고 아주 좋아하시더라고."

주인집 할머니의 손자인 국민학고 6학년 수호의 공부를 저번 겨울방학 때 잠시 봐준 적이 있는데, 그게 효과가 제법 컸던 모양이었다. 윤현은 일부러 과외비도 받지 않고 주말 틈틈이 공부

를 봐줬었다. 덕분에 아버지가 한바탕 소란을 피우거나 피치 못
하게 월세를 밀려도 주인집 할머니는 별다른 내색 없이 오히려
오늘처럼 친절히 배려를 해주었다. 아무래도 조만간에 시간을
한 번 또 내야 할 것 같았다.

"오빠, 요새 청아 언니랑 사귄다며?"

"뭐?"

윤현은 윤지의 느닷없는 말에 저도 모르게 뜨끔해 눈을 크게
떴다.

"소문이 거의 그렇게 났어. 오빠, 청아 언니 좋아하지?"

"미쳤어? 내가 지금 그럴 때야? 그냥, 나 때문에 다쳤으니
까……."

윤현은 저도 모르게 말꼬리를 흐렸다. 그의 심상치 않은 태도
를 눈치 챈 윤지는 재미있다는 듯 엷은 미소를 지었다.

"나까지 속일 필요가 뭐 있어? 오빠 성격에 단지 그것 땜에
아침저녁으로 책가방 들어다 주겠어? 밥 먹는 거나 화장실 가는
시간도 아까워하면서. 근데 그 언니 진짜 예쁘더라. 우리 반 애
들 중에 그 언니 팬도 많아. 성격도 무지 좋고 인기 캡이잖아."

"관심없어. 못 믿어도 할 수 없지만, 정말 어쩔 수 없어서 그
러는 것뿐이야."

"다들 오빠 성격이 이상하다고 할 때마다 속상해. 그런 사람
아닌데."

윤현과 같은 고등학교에 진학하고 보니 그동안 오빠의 학교

생활이 어떠했는지 파악할 수 있었던 윤지는 그 점을 못내 가슴 아파했다.

"내가 오빠라는 거 친구들한테 말하지 마. 괜히 너만 번거로 워지니까."

"번거롭긴 할 것 같아. 겉으로는 욕하면서도 다 오빠한테 관 심있어하더라. 하긴 오빠처럼 잘생긴 남자앤 거의 보기 힘드니 까. 오빠만 우리 집안 돌연변이야. 얼굴도 잘생기고 머리도 좋 고."

"너도 예뻐. 우리 윤지가 얼마나 예쁜데.'

윤현의 진심이었다. 사실 그녀는 외모적으로 봤을 때 통통한 살집에 여드름까지 있어 그리 예쁘다고는 볼 수 없었다. 하지만 관리만 제대로 해준다면 미인 소리를 들을 수도 있을 만큼 뚜렷 한 얼굴 윤곽을 가지고 있었고, 무엇보다 워낙 또래보다 어른스 럽고 바른 성품을 지녀 그의 눈에는 그 누구보다도 동생이 예뻐 만 보였다.

"그래도 남자들은 다 청아 언니 같은 스타일을 좋아할 거야. 오빠부터도 그렇잖아."

"외모가 예쁜 건 사실이지만 그저 그뿐이야."

"인정하네, 그 언니한테 관심있는 거."

"이윤지."

"에이, 그냥 장난이야. 아무렴 오빠가 그런 일로 시간 낭비하 겠어? 고3이고 올 한해가 오빠한테 얼마나 중요한지 다 아는데.

아마 있던 여자 친구도 정리했을 거야, 그치?"

윤지는 이제 그만 자야겠다며 그의 방을 나섰고, 윤현은 한동안 책상 앞에 앉아 하릴없이 참고서만을 뒤적이며 생각에 잠겼다.

청아를 생각하면 이상하게도 이 지옥 같기만 한 현실이 조금은 잊혀졌다. 아마 그래서 더 그녀를 생각하는지도 모른다. 아무 대꾸 없이 뚱한 얼굴을 하고 있어도 그녀는 늘 상냥하게 그에게 인사를 하고 말을 걸었다. 바보도 아니고 그렇게까지 못되게 구는데도 왜 초지일관 골도 안 내고 친절하게 구는 것일까? 윤현은 그것이 그녀의 성격이라는 것을 잘 알고 있었다. 원래 그렇게 누구에게나 친절하고 누구에게나 다정한 아이이다. 그녀의 친절은 어쩌면 자신의 무뚝뚝함과 일맥상통하고 있는 건지도 모른다. 대체 청아에게 특별한 남자는 과연 누가 될 수 있을 것인가? 지금도 충분히 활달하고 사랑스러운 아이인데 특별하게 생각하는 남자 앞에서는 과연 어떤 모습을 보여줄 것인지, 윤현의 궁금증은 끝도 없이 가지를 죽죽 뻗어나갔다.

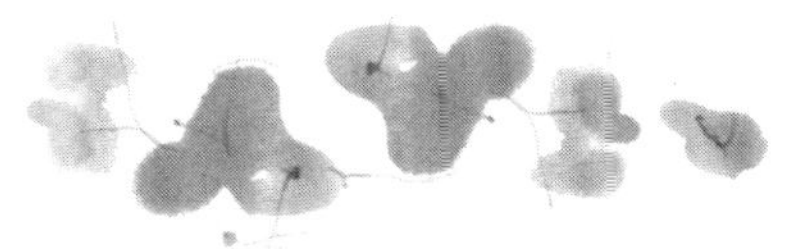

다리의 상태가 생각보다 그리 심각하지는 않았는지, 일주
일쯤 지나니 붓기도 완전히 빠지고 걷는데드 지장이 없을 만큼
통증도 쉬이 가라앉았다. 그 사이에 모의고사가 있었는데 당연
한 얘기지만 청아의 성적은 한숨이 나올 만큼 떨어져 있었다.
사실 대학에 가려면 올해는 꼭 승부를 봐야간 했다. 대입 학력
고사가 마지막으로 시행되는 해이고, 내년부터는 수학능력시험
이라는 새 입시제도가 생기기 때문이다. 바뀐 입시제도 때문에
다들 어떻게든 이번에 대학에 들어가야 한다는 생각들로 초조
해 있었는데, 청아는 오히려 느긋했다. 어떻게 보면 수능이 더
낫지 않을까라는 생각도 들었고, 어차피 서울 시내 대학에 들어

가기에는 턱없이 힘든 성적이라 엎어치나 메치나 별 자각이 없
었다.

곧 4월이라 그런지, 이제는 완연한 봄기운을 느낄 수가 있었
다. 벌써 길가에는 개나리와 진달래가 올망졸망 그 해사한 꽃망
울을 터뜨렸다. 오늘 새벽에도 어김없이 윤현은 충직한 개가 주
인을 기다리듯 떡하니 그녀의 집 앞에 서 있었다. 그는 청아가
나오자마자 그녀의 가방을 채듯이 재빨리 가져갔다.

"저기, 이윤현."

윤현은 대꾸없이 빤히 그녀의 얼굴을 응시했다.

"나 이제 다리 괜찮거든? 가방 안 들어다줘도 돼."

하지만 윤현은 별다른 반응을 보이지 않은 채 평소대로 빠르
게 걸음을 재촉했다.

"그동안 고마웠어. 저기 내 가방 도로 줄래?"

청아는 그의 뒤를 쫓으며 다시금 입을 열었다.

"이왕 왔으니까 오늘까지만 해줄게."

"그게 아니라 가방 안에서 뭐 꺼낼 게 있어서."

그제야 윤현은 비로소 걸음을 멈추고는 청아에게 도로 가방
을 건네주었다. 청아는 가방 겉주머니의 지퍼를 열더니 그 안에
서 곱게 포장을 한 무언가를 꺼낸 후, 그것을 윤현에게 쓱 내밀
었다.

"너 때문에 다리를 다치긴 했지만 그래도 고마운 건 고마운
거니까. 이거 서태지와 아이들 테이프인데 한번 들어봐."

“서태지?”

생소한 이름이라 윤현은 이렇게 반문했다.

“라디오에서 한번 나왔는데 노래 진짜 죽여. 랩을 가미한 댄스뮤직인데 난 우리나라에서 이렇게 자연스런 랩이 나올 줄은 상상도 못했다니까. 노래 중간에 약간 트로트 느낌이 나기도 하고 메탈 분위기도 있고. 알고 보니까 시나위 베이시스트 출신인 거 있지?”

“시나위 출신이 랩을 한다고?”

“시나위 멤버들이라면 워낙에 실력파로 알아주는데 어떻게 댄스가수로 갔는지 몰라. 너 시나위 좋아해?”

“뭐, 그냥.”

윤현은 말꼬리를 흐렸다. 사실 그는 시나위를 아주 좋아했다. 그 시원스런 보컬과 사운드를 들으면 답답한 가슴이 확 뚫리는 듯했고, 워낙에 메탈리카나 메가데스 같은 메탈 그룹에 한동안 심취한 적도 있었다. 아무 생각도 하고 싶지 않을 때 메탈 음악을 크게 틀어놓으면, 바깥세상의 번잡함에서 유리된 것 같은 느낌을 받곤 했다.

“울 엄마가 예전에 신중현 팬이었는데 신대철이 신중현 아들이라니까 시나위 CD를 4집까지 다 사버린 거야. 근데 그 음반을 듣고는 엄마나 나나 오히려 임재범이랑 김종서한테 꽂혀 버렸어. 사실 그룹이라고 하면 보컬에 더 시선이 가기 마련이잖아. 넌 임재범이 좋아, 김종서가 좋아?”

“각자 보컬에 특색이 있고 매력도 있어서. 근데 노래는 ‘크게 라디오를 켜고’가 좋더라.”

윤현은 저도 모르게 이렇게 우물거렸다.

“나도 그 노래 좋아하는데. 근데 너 시나위 4집에 ‘Farewell To My Love’ 들어봤어?”

“응.”

“그럼 서태지 B면 타이틀에 ‘환상 속의 그대’란 노래 한번 들어봐. 그 노래에 샘플링이 된 거 있지? 되게 특이해.”

“그래?”

“이 앨범에선 정말 버릴 노래가 없더라. 너도 들으면 완전 빠질걸. 아! 지금 들어볼래?”

청아는 다시금 가방을 뒤지더니 그 안에서 워크맨을 꺼내 이어폰 하나를 윤현에게 쓱 내밀었다. 머뭇거리던 그는 청아의 끈질긴 권유에 저도 모르게 이어폰을 한쪽 귀에 끼웠다. 이내 귀에서는 생소하기만 한 빠른 랩이 섞인 가요가 흘러나왔다. 청아는 나머지 하나를 자신의 귀에 끼우더니 그의 옆에 바짝 붙어 걸음을 옮겼다.

“시간 늦겠다. 가면서 듣자. 그나저나 너 진짜 키 크다. 네 옆에 서니까 내가 꼭 무슨 고목나무에 붙은 매미 같아.”

윤현의 귀에는 실은 아무것도 들어오지 않았다. 청아가 바짝 몸을 붙인 채 옆에서 나란히 걷고 있는 것만으로도 그의 정신은 아득해질 지경이었다. 언뜻언뜻 팔이 서로 스칠 때마다 소름이

돋는 듯한 짜릿함마저 느껴졌다.

"좋지?"

"어? ……으, 응."

윤현은 순간 뜨끔해서 약간 말을 더듬었다. 노래가 좋냐는 얘기인 것을 내가 옆에 있어 좋지? 라고 착각해서 들은 것이다.

어느새 이들은 한적한 주택가를 벗어나 학교 앞 길가로 접어들었고, 그와 동시에 청아는 이어폰을 거두들이고는 워크맨을 껐다.

"넌 애들 보는 앞에서 나랑 나란히 다니는 거 별로지? 나야 상관없지만."

"나도…… 상관없어."

이제 청아와 이렇게 같이 등하교하는 것도 마지막이다. 왜 여태 그 좋은 기회들을 날려 버렸던 것일까? 윤현은 이번이 마지막이라는 생각에 저도 모르게 황급히 이렇게 대꾸했다.

"그래? 너, 나 싫어하는 거 아니었냐?"

"……."

"하긴 넌 싫어한다기보다 무관심한 타입이지. 근데 만날 그렇게 혼자 공부만 하는 거 심심하지 않니? 밥도 혼자 먹고 등하교도 혼자 하고."

"그런 거 없어."

"솔직히 난 전부터 너랑 친하게 지내고 싶었는데. 뭐, 이것도 인연인데 앞으로 인사는 하고 지내자. 그래 줄 거지?"

“어? 어.”

“정말? 진짜 생까는 거 아니다?”

윤현은 저도 모르게 고개를 끄덕였다. 친하게 지내고 싶었다니……. 물론 그 말에 별다른 뜻은 없다는 것을 너무도 잘 알고 있었지만 그래도 이상하게 가슴이 설레었다.

“어, 정환이다. 최정환!”

청아는 길 건너편에서 정환을 발견하고는 버럭 소리를 지르며 손을 흔들었다. 윤현은 느닷없는 그녀의 외침에 그만 얼굴이 눈에 띄게 굳어졌다.

“야! 일루 건너와.”

“알았어.”

최정환은 좌우를 살피더니 슬쩍 무단횡단을 해버렸다. 일차선 도로인데다 차도 드문 곳이라 무단횡단을 하는 것이 일상화된 곳이었다.

윤현은 슬쩍 걸음을 천천히 하며 청아로부터 한 걸음 물러섰다. 정환은 청아와 나란히 서서 걸어가던 윤현을 보고는 의아한 표정을 지었지만, 별다른 내색은 하지 않은 채 그녀의 옆으로 다가갔다.

“다리 괜찮냐? 다 나았어?”

“응. 근데 정팔아, 나 샌드위치 좀 사주라. 배고파.”

“아침 또 굶었냐?”

“늦잠 자느라. 난 밥 먹는 것보다 자는 게 더 고파.”

"됐어. 그동안 네 입에 들어간 내 용돈 모으면 집 한 채는 사겠다."

"이 자식이 정말. 원래 있는 놈들이 써야 하는 거야. 부의 재분배 몰라?"

"그건 부의 재분배가 아니라 빈대근성이거든?"

"죽어, 이렇게 예쁜 빈대 봤어? 삼돌이건 삼돌이답게 마님한테 충성할 일이지."

"울 아빠가 너 같은 빈대한테 삥 뜯기라고 뼛골 빠져라 일하시는 거 아니다."

"아버님이 먹고 싶은 거 있음 맘 놓고 얻어먹으랬어. 너 같은 삼돌이 옆에 붙어 있어주는 것만도 고맙다고."

"너 앞으로 우리 집에 오지 마. 아주 우리 부모님이 지 부모님인 줄 안다니까."

정환은 혀를 끌끌 찼다.

"아! 이번 주에 또 놀러가야지. 어머니가 아귀찜 해주신댔는데."

이미 이 두 사람은 윤현의 존재에 대해서는 까맣게 잊은 듯 저들끼리만 시시덕거리고 있었다. 그것도 모자라 청아는 가방에서 윤현에게 줬던 것과 똑같은 테이프를 꺼내더니 정환에게도 건넸다.

"자! 빈대도 낯짝이란 게 있고 룰이라는 게 있단다. 너 주려고 샀으니까 감사한 마음으로 목욕재계 하고 들어라."

"웬일이냐? 너 미쳤냐?"

정환은 선물을 받아 들더니 연신 좋아 싱글거리면서도 입으로는 이렇게 내뱉었다.

"이거 봐. 주면 감사히 여길 것이지. 샌드위치, 오케?"

"기분이다. 오늘은 우유도 쏜다. 반만년 만에 받아본 선물이라 그런지 눈물이 앞을 가리는구나."

정환은 스스럼없이 청아의 어깨 위에 손을 올리더니 다정하게 어깨동무를 했다. 윤현은 순간 가슴이 뜨끔하는 것을 느끼고는 멈칫했다. 두 사람이 매우 절친하다는 것은 이미 잘 알고 있는 사실이었다. 손을 잡거나, 팔짱을 끼고, 어깨동무를 하고, 심지어 운동장에서는 레슬링을 하듯이 같이 뒹구는 것도 여러 번 목격했다. 하지만 그것을 직접 코앞에서 목격하려니 속이 쓰리고 부아가 치밀었다. 대체 이 아이는 날 뭘로 보고 있는 것일까? 방금 전까지만 해도 같이 대화를 나누며 등교를 하던 사람을 뒤로 젖혀두고 저런 식으로 다른 아이와 시시덕거리다니, 이건 인간에 대한 예의도 아닐뿐더러 심한 모욕감까지 치밀게 만들었다.

당장이라도 이들을 밀치고 확 튀어나가려던 그 순간, 청아가 환하게 웃는 얼굴을 하고는 뒤를 획 돌아보았다.

"윤현아, 정환이가 샌드위치 사준대. 빨리 와."

"어?"

윤현은 저도 모르게 멍한 표정을 지었다. 앞서 걸어가던 정환 역시 슬쩍 윤현을 보는가 싶더니 그렇게 하라는 듯 눈을 깜박였다. 두 사람은 작년에 같은 반 임원이었기에 아주 데면데면한 사이는 아니었다. 하지만 꼭 필요한 대화만을 나눌 정도였을 뿐, 같이 어울리며 간식거리를 뜨으러 다닐 정도의 사이 또한 아니었다.

"같이 가자. 내가 살게."

"너한테 그런 거 얻어먹을 이유는 없는데."

제 버릇 남 주랴. 윤현은 본연의 자세로 돌아가 차갑게 대꾸했다.

"그냥 얻어먹음 되지 그런 걸로 이유 따질래? 빨랑 가자."

청아는 아예 윤현의 손목을 붙들더니 그를 확 잡아끌었다. 얼마든지 뿌리칠 수 있었고, 또한 그래야만 했다. 하지만 윤현은 청아에게 잡힌 자신의 손목만을 그저 멍하니 바라볼 뿐, 그녀가 하자는 대로 끌려갔다. 정환은 그런 윤현의 모습을 유심히 살펴보는가 싶더니 입가에 묘한 미소를 띤 채로 이들의 뒤를 따랐다.

샌드위치 가게는 등교 중인 아이들과 출근 전 직장인들로 이미 북새통을 이루고 있었다. 학교 앞에 자리한 이곳은 아침이면 다양하고 신선한 재료로 만든 샌드위치를 저렴하게 파는 터라 아이들에게는 특히나 인기가 있는 곳이었다. 이 가게의 이름은 '오즈의 마법사'로 삼십대의 젊은 부부가 운영하고 있었고, 가게 안이 온통 오즈의 마법사 캐릭터로 장식이 되어 있었다. 이

를테면 가게 입구에서 계산대까지 노란 벽돌이 깔려 있고, 벽에
는 도로시와 허수아비, 양철 나무꾼, 사자 캐릭터가 그려져 있
는 식이다. 더구나 이 가게는 이따금씩 주인 남편의 동생인 아
주 잘생긴 대학생이 나와서 아르바이트를 하곤 했다. 여고생들
이 특히나 이 가게를 즐겨 찾는 이유 중의 하나였다.

청아는 가게에 들어서자마자 주인아저씨, 아줌마는 물론 문
제의 그 대학생 오빠와도 스스럼없이 인사를 나누었다. 그뿐 아
니라 가게 안에서 주문을 하던 낯익은 아이들 서너 명과도 폴짝
거리며 아는 척을 했다. 무슨 인기 스타도 아니고 어찌나 떠들
썩하게 구는지 윤현은 저도 모르게 불편한 기색을 내비치지 않
을 수 없었다.

"이윤현, 이제 네 인생도 끝났지 싶다. 청아한테 한번 찍히면
너 예전으론 못 돌아가지."

"뭐?"

윤현은 정환의 말에 정색을 하며 반문했다.

"쟤랑 한번 친구 먹고 나면 끊을 수가 없거든. 너 이제 고3인
데 어쩌냐? 나야 네가 청아랑 친해지면 고맙지만."

"너희 두 사람 사귀는 거 아니었냐?"

"미쳤냐? 쟤랑 나랑 완전 불알친군데. 어릴 때 발가벗고 목욕
도 같이 한 사이라고."

"뭐?"

"그만큼 여자로 안 보인다고. 다들 우리 둘이 사귄다고 생각

해서 아주 내가 미치겠다."

"그래도 여자인데 어떻게 여자로 안 보인다는 거냐?"

"너 혹시 여동생이나 누나 있냐?"

"있어."

"여자로 보이냐? 막 사귀고 싶고 엉큼한 생각 들고 그러냐고."

"미쳤냐?"

"그렇게 생각하면 돼. 아! 너 뭐 먹을래?"

마침 차례가 오자 정환은 하던 갈을 멈추고는 이렇게 물었다. 윤현은 아무 말도 할 수가 없어서 그저 더뭇거렸다. 물론 스스로만이 머뭇거렸다 생각했을 뿐, 정환이 브기에는 여느 때와 다름없는 거만한 모습 그 자체였다.

"내가 알아서 시킬게. 별로 음식 가리는 거 없지? 허수아비 세트 세 개 포장해 주세요."

청아는 샌드위치를 먹고 있는 친구들 틈에 끼여 그때까지도 떠들썩하니 수다를 떨고 있었다. 허수아비 세트는 햄에그 샌드위치에 200㎖ 우유, 양파링 튀김이 세트로 나왔다. 메뉴판을 보니 도로시 세트를 비롯하여 양철 나무꾼 세트, 겁쟁이 사자 세트 등 죄 오즈의 마법사를 모티브로 하고 있었다.

"이윤현, 청아랑 친하게 지내는 거야 내 알 바 아니지만, 그래도 신경은 써야 할 거야. 청아가 비록 모든 가이랑 친하게 지내는 건 사실이지만, 그걸 반대로 말하면 그 누구와도 특별히 친하지는 않다는 소리도 되니까."

"샌드위치 하나 사주고는 지금 훈계하는 거냐?"

윤현은 금세 파르라니 발톱을 내세웠다. 이 모양을 보는 정환은 마치 인생을 달관하기라도 한 것처럼 혀를 끌끌 찼다.

"쌈닭도 아니고 예민하게 굴긴. 하긴 내가 진즉에 알아봤다만……. 이윤현 너 솔직히 공부도 잘하지만 남자인 내가 봐도 무지 잘생겼거든? 우리 학교뿐 아니라 이 인근에서도 너 꽤나 유명한 존재잖아. 비록 청아 하는 꼴이 저렇지만, 쟤도 여자인데 너 같은 남자애랑 어울리다 보면 맘이 안 끌릴 수 없다는 거야. 너 고3인데 지금 새삼스럽게 여친 만들 생각은 아닐 거 아냐."

"청아가 나한테?"

윤현의 목소리는 저도 모르게 가늘게 떨려왔다.

"모든 애들이랑 친한 것처럼 굴지만, 쟨 남친을 한 번도 사귀어본 적이 없다고. 너 괜히 계집애 맘에 불 질렀다가 나중에 감당 못할 일 생길지도 모른다고 지금 귀띔해 주는 거야. 쟤 쿨한 것처럼 보여도 의외로 뒤끝 많은 애거든."

"이 자식이 증말."

갑자기 언제 왔는지 뒤에서 청아가 정환의 뒤통수를 냅다 철썩 내려쳤다.

"이게 아주 날 대놓고 씹네. 뒤끝 많은 앤 줄 알면 입조심을 하셔야지. 너 죽을래?"

"아야야, 네가 여자냐?"

"넌 그럼 남자라 뒤에서 친굴 썹냐? 샌드위치 정도 가지고는 무마 안 되니까 이따 방과 후에 보자."

"이윤현, 너도 봤지? 얼굴만 여자지 완전 깡패야."

"그냥 죽자."

오즈에서의 왁자지껄한 소란은 학교 교문에 들어설 때까지 계속되었다. 청아는 샌드위치를 입에 물고는 연신 떠들어댔고, 정환은 지겨워 죽겠다는 표정을 지으면서도 척척 대거리를 해 주었다. 그들은 어릴 때부터의 소꿉친구들이 가질 만한, 남들이 범접하기 힘든 친숙함을 가지고 있었다. 단 한 번도 그런 친구를 가져본 적이 없는 윤현으로서는 부러움, 질투, 동경 등 복합적인 심경으로 이들의 즐거운 토닥거림을 하냥 지켜보는 수밖에 없었다.

"샌드위치 고맙다."

교실 앞에서 헤어지기 전, 윤현은 정환을 향해 덤덤하게 인사를 차렸다. 솔직히 처음엔 자존심상 이런 걸 받아먹어도 되나 싶은 생각에 꺼려졌지만, 막상 별달리 자존심이 다칠 것도 없이 샌드위치 세트를 받아 들고 보니 고마움이 앞섰다. 어머니가 식당에서 남은 반찬들을 몰래 챙겨오는 경우가 아니라면 그의 도시락은 늘 밥에 김치뿐이었다. 남들은 대수롭지 않게 사먹는 제과점 빵이나 주스 같은 것은 어쩌다 운이 좋아야 한 번 먹는 별식이었다. 매점에서 파는 싸구려 봉지 빵도 마을 놓고 사먹을 수 없었다. 정말 돈이 없기도 했지만, 조금이라도 용돈이 생기면 습관적으로 저축을 하거나 아끼는 버릇이 단단히 들어 있기도 했다. 언제, 어느 때 급한 일이 생길지도 모른다는 위기의식이 그를 한 푼이라도 아끼게 만들었다.

야채, 햄, 치즈, 삶은 계란이 들어간 샌드위치는 그 냄새만으로도 뱃속을 꼬르륵 요동치게 만들었다. 거친 보리밥에 열무를 넣고 쓱쓱 비빈 밥으로 아침을 때웠는데, 아무래도 보리밥이라 그런지 배가 금방 꺼졌다. 하지만 그는 길을 걸으며 샌드위치를 먹어치우는 청아나 정환과는 달리 샌드위치를 고이 갈무리해 두었다. 집에 가서 동생들에게 한 쪽씩 나눠 줄 셈이었다.

"짜식. 고마우면 앞으로 인사나 하고 지내자. 무슨 웬수진 사람마냥 그렇게 생까지 말고."

정환은 서글서글한 태도로 대수롭지 않다는 듯 입을 열었다. 작고 마른 체구에 여드름이 여기저기 피어난 볼품없는 얼굴이지만, 그 눈빛이나 자신감있는 태도는 윤현에게 알 수 없는 열등감을 불러일으켰다. 사실 계집애들이라면 모를까 사내 녀석이 얼굴만 잘나서 뭐에 써먹겠는가? 애초에 정환은 윤현이 부러워할 만한 요소를 넘치도록 갖추고 있었다. 부잣집 아들에 공부도 잘하고 성격도 모나지 않고 리더십까지 가지고 있다. 같이 학급위원을 맡아하면서 더욱 그런 점들을 느꼈고, 그래서 더욱 더 그와의 거리를 벌려두려고 했다. 대책없는 폭력 아버지에다 허름한 반지하 방에서 근근이 살아간다는 것을 이 친구가 알게 된다면? 가난이 죄가 아니고 부끄러운 일이 아니라 말할지 몰라도 윤현은 그것이 부끄러웠다. 어쩔 수 없는 가난이 아닌, 가난의 멍에를 짊어지고 살아갈 수밖에 없는 아버지의 창피한 모습 때문이었다.

윤현은 정환의 말에 저도 모르게 고개를 까딱거렸다. 사실 그동안 아주 인사를 안 하고 지낸 건 아니라 굳이 마다할 이유는 없었다. 고3이 되어 반이 갈라지면서부터는 그냥 지나친 적이 더 많기는 하지만 말이다.

이때부터 윤현과 정환, 그리고 청아는 피할 수 없는 친구 사이가 되었다. 친숙해지기까지 시간이 더 걸리긴 했지만, 이때 일 이후로 서서히 인사를 나누고, 도서실에서 만나 같이 공부를 하고, 같이 하교를 하고, 나중에는 심지어 정환의 집에 놀러가기까지 했다.

윤현이 정환의 집으로 놀러가게 된 것은 거의 여름방학이 가까워 올 무렵으로, 거의 이때로부터 서너 달이 흐른 후였다.

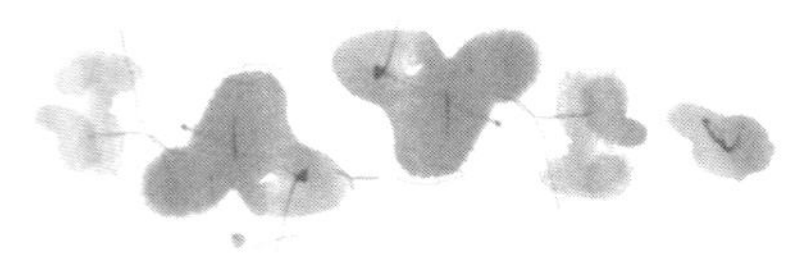

체력 안배를 위해 오전 일찍 삼십여 분간의 조깅과 스트레칭을 하는 것을 제외하면 윤현은 심각하리만큼 공부에만 전력을 기울였다. 그동안의 모의고사나 중간고사, 그리고 여름방학 직전의 기말고사까지 윤현은 정환이나 기타 쟁쟁한 우등생들을 제치고 전교 1등을 도맡았다. 전국 등수를 따져도 상위 0.1% 안에 드는 우수한 성적이라 그가 원하는 학교라면 어디든 갈 수 있었다. 하지만 윤현은 넉넉히 장학금을 받을 수 있으며 장래가 보장되어 있는 학교를 선택해야 했다. 윤현의 집안이 어렵다는 것을 잘 알고 있는 담임선생님은 조금만 더 낮춰서 전액 장학금에 생활비까지 보조받을 수 있는 대학을 선택하라는 조언을 해주었다. 보통은 과를 바꾸면서라도 S대를 가도록 종용하지만, 윤현의 사정이 워낙에 딱하다는 것을 잘 알기에 낮춰서 진학하라는 조언을 해주신 것이다.

윤현은 법대에 가서 사법고시를 봐 법조인이 될 생각이었다. 검사나 판사와 같은 명예직이 아닌 돈을 잘 버는 변호사가 목표였다. 의사가 될까도 생각해 본 적이 있지만, 육 년이라는 기간이 걸리는 데다 등록금 이외에도 과외로 지출되는 돈이 많다는 것을 듣고는 그 생각을 망설임없이 접었다. 최소의 비용, 최소의 기간으로 성공할 수 있는 직업 중에 그나마 윤현이 선택할 수 있는 것이 변호사였다.

윤현은 이 문제로 한참이나 고민을 했지만, 주변에 아는 사람들도 없고 상의할 사람들도 없어 그저 혼자 끙끙 앓았다. 비록 S대가 국립이라 등록금이 훨씬 싸다고는 하지만, 그래도 공부만큼은 아르바이트로 시간을 뺏기지 않고 제대로 하고 싶었다. 아무래도 대학을 낮추더라도 전액 장학금 보장에 생활비까지 지급해 주는 쪽이 어쩌면 이른 고시 합격에 훨씬 더 도움이 될지도 모른다는 생각이 들었다.

하지만 그렇다고 막상 S대라는 레벨을 버리기는 아까웠다. 비빌 언덕 하나 없이 맨땅에 헤딩을 하며 부딪쳐야 하는 그로서는 그나마 최고 명문대학이라는 학연이라도 손에 쥐고 있어야만 했다. 과연 어떻게 해야만 할까? 어머니는 대학 등록금은 걱정 말고 원하는 곳을 선택하라며 큰소리를 치셨지만, 버는 족족

귀신같이 사고를 치는 아버지 때문에 그 등록금에만 기대를 하고 있을 수는 없는 노릇이었다.

저도 모르게 어깨를 축 늘어뜨린 모습으로 하교를 하기 위해 교실 문을 나서던 윤현은 마침 떠들썩하게 수다를 떨며 걸어오는 청아 일행과 딱 마주쳤다.

"안녕."

"어, 안녕."

윤현은 청아의 인사에 자신도 스스럼없이 답례를 했다. 옆에 서 있던 정환과 유진 역시 손을 들어 인사했고, 윤현은 어느새 그들과 어울려 함께 하교를 하게 되었다. 그는 여전히 다른 친구들에게는 까칠하게 굴어댔지만, 청아와 정환 일행에게만큼은 점진적으로 변화된 모습을 보여주었다. 본인은 모르고 있었지만, 다른 아이들이 보기에는 은근한 화젯거리로 회자될 정도로 꽤나 큰 변화였다.

"지금 정환이네 집에 가는 길인데 너도 갈래?"

교문을 나서 길거리를 얼마간 걷다가 청아가 대뜸 이렇게 말했다.

"그럴래? 저녁이나 먹고 가라."

정환 역시 이렇게 권했다.

"아냐, 집에 가야지."

윤현은 내심 당혹스러움을 감추지 못했다. 집으로 놀러오라는 친구의 권유를 받은 건 국민학교 때 이후로 처음이었다.

"빼기는. 시험도 다 끝났고 낼모레면 방학인데 좀 놀아라. 너 이번에도 전교 1등이라며?"

그저 예의상 하는 말이 아니었다. 청아뿐 아니라, 정환 역시 윤현을 빼도 박도 못하게 강력하게 잡아끌었다.

"휴! 난 매번 너한테 밀려서 2인자 신세다. 오늘 같은 날은 제발 공부하지 말고 좀 놀자, 응?"

"이번에도 너 2등 했냐? 윤현이 너가 1등이고?"

청아의 말에 정환은 한숨을 푹푹 내쉬며 혀를 찼다.

"그려. 대체 공불 어떻게 하길래 매번 1등인지 그 비법이나 좀 알고 싶다."

"윤현이 너 족집게 과외라도 하냐?"

청아의 속도 모르는 말에 이번엔 윤현이 속으로 혀를 찼다.

"그런 거 안 해."

"하긴 뭐, 하면 한다고 하겠냐?"

"정말 안 한다니까."

정환의 집은 역시 예상했던 것처럼 이 동네에서도 꽤 잘사는 사람들이 모여 산다는 고급 주택가에 위치해 있었다. 높은 담과 육중한 철문만으로도 벌써 기가 확 질릴 정도였는데, 정문을 지나 돌계단을 올라가니 넓은 정원과 잘 지어진 이층 저택이 마치 그림처럼 덩그마니 앉아 있었다. 정원에는 갖가지 정원수와 장

미를 비롯한 아름드리 꽃들이 만발해 있었고 잔디 위에는 그네
와 티 테이블이 보기 좋게 자리해 있었다.

윤현은 그 모습을 보고는 머리가 어질해질 정도의 충격을 받
았다. 정환이 부자라는 건 알고 있었지만, 이 정도까진 줄은 몰
랐다. TV에서나 간혹 가다 봄직한 정원 딸린 이층집. 사실 집값
높은 강남도 아니고 이 정도야 웬만큼 자리 잡은 사람들이라면
충분히 살 수 있는 수준이었지만, 윤현이 느끼기에는 마치 재벌
집의 대저택을 보는 듯했다.

어떻게 해야 이런 집에서 살 수 있을까? 허름한 반지하 사글
세에서 근근이 살아가고 있는 윤현에게는 닿을 수 없는 꿈이자
도전으로만 여겨졌다.

집으로 들어가니 오십대의 한 아주머니가 앞치마를 두른 채
이들을 맞아주었다. 정환의 어머니라 생각한 윤현은 청아와 유
진과 함께 깍듯이 인사를 했지만, 알고 보니 이 집에서 십여 년
이상을 집안일을 돌봐온 청주댁이었다.

"아줌마, 오늘 콩국수 해주신다면서요? 난 아줌마가 해준 콩
국수가 젤 맛있더라."

청아는 마치 자기 집마냥 넉살좋게 청주댁의 팔뚝을 붙들고
늘어졌다.

"언제는 사모님이 해주는 게 더 맛있다면서?"

"에이, 그건 립서비스지. 아무렴 전문인인 아줌마 손맛에 비
할까?"

"넉넉하게 콩 국물 만들어놨으니까 실컷 먹고 가. 근데 이 잘생긴 총각은 누구야? 참 인물 훤하네."

청주댁이 보기에도 윤현의 인물이 꽤 잘나 보였던 모양이다.

"진짜 잘생겼죠? 공부도 무지 잘해요. 정환이가 만날 애한테 밀리잖아."

"세상에. 얼굴도 잘생긴 학생이 공부도 그렇게 잘해?"

"아줌마, 공부도 못하고 얼굴도 못생긴 애 상처 받으니까 그만 침 흘려요. 나 참 서러워서."

정환의 볼멘소리에 다같이 까르르 웃음을 터뜨렸다. 윤현은 조금은 얼떨떨했지만, 정환의 말이 그저 농담에 불과하다는 것을 알아채고는 이내 마음을 놓았다.

정환의 집 내부는 일, 이층이 트여 이층 거실에서 아래를 내려다볼 수 있는 구조로 되어 있었다. 벽난로와 널찍한 아치형의 창, 천장에 달린 육중한 샹들리에 역시 꽤나 인상적이라 윤현은 도무지 눈을 뗄 수가 없었다.

나중에 알고 보니 화장실만 해도 무려 세 개에다 방이 일곱 개였다. 삼 형제 전부가 각자 자신의 방을 가지고 있었고, 손님방과 형제들의 서재까지 따로 마련할 수 있을 만큼 넉넉한 개수였다. 대놓고 집 구경을 하고 싶다고 달할 수는 없어 윤현은 그저 조심스레 힐긋거리며 집 안을 살펴보았다. 그리고 감탄과 부러움을 속으로만 삭이고는 애써 덤덤한 척 굴었다.

이들은 이층의 정환의 방으로 올라가 자리를 잡았다. 그의 방

은 크고 널찍한 데다 에어컨까지 설치가 되어 있어 청주댁이 내
온 과일과 시원한 주스를 마시며 땀을 식힐 수 있었다. 방 안에
에어컨이라니……. 이제 윤현은 더 이상 놀라지도 않았다.

"너 법대 지망이라면서?"

"그걸 어떻게 알았냐?"

정환의 말에 윤현은 정색을 했다. 담임선생님 이외에는 아무
에게도 그런 말을 한 적이 없었다.

"사실 교무실에서 선생님들이 하는 얘길 들었거든."

윤현의 표정은 한층 더 어두워졌다. 그렇다면 집안 형편이 어
려워 진로에 대해 고민하고 있다는 것도 이미 다 알려진 건가?

"휴! 공부 잘하는 것들은 고민도 참 고차원적으로 하는구나.
난 과가 어디든 그냥 들어가기만 해도 좋을 것 같은데."

청아는 참외를 우적우적 먹으며 부럽다는 듯 말했다. 유진도
윤현과 정환만큼은 아니지만 공부를 곧잘 하는 편이라 웬만한
서울 시내의 4년제 대학은 진학이 가능한 성적이었다. 하지만
청아는 지금 같아서는 서울 시내 4년제는커녕 수도권 안의 대학
도 아주 운이 좋아야 들어갈까 말까 했다. 서울 시내 4년제를 가
려면 적어도 반에서 10등 안에는 들어야 안전한데, 이번 기말고
사에서 58명 정원에 25등을 했다. 그나마 모의고사 성적은 훨
씬 나은 편이라 그걸로 기대를 가지고 있긴 하지만 참으로 어중
간한 성적이었다.

"나도 마찬가지야. 일단 국문과를 지망하긴 하는데 과가 어디

든 성적이 되는 곳으로 가야지."

유진 역시 마른 한숨을 내쉬었다. 솔직히 진로를 확실히 정해 놓고 대학에 갈 수 있는 아이들이란 소수에 지나지 않았다. 대부분의 아이들은 어떻게든 대학 문턱에만 들어가도 좋을 거란 생각들을 가지고 있었다.

"우리 둘째형이 S대 법대 90학번이거든. 이따 형 오면 궁금한 거 물어봐. 우리 형 이번에 사시 1차에 합격했잖아. 근데 얼마 전에 본 2차는 아무래도 떨어질 것 같대. 뭐, 동차합격이란 게 거의 드물긴 하더라만."

"동차합격?"

"한 해에 다 합격하는 거. 1차, 2차, 3차까지 있는데 보통 2차까지 되면 3차 면접이야 참석만 하면 거의 다 되는 거라고 하더라."

그러고 보면 법조인이 되어야겠다고 결심하면서도 어떻게 해야만 하는 건지 아무런 정보도 가진 게 없었다. 윤현은 정환의 형이 법대생이란 말에 내심 가벼운 흥분을 느꼈다. 얼떨결에 따라오긴 했는데, 예상외로 그가 가졌던 고민이 쉽사리 해결될 수 있을 것 같아 기쁘기까지 했다.

정환의 부모님은 모임이 있어 늦게 오시는 바람에 인사를 드릴 수 없었지만, 다행히도 정환의 형 하준은 볼 수가 있었다. 평소 학교 근처 고시원에서 생활하다 즈말이면 빨랫거리를 싸들고 집으로 온다는 것이다.

하준은 생각 이상으로 키도 크고 인물도 훤했다. 정환의 얼굴을 생각한다면 도저히 형제라고는 믿어지지 않을 만큼 뽀얀 얼굴에 남자답게 생긴 호남형이었다. 더구나 하준은 청아를 보더니 반색을 하며 유달리 그녀를 예뻐하는 것을 숨기지 않았다.

"왔냐, 꼬맹아? 유진이도 왔구나?"

하준은 청바지에 후줄근한 티셔츠 한 장만을 걸치고는 커다란 산악용 배낭을 들쳐 멘 초췌한 모습을 하고 있었지만, 이상하게도 초라해 보이지 않았다.

"오빠, 수염 좀 깎고 다녀. 완전 노숙자 삘이야."

청아는 하준의 모습을 보고는 질색을 했지만, 그는 아랑곳하지 않았다.

"이런다고 내 미모가 죽는 건 아니잖아? 근데 오늘은 못 보던 얼굴이 와 있네?"

"내가 전에 말했지? 이번에도 날 제친 얄미운 놈."

정환의 말에 하준은 대뜸 흥미를 보였다.

"햐! 듣던 것보다 훨씬 더 잘생겼네. 이윤현이라고 했지?"

"안녕하세요."

윤현은 공손히 고개를 끄덕이며 인사를 했다. 하준은 그런 그를 귀엽다는 듯 바라보며, 어깨를 툭툭 쳤다.

"하도 정환이 녀석이 네 얘기만 하고 다녀서 그전부터 궁금했다. 천천히 놀다 가. 아줌마, 나 배고파요."

"알았어. 지금 콩국수 만드니까 씻고 나와!"

주방에서 부산스레 저녁 준비를 하던 청주댁은 나와보지도
않고는 이렇게 소리를 질렀다.

"아줌만 나와보지도 않고. 나 그동안 안 보고 싶었어?"

하준은 짐짓 투정을 부리는가 싶더니 주방으로 쏙 들어가 버
렸다. 그 안에서 청주댁의 질색팔색하는 소리가 들리는 양을 보
니 허리를 끌어안고 장난을 치는 모양이었다.

주방의 널찍한 식탁에 둘러앉은 이들은 콩국수를 비롯해 이
것저것 다양한 반찬들을 앞에 놓고는, 쉴 새 없이 떠들고 깔깔
거리며 대화를 나누었다. 하준은 윤현이 법대를 지망한다고 하
자 아예 자신의 후배가 될 것이라 단정 짓고는 이것저것 묻지도
않은 정보들을 서슴없이 쏟아놓았다.

"뭐, 다른 법대들도 좋긴 하지만, 갈 능력이 되면 우리 학교로
오는 게 아무래도 낫지. 학연을 그렇게 무시할 순 없거든. 아무
래도 선배들 층이 탄탄하니까 끌어주기도 많이 끌어주고 기회
도 많아. 변호사를 할 생각이면 더욱 그렇고. 그리고 될 수 있는
한 재학 중에 사시에 붙어야 해. 그래야 법무관으로 갈 수 있지.
중간에 군대 끌려가게 되면 머리가 굳어서 공부하기 힘들다고."

"법무관이요?"

"남자는 군대에 가야지. 재학 중에야 입영 연기를 할 수 있지
만 졸업하면 바로 가야 하잖아. 그니까 그전에 어떻게 해서든
붙어야 한다니까. 그리고 나이 들어서 돼봐야 딱히 좋은 거 없

어. 늦어도 이십대 중반엔 쇼부를 보고 연수원 수료한 다음에
법무관으로 가야 한다고. 삼십 세가 넘으면 법무관 지원을 할
수가 없거든. 물론 재학 중에 붙기가 좀 힘들긴 해서 보통은 아
예 맘 편하게 군대를 다녀와서 준비를 하긴 하지만, 그전에 붙
으면 군대 문제도 해결되고 이보다 더 좋을 순 없지.”

“그렇군요.”

“이 공부는 혼자 하기 힘들어. 스터디 멤버를 잘 짜는 것도 아
주 중요하거든. 아무래도 정보 공유도 해야 하고, 워낙 공부해
야 할 양이 방대하다 보니 혼자 해낸다는 건 사실상 불가능하
지.”

하준의 조언은 윤현에게 큰 도움이 되어주었다. S대가 국립
이라 등록금이 생각보다 훨씬 싸기도 하고, 아무래도 대학의 이
름값이 있어 과외를 맡아하기에도 좋다는 말에 윤현의 귀는 저
도 모르게 솔깃해졌다. 보통 S대생에게 책정된 과외비를 듣고
나서는 아예 마음이 완전히 넘어가 버렸다. 학점도 웬만큼만 관
리해 주면 장학금 혜택도 많이 돌아간다고 하니 그가 이제껏 걱
정을 했던 것이 무색할 지경이었다.

청아, 정환, 유진은 윤현과 하준이 대화를 하는 동안에는 방
해를 하지 않고 조용히 식사에만 열중했다. 고3에게 진로에 대
한 고민과 상담이 무엇보다 중요하다는 것을 잘 알기 때문이다.

식사를 다 마치고 나자 청아는 씩씩하게 일어나 설거지를 도
왔다. 청주댁이 만류를 하는데도 아랑곳하지 않고, 얻어먹었으

면 밥값은 해야 한다며 능숙하고 깔끔하게 손을 움직였다.

하준은 그런 청아의 모습을 사랑스럽다는 듯이 바라보았고, 그것을 눈치 챈 윤현은 그 모습을 의미심장하게 받아들였다. 청아를 바라보는 촉촉한 시선이 그저 단순히 예뻐하는 여동생을 바라보는 시선이 아니었다. 정환은 정말로 청아를 동성 친구 이상으로는 대하지 않았기에 그들 형제의 대조는 윤현의 눈에 유달리 강렬하게 인식이 되었다.

부잣집 아들에 사시에 합격할 것이 분명한 S대생 하준이라면 청아 역시도 충분히 마음이 끌릴 만한 상대였다. 정환과 다름없이 스스럼없이 장난을 치고 대화를 나누는 하준과 청아를 바라보는 윤현의 기분은 급속도로 불쾌해졌다. 하준을 통해 귀중한 정보를 얻은 고마움은 온데간데없이 오늘 내가 왜 여기까지 온 것일까 후회만이 앞섰다.

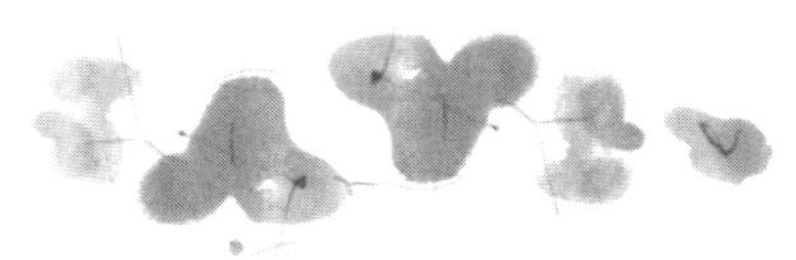

여름방학이 찾아와도 고3에게는 실로 먼 이야기였다. 평소와 다름없이 등교해야 하는 입시생 신분이기 때문이다. 물론 보통 때보다 등교 시간은 늦고 하교시간은 빨라서 그것으로나마 방학이 됐구나 라는 것을 실감했다. 그리고 가장 더울 때인 7월 말에서 8월 초까지인 일주일간은 수업이 없어 완전히 여름방학이 없다고 말할 수는 없었다.

청아의 학교는 전교 200등까지는 에어컨이 나오는 도서실에 자리를 잡아 공부할 수 있었다. 전교 50등까지는 에어컨뿐 아니라 편안한 책상과 의자, 방음장치까지 완비된 장소에서 공부했는데 과목별 선생님이 시간마다 상주해 우등생들의 공부를 돌봐주었다.

윤현과 정환은 물론이거니와 전교 100등 안에 드는 유진까지는 에어컨이 짱짱하게 나오는 곳에서 공부를 하는데, 청아는 선풍기가 고작인 찜통 교실에서 연신 부채질을 하며 공부해야 했다. 그러니 공부가 잘될 리 없었다.

등수에 따라 자율학습을 시키는 바람에 원성이 대단하긴 해도 이런 제도가 정착되고 나니 경쟁이 한층 치열해진 건 사실이었다. 학교에서는 전교 200등 안에 드는 아이들이 4년제 대학에 갈 확률이 높다고 보고, 가능한 아이들에게 더 신경을 쓰기로 작정을 한 것이다. 웬만해서는 공부를 못한다는 것에 대해 별반 자각이 없던 청아도 찌는 듯한 더운 여름날, 이런 차별 대우를 감내하면서까지 자리에 앉아 있어야 한다는 점에 파르르 신경이 날카로워졌다. 전교 225등의 기말고사 성적표가 못내 안타까우면서도 201등인 아이는 얼마나 역울할까 하는 생각을 하며 간신히 분을 삭여야 했다.

게다가 하필 오늘은 올해 들어 최고 온도를 갱신할 만큼 지독한 찜통더위였다. 쉬는 시간에 마주친 정환이 시원하다 못해 덜덜 떨면서 공부했다며 눈치없이 넋두리를 늘어놓자, 청아의 짜증은 맥주거품처럼 잔뜩 부풀어 올랐다. 정환의 잘못은 아니지만, 치미는 짜증은 어쩔 도리가 없었다. 그래도 그녀는 그에게 짜증을 부리는 만행은 자제하고 대신 외면하는 방법을 택했다. 느닷없는 청아의 냉담한 태도에 정환은 그저 어안이 벙벙한 표정만을 지을 뿐이었다.

일반 교실에 자리 잡고 앉은 아이들은 거의 공부에는 손을 뗀 채 축 늘어졌고, 보다 못한 담임선생님도 이른 하교를 허락했다. 땀으로 착 달라붙어 버린 교복 탓에 불쾌지수는 갈수록 높아만 갔다. 청아는 잽싸게 가방을 챙기고는 서둘러 교문을 나섰다. 얼른 집으로 가서 샤워부터 시원하게 해야겠다는 일념뿐이었다.

오후 다섯 시라 해도 여전히 햇볕은 쨍쨍하고 더위는 사그라질 줄을 몰랐다. 덥다는 소리를 입에 달며 서둘러 집으로 향하던 청아는 저만치 횡단보도 끝에서 사람들이 모여 웅성거리는 모습을 발견하고는 의아한 표정을 지었다.

가까이 가보니 콘크리트 바닥 위에 포기김치와 밑반찬들이 어지러이 퍼질러 있었고, 한 여학생이 발을 동동 구르며 그것들을 일일이 손으로 줍고 있었다. 콘크리트 바닥 위에 떨어진 포기김치와 밑반찬들은 가뜩이나 더운 날씨에 냄새마저 고약하게 풍겨댔다. 오가는 행인들은 그 모습을 보고도 눈살을 찌푸리며 그냥 지나쳐 가기에 바빴다. 청아 역시 워낙에 덥고 짜증나는 날씨라 그들처럼 그냥 지나치고 싶은 유혹에 시달렸다. 하지만 결국엔 그 여학생 옆으로 다가가 서슴없이 냄새 나는 반찬들과 사각 반찬통들을 챙겨주었다. 보통 청아는 길가를 지나다가도 다른 사람들의 곤경을 그냥 지나치는 법이 없었고, 길거리에서 동냥을 하는 앵벌이들에게도 다만 백 원이라도 쥐어줘야 직성이 풀리는 성격이었다.

"세상에, 옷에 반찬들이 다 묻었네요. 괜찮아요?"

"고맙습니다."

반찬으로 지저분해진 차도 위를 대충 치우고 반찬통을 챙긴 두 소녀는 가까스로 인도로 다시 돌아와 그제야 서로의 얼굴을 확인했다. 왠지 낯이 익은 것이 아무래도 분명 같은 학교 후배인 듯싶었는데, 그 짐작이 맞아떨어졌다.

"우리 학교 학생 맞죠?"

"네. 고마워요, 언니."

여학생은 청아를 알아보고는 깍듯이 인사를 했다. 청아는 워낙 유명한 편에 속해 학교에서 모르는 사람이 거의 없었다. 공부 잘하는 걸로 유명하면 얼마나 좋으랴. 청아는 갑자기 씁쓸한 기분이 들었다.

"무서워 죽는 줄 알았는데 언니 덕분에 쉽게 치웠어요."

"반찬들이 그렇게 돼서 어떡해요? 이젠 돗 먹겠다."

"다 버려야죠 뭐."

여학생은 금방 시무룩한 표정을 ㅈ었다.

"어쩌다 이렇게 됐는데요?"

"말 놓으세요. 저 1학년이에요."

"그래? 그럼 그럴까?"

청아는 선선히 말을 놓았다.

"길 건너다 인도에 다 와서 그만 오토바이에 치일 뻔했거든요. 근데 넘어진 걸 보고도 그냥 가버리는 거 있죠.”

“뭐야. 그럼 뺑소니잖아. 그러고 보니 무릎까지 깨졌네?”

반바지를 입고 있던 여학생의 무릎은 양쪽이 다 까져서 피가 철철 흐르고 있었다.

“정신이 없어서 다친 줄도 몰랐어요.”

그제야 여학생은 고통스러운 표정을 지었다.

“약국부터 가서 약 좀 바르자. 집이 어디야? 내가 바래다줄게.”

“저기, 약은 안 사도 돼요.”

“왜? 집에 약 있어?”

“저기, 지금 돈도 없고…….”

“이 정도면 그냥 연고만 발라서는 안 될 것 같은데. 일단 따라와.”

청아는 여학생의 손을 다짜고짜 잡아끌더니 마침 바로 앞에 위치해 있던 약국으로 쏙 들어갔다. 약사는 상처를 보더니 보기보다 심하다며 일단 소독부터 해주고 상처에 가제와 반창고를 붙여주었다. 날이 더우니 소독을 게을리 하면 안 된다는 말도 빼놓지 않았다. 소독약과 반창고, 가제 등을 사고 나니 삼천 원이 넘게 나왔다. 청아는 지갑을 꺼내 자신이 그 돈을 지불했다.

“저기, 언니 이러지 않아도 되는데.”

여학생은 치료를 다 받고 나와서도 난처한 표정을 감추지 못했다.

“사실 저…….”

청아는 여학생의 표정을 보고는 약값에 부담을 느끼고 있음을 눈치 챘다. 사실 생각보다 비싸게 나와 청아도 약간은 움찔했다. 하루 용돈이 삼천 원인데 그걸 다 써버리다니……. 암튼 이 대책없는 오지랖은 약도 없었다.

“괜찮아. 다리는 어때? 걸을 만해?”

하지만 청아는 대수롭지 않게 넘겨 버렸다. 처음부터 모른 척 했으면 모를까, 이미 나서서 도와준 이상 생색을 내고 싶지는 않았다.

“네. 저 근데 언니, 우리 집이 바로 요 근처인데 손이라도 씻고 가요.”

여학생은 미안함이 역력히 묻어나는 표정으로 이렇게 권했다.

대충 휴지로 닦기는 했지만, 반찬들을 집느라 그런지 온몸에서 큼큼한 냄새가 났다. 땀 냄새와 뒤섞여 아까부터 냄새가 지독하고 찜찜하기까지 했다. 청아는 잠시 망설이다가 그 제안을 받아들였다. 그냥 갈까도 생각했지만, 아무래도 다친 여학생을 집까지 데려다 주어야 안심이 될 것 같았다.

“그러자. 그 통, 내가 들어줄게.”

청아는 얼른 꾸러미를 받아 들었다. 그리고 여학생의 팔짱을 끼고는 부축하며 길을 걸었다.

“근데 넌 이름이 뭐야?”

"이윤지요. 1학년 4반이에요."

"최마녀 반이었냐? 너도 참 저주받은 인생이다. 고딩 되자마자 마녀 쌤 반이라니. 그 쌤 완전 돈독의 여왕이잖아."

"좀 그렇긴 하더라고요."

사십대 중반의 최호정 선생님은 최마녀라는 별칭으로 더 유명했다. 깐깐하고, 신경질적이고, 툭하면 아이들 기합에 체벌을 하면서도, 예뻐하는 애들은 유달리 차별을 하며 예뻐했다. 문제는 그게 촌지의 영향이라는 소문이 파다하다는 점이다. 청아는 눈에 확 띄는 미모와 활달한 성격 탓에 공부는 그리 잘하지 않았어도 선생님들의 귀여움을 독차지하곤 했는데, 유독 이 선생님한테서만은 냉대를 받았다. 타고난 애교와 아양이 통하지 않는 상대라 청아 역시 일찌감치 맘을 접어버렸다.

"청아 언니는 소문 그대로인 것 같아요."

"내 소문이 어떻게 났는데?"

"얼굴만 예쁜 게 아니라 성격도 좋다고 그러던데요. 울 학교에서 언니 모르면 간첩이잖아요. 근데 정말 교문 앞에서 연예인 기획사 사람들이 진치고 있고 그래요? 곧 연예인 데뷔한다면서요?"

"무슨 연예인. 말도 안 돼."

청아는 어이가 없어 손사래를 쳤다.

"난 그딴 거 관심없어. 그리고 그거 다 사기꾼들이야. 당장에 데뷔시켜 준다고 하면서 돈만 긁어낸다고 하더라고. TV에서도 그런 얘기 많이들 나오잖아.”

“그럼 그런 제안을 받은 적이 있긴 하구나.”

윤지는 탄성을 질렀다.

“개나 소나 붙들고 다 그런다던데 뭘. 그리고 연예인은 아무나 하나? 나 같은 얼굴은 얼굴 축에도 안 들지.”

“언니가 얼마나 예쁜데요. 연예인들보다 더 예쁜데? 교문 앞에서 꽃다발 들고 서 있던 남학생들, 다 언니 보러 온 거 아니에요?”

“에이, 아냐.”

청아와 윤지는 어느새 십년지기라도 되는 양, 스스럼없이 대화를 주고받았다. 청아 본인도 워낙에 사교적인 성격이긴 하지만, 윤지 역시 그동안의 궁금증들을 다 풀어버리기라도 하려는 듯 이것저것 말을 걸며 대화를 이어나갔다.

윤지는 청아를 어느 허름한 골목길로 이끌었고, 얼마간 오르막길의 계단을 걸어 올라가다 낡고 초라한 다세대 주택 앞에서 걸음을 멈췄다. 바로 윤지의 집이었다.

“집이 너무 누추하죠?”

“나도 여기 알아. 중학교 동창이 이 근처에서 살았거든. 여기 골목들이 좀 헷갈리긴 하는데 그 재미로 꽤 많이 놀러왔었어.”

“들어오세요.”

주택 안마당에는 수돗가와 널찍한 평상이 놓여 있었다. 두 사람은 그 수돗가에서 세수를 하고 손을 씻었다. 윤지는 반찬통을 열어 못 먹게 된 반찬들을 음식 쓰레기통에 버리고 간단히 물로 헹구었다. 청아도 가만히 있지 않고 그걸 도와주었다.

"엄마가 가게에서 싸준 건데 괜히 헛수고만 했네요. 김치도 김치지만 오뎅 볶음이랑 멸치도 맛있는 건데."

윤지는 길게 한숨을 내쉬었다.

"엄마가 가게 하셔?"

"음식점에서 주방보조로 일하시거든요. 집에선 밥할 시간이 없으니까 음식점에서 이따금씩 반찬들을 싸다 주세요. 아! 언니, 목마르죠? 마실 건 없는데 물이라도 갖다 줄게요."

"그래. 부탁해."

윤지는 벌떡 일어서더니 서둘러 지하 쪽 계단으로 내려갔다. 사는 모습을 보니 약값이 확실히 부담스러웠겠구나 싶었다. 청아는 정환처럼 부잣집 친구들도 많았지만, 달동네의 허름한 단칸방에 사는 친구들 또한 적지 않았다.

집 마당에 놓인 평상에 걸터앉아 있다 보니 그래도 어디선가 바람이 솔솔 불어오는지 약간은 시원한 느낌이 들었다. 저녁 무렵이 거의 다 되었지만 해가 긴 여름이라 아직도 날은 훤했다.

청아는 아예 양말까지 벗어버리고 대얏물에 발을 담갔다. 지하수를 끌어올린 수돗물은 뼈가 시리도록 시원해 발을 담그는 것만으로도 등줄기에 한기가 서릴 지경이었다.

"너…… 네가 여긴 어떻게?"

청아는 익숙한 목소리에 고개를 들어 활짝 열려져 있는 대문

가로 시선을 주었다. 놀랍게도 막 하교를 한 윤현이 잔뜩 굳은 표정을 하고는 청아를 날카롭게 노려보고 있었다.

"어? 너야말로 여기 웬일이야?"

청아야말로 깜짝 놀라 저도 모르게 자리에서 벌떡 일어섰다. 윤현을 이런 곳에서 보리라고는 상상조차 하지 못했다. 마치 뜨거운 아프리카에서 이글루를 보는 듯했다. 그만큼 생뚱맞고 어이없었다.

"오빠 왔어?"

마침 이때 물을 가지러 내려간 윤지가 올라오더니 윤현을 보고는 반색을 했다. 청아는 그 순간 이들이 남매라는 것을 눈치챘다. 이윤현, 이윤지. 워낙 인물이 좋고 잘생긴 윤현이라 지나치게 평범해 보이는 윤지와 남매 사이라는 것이 그다지 믿어지지는 않았지만, 자세히 뜯어보니 입가나 눈매 등 분위기가 얼추 닮아 있었다.

"난 오빠 늦게 올 줄 알았는데……. 오빠도 청아 언니 알지?"

윤지는 그제야 청아가 옆에 있다는 것을 깨닫고는 조금은 난처한 기색으로 주춤거렸다.

"윤지 네가 윤현이 동생이었구나? 햐! 반갑다. 어쩐지 그냥 지나치고 싶지 않더라니."

청아의 반가운 어조에도 윤현은 오히려 눈살을 찌푸린 채, 윤지만을 붙들고 닦달을 했다.

"대체 어떻게 된 거야? 잠깐, 너 다쳤니?"

윤지의 다친 무릎을 보니 걱정이 되는 모양인지 어느새 그의 어조가 약간은 누그러졌다.

"오토바이를 피하려다가 다쳤는데, 마침 지나가던 청아 언니가 도와주고 약까지 사줬어. 걷기가 힘이 들고 짐도 있어서 언니가 집까지 같이 와준 거야."

윤지의 변명하는 듯한 어조에 윤현은 더 이상 뭐라 말은 하지 않았지만, 표정에서는 불만이 가득했다. 청아로서는 이해하기 힘든 일이라 약간 불쾌한 감정마저 들었다. 여동생을 도와준 사람에게 고맙다고는 못할망정 무슨 불청객 취급을 하고 있으니 기분이 좋을 리 없었다.

"언니, 마침 집에 사이다가 있더라고요. 자!"

윤지는 노란색 플라스틱 주스 컵을 청아에게 대뜸 내밀었다. 청아는 대야에서 발을 빼고는 옆에 놓인 수건으로 대강 물기를 닦았다.

"고마워. 잘 마실게."

"오빠도 한 컵 줄까?"

"됐어. ……어쨌든 고맙다. 우리 윤지 도와줘서."

"뭐, 천만에."

청아는 떨떠름하니 대꾸했다. 무슨 고맙다는 소리를 저렇게 잔뜩 불쾌감이 서린 표정으로 하는 건지, 듣고도 확 기분이 나빠졌다. 그러고 보니 오늘 하루 우등반에서 시원하다 못해 춥게 공부를 한 놈들, 다 싸잡아 확 때려주고 싶었다.

"나 그럼 갈게. 윤지야, 오늘 반가웠다."

"네, 언니. 오늘 정말 고마웠어요. 그럼 나중에 학교에서 봐요."

"윤지 너 먼저 들어가 있어."

"어? 어."

윤현의 말에 윤지는 의아한 표정을 지으면서도 고분고분 따랐다. 두 살 차이라는데 오빠를 꽤 어려워하는 것 같았다. 자신의 여동생, 중학생인 세린은 언니라고 대우해 주는 거 없이 거의 맞먹으며 타고 넘는데, 그것과 여실히 비교가 되면서 저런 여동생이라면 아마 업어주고 애지중지 예뻐해 줄 수 있을 것 같아 약간 부럽기까지 했다.

"뭐 할 얘기 있어?"

윤지가 집 안으로 들어간 것을 확인한 후, 청아가 먼저 입을 열었다.

"저기…… 너 우리 집에 온 거 아두한테도 얘기하지 말아줬음 한다."

윤현은 결심한 듯 단호하게 입을 열었다.

"왜?"

"어쨌든."

"이유를 알아야지. 내가 무슨 못 올 데라도 온 거야?"

"그냥 아무것도 묻지 말고 그렇게 해줘. 윤지가 내 동생이란 것도 말하지 말고."

"싫어."

"뭐?"

숨도 쉬지 않고 대뜸 거절부터 하는 청아의 태도에 윤현은 황당하다는 표정으로 그녀를 노려보았다.

"이유도 모르고 그렇게 할 순 없어."

"이유? 그 이유가 그렇게 중요해? 내가 말하지 말아달라는데, 당사자가 알려지길 원하지 않는다는데 그것 이외에 다른 이유가 필요해?"

"너네 집인지 모르고 왔고, 네 동생이 오자고 해서 온 거야. 내가 무슨 불청객이야? 왜 좋은 마음 가지고 도와준 사람을 이렇게 막 대하는 건데?"

윤현은 한동안 주먹만을 불끈 쥔 채 어찌할 바를 모르고 발을 동동 굴렀다. 그럼 이 누추한 집에서 근근이 끼니만을 때우고 사는 처지라는 것을 꼭 밝혀야만 한단 말인가? 최정환 집의 화장실보다 못한 반지하 방에서 다섯 식구가 아등바등거리며 살고 있다는 것을 꼭 전교에 퍼뜨려야만 하겠는가? 눈치가 없는 건지, 아니면 약을 올리는 건지 윤현은 도무지 감을 잡을 수가 없었다.

"너 설마 이런 집에 산다고 창피하게 생각하는 거냐?"

"뭐?"

"이런 집에 산다고 창피하게 생각하는 거냐고."

청아의 직설적인 말에 윤현의 얼굴은 아예 상기가 되어 벌겋게 달아올랐다. 빼도 박도 못하게 정곡을 찔러대니 뭐라 반박할 말을 찾을 수가 없었다.

“설마 그런 이유는 아니지? 그럼 내가 납득할 수 있는 이유를 대봐. 왜 내가 너네 집에 왔던 걸 비밀로 해야 하는지 말이야.”

“너 진짜…….”

“윤지가 네 동생이라는 건 왜 말하지 말아야 하는 건데? 저렇게 예쁜 동생이 창피한 건 아니겠고.”

윤현은 청아의 집요한 태도를 더 이상 이기지 못했다.

“그래, 창피하다면 어쩔 건데? 나 이렇게 사는 거 창피해서 다른 애들이 몰랐으면 해, 됐어?”

“그럼 윤지는 왜?”

“그거야 내가 오빠인 게 알려지면 윤지가 번거로울 테니까.”

윤현은 버럭 소리를 질렀다.

“흠. 그건 제법 타당성있는 이유로군. 정말로 윤지가 네 동생인 게 알려지면 장난 아니겠지. 뭐, 네가 워낙 유명해야 말이지. 알았어. 비밀로 해줄게.”

“……뭐?”

금방이라도 사방에 떠벌릴 것처럼 굴던 청아가 의외로 너무나 흔쾌히 비밀을 지키겠다고 하자 윤현은 순간 멍해졌다. 이렇게 간단히 들어줄 것을 왜 그럼 여태 버텼단 말인가?

“솔직히 너 같은 애가 가난한 걸 왜 창피하게 생각하는지 이해가 안 가긴 하지만, 네가 그렇게 생각한다면 비밀을 지켜줘야겠지.”

“너 지금 장난하냐? 기어이 내 입에서 창피하다는 소리를 끌어내니까 속이 시원해?”

“야! 이윤현. 너 지금은 이렇게 살아도 나중엔 성공해서 떵떵거리며 살 텐데 뭐가 그리 창피하냐?”

“…….”

“너야 S대는 떼놓은 당상인데다 꿈이 변호사라며? 네 실력이면 발로 시험을 봐도 합격할 테니 나중에 돈도 무지 많이 벌 거고, 얼굴도 무지 잘생겼으니 부잣집 여자 만나 결혼도 잘할 거 아냐. 근데 뭐가 문제냐고.”

“너 정말.”

윤현은 어이가 없어서 아예 실소를 터뜨렸다.

“하긴 난 네가 족집게 과외 수십 개는 하는 줄 알았다. 정환이 자식이 네가 이렇게 살면서도 만날 전교 1등을 독차지한다는 걸 안다면 아마 머리 싸매고 드러누울걸. 하긴 얼마나 쪽 팔리겠어. 지는 과목당 학원도 다니고 머리 좋은 자기 형이 일주일에 한 번씩 족집게 과외로 관리해 주는데 말이야. 그 자식 때문이라도 입 다물어줄게.”

“이유야 어쨌든 절대 말하지 마.”

윤현은 그 말하지 않겠다는 이유라는 것이 그의 의도에서 심하게 벗어난 것이라 떨떠름한 기분이었다. 구질구질하게 사는 꼴을 보고도 그게 창피할 일이 아니라고 말하는 청아를 보니 왠지 더 바보가 된 느낌도 들었다. 발로 시험을 봐도 사시에 합격할 수 있을 거라고? 정말 그렇게 된다면야 얼마나 좋겠는가?

"멋대가리없는 놈. 입에다 지퍼 꽉 채울 테니까 나중에 성공하면 모른 척하지나 말아. 법조인 친구 하나 배경으로 딱 깔아놓으면 나야 좋지. 그럼 나 간다."

청아는 불안한 표정이 역력한 윤현을 안심시키고는 작별 인사를 했다.

"잠깐만, 가방만 두고 올 테니까 기다려. 바래다줄게."

윤현은 청아가 미처 거절할 틈도 없이 재빨리 몸을 돌려 집으로 들어갔다. 정말로 가방만 툭 던져 놓고 왔는지 그는 순식간에 다시 나타나 청아의 가방을 뺏어 들었다.

"괜찮아. 나 혼자 가도 되는데."

"날도 곧 어두워지는데 여기 복잡하고 으슥하기까지 해서 혼자 가긴 위험해."

"나 이 동네 잘 알아."

"어떻게?"

"친구가 이 동네 살아서 허구한 날 놀러왔는걸 뭐."

청아의 만류에도 불구하고 윤현은 성큼성큼 앞서 걸음을 옮겼다.

가방까지 들어주며 바래다준다는데 어쩌겠는가? 청아는 하는 수 없이 그의 뒤를 쫄래쫄래 따랐다.

이윤현이 이렇게 산다는 것은 확실히 놀라운 일이었다. 아무렇지 않게 굴긴 했지만 직접 눈으로 보지 않았다면 믿기 힘든 일이기도 했다. 귀공자풍의 외모와 용모 단정한 모습 탓에 가난한 집 아이인 줄은 전혀 생각지 못했을 뿐 아니라 되레 부잣집 도련님일 거란 설이 지배적이었다. 혹시 이런 자신의 처지 때문에 일부러 친구들을 만들지 않은 건 아닐까? 하지만 잘살지도, 그렇다고 못살지도 않은 지극히 평범한 가정에서 자라온 청아로서는 가난이라는 게 왜 창피하며 그걸로 인해 왜 친구들을 멀리해야 하는 건지 선뜻 이해되지는 않았다. 이 동네의 판잣집 단칸방에 살던 국민학교 동창 친구들이나 정환처럼 부촌에 사는 친구들이나 다들 어릴 때부터 함께 어울려 놀곤 했다. 정환이 정도나 조금 용돈을 여유있게 받아 썼을 뿐이지 용돈이 궁한 건 청아나 그 친구들이나 다들 마찬가지였다.

"너, 내가 웃기지 않냐?"

생각에 빠져 길을 걷던 청아는 갑자기 윤현이 걸음을 멈추고는 몸을 돌리자 그만 그의 가슴팍에 얼굴을 탁 부딪치고 말았다.

"아, 미안."

청아는 겸연쩍은 미소를 지었다. 윤현 역시 갑자기 청아가 안기듯이 부딪쳐 오자 당혹스러움을 감추지 못했다.

"너 아무리 봐도 진짜 키 크다. 농구선수 해도 되겠어. 나도 좀만 더 키가 컸으면 좋겠는데 이젠 더 안 자라겠지?"

"적당하고 좋은데 뭐. 여자가 더 커봐야 징그럽기만 하지."

윤현의 퉁명스러운 대꾸에 청아는 귀를 쫑긋 세웠다.

"정말 그렇게 생각해? 넌 키가 크니까 키 큰 여자애 좋아할 것 같은데."

"난 너같이 아담한 키가 좋아."

"정말? 너, 나 좋아하냐?"

윤현은 청아의 느닷없는 말에 자신의 입을 꿰매 버리고만 싶었다. 그냥 아담한 키가 좋다고 하면 될 것을 너같이 아담한 키가 좋다니…….

"야! 아담한 키가 좋다는데 거기에 널 좋아한단 말이 왜 들어가냐?"

펄쩍 뛰는 윤현의 모습에 청아는 큰 소리로 깔깔거리며 그의 옆구리를 꾹 찔렀다.

"나같이 아담한 키가 좋다며? 나 좋으면 좋다고 솔직히 말해. 너 정도면 내가 사귀어줄 수도 있지."

"뭐?"

"변호사 친구 두는 것보다 변호사 남편을 두는 게 더 나을 것 같아서. 어때? 나 싫어?"

"야, 신청아!"

"하긴 변호사면 그 와이프도 어느 정도 레벨이 맞아야 할 텐데 난 명문대는커녕 4년제 대학에 갈 수 있을지 없을지조차 알 수 없으니……. 오늘 진짜 공부 못하는 게 이렇게 서러울 수가 없더라. 너넨 에어컨이 너무 짱짱해서 오히려 추웠다며?"

윤현은 청아의 어디로 튈지 모르는 화법에 도무지 정신을 차릴 수가 없었다. 사귀어줄 수도 있다는 폭탄선언을 하자마자 갑자기 대학 운운하더니 에어컨 잘 나오는 우등반 독서실 얘기로 건너뛰는 청아의 말은 도대체 그 진위가 무엇인지조차 가늠하기 힘들었다. 얼굴의 반을 차지할 것 같은 큰 눈에 자연 발색의 붉은 입술, 여드름 하나 나지 않은 하얗고 뽀얀 피부, 바라보기만 해도 정신이 어질해질 정도로 예쁜 아이가 하는 짓은 꼭 천방지축에 사내 여럿은 찜 쪄 먹을 만큼 엉뚱하기 짝이 없었다.

"다 저녁인데도 아직 너무 더워, 그치? 이윤현, 걱정하지 마. 나 원래 그렇게 입이 무거운 편은 아니지만, 당사자가 싫다는데 떠벌리고 다닐 만큼 그렇게 무경우하지는 않으니까. 너 전혀 웃기지 않고 오히려 대단하다고 생각해. 넌 그런 환경에서도 그냥 공부 잘하는 정도가 아니라 무진장 잘하잖아. 보통의 정신력 가지고는 힘든 일이라는 거 나도 조금은 알아. 같은 나인데도 이렇게 수준이 달라서야, 원. 이제 보니 너네 집이랑 우리 집 무지 가까웠네. 너 일부러 우리 집 앞까지 찾아와서 가방 들어줬다고 고마워했는데 이제 보니 그렇게까지 고마워할 일도 아니었어. 나 이제부터 혼자 갈 수 있으니까 가방 줘. 그럼 안녕."

청아는 가방을 도로 뺏어 들더니 교복 치마를 나풀거리며 골목길 모퉁이 너머로 희미하게 사라져 갔다. 윤현은 그녀의 모습이 완전히 사라질 때까지 한동안 그 자리에 굳어버린 듯 서 있었다.

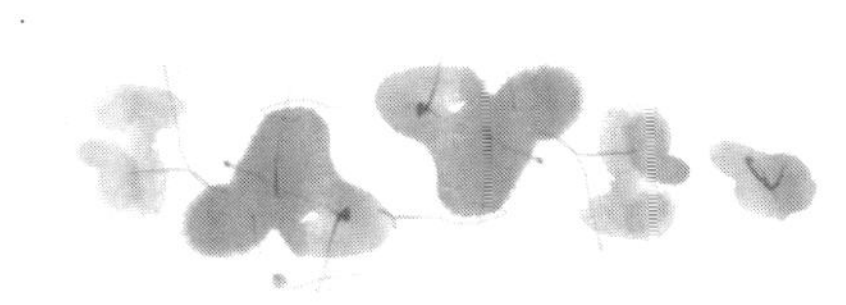

　　'**너** 전혀 웃기지 않고 오히려 대단하다고 생각해.'

　청아를 집 앞마당에서 본 순간, 윤현은 거의 하늘이 무너질 듯한 절망감을 맛봤다. 이렇게 구질구질하게 사는 모습을 들킬 거라고는 상상도 해본 적이 없었다. 그 누구에게도 이렇게 사는 모습을 보여주고 싶지 않았다. 더구나 그 상대가 신청아라니 이제껏 살아왔던 길지 않은 인생 중에서 가장 당혹스럽고 창피한 순간이었다.

　얼마 전, 최정환의 집에만 가보지 않았더라도 창피함이 덜했을까? 그의 집 화장실보다 못한 초라한 집에서 사는 꼴을 보이다니 쥐구멍이라도 있으면 들어가고 싶은 심정이었다.

중학교 1학년 때까지만 해도 방 세 개짜리 평범한 주택에서 별다른 어려움 없이 살았다. 아버지가 빚보증을 잘못 서서 집을 날리지만 않았더라도 이렇게까지 비참한 지경으로 내몰리지는 않았을 것이다. 거의 쫓기다시피 전세방을 전전하면서 그전의 사귀던 친구들과도 소원해졌다. 갑자기 몰락해 버린 윤현을 바라보는 친구들의 연민 섞인 동정의 시선을 견디기 힘들었고, 개중에는 그를 은연중에 무시하는 친구들도 있었다. 아직은 어린 나이였기에 모든 면에 있어서 탁월했던 윤현을 깔아뭉갤 방법은 그의 어려운 형편을 비아냥거리는 수밖에 없었다. 자존심이 강한 윤현으로서는 크나큰 상처였다.

얼마 후, 기어이 기존의 동네에서는 살기가 힘들어져 마침내 이 동네에까지 흘러들어 오게 되었다. 오르막을 한참이나 올라야 하는 전형적인 달동네로 예전 동네와는 한참이나 동떨어진 곳이었다. 윤현은 전학을 하게 된 것을 다행으로 여기며 새 학교에서는 자신의 처지를 함구하고 그 어떠한 친구들도 사귀지 않았다. 처음엔 외롭고 힘이 들었다. 혼자 밥 먹는 것도 서러웠고, 애써 교과서에 얼굴을 박으면서도 친구들이 즐겁게 떠드는 소리를 엿들으며 내심 부러워하기도 했다. 하지만 외로운 게 낫지 연민에 찬 무시를 당하고 싶지는 않았다. 오직 그 일념 하나로 자존심을 지키고 몇 년간을 혼자 외롭게 생활했다.

여학생들의 구애나 친구들의 은근한 접근을 야멸치게 외면하면서도, 그 한편으로는 그들 사이에 동화가 되고 싶은 열망이 있었던 것도 사실이다. 학기 초, 청아와의 인연이 시작되면서 그녀의 친구들과 차츰 어울리게 된 그는 훨씬 표정도 밝아지면서 학교 가는 게 즐거워졌다. 단지 만나면 인사를 하고 간단한 대화를 나누는 것만으로도 막힌 숨통이 확 트이는 것 같았다. 이런 평범한 생활이 그리웠던 것 같다. 다른 아이들처럼 여자 친구도 사귀고, 놀러다니기도 하고, 같이 점심을 먹기도 하는 바로 그런 평범한 생활들…….

오히려 대단하다고 말해주는 청아의 진심 어린 태도에 윤현은 가슴이 먹먹해질 만큼 고마움을 느꼈다. 나중에 꼭 성공할 거라는 그녀의 말이 무슨 예언과도 같이 한줄기 빛이 되어주었다. 정말로 성공할 수 있을까? 이런 시궁창 같은 곳에서 벗어나 남들처럼, 아니, 최정환 네처럼 그렇게 좋은 집에서 살 수 있을까? 윤현은 충분히 그럴 수 있을 거라 자신하며 마음을 다잡았다. 결코 어려운 환경을 원망하지 않을 것이고 창피하게 생각하며 스스로를 괴롭히지도 않을 것이다. 이런 악조건 속에서도 최정환을 누르고 전교 1등을 도맡아하고 있는 나 자신을 믿을 것이다.

"엄마, 나 요새 어떤 친구를 보면 자꾸 가슴이 이상해지더라고. 이거 왜 그런 걸까?"

민 여사는 늘 딸들이 잠자리에 들기 전에 이불을 덮어주고 흐트러진 머리칼을 가볍게 쓰다듬어 주었다. 전기 모기향을 피워

주고, 잠이 오지 않는다 하면 우유를 따뜻하게 데워주기도 했다. 오늘같이 열대야로 숨이 턱턱 막힐 만큼 더운 날은 시원하게 잠을 잘 수 있도록 선풍기를 타이머에 맞춰 틀어주는 것도 잊지 않았다.

"혹시 남학생이니?"

"응."

민 여사는 딸의 말에 입가에 미소부터 흘렸다.

"우리 청아가 드디어 좋아하는 남자애가 생긴 모양이구나. 그 아이를 보면서 가슴이 두근거리는 건 아니고?"

"에이, 그런 건 아니고. 그냥 그 애를 보면 자꾸 보고 싶고, 말도 걸고 싶고 그래. 얼굴도 잘생기고, 공부도 잘하고, 우리 학교에서 무지 인기있는 아이이긴 한데 성격은 좀 별로인 편이거든. 근데 그게 다 이유가 있는 것 같더라고. 오늘 우연히 우리 학교 여학생을 도와주느라 그 아이 집까지 따라갔었거든. 예전에 주희 살던 그 동네 말이야. 근데 알고 보니 걔가 그 여학생 오빠인 거 있지? 난 걔가 부잣집은 아니더라도 웬만큼 사는 집 앤 줄 알았는데 그게 아니더라고. 그런데 그렇게 사는 게 좀 창피했나 봐. 나보고 비밀을 지켜달라는데 이상하게 마음이 짠한 거 있지?"

"휴! 뭐야, 너 또 동정하는 거야? 계집애가 오지랖은 넓어가지고."

워낙 남의 일에 끼어들기도 잘하고 퍼주기도 잘하는 아이라

민 여사는 혀부터 끌끌 찼다. 그래도 무작정 퍼주는 게 아닌 제 실속은 차리며 퍼주는 아이라 별 걱정은 안 하지만, 생긴 모습처럼 여자답게 좀 다소곳하면 얼마나 좋을까 싶기도 했다. 성격이 워낙 모난 곳이 없는 데다 통이 크고 괄괄해서 딸이 아닌 아들을 키우는 것 같은 기분이 들 때도 있었다.

"걘 내가 왜 동정해? 얼마나 머리가 좋은 앤데. 장래 꿈이 변호사래. 분명히 개는 될 거야."

"그래? 그럼 굉장히 똑똑한 모양이구나. 너도 그러게 공부 좀 잘하지."

"그게 뭐 내 맘대로 되나?"

"맘대로 안 되는 게 어딨어? 네가 의지가 없어서 그런 거지. 난 네가 네 이모처럼 학교 선생님이 됐으면 좋겠는데."

"싫어. 하루 종일 서 있어야 하고 얼마나 골치 아프겠어? 애들이 만날 씹기나 할 거고."

"그럼 넌 되고 싶은 게 뭔데?"

"모르겠어요, 뭐가 되고 싶은지."

청아는 한숨을 내쉬며 그저 천장만을 응시했다.

"그걸 먼저 찾아야지. 그 친구도 장래 변호사가 될 거라는 꿈을 미리부터 갖고 있으니까 거기에 맞춰 공부도 열심히 하는 거잖아. 정환이도 어릴 때부터 사업가가 되겠다는 꿈을 가지고 있어서 거기에 맞춰 경영학과에 들어가겠다는 목표를 갖고 있는 거고. 아님 넌 그냥 시집이나 갈 생각이야?"

“시집은 무슨 시집. 그건 싫어.”

청아는 진저리를 치며 고개를 내저었다.

“나도 내 딸이 예쁜 얼굴만 믿고 시집이나 잘 가야겠다고 생각한다면 정말 실망일 거야. 여자도 당당히 자기 일을 찾아야 해. 나야 일찌감치 네 아빠 만나 결혼하느라 대학도 중퇴하고 전업주부가 됐지만 넌 그러지 마.”

“엄만 그럼 우릴 낳고 키운 거 후회하는 거야?”

“후회는. 그건 내가 이제껏 한 일 중에 가장 잘한 일이지. 단지 대학이나 졸업하고 직장에 다니면서 결혼 생활을 했더라면 더 낫지 않았을까 그런 생각을 하는 것뿐이야. 사람은 자기가 가보지 않은 길에 대해 항상 동경을 가지고 있거든. 암튼 청아너, 공부 잘하는 것도 좋지만, 뭐가 되고 싶은지 그 목표부터 생각해 봐. 크게 성공할 생각을 가지라는 게 아니라 적어도 자기가 가고 싶어하는 길이 어떤 것인지 정도는 알고 가야지. 나침반도 없고 목적지도 없이 그냥 헤매고 다닐래?”

엄마의 충고는 언제나처럼 적절하고 유용했다. 하지만 그 충고에 공감을 하면서도 청아는 선뜻 생각처럼 목표를 찾을 수가 없었다. 자신의 목표가 확실한 윤현이나 정환이 부러웠다. 유진도 국문학과에 들어가 교수나 작가가 되고 싶다는 목표를 가지고 있었다. 확실히 뭐가 되고 싶다는 목표가 없으니 공부에도 열의가 없었다. 이미 한 학기는 그냥 흘려보냈고, 대입고사까지는 고작 다섯 달도 채 남지 않았다.

이윤현, 처음에는 저 잘난 것만 믿는 싸가지없는 앤 줄만 알았다. 뭐가 그리 잘나 아이들을 무시하고 저만 얼굴을 빳빳이 들고 다니는지 얄미울 때도 있었다. 요 근래는 그래도 인사도 하고 약간 어울리려고 하는 노력도 보여주고 있어 그나마 조금 나아지긴 했다. 하지만 그래 봐야 전보다 낫다는 것뿐이지 아직도 얼음왕자인 것은 마찬가지였다. 자존심이 유달리 센 아이이니 자신의 사는 모습을 들키지 않기 위해 자기방어를 했던 것일까? 청아는 좀처럼 윤현에게로 향하는 호기심을 잠재울 수가 없었다. 나름대로 상처를 갖고 있는 모든 면에서 잘난 남자. 그러고 보니 여자들이 끔벅 넘어갈 만한 최상의 조건이었다.

"나도 별수없나 보다, 자꾸 그 자식이 눈에 밟히는 거 보면."

청아는 오늘 윤현과 있었던 일들을 떠올리며 연신 잠자리에서 뒤척였다. 좀처럼 잠을 이룰 수가 없었다.

방학 내내 학교에 나가야 하는 고3이지만, 가장 더운 휴가철인 7월 말부터 8월 초의 일주일간만큼은 온전한 방학이 주어져 그나마 다행한 일이었다.

청아와 정환은 여름이면 늘 함께 전국을 놀러다니곤 했다. 보호자는 청아의 부모님이나 정환의 부모님이었고, 작년에는 정환의 두 형들이 함께 가주었다. 사실 나이가 들수록 부모님과 함께 가는 것이 내심 거추장스러워졌기에 형들의 휴가에 슬쩍 끼어들었던 것이다.

하지만 올해는 고3인지라 작년처럼 몇 박의 휴가는 포기하고 그냥 하루 날을 잡아 수영장이나 가기로 합의를 보았다. 어차피 큰형인 성재는 군대에 가 있고, 둘째 형 하준은 사시 준비 때문에 여름휴가는 생각도 않고 있었다.

정환은 입시가 얼마 남지 않은 데다 매번 윤현에게 1등 자리를 뺏기는 것에 대해 나름대로 스트레스를 받은 모양인지, 하루 시간을 내어 노는 것도 찜찜해했다. 그다지 경쟁 의식에 시달리는 놈은 아님에도 3학년 들어와서 매번 2등이 박힌 성적표를 대하려니 기분이 별로인 모양이었다.

청아는 정말로 정환에게만큼은 윤현의 사정을 들키지 말아야겠다고 생각했다. 지금도 저렇게 신경을 쓰는데 윤현이 어려운 환경에서도 스스로의 힘만으로 전교 1등을 놓치지 않는다는 사실을 알게 되면 얼마나 난감하고 기가 죽겠는가? 누가 뭐래도 어릴 때부터의 절친한 친구인 정환이 속상해하는 모습만큼은 보고 싶지 않았다.

"그렇게 찜찜하면 윤현이도 같이 가자고 하면 되잖아."

보충학습을 끝낸 청아와 정환은 오즈의 마법사에 죽치고 앉아 샌드위치를 먹으며 휴가 계획을 짜고 있었다. 유진은 청소당번이라 조금 있다 올 예정이었다.

"행여나, 그 자식이 어디 놀러가겠냐? 책상이 뚫어져라 공부만 파는 놈인데."

"내가 미인계 한번 써보지 뭐."

청아의 넉살좋은 말에 정환은 비웃음을 한껏 날렸다.

"정말 데려갈 수만 있으면 일주일 동안 내가 네 간식 책임진다. 네가 오죽 많이 먹냐? 내 한 달 용돈 거덜내더라도 약속 지킨다."

"너 진짜지? 좋아, 내 실력을 보여주마."

청아는 속으로 회심의 미소를 지었다. 윤현의 비밀을 손에 쥐고 있다는 것도 모르고 질 것이 뻔한 내기를 제안하다니 스스로 무덤을 파는 꼴이었다.

"어? 저기 윤현이 지나간다. 너 여기 있어. 내가 얘기해 볼 테니까."

호랑이도 제 말하면 온다더니 막 하교를 하는 윤현의 모습을 통유리 창 너머로 발견한 청아는 더 생각할 것도 없다는 듯 냅다 용수철처럼 튀어나갔다.

"암튼 지 잘난 맛에 산다니까. 저 자식이 정말 같이 수영장에 가면 내 손에 장을 지진다."

정환은 혼잣말을 하며 콜라의 얼음을 아그작 씹어 먹었다.

다리가 길어서인지 윤현을 따라잡는다는 것은 생각보다 쉽지 않았다. 발견하자마자 재빨리 뛰어나간다고 한 건데도 그는 벌써 저만치 성큼성큼 걸어가 있었다.

"이윤현. 윤현아!"

청아는 급기야 큰 소리로 그의 이름을 불렀다. 드문드문 하교를 하던 아이들이 이 모습을 호기심에 찬 시선으로 힐끗거리는 것도 아랑곳하지 않았다.

윤현은 청아의 목소리를 금방 알아듣고는 걸음을 멈춰 뒤를
돌아다보았다.

"헉헉. 다리가 긴 놈이라 그런지 따라잡는 것도 힘드네. 윤현
아. 너 다음 주에 수영장에 같이 안 갈래?"

청아는 헉헉거리는 숨소리를 미처 고르기도 전에 얼른 용건
부터 꺼내놓았다.

"뭐?"

"수영장 말이야. 아무리 우리가 고3이라지만 하루쯤은 놀아
줘야지, 응?"

윤현은 난감한 표정을 지었다. 뜬금없이 수영장이라니…….
솔직히 단 한 번도 가본 적이 없었고, 당연한 얘기지만 수영복
역시 가진 게 없었다.

"저기 난……."

"수영복은 대여도 가능하고, 정환이 것 빌려도 돼. 도시락은
내가 싸갈 거니까 넌 입장료만 가져오면 되고. 시민공원 수영장
에 갈 거라서 별로 비싸지도 않아."

"난 곤란하겠다."

윤현의 표정은 저도 모르게 싸늘해졌다. 입장료 운운에 도시
락도 걱정 말라는 청아의 배려가 왠지 모르게 자신의 가난을 염
두에 둔 것처럼 느껴져 불쾌감이 확 치솟았다. 며칠 전의 모습
을 보이지 않았더라면 이렇게까지 말을 했겠는가? 확실히 수영

복은 물론이거니와 점심값도 없고, 그 얼마 안 된다는 입장료도 버거웠다. 게다가 지금 이 시점에서 팔자 좋게 수영장? 부잣집 도련님이나, 아무 걱정 없이 살고 있는 이 천방지축 왈가닥이야 하루 정도 신나게 놀아도 되겠지만, 그에게는 먼 나라 얘기였다.

"곤란해도 가야 할걸?"

청아의 얼굴에는 장난기 가득한 악마적 미소가 피어올랐다.

"뭐?"

"안 갈 거면 네 비밀을 폭로할 생각이거든."

"야! 신청아."

"무조건 와. 약속 시간이랑 장소는 전화로 알려줄게. 아! 너네 집 전화번호 좀 알려주라."

"싫어. 가기 싫다는데 이게 무슨 억지야? 너, 내가 그렇게 만만하고 우습게 보여?"

윤현은 버럭 화를 냈다. 전교에서도 악명이 드높은 그 쌀쌀맞고 무서운 표정으로 청아를 잡아먹을 듯이 노려보았다. 봐주는 것도 한계가 있는 법이다. 자꾸만 그 자신의 영역으로 서슴없이 침범해 들어오려는 청아가 이제는 못마땅하고 불쾌하기까지 했다.

"아! 뭐야? 무섭잖아. 자식, 성질머리 하곤 정말. 그니까 네가 친구가 없지. 하긴 전교생을 왕따시키는 내공의 소유자인데 오죽하겠냐? 빨리 전화번호나 불러."

“너 정말.”

“나 한다면 한다. 전화번호 안 알려주면 지금 정환이한테 다 폭로할 거야.”

“328에 14…… 34.”

저도 모르게 윤현은 꼬리를 팍 내리고는 전화번호를 웅얼거렸다. 화를 내도 아무렇지 않게 일축해 버리는 청아의 스스럼없는 태도에 그만 저도 모르게 기가 질려 버린 것이다.

“와! 1434? 그거 우리 집 주소인데. 1434-2번지잖아, 우리 집이. 328만 외우면 되겠네. 그럼 잘 가, 이윤현. 내가 전화해 줄게.”

윤현은 교복 치마를 나풀거리며 뛰어가는 청아의 뒷모습을 바라보며 가느다란 한숨을 내쉬었다. 왜 매번 저 아이의 페이스에 어이없이 휘말리게 되는 건지 정말 알다가도 모를 일이었다. 화를 내고 소리를 질러도 아랑곳하지 않고 넘겨 버리는 저 아이의 넉살이 그저 기가 막혔다. 그냥 다 폭로해 버리라고 왜 말하지 못했을까? 이런 식으로 매번 붙들고 늘어지면 얼마나 골치가 아프겠는가? 공부에만 신경을 써도 모자랄 판국에 자꾸만 정신을 흐트러뜨리는 청아 때문에 그는 못내 혼란스럽기만 했다.

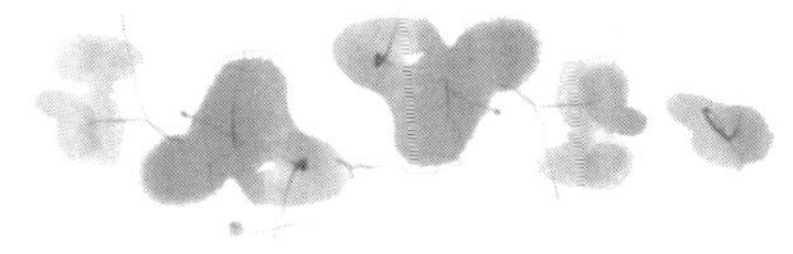

이글거리는 태양이 작열하는 푹푹 찌는 고온의 도심지 수영장 안은 사람들로 발 디딜 틈이 없었다. 늘씬한 몸매를 자랑하는 쪽 뻗은 젊은 여자들이 비키니를 입고 비치 체어에 앉아 선탠을 하거나, 수영장 주변을 보란 듯이 누비고 다녔다. 수영을 하기 위해 온 것이 아니라 잘 빠진 몸매를 과시하기 위해 온 것처럼 몸에는 물기 하나 묻어 있지 않은 여자들도 대다수였다. 실제 수영장 안에서 물을 튀기며 노는 사람들은 어린아이들이나 청소년들이 대부분이었다.

정환과 유진은 윤현이 수영장 매표소 앞에서 떨떠름한 표정을 지은 채 서 있는 모습을 보고는 턱이 땅에 닿을 듯 좀처럼 입을 다물 줄 몰랐다.

"저 자식 어떻게 끌어낸 거냐? 무슨 약점을 잡은 거냐, 아님 너한테 딴 맘이 있어서 저러는 거냐?"

정환은 슬쩍 청아의 옆구리를 찔렀다.

"당근 나한테 딴 맘이 있어서지. 이 미모에 안 넘어오는 남자 봤어? 너 같은 못난이 근시나 날 여자로 안 보지."

청아는 자못 의기양양했다.

"네 실체를 다 아는데 어떻게 널 여자로 보냐? 아냐, 저 자식 성격에 딴 맘이 있어서면 오히려 이런 자리에 안 나서지. 저 자식 약점이 대체 뭐냐? 그게 있기나 하냐?"

"이걸 그냥. 내 미모에 홀랑 빠진 거라니까."

"어쩌면 입시에 대한 중압감으로 맛이 살콤 갔는지도 몰라. 하긴 요새 좀 덥니? 그나저나 이윤현의 수영복 몸매를 감상하게 되다니 이게 꿈이야, 생시야?"

유진까지 가세해서 나름대로 윤현의 기이한 행보에 대한 촌평을 늘어놓았다. 다른 곳도 아니고 수영장이라니……. 이윤현의 벗은 몸매를 볼 수 있게 되리라고 누가 짐작이나 했겠는가? 유진 또한 윤현을 어려워하는 한편으로 남들이 보기 힘든 진귀한 구경을 하게 생겼다며 은근슬쩍 침을 삼켰다.

"유진이 너까지……. 진짜 이거 몸매 비교될 거 아냐? 에이, 씨."

정환은 계속해서 투덜거렸지만, 막상 윤현과 마주 대하고 나서는 언제 그랬느냐는 듯 그를 반갑게 맞았다. 청아의 귀띔으로 윤현이 입을 만한 수영복과 수영모자까지 따로 챙겨왔고, 어색함으로 굳어 있는 그를 살뜰히 배려까지 해주었다.

수영복으로 갈아입고 탈의실 앞 매점에서 만난 네 사람은 각자의 수영복 차림에 처음에는 머쓱해했지만, 이내 물속에 뛰어들면서부터는 언제 그랬느냐는 듯 스스럼없이 신나게 놀았다.

네 사람 중에서 정환이 가장 수영을 잘했다. 비록 키는 작은 편이지만 어릴 때부터 수영을 배워서인지 떡 벌어진 어깨에 군살 하나 없이 몸매가 좋았다. 오히려 키가 큰 윤현이 자신의 빈약한 몸매에 콤플렉스를 느낄 지경이었다. 한 번도 수영을 해본 일이 없는 윤현은 거의 맥주병이나 다름없었다. 청아와 유진도 수영을 어느 정도 할 줄 알아, 그는 이들 세 명의 장난에 속절없이 당하고는 허우적거리며 물만 배부르게 마셔야 했다.

리본이 달린 감색의 귀여운 원피스 수영복을 입은 청아는 역시 예상했던 대로 뭇 사람들의 시선을 한몸에 잡아끌었다. 작지도, 크지도 않은 적당한 가슴에 잘록한 허리와 쭉 뻗은 미끈한 다리, 피부도 잡티 하나 없이 맑고 투명해 눈길이 저절로 향했다. 윤현은 청아와 살이 스칠 때마다 언뜻언뜻 긴장감을 감추지 못했다. 청아와 아무렇지도 않게 맨살을 부딪치며 놀고 있는 정환이 선뜻 이해가 가지 않을 지경이었다. 저렇게 예쁜 아이를 앞에 두고 어쩌면 저리도 스스럼없을 수 있단 말인가? 오히려 정환은 유진과 함께 있을 때 더 긴장을 하는 듯 보여 기이한 마음까지 들었다.

　점심에는 수영장 주변 천막 아래에 돗자리를 깔아놓고 청아가 싸온 김밥 도시락을 먹었다. 유진은 과일과 과자, 음료수 등을 싸왔고 정환은 틈틈이 수영장 매점에서 간식을 샀다. 아무리 빈손으로 오라고 했어도, 아무것도 준비하지 못한—심지어 수영복조차도—윤현은 마음이 불편할 수밖에 없었다. 하지만 이들 중 그 누구도 윤현이 빈손인 것에 대해 타박을 늘어놓거나 눈치를 주는 사람은 없었다. 오히려 윤현을 이런 자리에까지 끌어낸 청아의 능력에 호기심과 의아함을 보일 뿐이었다.

　청아와 유진이 잠시 화장실에 간 사이, 정환은 기어이 호기심을 이기지 못하고는 윤현을 의미심장한 눈으로 바라보았다.

　"너 진짜 청아한테 관심있냐?"

　"뭐?"

　정환의 노골적인 질문에 윤현이 뜨끔한 표정을 지었다.

　"뭐, 예쁜 건 사실이니까 관심을 가질 만은 하지. 내가 도와줄까?"

　"우리 고3인 거 잊었냐?"

　윤현의 차가운 대꾸에도 정환은 아랑곳하지 않았다.

　"고3은 밥 안 먹고 똥 안 싸냐? 너 사시 준비할 거라며? 그럼 장기전인데 대학 들어가면 지금보다 더하면 더했지 결코 덜하지 않아. 재 잡으려면 지금 잡아야지 대학 들어가고 나서는 늦는다."

"누굴 사귀든 말든 그건 내가 알아서 할 문제야."

"까칠하긴."

정환은 재미있다는 듯 큰 소리로 웃어댔다. 오히려 날 선 태도를 보인 윤현 쪽의 얼굴이 무안함으로 시뻘겋게 달아올랐다.

"야! 저 여자 진짜 몸매 죽인다. 한 C컵은 될 것 같지?"

갑자기 정환은 아슬아슬한 비키니 차림의 여자를 가리키더니 감탄사를 토해놓았다. 청아나 정환이나 그러고 보면 참으로 무던한 성격들이었다. 그쯤 되면 같이 화를 낼 수도 있고 분위기가 어색해질 수도 있는데 언제 그랬느냐는 듯 딴소리를 하고 있으니……. 어쨌든 윤현은 저도 모르게 정환의 시선을 따라 한 젊고 미끈한 몸매의 여자에게 시선을 고정시켰다.

수영장 안을 활보하거나 비치 체어에 앉아 선탠을 하는 늘씬한 여자들의 몸매는 확실히 한창 이성에 호기심이 많을 나이인 이들의 눈을 여지없이 잡아끌었다.

"서울 시내 몸매 좋은 여자들은 다 이리로 모인 모양이다. 와! 저 여자 다리 좀 봐. 예술이다. 10점 만점에 8점?"

"……얼굴이 별로야. 6점."

윤현은 저도 모르게 이렇게 대꾸했다.

"그럼 저 땡땡이 비키니는? 청순형 얼굴에 풍만한 가슴, 9점."

"8점. 다리가 휘었어."

윤현은 한 번도 수영복 차림의 여자를 실제로 본 일이 없었다. 그래서인지 막상 여자들을 세세히 뜯어보며 품평을 한다는 것에 새삼 흥미와 호기심을 느끼고는 저도 모르게 푹 빠져들었다. 사진이나 화면으로 보는 것과는 확실히 다른 생생한 여자들의 수영복 차림은 몸은 비록 성인이나 아직은 소년의 때를 벗지 못한 윤현의 정신을 어지럽게 만들었다.

"저기 청아랑 유진이 온다. 쟤들은 어때? 인정하고 싶지 않지만 청아는 9점. 유진인 10점."

윤현은 정환의 상기된 표정을 어이가 없다는 듯 바라보며 혀를 끌끌 찼다. 비록 날씬하긴 하지만 유진은 평범함 그 자체였다. 많이 줘봐야 8점도 과분한 아이를 두고 10점? 그에 비하면 청아는 10점이라는 점수도 모자랄 만큼 완벽한 몸매에 얼굴 또한 인형처럼 예뻤다. 아무리 어릴 때부터 함께 자라다시피 한 소꿉친구라지만, 어떻게 저렇게 편파적으로 바라볼 수 있단 말인가?

"어? 저 남자들은 또 뭐야?"

정환의 갑작스런 볼멘소리에 윤현 또한 시선을 다시금 청아 쪽으로 던졌다.

팔짱을 끼고 걸어오던 청아와 유진에게 어느새인가 젊은 남자 두 명이 다가와 말을 걸며 수작을 부리고 있었다. 대충 분위기로 봐서 이십대 초반의 대학생쯤으로 보였는데 덩치도 좋고 서글서글하니 호감 가는 인상을 하고 있었다.

윤현은 저도 모르게 발끈한 기분으로 당장이라도 자리에서 일어나려 했지만, 바로 그 순간 청아와 유진은 그 남자들과 헤어지더니 이들에게로 종종걸음을 치며 달려왔다.

"아! 진짜 이놈의 인기를 대체 어쩔 거야? 거리를 마음 놓고 걸어다닐 수가 없어요."

청아는 자리에 앉자마자 큰 수건을 몸에 두르며 너스레를 떨어댔다.

"재수없는 거 너도 알지? 대체 뭐라길래?"

그리 드문 일은 아니라 그런지, 정환은 그저 심드렁한 표정만을 지을 뿐이었다. 실상 그의 불만 섞인 시선은 유진을 노골적으로 향하고 있었다.

"같이 놀아보자는 거지 뭐 별거있겠어? 남자 친구들이랑 같이 왔다고 했더니 무지 아쉬워하면서 사라지더라."

청아는 별것 아니라는 듯 대수롭지 않게 넘겨 버렸다.

"우리 물에나 들어가자. 더워."

"암튼 신청아, 너 괜히 유진이랑 다니면서 물 흐려놓지 말고 행동거지 똑바로 해. 얼마나 여자가 빈틈이 많으면 저런 하잘 것 없는 놈팡이들이 꼬이냐?"

정환의 이 같은 말은 오히려 윤현을 놀랍게 만들었다. 내심 동조하면서도 차마 입 밖으론 꺼내기 힘든 말이었는데, 정환은 농담이나 장난이 아니라 아예 대놓고 청아를 비아냥거리고 있었다.

"뭐? 최정환, 너 미친 거 아니냐?"

청아는 발끈하더니 입술을 깨물었다. 하지만 정환은 그녀의 이 같은 반응 정도는 전혀 아랑곳하지 않았다.

"남자들, 아무 여자한테나 그렇게 막 들이대고 그러지 않아. 봐서 넘어오겠다 싶은 여자들한테나 찔러보는 거라고."

"네가 오늘 아주 매를 버는구나. 하잘 것 없는 놈팡이? 넌 S대는 맡아놔서 K대생들 정도는 하잘 것 없어 보이나 보지?"

"K대생? 그걸 믿냐?"

"나랑 사귈 것도 아닌데 그게 진짠지 거짓인지 내가 알 게 뭐야? 그리고 뭐? 빈틈이 많아? 내가 저 인간들한테 말을 걸어달라고 눈웃음이라도 쳤어? 눈길이라도 한 번 줬냐고!"

상황은 어느새 점점 심각해졌다. 아무리 티격태격한다 해도 장난 이상으로 심각해지는 일은 없던 두 사람이었다. 윤현뿐 아니라 유진까지도 안절부절못하며 잔뜩 격앙된 이들의 눈치를 슬슬 살폈다.

"청아야, 그만 해. 정환아, 너 좀 말이 심한 거 아니니?"

"유진이 넌 빠져. 너도 괜히 청아랑 어울려 다니면서 저런 놈팡이들이랑 시시덕거리고 다니지 말란 말이야. 아님 너도 얼굴에 혹하는 애였냐? 저런 대학생들이 같이 놀자고 말 걸어주니까 아닌 척하면서도 은근히 좋은가 보지?"

"최정환."

별로 눈치랄 것도 없는 윤현조차 이쯤 되고 보니 정환이 왜 이렇게 그답지 않게 화를 내고 심한 말을 퍼부어대는지 대충 알아챌 수 있었다. 정환은 유진에게 마음을 두고 있었고, 유진이 멀끔하게 생긴 대학생들의 시선을 받자 그것을 못 참아하고 청아에게 화풀이를 하고 있었던 것이다. 사실 유진은 평범함 그 자체라 아마 혼자 다녔더라면 남자들의 시선을 끌지는 못했을 것이다. 청아의 모습이 워낙에 눈에 확 띄리만치 비범하다 보니 유진에게도 그 여파가 미친 것일 뿐이고, 그 사실을 너무나 잘 알고 있는 정환은 청아에게 원망의 화살을 돌리고 있는 것이었다.

"안 되겠다. 오늘은 애들도 있고 하니 그만 하자. 난 먼저 일어날게."

청아는 당장이라도 화를 낼 것처럼 파르르니 떨면서도 평정심을 발휘하고는 자리에서 벌떡 일어섰다.

"청아야, 나도 같이 가."

유진 또한 이들의 눈치를 보며 주섬주섬 일어났다. 모처럼 놀러왔는데 분위기는 북풍한설처럼 싸늘해졌다. 차라리 서로 말이라도 섞으며 싸우기라도 하면 얼추 풀어질 수도 있을 것 같은데, 단단히 화가 난 청아는 의외로 말을 아꼈다. 정환 또한 굳은 표정만을 지은 채, 벌떡 일어나는 청아를 말리는 시늉조차 하지 않았다.

"신청아, 나랑 얘기 좀 하자."

이때 윤현이 이 숨 막히는 상황에 대뜸 끼어들었다. 같이 어울려 노는 내내, 별말없이 있는 둥 마는 둥 하던 윤현이 이렇게 불쑥 끼어들자 정환, 청아, 유진, 모두 놀라 그를 빤히 응시했다.

“애기?”

“응. 잠깐 저쪽으로 가서 애기 좀 해.”

윤현은 청아의 대답은 듣지 않은 채, 먼저 성큼성큼 걸어가 버렸다. 수영장 안은 사람들로 발 디딜 틈이 없을 정도로 복잡해서 잘못하다가는 사람을 놓칠 수도 있었다. 청아는 얼떨결에 정환과 유진만을 남겨놓은 채, 윤현의 뒤를 따랐다. 그는 수영장 구석에 있는 대형 천막 기둥 옆으로 가더니 비로소 걸음을 멈추고 청아를 돌아보았다.

“무슨 말인데?”

청아는 의아한 표정을 지으며 윤현을 올려다보았다. 하지만 그는 무심한 표정으로 눈이 부실 만큼 파란 하늘만을 넌지시 바라볼 뿐이었다.

“할 말 없어.”

“뭐?”

“자리 피해주자고 부른 거야. 할 말은 없으니까 그냥 여기에 좀 있다가 가자.”

“그게 무슨 말이야?”

“너 정말 모르는 거냐?”

“뭘?”

청아는 의아한 표정을 지었다.

“저 녀석, 유진이한테 마음 있잖아.”

“뭐?”

"정말 몰랐어?"

"말도 안 돼."

청아는 내심 충격을 받아 얼굴이 거의 하얗게 질려 버렸다. 그동안 어울려 다니면서도 단 한 번도 정환의 마음을 눈치 채거나 헤아려 보지 못했다. 정환이 여자에게 관심을 둘 수도 있다는 것 역시도 생각해 본 일이 없었다. 기분이 이상야릇했다.

청아는 인파들 사이로 언뜻언뜻 비치는 정환과 유진의 모습을 다시금 유심히 살펴보았다. 확실히 어색해하는 그 두 사람의 모습이 먼발치에서 보기에도 심상치 않아 보였다. 왜 그동안 눈치 채지 못했던 것일까? 유진과는 3학년이 된 이후로 급속도로 친해졌고, 정환과 함께 어울리기 시작한 것도 그때부터였다. 그러고 보면 그동안 정환은 청아가 다른 여자 아이들과 있을 적에 그다지 끼어든 적이 없었다. 약간 낯을 가리기도 했고, 어쩌다 한 번이면 모를까, 노상 여학생들 틈에 끼어들어 어울린다는 것도 남자로서 꺼려지는 일이었기 때문이다. 생각해 보니 청아 이외의 여학생을 자신의 집에 스스럼없이 불러들인 것도 유진이 처음이었다.

"바보, 바보. 그걸 눈치를 못 채냐."

청아는 혼잣말을 하며 입술을 깨물었다. 허전함, 배신감, 무언가를 빼앗긴 듯한 상실감, 이상야릇한 감정들이 이리저리 뒤섞여 청아의 기분을 씁쓸하게 만들었다.

"근데 넌 그걸 어떻게 안 거지? 정환이가 뭐라고 귀띔이라도 한 거야? 아니, 저 자식은 왜 나한테가 아니라 너한테 그런 얘길 해?"

윤현은 차마 수영복 여자들에 대한 품평을 늘어놓다가 갑작스레 정환의 마음을 눈치 채었다고는 실토할 수 없었다. 사랑의 힘이 아니고서야 어찌 몸에 굴곡도 하나 없는 평범함 그 자체인 여자애에게 만점을 줄 수 있단 말인가?

"나한테 그런 얘길 할 리가 없잖아. 그렇게 친한 사이도 아닌데. 그냥 분위기를 보고 눈치 챘을 뿐이야."

윤현은 이렇게 우물거렸다.

"아니, 늘상 붙어 있는 나도 눈치 못 챈 일인데 넌 잠깐 어울리고도 알아챘다고?"

"원래 등잔 밑이 어둡다잖아. 괜히 두 사람 사이에 끼지 말고 따로 시간 보내다 가자. 수영복도 빌렸는데 그 값은 해야지."

하지만 청아는 기둥에 몸을 기대는 듯하더니 그냥 맨바닥에 힘없이 스르르 주저앉았다.

"나쁜 놈. 날 이용해 먹었다 이거지? 유진이랑 어떻게든 시간 한번 보내보겠다고 그렇게 사람을 오라 가라 이용해 먹었던 거란 말이지? 나쁜 자식. 지가 그러고도 내 친구야?"

"왜 그렇게 생각하는 거야? 친구한테 좋아하는 사람이 생기면 축하해 줘야 하는 거 아닌가?"

윤현은 정말로 이해가 가지 않아 이렇게 물었다.

"축하? 강아지가 풀 뜯어먹는 소리 하고 있네. 친구면 속이는

게 없어야지. 유진이를 좋아하면 좋아한다고 진즉에 말했으면
누가 뭐래? 난 지한테 이제껏 숨기는 거 없이 있는 얘기 없는 얘
기 다 하고 살았는데. 나 그 자식 앞에서 유진이 욕도 했단 말이
야.”

“있는 얘기 없는 얘기…… 다 하는 사이였냐?”

“친구잖아. 베스트프렌드 일 순위였다고.”

청아는 잔뜩 볼멘소리로 이렇게 내뱉었다.

“하지만 각자 애인이 생기면 하는 수 없는 거잖아. 각자 애인
이 생겨도 지금처럼 친하게 지낼 수 있겠어?”

“아, 몰라. 어떻게 지가 먼저 좋아하는 여자애가 생기냐고. 생
기면 내가 먼저 생겼어야 말이 되잖아. 난 아직 남자 친구도 없
는데 이젠 찬밥이 따로 없겠네. ……유진이도 정환일 좋아하나?
네가 보기엔 어떤 거 같으니?”

“뭐, 그건 나도 모르지.”

윤현은 이러면서 슬쩍 정환과 유진의 모습을 살펴보았다. 아
까 전의 어색하던 모습은 온데간데없이 두 사람은 스스럼없이
웃으며 자신들만의 화기애애하고 애틋한 시간을 만들고 있었
다. 적어도 그의 눈으로 보기에는 그러했다. 윤현과 청아가 언
제나 올지 기다리는 기색도 전혀 보이지 않았다. 이쯤 되면 유
진도 정환에게 마음이 있다고 보는 거 무방할 듯싶었다.

“유진이 땜에 날 그렇게 밟았다 이거지? 나쁜 자식. 나 집에
갈 테니까 애들한테 먼저 간다고 얘기 좀 해줘. 이 기분으론 도

저히 쟤네들 못 볼 것 같으니까.”

“나도 같이 가.”

윤현은 얼른 이렇게 말했다.

“하긴 네가 저 바퀴벌레들 사이에 껴서 뭐 하겠냐. 우리 그냥 말하지 말고 튀어버릴까?”

“그건 안 되지. 내가 말하고 올 테니까 넌 옷 갈아입고 나와. 매표소 앞에서 만나자.”

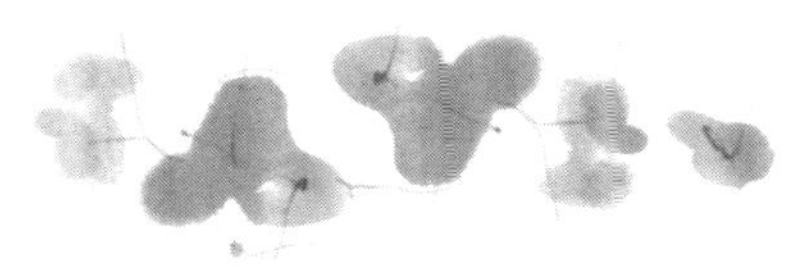

결국 청아와 윤현은 옷을 갈아입고 매표소 앞에서 만나기로 약속했다. 청아는 서둘러 샤워를 마치고 옷을 갈아입었다. 시계를 보니 아직 겨우 오후 두 시를 살짝 넘겼을 뿐이다. 물놀이하기엔 한창 적격인 시간이라 사실 홧김에 그냥 나와 버린 게 조금은 아깝기도 했다. 또 괜히 정환과의 다툼 때문에 멀쩡히 잘 놀고 있는 윤현을 방해한 것 같아 미안한 마음도 들었다. 말은 하지 않았지만 윤현은 수영장이 처음인 듯싶었고, 꽤나 재밌어하는 기색이 역력했던 것이다.

청바지에 싸구려 티셔츠를 아무렇게나 걸쳐 입은 윤현은 매표소 앞 그늘에서 청아를 기다리고 있었다. 쭉 뻗은 훤칠한 키에 선이 뚜렷한 얼굴 윤곽이 멀찍한 곳에서도 청아의 눈에 확 들어왔다. 늘 교복을 입은 모습만을 봤을 뿐이라 사복 차림을 한 그를 보니 고등학생이라 보기 힘들 만큼 성숙하면서도 생경해 보였다.

청아의 가슴은 순간 철렁 내려앉았다. 아무렇지도 않게 지나치곤 하던 늘 똑같이 보던 얼굴인데 새삼 왜 이렇게 가슴이 두근거리고 찌릿한 건지 도무지 알 길이 없었다. 평상시 거의 무표정으로 일관하던 그가 자신을 향해 입가를 씩 올리며 미소를 짓자, 아예 심장이 사르르 녹아 없어지는 듯했다. 청아는 저도 모르게 가슴에 손을 얹고 진정을 시켰다. 신성우나 이덕진같이 잘생긴 용모의 가수들을 보면 가슴이 두근거리듯이 윤현 또한 그런 것일 뿐이다. 저렇게 잘생겼는데 어찌 아무렇지도 않게 대할 수 있단 말인가?

확실히 윤현은 군계일학과도 같은 존재였다. 학교 내에 윤현처럼 잘생긴 외모의 남학생이 아주 없는 건 아니지만, 그와 같은 분위기를 내는 남학생은 없었다. 서 있는 모습 자체만으로도 강력한 후광을 내뿜는 고3 남학생이 어디 흔하겠는가? 안 그래도 윤현은 오가는 사람들의 은근한 동경의 시선을 여지없이 한 몸에 받고 있었다. 본인이 그것을 눈치 채고 있는 것인지, 아니면 모르는 척하는 것인지 윤현은 태연하기 짝이 없었다. 확실히 지존급이다.

청아 역시 예쁜 외모로 어딜 가든 주위 사람들의 시선을 끌었지만, 그걸 편하게 받아들이지도 못했고 작은 키가 걸려 마냥 좋지만은 않았다. 딱 10㎝만 더 컸다면 얼마나 좋을까 생각한 적도 많았다. 얼굴이야 고치면 그만이라지만, 작은 키만은 어찌 해 볼 도리가 없으니 말이다.

"많이 기다렸어?"

청아의 얼굴에는 미안한 기색이 역력했다. 아무래도 긴 머리 칼을 말리고 옷매무새도 단정하게 하려다 보니 시간이 생각보 다는 많이 걸렸다.

"별로. 가자."

윤현은 이내 본연의 무표정으로 돌아오더니 먼저 성큼성큼 걸음을 옮겼다.

"정환이는 뭐래?"

"아마 재밌게 놀다 올 거야."

"뭐? 아니, 지 친구가 화가 머리끝까지 나서 휙하니 가버렸는 데도 재밌게 논다고?"

청아는 순간 발끈해서 소리쳤다.

"이왕 노는 거 재밌게 노는 게 좋잖아. 모처럼 하루 시간 내서 노는 건데 기분을 망칠 필요는 없지."

"뭐, 그건 그런데……. 저 너한텐 미안하게 됐어. 너야말로 나 때문에 기분 망쳤지?"

청아는 은근슬쩍 눈치를 보며 우물거렸다.

"네가 그런 것도 생각하는 애였냐? 발끈해서 나가자길래 아무 생각도 없는 줄 알았지."

윤현은 재미있다는 듯 대꾸했지만, 워낙에 무표정이라 청아에게는 마치 화가 난 것처럼 보였다.

"진짜 미안. 날도 더운데 우리 어디 에어컨 빵빵한 데 들어가서 음료수나 마실래? 내가 살게."

"저기, 신청아."

"응?"

"나도 콜라 한 잔 살 정도의 여유는 있어. 공짜로 놀러갔는데 아무렴 너한테 그런 신세까지 질까 봐?"

"그런 뜻이 아니라……."

청아는 일순 난처한 마음에 어쩔 줄을 몰라 하며 허둥거렸다.

"내가 이래서 우리 집 꼴을 보이기 싫었던 거야. 나 학교에서 장학금도 타고, 우리 부모님 넉넉하게는 아니지만 다들 일도 하셔. 빚 때문에 지금 상황이 이렇게 된 거지 아주 못 먹고 못사는 집 아니라고."

"누가 그렇대? 미안하니까 사겠다는 거지 누가 너 돈 없을 거 생각해서 그러는 거냐고. 나 그렇게 성질 착하고 좋은 애 아니거든? 암튼 난 이렇게 따지는 애 보면 재수없더라. 나중에 지가 돈 많이 벌면 얼마나 사람 무시할 거야? 안 봐도 비디오다."

청아는 아차 싶은 마음에 더 오버해서 소리를 질렀다. 그의 어려운 사정을 알게 되고 나서는 은연중에 그런 마음이 없다고는 말을 할 수 없었다. 하긴 단칸 셋방에 산다고 정말 콜라 한

잔 살 돈이 없겠는가? 지나친 배려는 확실히 상대방을 불쾌하게 할 수도 있다는 것을 고려해야 했다.

"가자."

윤현은 가늘게 한숨만을 내쉬더니 앞서 걸었다. 집으로 향하는 버스를 탄 이들은 한참이나 말없이 그저 서로의 눈치만을 살폈다. 윤현은 윤현대로, 청아는 청아대로 서로에 대한 미안함으로 어떻게 먼저 말을 꺼내야만 할지 내심 그 궁리들만을 하고 있었다.

버스에서 내리고 나니 두 사람의 어색함은 무마되기는커녕 한결 더해만 갔다. 정류장 앞에서 얼마간 서로의 눈치를 보며 머뭇거리던 이 두 사람은 결국 청아가 먼저 손을 내밀면서 그 어색한 상황을 종료시킬 수 있었다.

"저기 어쨌든 미안한 건 나니까 내가 콜라 살게. 우리 저기로 들어갈까?"

청아는 바로 눈앞에 보이는 패스트푸드점을 슬쩍 가리켰다. 윤현은 마지못한 듯하면서도 은근슬쩍 고가를 끄덕이더니 그녀의 뒤를 휘적휘적 따랐다.

점심을 든든히 먹은 터라 윤현은 콜라 두 개와 프렌치프라이만을 사들고 왔다. 사겠다는 청아를 굳이 앉혀두고 기어이 비상금을 탈탈 턴 것이다.

"내가 사려고 했는데."

청아의 미안한 표정에 윤현은 덤덤히 이렇게 일축했다.

"누가 사면 어때? 여기 시원하고 좋다. 이런 데서 음료수 한 잔 시켜놓고 앉아 있으면 피서가 따로 없겠어."

"보통 다들 그렇게 하잖아."

"그런가? 난 이런 데 거의 안 와서."

하긴 친구도 없는데 이런 곳에 올 일이 뭐가 있었겠는가. 청아는 보면 볼수록 윤현의 처지가 안타깝고 안쓰럽다는 생각을 억누를 수가 없었다. 그 자존심 때문에 그동안 일부러 친구들도 사귀지 않은 것이다. 가난한 게 대체 뭐라고 친구들까지 거부하고 홀로 외롭게 지낸단 말인가? 늘 친구들에게 둘러싸여 있는 그녀로서는 그러한 삶의 방식이 도무지 이해가 가지 않았다.

"앞으로 나랑 자주 오자. 오늘은 네가 샀으니까 담엔 내가 살게."

윤현은 청아의 이 같은 말에 한동안 빤히 그녀의 얼굴을 응시했다.

패스트푸드점 안은 방학과 휴가를 맞은 학생들과 직장인들로 북적였고, 요즘 유행하는 댄스 음악들이 쉬지 않고 요란스레 흘러나왔다. 에어컨 바람은 시원하다 못해 몸서리가 처질 정도로 서늘했다.

"넌 친구가 많지?"

비로소 윤현은 입을 열었다.

"뭐, 그런 편이지."

청아는 머쓱한 표정으로 대꾸했다. 한참이나 이상야릇한 눈빛으로 바라보더니 고작 한다는 소리가 넌 친구가 많지? 라니…….

"그런데 굳이 나까지 친구 삼을 필요가 있겠어?"

"……."

청아의 말문은 그만 탁 막혀 버렸다. 윤현의 서늘한 눈매에서 풍기는 접근하기 힘든 냉기가 순간 그녀를 움츠러들게 만들었다. 기분이 이상했다. 뭔가 가슴이 따끔거리는 것만 같았고 뭐라 대꾸를 해야 할지 알 수 없을 정도로 머리가 혼란스러웠다.

"너, 내 처지 잘 알잖아. 한가하게 친구와 이런 데 들락거릴 만큼 여유롭지 못하다는 거. 시간도 그렇고 금전적으로도 그렇고 나한텐 사치야. 오늘 같은 경우는 특별히 예외였고."

"……."

"오늘 즐겁긴 했는데 솔직히 한편으론 불안하더라. 이런 생활에 젖어버리면 아무래도 혼란스러워질 것 같아서. 이제껏 유지했던 내 생활이 송두리째 무너져 버릴 것단 같기도 하고 말이야. 이해할 수 있겠어?"

"저기 난 그저……."

"고3한텐 여름방학이 특히 중요해. 더구나 난 재수할 입장이 못 돼서 내년엔 반드시 대학에 들어가야 하고 전기에서 떨어지면 후기라도 가야만 하는 상황이야. 한데 난 후기 대학엔 가고 싶지 않아. 하준이 형 말을 듣고 나니 그 생각이 더 확고해졌어.

어느 대학에 가든 본인만 공부를 열심히 하면 사시쯤이야 문제 없을 거라 생각했지만, 문제는 되고 나서더라. 나처럼 아무 뒷받침도 없는 애가 자리를 잡으려면 학연이라도 붙잡을 수밖에 없단 말이야.”

윤현은 덤덤한 모습으로 계속해서 말을 이어나갔다.

“난 너희들처럼 한가한 처지가 아니야. 니들은 올해가 아니면 내년이고 내후년이고 기회를 가질 수 있겠지만, 난 아니라고. 자꾸 이런 식으로 나가다간……”

“그냥 하루 수영장에 간 것뿐이야. 기껏해야 하루라고. 하루 논다고 해서 달라질 일이 뭐가 있어? 지금부터 다시 공부하면 되잖아. 네 생활이 무너질 일이 뭐가 있다고 그러는 거야?”

청아로서는 도무지 이해할 수 없는 일이라 이렇게밖에 말할 수가 없었다.

“그렇지. 단 하루, 그나마 반나절일 뿐이었는데 말이야.”

윤현은 멍한 표정을 지으며 이렇게 되뇌었다. 생각해 보니 정말로 위험한 행동이었다. 고작 반나절을 같이 놀았을 뿐인데도 그가 느끼는 감정의 여파는 상당했다. 요 몇 달간 청아의 존재는 그를 야금야금 잠식해 들어갔다. 인사를 하던 단계에서 어쩌다 같이 점심을 먹거나 하교를 하는 단계까지 갔고 급기야 정환의 집에 놀러가는 일까지 벌어졌다. 그리고 이젠 그전이라면 상상도 못했을 수영장에까지 동행했다.

윤현은 그동안 변한 자신의 행동에 새삼 충격을 받고는 그만 실소를 터뜨렸다.

"하! 내가 지금 여기서 뭘 하고 있는 거지? 이건 말도 안 돼."

"윤현아."

"신청아, 미안하다. ……앞으론 날 모른 척해줘."

"뭐?"

청아는 윤현의 느닷없는 말에 믿기지가 않는다는 듯 그저 두 눈만 깜박거렸다.

"내 집안 사정에 대해서 굳이 비밀을 지켜달라고는 말하지 않을게. 그건 네가 알아서 해. 한데 예전처럼 그냥 날 내버려 둬 줘. 만나도 인사하지 말고 말도 걸지 마. 부탁한다."

"너, ……너 정말."

청아는 기가 막혀 그만 말까지 더듬었다. 얼굴이 화끈거리고 테이블을 붙잡고 있던 양손이 덜덜 떨렸다. 자기가 뭐라고 만나도 인사하지 말고, 말도 걸지 말라는 건가? 자기가 나랑 무슨 대단한 사이라고?

"그럼 난 이만 가봐야겠다. 오늘 덕분에 잘 놀았어."

윤현은 다짜고짜 이 말만을 마치더니 자리에서 벌떡 일어섰다.

청아는 매장의 통유리를 통해 떠나는 그의 뒷모습을 그저 황망히 쳐다보기만 했다. 도무지 황당하고 분해서 참을 수가 없었다.

오늘 하루, 아주 화기애애하고 즐거운 분위기였다. 친하게 지내지는 못하더라도, 좋은 친구는 될 수 있을 거라 믿었다. 조금은 더 가까워졌다는 생각으로 내심 뿌듯하기도 했었다. 한데 뭐라고? 다시는 아는 척도 하지 말라고?

그녀는 하얗게 질린 얼굴로 한동안 바들바들 떨다가, 이대로 그를 보내서는 안 되겠다는 생각으로 서둘러 매장을 빠져나갔다. 저 멀리 인파들에 뒤섞여 성큼성큼 걸어가는 윤현의 뒷모습을 발견한 그녀는 작정을 하고, 있는 힘껏 그를 따라붙었다.

"야! 이윤현, 너 거기 서."

윤현은 청아의 목소리에 저도 모르게 걸음을 멈추었다. 헐떡이는 숨을 어느 정도 고른 청아는 거의 이를 악물다시피 하며 나직한 소리로 이렇게 내뱉었다.

"이윤현. 네가 나랑 무슨 사이라도 되냐?"

윤현은 이 소리에 저도 모르게 몸을 돌려 청아의 냉랭한 얼굴을 멀건이 응시했다.

"네 말대로 나 친구 많아. 굳이 너까지 친구로 삼지 않아도 될 만큼. 알았어. 네가 진지하게 부탁까지 하는데 별수없지. 한데 그거 알아? 내가 네 부탁을 들어줄 만큼 너랑 친한 사이는 아니란 거 말이야."

"……."

"그런 건 굳이 부탁까지 할 필요 없어. 그냥 만나도 아는 척하지 말고 인사도 받아주지 않으면 돼. 그럼 자연적으로 떨어져 나가게 돼 있거든. 너 원래 그거 특기잖아?"

청아는 평정을 되찾음과 동시에 이제는 입가에 가벼운 미소까지 머금었다.

"자신의 처지가 곤란하고 감당하기 힘들다 해서 타인과의 관계를 이런 식으로 아무렇지도 않게 무시해 버리는 아이라면, 나도 친구 하고 싶지 않아. 어쨌든 네 목표하는 바를 꼭 이루길 바란다. 인간성이 바닥인 사람이 사회적으로 성공하는 건 바람직하진 않지만, 인간성도 바닥인데 사회적으로 실패까지 하면 얼마나 비참하겠어? 그럼 안녕. 네 말대로 다시는 아는 척하지 않을게."

자존심을 다친 청아는 자신이 쥐어짤 수 있는 최대치의 모욕적인 언사를 끌어내어 가차없이 윤현에게 쏟아내었다. 그리고는 자신의 모진 언사가 토해놓은 결과물에 대해선 확인할 가치도 못 느낀다는 듯 윤현의 얼굴은 거들떠보지도 않은 채, 뒤돌아 길을 재촉했다.

윤현은 피가 나도록 입술을 깨물며, 꽉 그러쥔 양손을 바들바들 떨었다. 그는 포니테일로 머리를 묶은 청아가 뒷머리를 찰랑거리며 길거리를 뛰다시피 걸어가는 것을 한동안 아프도록 지켜보았다.

청아에게 정신없이 휘둘리는 것에 대한 거부감이 기어이 그를 극단으로 몰아가고야 말았다. 수영복을 입은 청아의 모습이 황홀하리만큼 예뻐 마음이 줄곧 격렬하게 요동쳤다. 같이 버스를 타고 가는 내내, 버스 손잡이를 통해 언뜻언뜻 스치는 그녀의 손가락에 온 전신이 화닥거려 미칠 것만 같았다. 얼굴만 예쁜 그저 그런 아이라 생각했고, 또 그렇게 생각하려 노력했다. 하지만 알면 알수록, 겪으면 겪을수록, 청아는 예쁜 얼굴 이상으로 사람의 마음을 여지없이 잡아끄는 매력을 지니고 있었다.

"앞으로 나랑 자주 오자. 오늘은 네가 샀으니까 담엔 내가 살게."

이 소리를 듣는 순간, 그는 마치 청아로부터 프러포즈를 받은 양 어쩔 줄을 몰랐다. 물론 '앞으로 나랑 자주 오자' 란 말이 사귀자는 말도 아닐뿐더러 그 아이는 그저 친구로서의 호의를 베푼 것에 지나지 않았다. 한데 윤현 자신은 그렇게만 받아들일 수가 없었다. 이런 식으로 계속 그녀와의 만남을 지속시켜 나간다면, 그의 마음은 걷잡을 수 없이 커져만 갈 것임은 불을 보듯 뻔했다. 지금과 같은 약간의 만남만으로도 자제심이 뿌리째 흔들릴 만큼 영향력을 발휘하는데 만약 정말 사귀기라도 한다면 그 여파는 어떠할지 상상조차 할 수가 없었다.

윤현은 자신이 청아에게 범한 무례는 생각지 않고, 그녀가 내뱉은 모질고 인정사정없는 힐난에 그만 몸이 휘청거릴 만큼 깊은 상처를 입었다.

"인간성이 바닥인 사람이 사회적으로 성공하는 건 바람직하진 않지만, 인간성도 바닥인데 사회적으로 실패까지 하면 얼마나 비참하겠어?"

'인간성이 바닥인 사람? 하! 내가 왜 이런 지경에까지 온 거지? 아니야. 무슨 비난을 듣더라도 개의치 말자. 난 이렇게 무너질 수 없어. 조금만 더 노력하면 되는데 이깟 계집애 하나 때문에 내 인생을 함부로 굴릴 수는 없는 일이잖아.'

하지만 폭염이 내리쬐는 콘크리트 거리를 미친 듯이 달려가는 윤현의 얼굴에는 주체할 수 없는 눈물이 폭포수처럼 흘러내리고 있었다.

실로 최악의 날이었다. 어릴 때부터의 죽마고우 최정환은 여자에 눈이 멀어 배신을 때리지 않나, 호감 급상승 중이던 싸가지 이윤현은 잘나가던 분위기에 찬바람 정도가 아닌 허리케인을 때려 버리질 않나. 가뜩이나 더운 것만으로도 혈압이 올라 죽겠는데 이 두 인간들의 연달은 인정머리없는 짓거리에 청아의 분은 좀처럼 풀리지가 않았다.

역시 첫인상이 안 좋은 놈은 그예 그 값을 하고야 만다. 싸가지 없이 전교생을 왕따시킬 때부터 알아봤어야 하는 건데…….

"뭐 앞으로 모른 척해달라고? 아주 사람 엿 먹이네. 지가 무슨 나랑 사귀는 사이야, 뭐야? 우리가 뭐 얼마나 친했다고 모르는 척하고 말고 하냐고."

청아는 침대 위에서 앉았다 누웠다를 반복하며 저녁나절 내내 동동거렸다. 저녁 밥맛도 소태처럼 써서 먹는 둥 마는 둥 했다. 도무지 분기가 풀리지 않았다.

그 와중에 정환의 전화가 왔으니 그 전화에 좋은 말이 나올 리는 만무했다. 청아는 세린이 내민 무선 전화기를 받아 들더니 방문을 굳게 걸어 잠그고는 정환에게 다짜고짜 냅다 소리부터 질렀다.

"야! 이 자식아. 앞으로 너랑 절교야. 십 년 우정을 이런 식으로 배신하냐?"

[그놈의 절교 타령 또 나온다. 미안해, 신청아.]

정환은 느물거리며 청아를 살살 달랬다.

"너, 내 성이랑 이름 붙여서 부르지 말랬지? 울 아빠가 심 봉사냐? 울 엄마가 뺑덕어멈이냐고."

[윤현인 그렇게 불러도 암 말 안 했잖아.]

"그 자식 얘긴 꺼내지도 마. 공부에 방해된다고 앞으론 아는 척도 하지 말란다. 뭐 그딴 게 다 있냐?"

[뭐? 정말 그랬어?]

수화기 너머의 정환은 정말로 놀라 이렇게 되물었다. 청아에게 호감 이상의 감정을 품고 있음이 분명해 보여 앞으로 잘되려나 싶었는데 가까워지기는커녕 아는 척도 하지 말라?

진짜 무서운 놈이었다. 그리고 그만큼 청아에게 흔들리는 마음이 강하다는 것을 반증하는 것이기도 했다. 연애 감정까지 억누르며 대입 준비에 정진하겠다는 각오를 가지고 있으니 좀처럼 그놈을 이길 수 없었던 건 어쩌면 당연한 건지도 모른다. 정환은 속으로 윤현의 지독함에 혀를 내둘렀다.

"너도 그 자식이랑 쌩까. 그 자식이랑 조금이라도 가깝게 지내는 꼴을 보이기만 해. 그땐 십 년 우정도 아낌없이 버릴 테니까. 그리고 너 유진이 좋아하냐?"

[뭐?]

"애인 생기면 친구야 헌신짝 신세인 건 아는데 그렇다고 뭐 빈틈이 어쩌고 어째? 이걸 확."

[미안해, 청아야. 진짜 내가 입이 열 개라도 할 말 없고 내가 진짜 나쁜 놈이다.]

정환은 비록 수화기 너머지만 손이 발이 되도록 빌었다. 이들의 다툼은 언제나 그러하듯 몇 마디 말을 주고받는 동안 자연스레 사그라졌다. 청아로서는 윤현에게 치미는 화가 더 컸던지라 자연스레 정환에 대한 화는 그 비중이 확 줄어들었다. 또한 정환으로서는 유진과 수영장에서 단둘이 시간을 보내면서 나름 진도를 빼놓은 터라 그 어떠한 비굴한 사과라도 기꺼이 감수할 용의가 있었다.

청아는 윤현에 대한 화풀이와 욕을 정환에게 늘어놓으며 어느 정도 울화를 잠재울 수 있었다. 그리고 한창 수다를 떨다 보니 윤현에 대한 생각도 점점 희미해져 가기 시작했다.

약간 호감이 생길락 말락 하던 차에 인간성의 바닥을 알아버린 게 오히려 다행인 듯도 싶었다. 가는 사람 안 붙잡고, 오는 사람 안 말리는 청아의 기본 성향도 이 일을 쉽게 잊어버리는 데 한몫했다.

[너 근데 정말 그렇게까지 막말을 한 거냐? 나야 너 흥분하면 생각없이 말하는 거 잘 알지만, 그래도 남한테 그런 식으로까지 말하진 않았잖아. 인간성 바닥은 좀 심했다.]

"네가 그때 그 분위기를 몰라서 그래. 완전 뒤통수 제대로 때리는데 장난이 아니더라. 정말 내가 좀…… 심했냐?"

청아는 머리를 긁적이며 곰곰이 그때 그 상황을 떠올려 보았다. 하긴 인간성도 바닥인 사람이 사회적으로 실패까지 하면 더 비참할 거란 말은 좀 심하다 싶은 생각도 들었다.

[많이 심했지.]

웬만하면 별다른 이의 없이 같은 편을 들어주던 정환까지 많이 심하다고 하니, 청아의 마음은 일순 찜찜해졌다.

"아! 몰라. 심했다 해도 이미 엎질러진 물이야. 이젠 다시 볼 애도 아닌데 신경 끊을 거야."

청아는 자신이 내뱉은 말처럼 윤현에 대한 생각을 완전히 지우고 더 이상 신경 쓰지 않았다. 자존심이 있는 대로 상한 건 사실이지만 그만큼 되갚아줬다고 생각하니 별로 억울할 것도 없었고, 그의 말대로 여름은 고3에게는 가장 중요한 계절이었다. 진로에 대한 고민, 머릿속에 잘 들어오지 않는 공부, 그리고 관리해 줘야 할 다양한 친구들만으로도 하루해가 빠듯했다.

일주일간의 진짜 방학이 끝나고 보충수업을 위해 등교한 청아는 윤현과 마주칠 때마다 투명인간 취급하며 지나쳐 갔다. 아는 얼굴만 보면 반사적으로 웃으며 지나가는 청아의 평소 습관도 윤현과 마주치면 거짓말처럼 사라져 버렸다. 얼굴이 굳어지거나 기분 나빠하는 표정도 지을 필요가 없었다. 모르는 아이를 보면서 얼굴이 굳어지거나 기분 나쁠 이유는 전혀 없기 때문이다. 윤현은 그야말로 철저히 청아의 기억 속에서 삭제 처리되었다.

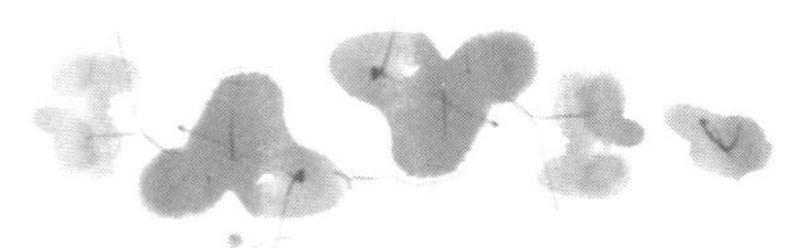

좀처럼 올 것 같지 않던 선선한 가을이 어느새인가 성큼 다가왔다. 올해 추석연휴는 주말을 포함해 나흘간이었다. 청아의 큰집은 한 시간 이내 거리의 서울이라 남들처럼 힘들게 귀경길에 오를 필요가 없었다. 보통은 전날에 미리 가서 음식 준비를 도왔는데, 물론 청아와 세린은 사촌들과 노느라 더 정신이 없었다.

이번에 청아는 새벽같이 차례만을 모시고는 먼저 큰집을 나왔다. 고3이라는 핑계를 대긴 했지만, 사실은 정환과 유진을 만나 같이 영화를 보러 가기로 미리 약속을 했기 때문이었다.

약속 장소인 종로3가 전철역에 도착해 보니 정환, 유진뿐 아니라 하준까지 나와서 청아를 기다리고 있었다.

"어, 쭈니 오빠까지 나왔네?"

하준은 고시 준비를 하는 동안은 수염도 잘 깎지 않고 편안한 트레이닝 복을 일상복처럼 입고 다녔지만 원래는 깔끔한 것을 좋아하고 옷에도 관심이 많은 성격이었다. 호남형의 훤칠한 모습에 모처럼 면도를 깨끗이 하고 면바지에 체크무늬 남방까지 갖춰 입으니 마치 딴 사람인 양 그럴듯해 보였다.

"웬일이야? 오빠 오늘 진짜 멋있다."

청아는 하준의 모습을 아래위로 훑으며 탄성을 내질렀다.

"차례 모시는데 목욕재계는 해줘야지. 짝 맞춰주느라고 나왔으니 고마운 줄 알아라."

하준은 나란히 서 있는 정환과 유진을 슬쩍 눈짓으로 가리켰다.

정환과 유진은 은연중에 공식 커플로 주변의 인정을 받고 있었지만, 둘 다 의뭉스런 성격이라 그런지 결코 본인들이 커플이라는 것을 대놓고 인정하지는 않았다. 청아로서는 이해하기 힘든 일이었다.

지난여름 수영장에 다녀온 이후로 두 사람은 눈에 띄게 친해졌고 커플들이 할 만한 행동들은 죄다 실행에 옮겼지만, 본인들은 사귄다는 소문을 극구 부인했다. 학력고사나 무사히 치른 후에야 공식적으로 인정을 할 모양들인지, 그 둘은 꼭 자신들의 만남에 청아를 끼워 넣으며 단지 친구 사이일 뿐이라며 주장을 하곤 했다. 물론 청아야 그 둘의 사정을 조 꿰뚫고 있었고, 이 두 사람의 연막에 일조를 더해주고 있었다.

"너랑 영화 본다고 하니까 부득불 쫓아 나오더라. 고시생이 저래도 되는 거냐?"

정환은 하준을 바라보며 혀를 끌끌 찼지만, 그는 오히려 너나 잘하라는 듯 이렇게 일축했다.

"학력고사 백일 전이 내일모레다. 난 고3 때 영화관은 꿈도 못 꿨어."

"정말 그러네. 완전 카운트다운 시작이구나. 그런 의미에서 오늘은 좀 놀아줘야겠지?"

백일 전이라는 것이 확실히 마음에 부담을 주는 건 사실이지만, 청아의 문제집과 서머리 노트는 여전히 앞의 열 페이지 정도만 볼펜으로 닥닥 그어져 있을 뿐, 나머지는 깨끗하기만 했다. 아예 공부가 바닥이라 딱 포기해 버릴 수 있는 성적이면 더 마음이 편했을지도 모른다. 하지만 포기할 성적도 아니고 그렇다고 딱히 들어갈 수 있는 성적도 아닌 청아에게 다가오는 입시는 한층 더 부담스럽기도 하고 피하고 싶은 순간이기도 했다. 다른 한편으로는 빨리 시험을 치른 후, 붙든 떨어지든 이 중압감에서 벗어나고 싶다는 생각도 들었다.

정환과 유진을 위해 청아는 하준의 옆에 나란히 붙어 서서 극장으로 향했다. 오늘 보기로 한 영화는 성룡의 폴리스스토리 3 이었다. 청아와 정환은 성룡 영화를 무척 좋아해서 늘 개봉영화들을 빠지지 않고 챙겨 보곤 했다.

하준이 미리 영화 티켓을 예매해 놓았고 팝콘과 콜라, 쥐포구이 같은 군것질 거리까지 전부 책임졌다. 웬일인지 영화를 보고 나와서는 피자까지 사주었다.

"하준이 오빠, 혹시 너 좋아하는 거 아니니?"

화장실에서 손을 씻으며 유진은 은근슬쩍 청아를 떠보았다. 예전부터 느끼긴 했지만, 같이 영화를 보고 밥을 먹다 보니 하준이 청아를 챙기는 모습이나 따뜻한 시선과 관심이 예사롭지 않게 보였던 것이다. 하지만 청아는 그 소리에 어이가 없어 그만 헛웃음을 흘렸다.

"연애질을 하더니 아주 남들도 다 그렇게 보이는 모양이네."

"넌 하준이 오빠한테 관심없어? 그 정도면 킹카잖아. 명문 법대생에 집안도 좋고 고시 패스는 당연지사고 게다가 얼굴까지 잘생겼잖아. 난 정환이랑 하준이 오빠가 형제란 게 도무지 믿어지지가 않는다니까."

"정환이가 키가 좀 작은 편이라 그렇지 여드름만 없어지면 잘생긴 얼굴이야. 어릴 땐 얼마나 귀엽고 예뻤는데. 옛날엔 하준이 오빠보다 훨씬 잘생겼었어."

청아는 작은 배낭에서 투명 립글로스를 꺼내더니 거울을 보며 입술에 쓱쓱 발랐다. 살짝 입술에 윤기만을 더해주었는데도 뽀얀 얼굴이 한층 더 살아났다.

"그래? 그건 좀 믿기지 않는데?"

“하긴 보고 자란 나도 안 믿기니까. 어릴 때 하준 오빠는 진짜 아니었거든.”

“그래도 지금은 저렇게 잘생겼잖아.”

“그래 보여? 난 옛날이랑 똑같아 보이는데.”

청아는 고개를 갸웃거렸다. 어릴 때의 이미지란 것이 정말 머릿속에 크게 각인되는 모양이었다. 지금 모습이 아무리 잘생기고 호남형으로 변했다 한들 어릴 때의 작고 까맣고 못생겼던 기억이 계속해서 남아 있어서인지 하준에 대한 이미지가 좀처럼 변하지 않았다. 오히려 지금은 훨씬 못한 용모를 가지게 된 정환이 더 잘생겨 보이니 말이다.

“하긴 정환이 얼굴 자세히 보면 참 예뻐, 그치?”

유진이 입가에 뿌듯한 미소를 머금었다.

“정환인 정말 보증수표야. 내가 너니까 양보했지 아니었음 내가 가졌을 거다.”

청아는 진지하게 단언했다.

“치, 거짓말.”

하지만 이렇게 말하는 유진의 표정에는 자부심이 역력했다. 정환은 보면 볼수록 괜찮은 친구였다. 똑똑하고 영리할 뿐만 아니라 만나면 만날수록 배려심 많고 재미있어 시간 가는 줄도 몰랐다. 처음엔 여드름도 있고 키도 중키 정도라 별로 눈길이 가지 않았는데, 오랫동안 가까이서 보다 보니 그것조차 매력으로 느껴질 정도였다.

“우리랑 동갑이래도 얼마나 어른스럽고 생각이 깊은데. 대학 들어가도 정환이 같은 남자 만나기 쉽지 않을 거야. 너도 그건 알지?”

“뭐 그렇지. 근데 지금은 대학 걱정이 우선이잖아. 재수라도 하게 되는 날이면 이렇게 만날 수나 있겠어? 난 정환이처럼 명문대는 꿈도 못 꾸는데 그나마 재수까지 하게 되면 격차가 더 벌어지겠지.”

유진은 꼼꼼한 성격답게 꽤 현실적인 고민을 하고 있었다.

“서울 시내 안의 대학이면 다 S대인 거 모르냐? 너야 가능하지만 나야말로 S대는 꿈도 못 꾸지. 아무리 소꿉친구래도 갈수록 수준 차이 날 것 같아 내가 더 걱정이다.”

청아는 머리칼을 손으로 빗어 다시 정갈하게 끈으로 묶었다. 윤기 나는 검은 머리가 보기 좋게 그녀의 어깨 위에서 찰랑거렸다. 거울에 비친 청아의 얼굴은 잡티 하나 찾을 수 없을 만큼 맑고 깨끗한 데다 마치 깎아놓은 듯 완벽했다. 주먹만한 작은 얼굴에 큰 눈과 코, 입이 어떻게 다 들어가 있는지 모를 만큼 이목구비가 뚜렷하니 인형처럼 예뻤다. 이렇게까지 예쁜데 좋은 대학에까지 들어갈 수 있다면 그건 너구 불공평한 인생이었다.

평범하기 짝이 없는 보통의 외모를 지니고 있는 유진으로서는 차라리 공부를 못하더라도 청아처럼 예쁜 용모를 갖는 것이 더 좋게만 여겨졌다. 하지만 이런 속내를 유진은 꼭꼭 눌러놓고 내색하지 않았다. 청아는 얄밉게도 본인이 얼마나 예쁜지를 스스로가 별로 자각하지 못하고 있었다. 하긴 원래 그런 예쁜 용모로 살아왔으니 그게 뭐 그리 새삼스럽겠는가? 오히려 청아는 공부 잘하는 유진을 더 부러워했고, 예쁜 용모가 주는 이점에 대해서는 별다른 개념도 가지고 있지 않았다.

선선한 가을바람이 부는 저녁나절의 종로 거리는 길거리를 산책하기에 적당히 쾌적했다. 이들은 피자를 먹은 후, 종각까지 슬슬 걸음을 옮겼다. 나온 김에 종로서적에 들러 책도 들춰보고 이것저것 아이쇼핑도 할 참이었다. 자연스레 이들은 정환, 유진이 나란히 앞서 걷고, 그 뒤를 청아와 하준이 따라 걷게 되었다.

추석 차례를 모시고 나온 인파들로 종로 거리는 꽤나 북적였다. 사람들을 헤치며 길을 걷다 보니 이만저만 신경이 쓰이는 것이 아니었다. 몇 번인가 픽픽 넘어질 뻔한 청아는 하준이 슬쩍 내민 손을 무심코 잡았다. 한데 그는 한번 손을 잡고 나니, 그 손을 놓을 생각을 하지 않았다.

"오빠, 이젠 안 잡아줘도 돼."

문득 이상한 기분을 느끼게 된 청아는 조심스레 그 손을 빼내려 했다. 하지만 하준은 오히려 잡은 손에 강하게 힘을 실었다.

"그냥 잡고 가. 왜, 싫어? 너 정환이 손은 잘 잡고 다니잖아."

"그야 정환인……. 오빠랑은 손 잡고 걸은 적이 없어서 그런지 좀 어색하네."

"그럼 이제부터 잡고 다니면 어색하지 않겠다, 그치?"

“오빠, 좀 느끼해.”

청아는 장난으로 이렇게 넘겼지만 사실 아까 영화를 볼 때부터 느꼈던 하준의 이상야릇한 태도에 촉각을 곤두세우고 있었다. 다른 때와는 달리 옆 자리에 앉아 살이 닿는 느낌이 좀 묘했고, 언뜻언뜻 바라보는 눈길 또한 촉촉하게 느껴졌다. 아까 전화장실에서 유진까지 그렇게 말을 할 정도면, 이건 그녀 혼자만의 착각은 분명 아닌 듯싶었다.

“너 이번에 꼭 대학 들어가라.”

하준은 정면을 바라보며 대뜸 호제를 돌렸다. 여전히 청아의 손을 굳건히 잡은 채였다.

“나도 가고야 싶지만 날 받아줄 대학이 있을지 모르겠다.”

결국 청아는 하준에게 잡힌 손을 포기하고는 그저 걷는 데만 열중했다.

“남은 시간 알차게만 보낸다면 4년제 못 갈 성적은 아니잖아.”

“그게 안 되니 문제지. 오빠처럼 공부 잘하는 사람은 아마 이해하기 힘들걸.”

“안 되더라도 괜히 어설픈 대학에 원서 넣지 말고 차라리 재수해.”

“싫어. 이 지겨운 공부를 또 하라고?”

청아는 거의 몸서리를 치며 고개를 절레절레 흔들었다.

“나도 내년엔 꼭 2차에 붙을 작정이야. 아마 오늘이 마음 편히 노는 마지막 날이 될 거다.”

“그 말 안 믿네. 1차 준비할 때도 머리 싸매고 난리 치더니 놀 거 다 놀더만.”

“일단 사시 붙은 다음엔 너 과외 시킬 거야. 연수원 들어가는 거 일 년 미루더라도 너 좋은 대학에 꼭 붙여놓을 거다.”

“그건 또 뭔 소리야?”

청아는 얼토당토않는 하준의 말에 순간 자신의 귀를 의심했다.

“네가 알아서 대학에 들어가 주면 좋지만 혹 재수를 하게 된다면 그땐 내가 너 책임지고 대학에 보낸다고. 내가 종일 붙어 스파르타식으로 가르치면 너 E여대 정도는 보낼 수 있어. 그 정도는 나와줘야지.”

“오빠가 왜 내 옆에 종일 붙어서 과외를 시켜주는데? 오빠 과외 수입이 만만치 않은 걸로 아는데 우리 집은 과외비 감당할 능력 같은 거 없어. 그건 오빠도 잘 알잖아?”

“내가 마누라한테 돈 받겠냐? 다 나를 위한 투자니까 넌 시키는 대로만 따라오면 돼.”

“뭐? 마누라?”

청아는 걸음을 멈추고는 하준의 옆얼굴을 또렷이 응시했다. 이쯤 되면 착각도 아니고 오해도 아니었다.

“그건 또 무슨 정치 멘트야? 내가 언제부터 오빠 마누라였는데?”

“뭘 그렇게 정색을 하고 그래? 그건 앞으로 생각해 보면 될 일이잖아. 네 신랑감 리스트에 날 미리 올려놓으라고. 이왕이면 일 순위면 더 좋고.”

어찌나 느물거리는지 청아는 벙찐 얼굴을 도무지 감출 길이 없었다.

“미쳤어? 내가 오빠 연애사를 다 아는데 어디서 나한테까지 침을 바르려고 해? 내가 아는 오빠 조강지처만 벌써 셋이야. 그 놈의 조강지처는 어찌나 자주 바뀌어주시는지.”

“정환아, 너 유진이랑 놀다 들어가라. 난 청아랑 어디 갈 데가 있으니까.”

하준은 갑자기 앞서 걷던 정환을 향해 냅다 이렇게 소리를 질 렀다. 그리고는 미처 정신을 차릴 틈도 없이 청아의 손을 잡은 채 어디론가 황급히 걸음을 재촉했다.

“오빠.”

인파를 헤치고 뛸 듯이 걸어가던 하준은 골목길을 여기저기 돌아 들어가더니 제일 처음 눈에 띄는 카페로 그녀를 쓱 끌고 들어갔다. 어찌나 서둘렀는지 정신을 차리고 보니 청아는 어느 새 푹신한 소파에 앉아 숨을 고르고 있었다. 그녀는 종업원이 테이블 위에 올려놓고 간 차가운 생수를 벌컥벌컥 들이마셨다. 하준이 붙잡은 손목이 퍼렇게 멍이 들 정도로 아프고 쓰라려 불 쾌한 감정이 앞섰다. 원래 아프고 힘든 것은 극도로 싫어하는 성격인데다 하준의 느닷없는 행동이 너무도 당황스러웠다. 잘 모르는 사람이거나 그다지 친하지 않은 사람이었다면 진즉에 따귀라도 올려붙이고 자리를 박차고 나왔겠지만, 어릴 때부터 친하게 지내던 오빠이다 보니 차마 그렇게까지 할 수는 없었고, 그 점이 한층 더 짜증스러웠다.

"손목 좀 봐. 사람이 왜 그래? 아파 죽겠잖아."

청아의 볼멘소리에 하준은 아차 싶은 모양이었다.

"미안. 살짝 잡는다고 잡은 건데 네 살이 너무 연약해서."

"지금 연약한 내 살이 잘못이라는 거야?"

"미안해. 암튼 너랑 얘기하다 보면 포인트가 안 잡힌다. 지금 중요한 게 그게 아니거든?"

"이 아픈 손목 이상으로 중요한 게 어딨어? 나한텐 이게 제일 중요해."

"휴! 대체 널 언제 키워 잡아먹냐. 겉보기는 성숙한 여인인데 하는 짓을 보면 열 살짜리 꼬마애보다 더 유치하니……."

하준은 마침 주문을 받기 위해 다가온 종업원에게 오렌지주스와 커피를 주문했다. 청아는 그것 또한 마음에 들지 않았다. 주스를 주문할 생각을 하긴 했지만, 묻지도 않고 마음대로 주문해 버리는 것을 보니 불쾌감이 확 밀려든 것이다.

"나 사귀는 여자 없었어. 네가 아는 여자들은 그냥 친구들이거나 지들이 마음대로 쫓아다녔던 거라고. 그니까 여자 문제로 오해하지 마."

"그건 내가 알 바 아니고, 진짜 오빠 나한테 마음이라도 있는 거야? 오빠 피 같은 시간을 투자해서 무료 봉사할 마음을 먹게 할 정도로 날 좋아하는 거냐고."

“이 이상 더 확실한 애정 표현이 어디 있겠냐? 나 아무한테나 헛된 시간이나 돈 안 쓰는 건 네가 누구보다 더 잘 알 테고.”

누구한테나 베풀기 좋아하는 정환과는 달리 하준은 얄미울 정도로 따질 건 따지는 성격이었다. 생각해 보니 영화도 보여주고 간식거리에 피자까지 사준다는 건 하준의 성격상 극히 드문 일이긴 했다. 부잣집 아들이라 여유있게 용돈을 받아 쓸 것 같지만 이들 형제는 항상 빠듯하게 용돈을 받았고, 특히 하준은 대학 1, 2학년 때는 온갖 과외를 통해 용돈 벌이를 했다. 그런 사람이 자신의 황금 같은 시간을 투자해 종일 붙어 과외 지도를 해준다는 것은 확실히 사심이 없고서는 행할 수 있는 일이 아니었다. 겉으로는 실실거리는 듯해도 실상 하준은 허풍을 늘어놓는 실없는 성격이 아니었다.

“S대생에 장래 법조인 마누라가 대학도 못 들어가 빌빌거리는 꼴은 못 본다 이거군. 아무렴 수준을 맞추려면 E여대는 기본이겠지.”

청아는 잔뜩 비아냥거렸다.

“오빠가 말하는 그 어설픈 대학들드 나한텐 S대나 마찬가지거든? 행여나 운이 좋아 이번에 4년제 대학에 붙는다 해도 오빠 수준엔 턱없이 모자랄 텐데 그럼 거기 때려치우고 오빠랑 공부하라고?”

“넌 기본 머리가 있으니까 조금만 공부하면 충분히 들어갈 수 있어. 아마 내가 사시 준비를 하지 않았더라던 진즉에 너 붙잡

고 공부시켰을 거야. 하긴 처음엔 그럴 생각도 없진 않았는데,
일단은 내가 뭔가를 이뤄놓는 모습을 보이는 게 순서일 것 같더
라. 이번에 1차 붙은 것도 죽을 만큼 노력한 결과물이야. 어떻게
든 빨리 붙어서 네 앞에 당당히 서고 싶었거든.”

청아는 당황스러워서 그만 입을 다물었다. 하준의 진지한 표
정을 보니 결코 허튼 소리는 아니었다. 왜 그동안 그의 감정에
대해 전혀 눈치 채지 못했던 것일까? 청아에게 하준은 그저 어
릴 때부터 알던 좋은 오빠에 불과했고, 그 감정은 예나 지금이
나 똑같았다.

청아는 새삼 하준의 모습을 다시금 찬찬히 훑어보았다. 어릴
때의 모습은 아주 약간만 남아 있을 뿐, 이제는 완연한 남자의
모습을 하고 그녀의 앞에 자리하고 있었다. 하지만 그저 그뿐이
다. 하준에게는 그 어떠한 감정도 느낄 수가 없었다. 오히려 정
환이 이런 식으로 프러포즈를 한다면 조금은 생각을 해볼지도
모르겠다. 그러나 하준은 정말로 아니었다.

“아까도 얘기했지만 오늘이 나로서는 마음 편히 시간을 보내
는 마지막 날이 될 거야. 내일부터는 고시원에 들어가서 제대로
공부할 거고 집에도 될 수 있는 한 들르지 않을 생각이다. 2차
시험이 아마 내년 6월 달쯤에 있을 거야. 이제 한 9개월 남았네.
그때까지 잘 생각해 봐. 나라면 네 동반자로 그리 부족하지 않
을 거라고 생각해.”

청아는 집으로 돌아온 후에도 한참이나 침대 위에서 뒤척이며 잠을 이루지 못했다. 하준의 느닷없는 진지한 프러포즈는 확실히 그의 성격으로 미루어볼 때 그냥 장난으로 넘겨 버릴 만한 사안은 아니었다. 하지만 그의 제안은 열아홉 살의 여고생이 처음으로 받는 프러포즈라 하기에는 지나치게 건조하고 사무적이라는 생각이 들었다. 적어도 사랑한다는 말이나 정열적인 구애 정도는 있어줘야 하는 게 아닌가 말이다. 애정 표현이라는 게 기껏해야 연수원 일 년을 미루더라도 과외를 시켜줘서 명문대에 들어가게 해주겠다라는 말이라니, 솔직히 한숨만 배어나왔다. 한 다발 가득 붉은 장미꽃과 번쩍거리는 반지 선물을 기대하는 것이 과연 지나친 요구인 걸까?

하준에게 별다른 마음은 없지만 혹 기본 정석대로의 프러포즈를 해줬더라면 어쩜 그 분위기에 취해서라도 한 번쯤은 생각해 보겠다고 말할 수 있었을지도 모른다. 다이아몬드같이 거창한 것을 바라는 게 아니다. 금도금 실 반지라도 분위기는 낼 수 있지 않느냔 말이다.

"내 인생이 그렇지 뭐. 아! 진짜 올해 무슨 삼재라도 낀 거 아냐? 윤현이 그 자식이 뒤통수를 날리더니 자꾸 일이 꼬이네."

청아는 베개에 얼굴을 묻으며 괜히 화풀이를 해댔다. 하준에 대한 마음보다도 생애 첫 프러포즈의 건즈함이 주는 실망으로 그녀는 한층 더 부아가 치밀었다.

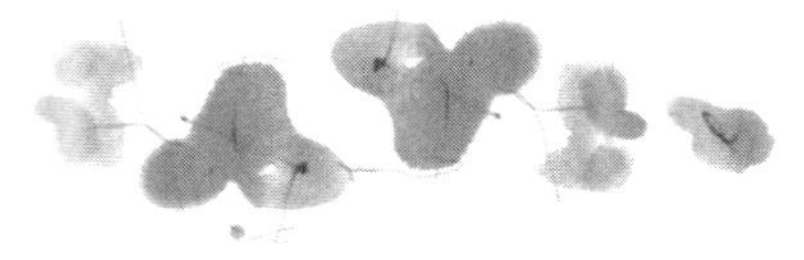

추석과 같은 명절에도 윤현의 집은 쓸쓸하고 적막하기만 했다. 원래는 충주에 있는 큰아버지 댁에서 차례를 모셨는데, 가세가 점점 기울면서부터는 아예 몇 년간은 발걸음을 딱 끊어 버렸다. 오 남매의 둘째인 아버지는 형제자매들에게까지 돈을 끌어다 쓴 죄로 사실상 가고 싶어도 갈 수 없는 상황이었다. 어머니 쪽도 더하면 더했지 결코 못하지 않았다. 없이 살다 보니 친척들 사이에서도 기피 대상이고 어쩌다 연락이 돼도 천덕꾸러기 신세를 면치 못했다. 자존심 강한 윤현으로서는 아버지로 인해 자신까지 그런 취급을 받는다는 것에 대해 분노만이 앞설 뿐이었다. 어떻게든 성공해서 그 빚을 완전히 청산한 후, 친척들과도 인연을 끊을 셈이었다.

식당에서 일하는 어머니는 딱 추석 당일만 쉴 수 있었다. 그나마도 새벽같이 일어나 오랜만에 식구들이 먹을 간단한 전을 부치고 잡채를 하는 등, 조촐하게나마 명절 분위기를 내기 위해 바지런을 떨었다. 아버지도 모처럼 술기운 없이 일어나 따뜻한 명절 밥상을 받았다.

명절이나 되어야 이렇게 다섯 식구가 모여 식사를 할 수 있었지만, 서로 별다른 대화라곤 없이 각자 식사에만 열중했다. 가족과 함께하는 시간이 너무도 부족하다 보니 오히려 이 같은 시간이 와도 어색하기 짝이 없었다.

아침상을 물리고 난 이갑용은 TV 리모컨만을 이리저리 돌려대며 빈둥거렸다. 하지만 그에 비해 예산댁은 엉덩이를 바닥에 붙일 틈도 없이 윤지와 함께 아침상을 치우고 그동안 밀린 집안일들을 하느라 부산하게 움직였다. 윤현은 방으로 들어가 두어 시간 동안 그날 할당된 분량을 공부하며 문제집을 풀었다. 청소하는 소리며 설거지하는 소리, TV로부터 흘러나오는 잡다한 소리까지 도무지 방음이라고는 되지 않는 집구석이지만, 이런 악조건 속에서도 그는 놀랄 만큼 집중력을 발휘했다.

"윤현아, 오늘 같은 날은 좀 쉬엄쉬엄해. 어디 나가서 바깥바람이라도 좀 쏘이고."

예산댁은 점심을 먹고 나서도 바로 방으로 들어가 공부를 하려는 윤현을 향해 이렇게 권했다. 이갑용은 점심을 먹고 나니 갑갑했는지 마실을 간다며 휙 사라져 버렸다. 윤민과 윤지도 친구들을 만나기 위해 일찌감치 집을 비웠다.

예산댁은 주머니를 뒤지더니 만 원권 두 장을 슬쩍 꺼내 윤현에게 쥐어주었다.

"친구들 만나서 필요한 책도 사고 나가서 영화라도 한 편 보고 와."

"괜찮아요."

갑자기 윤현은 속으로 울컥하는 감정을 느끼고는 저도 모르게 목이 메어 말문을 닫았다. 어머니가 쥐어주는 꼬깃꼬깃한 돈 때문이 아니라, 친구들을 만나 놀다오라는 말에 자괴감을 느낀 탓이었다.

어머닌 이곳에 이사 오고 난 후부터 그가 친구를 사귀지 않고 있다는 사실조차 전혀 알지 못하고 있었다. 원래 무심한 엄마는 아니었고 오히려 자식 일이라면 발 벗고 나설 만치 열성적이었는데, 생활고에 찌들다 보니 본의 아니게 이렇게까지 되어버린 것이다.

"공부도 좋지만 사람이 휴식도 취할 줄 알아야지. 하루 이틀 공부할 것도 아닌데 그렇게 매일 책상 앞에만 앉아 있으면 어느 순간 지쳐 버려. 어서 엄마 말 들어. 나가서 맛있는 것도 사 먹고 바람도 쐬고 와."

윤현은 하는 수 없이 떠밀리다시피 집 밖을 나서야 했다. 하지만 그에게 만날 친구들이 있을 리 없고, 그렇다고 딱히 갈 만한 곳도 없었다. 만화방이나 전자오락실에 가려고 해도 별로 가고 싶다는 마음이 들지 않았다. 윤현은 평소 그런 곳에 쭈그리고 앉아 만화나 뒤적일 거면 차라리 집에서 수학문제라도 하나 더 푸는 편이 낫다고 생각하고 살았다.

결국 윤현은 서점에 가서 책이나 읽어야겠다고 생각하고는 즉시 전철역으로 향했다. 공부도 중요하지만 고전을 비롯해 유행하는 베스트셀러들을 탐독하는 것도 입시 준비에 반드시 필요한 일이기 때문이다.

서울 시내의 대형서점으로 갈 만한 곳이라고는 단연 종로와 광화문 일대를 빼놓을 수 없었다. 윤현은 종로서적으로 가서 다양한 책들을 훑어보고 필요한 문제집을 사들고 나왔다. 복잡하기는 해도, 차라리 지금같이 혼자일 때는 이렇게 사람들이 북적거리는 곳이 오히려 더 편안하게 느껴졌다.

막 서점의 정문을 나서던 윤현은 그 수많은 인파들 속에서 하필이면 다정하게 손을 붙잡고 걸어가는 청아와 하준의 모습을 발견하고는 그만 저도 모르게 입술을 질끈 깨물었다. 그 순간, 비릿한 피 맛이 혀끝에 느껴졌다. 어지간히 충격을 받은 모양이었다.

여전히 예쁘고, 여전히 명랑하고, 여전히 천진스러울 만치 밝은 아이. 지난여름 청아와 그런 식으로 관계가 엉망이 되고 난 이후, 윤현은 자신의 선택을 후회하지 않으려 얼마나 애를 썼는지 모른다. 잘한 일이었다고 수십, 수백, 수천 번을 되뇌고 또

되뇌었다. 그런 식으로라도 끊지 않았더라면 분명 아직까지도 정신없이 휘둘렸을 것이고, 입시 준비에도 크나큰 지장을 초래했을 것이니까.

하지만 그러한 윤현의 자기 최면과는 달리 드러난 결과는 사실상 참담했다. 모의고사에서 전교 3등으로 밀려나 버렸고, 추석 직전에 치른 중간고사 성적도 아직 결과가 나오지는 않았지만 여느 때와는 달리 만족할 만한 성적이 나오지 않았다. 교내에서 아직도 하루에 두서너 번은 마주치는 청아는 냉기가 뚝뚝 묻어날 정도로 윤현을 가차없이 외면했다. 예전에는 눈이라도 마주치면 반사적으로 눈인사라도 하고 지나가던 아이였기에 이런 그녀의 변화는 그때마다 윤현의 마음을 철렁 내려앉게 만들었다. 차라리 예전처럼 인사라도 받을 수 있다면 얼마나 좋을까? 정환과 청아, 유진이 왁자지껄 즐겁게 떠들며 교내를 활보하는 모습을 발견할 때마다 윤현은 극심한 외로움과 소외감에 온몸이 시릴 지경이었다. 아예 처음부터 친구들의 울타리가 주는 온기를 맛보지 않았더라면 이 같은 상실감을 느끼지도 않았을 것을……

윤현의 짐작대로 하준은 청아를 좋아하고 있었다. 아마 청아도 결국에는 하준의 마음을 받아들이고 말 것이다. 어떻게 그러지 않을 수가 있겠는가? 유복한 집안 출신에다 똑똑하고 능력있는 남자이니 어느 여자인들 그의 구애를 거절하지 않을 것이다.

하준이 갑작스레 청아의 손을 잡아끌고는 어디론가 사라지는 것까지 목격한 윤현은 안절부절못하며 종내는 그날 밤을 뜬눈으로 하얗게 지새워야 했다. 미쳐 버릴 것만 같았다. 이제 겨우 백일밖에 남지 않은 입시 준비에만 온 정신을 집중해도 모자랄 판인데, 그의 머릿속을 온통 점령한 것은 청아의 존재뿐이었다.

그는 이어폰을 귀에 꽂고 플레이버튼을 눌렀다. 청아가 사준 서태지와 아이들 테이프는 이젠 너무 많이 들어 늘어질 지경이었다. 마침 '이 밤이 깊어가지만' 이 감미롭게 흘러나오고 있었다. 서태지의 아련한 음성이 점점 깊어가는 밤과 함께 윤현의 귀와 심장, 그리고 온몸을 촉촉이 적셨다. 그의 볼을 타고 흐르는 뜨뜻한 눈물 또한 하염없이 흘러내리며 두 볼을 촉촉이 적셨다.

점심을 서둘러 먹어치운 청아와 유진은 정환과 함께 학교 운동장 안 벤치에 앉아 과자를 먹으며 여느 때와 다름없이 수다를 떨었다. 추석 연휴 이후의 첫 등교라 그런지 전반적인 학교 분위기는 시든 콩나물처럼 축축 늘어져 있었다. 하지만 유달리 높고 맑은 하늘은 눈이 시리도록 푸르렀고, 뜨겁게 내려쬐는 햇살과는 달리 그늘에서 부는 바람 또한 적당히 기분 좋을 만치 선선했다.

"너 그날 하준이 형이랑 어디 간 거냐?"

이런 질문이 나올 줄은 미리 예상한 바였기에 청아는 그저 올 게 왔다는 심정으로 가늘게 한숨만을 내쉬었다. 유진 또한 이

일을 몹시도 궁금해해서 아침부터 닦달을 해대던 차였다.

"내가 정말 기가 막혀서. 내 입으로 말하기 쪽팔리니까 가서 오빠한테 물어봐."

청아는 과자를 와그작 씹어 먹으며 입술을 비죽거렸다.

"형 어제 짐 싸들고 고시원 갔어. 각오가 아주 대단하더라고. 정말 내년엔 붙어버릴 기세야. 하긴 워낙에 한다면 하는 성격이라서."

정환의 말에 청아는 코웃음을 쳤다.

"공부를 하려면 저 혼자나 할 것이지 암튼 오지랖도 넓어요."

"그게 무슨 소리야?"

"하준이 오빠가 지 혼자 북 치고 장구 치며 내 인생 플랜까지 좍 짜주셨다. 오빠의 계획에 따르면 너와 난 조만간에 시동생, 형수 사이가 되지 싶다."

정환과 유진의 눈이 금방 화등잔만해지더니 누가 먼저랄 것도 없이 들고 있던 과자 봉지를 툭하고 내려놓았다.

"계집애, 내가 뭐랬어? 오빠가 너 좋아하는 거 아니냐고 했잖아."

"뭐야, 형이 그럼 너한테 프러포즈 한 거냐?"

"동시에 말하지 마. 헷갈려."

"미쳤나 봐. 아니, 형이 언제 너한테 꽂힌 거냐? 이게 대체 말이 되는 일이냐고?"

정환은 꽤나 충격을 받았다는 것을 굳이 숨기지 않았다. 그에게 청아는 이성으로서 다가온 적이 단 한 번도 없었기에 형들 또한 그러리란 착각을 가졌던 것이다. 더구나 하준은 겉보기와는 달리 야망도 클 뿐더러 사람을 가려가며 사귀는 타입이었다. 그동안 그가 사귀었던 여자 친구들을 보면 하나같이 예쁜 외모와 더불어 머리와 집안까지 좋은 퀸카들뿐이었다. 지적 욕구가 남다른 하준은 자신과 막힘없는 대화가 가능한 똑똑한 여자들을 선호했고, 둔하고 머리 빈 여자들을 질색하며 경멸했다. 솔직히 하준의 기준으로 미루어볼 대 청아는 외모를 제외하고는 확실히 수준 미달이었다.

"준이 오빠가 나한테 꽂히면 안 될 이유라도 있냐? 최정환, 내가 네 속을 모를 줄 알고?"

워낙 어릴 때부터 서로를 지나치게 잘 아는 사이였다. 공부 잘하는 녀석들이 으레 갖기 마련인 저 오만함은 정환 역시 마찬가지였다. 아무리 친하고, 아무리 잘 어울려 놀아도 은근히 학교 등수가 매기는 서열에 따라 사람을 평가하는 것은 정환이라고 다를 바 없었다. 청아는 정환에 비해 공부만 못한다 뿐이지 그 외의 모든 면에 있어서는 그에게 뒤진다는 생각을 해본 적이 없지만, 이건 확실히 그녀만의 생각일 뿐이었다.

"무, 무슨 속을 안다는 거야?"

정환은 청아의 예리한 눈매에 그만 움찔해서 말까지 더듬었다.

"내가 너랑 인척 관계 맺기 싫어서라도 준이 오빠랑은 절대

안 엮일 테니 그런 줄 알아라. 암튼 떡 줄 사람은 생각지도 않는데 형제가 쌍으로 김칫국부터 마셔요. 하준 오빠가 내년에 꼭 사시 붙은 후에 날 스파르타 교육을 시켜서 E여대에 보내겠단다. 연수원 들어가는 것도 미룰 각오가 되어 있대. 마누라가 적어도 그 정도는 나와줘야 한다며 무료 봉사하시겠다는데 그걸 프러포즈랍시고 늘어놓더라. 짜증나서 정말.”

“뭐야. 그럼 좋아한다는 고백이나 뭐 그런 것도 없었던 거야?”

유진이 놀라서 반문했다.

“그게 최대한의 애정 표현이라는데 뭘 더 바래?”

청아는 그날 일을 다시금 떠올리며 혀를 끌끌 찼다.

“뭐 확실히 형이라면 그게 최대한의 애정 표현이긴 하지. 마누라 운운하며 너한테 시간 투자를 하겠다는 걸 보니 널 마누라로 찍은 건 확실한 것 같아. 이럴 수가. 아! 내 머리까지 어질어질해.”

정환은 정말로 충격을 받았다. 하준을 너무나 잘 알기에 누가 뭐래도 그가 진심이라는 것은 의심의 여지가 없었다.

“찍으면 찍는 대로 넘어가 줄 거라 생각하는 준이 오빠를 보니 내 머리가 더 어질어질하더라.”

“너 정말 우리 형한테 맘 없는 거냐?”

“맘이 있어도 없어. 애초에 그런 맘 따윈 가지고 싶지도 않고. 내가 무슨 법조인 마누라 되고 싶어 환장한 줄 알아? 아니,

어떻게 꽃다운 열아홉 소녀한테 그딴 식의 무미건조하고 멋대가리없는 프러포즈를 할 수 있는 거냐고."

청아는 더 고려해 볼 것도 없다는 듯 이렇게 일축했다. 생각하면 할수록 하준의 행동이 괘씸하고 부아가 치밀었다. 자기 시간을 투자해 가면서까지 청아를 밑에 차는 대학에 집어넣겠다는 것은, 역으로 말하면 그녀 자체에 대한 배려나 마음은 조금도 염두에 두지 않겠다는 뜻이었다. 결국 좋은 대학에 들어가지 못할 거면 반려자로는 생각지 않겠다는 뜻이 아닌가?

좋은 대학에 들어간다는 것이 청아 본인에게 분명 득이 되는 일이겠지만, 그 목적이 자기 계발이나 미러를 위한 것이 아닌 하준의 결혼 프로젝트의 완성본일 수는 없었다.

"맞아. 그건 너무 심했어. 적어도 꽃 한 송이 정도는 내밀면서 말을 꺼냈어야지."

아무래도 같은 여자 입장이라 그런지 유진은 청아의 깊은 속내를 이해했다.

"꽃이고 뭐고 간에 하준이 형이 그렇게까지 널 찍었으면 이건 보통 일이 아니야. 우리 형, 한번 해야겠다고 마음먹은 일은 단 한 번도 포기한 적이 없단 말이야. 청아 너드 알잖아. 환불 안 해주기로 유명한 영어학원에 가서도 꽃 날 며칠을 자리 깔고 누워 전액환불을 받아낸 인간이라고. 그 학원 개원 이래 그런 일은 전무후무한 일이었다잖아."

정환은 이 일을 정말로 심각하게 받아들였다. 보통 학원들은 한번 수강료를 받고 나면 환불을 해주는 일이 거의 없었다. 하준은 영어 회화 학원에 등록을 했다가 첫날 강의가 별로 마음에 들지 않는다는 이유로 이미 지불한 육 개월어치를 이주간의 실랑이 끝에 기어이 받아낸 전적이 있었다. 원래 수강료 환불을 안 해주는 것은 불법이었지만, 이러저러한 자체 규약을 핑계 삼아 이런 작태가 공공연히 벌어지고 있었던 것이다. 어쨌든 이건 그의 집요한 성격을 드러내 주는 빙산의 일각에 불과했다.

"최정환, 이게 무슨 수강료 환불 받는 일인 줄 알아? 뭐 아직 시간은 있으니까 그사이 마음이 변할 수도 있지. 2차 시험 때까진 은둔하며 공부한다니 그동안은 귀찮게 할 일도 없을 거고."

청아는 스스로 상황을 대충 정리했다. 2차에 붙을 거라고 큰 소리를 땅땅 치고 있긴 하지만, 떨어질 확률이 더 큰 힘든 시험이다. 지난 정을 생각하면 붙기를 기도하는 게 마땅하겠지만, 지금 생각 같아서는 확 떨어져 버렸으면 하는 마음도 없지 않아 있었다. 그러고 나면 스스로에 대한 오만함을 다시 돌아볼 기회도 생길 것이다.

하지만 정환의 표정엔 의구심과 걱정이 가득 차 있었다. 하준의 생각을 짐작할 수 있는 그였다. 모든 면에서 부족함없이 자라고 장래에 성공이 보장되는 엘리트 코스를 걸어온 하준은 적당한 허영심과 과시욕을 숨기지 않았다.

압구정이나 명동 거리를 나가보면 온갖 미인들이 발에 채일 만큼 득시글거렸지만, 솔직히 청아같이 청순하고 단아한 미인을 찾기란 힘이 들었다. 하준은 공부 잘하고 머리 좋은 미인을 찾느니 차라리 미인을 찾아 자기 입맛에 맞게 성장시키는 게 오히려 현실적이라는 판단을 내린 것이다. 마침 청아는 나이도 어린 데다 성장 가능성이 엿보이니 이 얼마나 장래의 동반자로 적격이겠는가? 아무리 형이지만 그 계산이 눈에 훤히 보여 정환은 온몸에 소름이 좍 돋을 지경이었다.

물론 하준은 어릴 때부터 청아를 예뻐했고, 그러한 계산 밑에는 그녀에 대한 사랑이 전혀 없다고는 말할 수 없었다. 문제는 청아의 저 천방지축 성격이 그러한 하준의 계획되고 정리된 미래와는 결코 어울릴 수 없다는 것이었다.

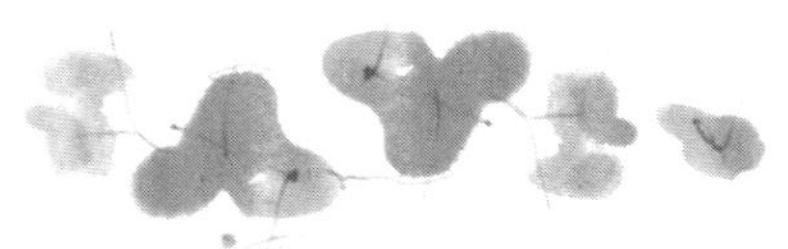

보충수업이 끝나고 오후 일곱 시부터는 여전히 등수에 따라 반 배정을 받아 자율학습을 했다. 2학기에는 마지막 기말고사 성적을 가지고 자리 배정을 했고, 여전히 정환과 윤현은 바로 옆 자리에서 공부했다.

여름방학 이후, 청아와 윤현이 완전히 틀어진 것과는 별개로 정환은 예전과 다름없이 윤현을 대했다. 뭐 특별히 같이 어울려 다닐 일은 없었지만, 바로 옆 자리에 앉다 보니 이따금씩 간단한 대화를 나누기도 하고 모르는 문제를 서로 물어보기도 했다. 늘 혼자서만 공부한 터라 모르는 문제가 있으면 한꺼번에 모아서 선생님께 질문을 하곤 하던 윤현은 자신과 수준이 비슷한 정환과 그때그때 모르는 문제가 있으면 물어보며 공부를 하니 확실히 도움이 많이 되는 것을 느낄 수 있었다. 이래서 친구들끼리 모여 스터디를 하는 게 중요하구나 하는 생각이 들 정도였다.

이들은 그동안 서로 청아에 대한 얘기는 의식적으로라도 꺼내지 않았다. 눈치 빠른 정환은 윤현이 청아에게 그렇게까지 매몰차게 대한 것이 진심이 아니라는 것을 잘 알고 있었기에, 내심 그의 대단한 자제심에 혀를 내두르고 있었다. 그는 윤현의 모습에 자극을 받아 유진과 거리를 두며 만나려 한 적도 있었다. 하지만 그게 쉽지 않다는 것을 이내 깨닫고는 더더욱 윤현에게 경탄하고 있었다.

"저기 잠깐 나랑 얘기 좀 할 수 있을까?"

밤 열 시 자율학습이 끝나는 종이 울리고, 그들 일어나 주섬주섬 가방을 챙길 무렵이었다. 가방을 먼저 다 챙긴 윤현이 조심스런 태도로 이렇게 제안해 오자, 정환은 놀란 마음을 감추지 못하고 그를 빤히 쳐다보았다.

윤현은 하교 준비로 부산스러운 아이들 틈을 헤집고 걸어 나가더니 비어 있는 음악실로 먼저 쓱 들어가 버렸다. 정환은 내심 윤현의 용건이 누구와 관련된 것인가를 눈치 채고는 궁금한 마음에 그의 뒤를 바짝 따랐다.

이백여 명을 수용할 수 있는 좌석에 피아노와 그 외의 악기들이 진열되어 있는 널찍한 음악실은 중요한 얘기를 나누기에는 지나치게 크고 산만한 곳이었다. 하지만 이 시간에 딱히 조용히 대화를 나눌 만한 곳을 찾기 쉽지 않다는 것을 감안한다면, 그리 나쁘지만도 않았다. 윤현은 어깨에 멘 가방을 책상 위에 턱 내려놓더니 시간 낭비를 할 것도 없다는 듯 바로 용건부터 꺼냈다.

"하준이 형이 청아 좋아하냐?"

정환은 저도 모르게 피식 터져 나오려는 웃음을 간신히 참아 억눌렀다. 대충 감은 잡았지만, 이런 식으로까지 직설적으로 나올 줄은 미처 예상치 못했던 것이다. 더구나 저 결연한 표정이라니…… 혼자 보기 아까울 정도였다. 하지만 어느 정도 웃음을 참으며 마음을 가다듬고 나니 하필 왜 오늘 윤현이 하준과 청아 얘길 꺼내는지 참으로 의아하지 않을 수 없었다. 청아의 일거수일투족을 감시라도 하는 것인지, 아니면 사랑의 힘으로 텔레파시라도 통하게 된 것인지 암튼 그것은 알 수 없는 일이었다.

"그게 궁금해서 날 따로 보자고 한 거야? 좋아한다면 어쩌려고?"

"좋아해?"

"그런 일은 잘 모를뿐더러 안다 해도 내가 말해줄 일은 아닌 것 같다. 그리고 설사 하준이 형이 청아를 좋아한다고 해도 그게 너랑 무슨 상관이냐?"

"상관이 있든 없든 그거야말로 네가 상관할 일은 아니고."

윤현의 도전적인 말투는 충분히 기분이 상할 만큼 오만했지만, 정환은 그저 웃으며 넘길 뿐이었다.

"정보를 뜯어낼 입장인 주제에 그렇게 뻗대면 곤란하지. 말해 주지 말까?"

"부탁해."

"뭐?"

"부탁한다고. 두 사람이 사귀는 거 아니지? 그것만 말해줘."

정환은 윤현의 굳은 표정에서 감돌고 있는 초조함과 불안감을 확인하고는 느물거리던 태도를 그만 던져 버렸다. 이건 장난이 아니었다. 청아가 예쁘고 매력적이라는 건 그도 인정하는 바이지만, 누가 봐도 괜찮은 남자 두 명이 거의 목을 매며 달려드는 것을 보니 어처구니가 없기도 하고 놀랍기도 했다.

윤현은 하준과 같은 대학, 같은 과를 지망하고 있었고, 사법고시라는 인생 목표도 동일했다. 그런 두 사람이 청아를 사이에 두고 장차 어떠한 일을 벌이게 될지 자못 흥미롭지 않을 수 없었다. 윤현이 청아에게 다가선다면 이건 천하의 하준도 감당하기 힘들 것이다. 개인적인 매력은 차치하고라도 청아는 무엇보다 하준에게는 전혀 이성적인 관심을 가지고 있지 않았다. 그에 비해 윤현을 대할 때의 청아의 모습은 정환이 느끼기에도 무언가 확연히 달랐다. 윤현에게서 그렇게 내침을 당했을 때 어찌나 분해하고 속을 끓이던지, 오죽하면 인간성 바닥을 운운하며 막말까지 내뱉고 왔겠는가? 평상시 좀 괄괄하기는 해도 상대에게

할 말 못할 말 정도는 가리는 분별력쯤은 지니고 있는 아이였
다. 이건 역으로 말하자면 윤현에 대한 관심이 그만큼 지대하다
는 것을 뜻하는 것이다. 청아는 그 일 이후, 윤현을 싹 잊은 것
처럼 굴었지만, 그 태도가 지나치게 의식적이라 옆에서 보기에
도 적잖이 상처를 입었다는 것을 확연히 느낄 수 있었다.

정환은 이쯤해서 윤현의 마음에 불을 지를 필요성이 있다는
판단을 내렸다. 하지만 그것을 어떻게 받아들이느냐는 윤현 스
스로의 몫이 될 것이다.

"너 지금 장난하냐?"

"뭐?"

윤현은 처음과는 다른 정환의 냉담한 태도에 그만 움찔했다.

"입시 중요하지. 아무렴 인생이 달린 문제인데 중요하지 않을
수 있겠어? 너 그 중요한 문제 때문에 청아한테 모른 척하고 살
자며 부탁까지 했다며? 이제 입시 딱 백일 남았다. 그럼 그 중요
한 입시에나 신경 쓸 일이지 남의 사생활엔 왜 관심을 가져? 둘
이서 사귀면 어떻고 안 사귀면 어쩔 건데? 넌 그저 그 빌어먹을
입시에나 신경 쓸 놈이잖아."

"……."

"아무런 행동도 하지 않을 거면 청아한테 관심 끊어. 너나 하
준이 형이나 정말 못 말린다. 자기 마음대로 자기 뜻대로 상대
가 기다려 줄 거라고 생각해? 어쩌면 두 사람 다 그렇게 이기적
인지 모르겠다. 청아 우습게 보지 마. 걔는 네가 그렇게 우습게

보고 기분에 따라 찔러볼 만큼 만만한 애 아니니까. 그리고 충
고 하나 하겠는데 감정의 골은 시간이 갈수록 잊어지는 게 아니
라 점점 더 깊어지는 거야. 어정쩡한 태도로 괜히 사람 헷갈리
고 혼란스럽게 하지 마. 이 얘긴 안 들은 걸로 한다. 그리고 아
무리 내가 청아 친구라 해도 나랑 트러블 난 건 아니라 그동안
은 아무런 내색 않고 지내긴 했는데, 이젠 그럴 수 없을 것 같
다. 너 아주 재수없는 놈이야."

윤현은 충격을 받았는지 입술을 덜덜 떨면서도 아무런 말도
하지 못했다. 정환은 그런 그를 음악실에 그냥 내버려 둔 채, 휙
하니 몸을 돌려 성큼성큼 그곳을 빠져나갔다.

정환도 윤현의 성적이 2학기 들어 떨어진 것을 이미 알고 있
었다. 그래 봐야 2, 3등 정도 밀려났을 뿐이긴 하지만, 전교 1등
이던 아이가 3, 4등으로 밀려날 정도면 그건 보통 일이 아니었
다. 감정이 더 깊어지기 전에 청아를 밀어내는 것은 어찌어찌
성공했을지 몰라도 그것이 무색하게도 성적이 떨어져 버렸으니
사실상 자업자득이었다. 과연 윤현이 이 일로 자극을 받아 행동
을 취할 것인가? 만약 그렇다면 정환은 윤현을 응원할 참이었
다. 개인적으로 청아에게 형수님 소리를 하며 살고 싶진 않을뿐
더러 하준과 청아는 기질상 서로 맞지 않는 그림이라는 것을 두
사람을 속속들이 아는 정환으로서는 너무나 빤하게 보였기 때
문이다.

한동안 윤현의 뇌리에는 음악실에서의 정환의 말이 껌 딱지처럼 딱 달라붙어 좀처럼 떨어지지 않았다. 미쳐 버릴 것만 같았다. 쉽게 잊을 수 있을 것이라 생각했다. 그저 예쁜 아이라 생각해 관심을 가졌을 뿐이고, 어떻게 해볼 생각 따위는 처음부터 가져본 적도 없었다. 연애는 원하는 대학에 들어가고 나서 해도 늦지 않을 것이고, 아니, 엄밀히 말해 완전히 자리 잡아 누가 보든 떳떳한 위치에 올라섰을 때 해야 한다고 생각했다.

하지만 청아가 무심코 내미는 손이 너무나 따뜻하고 황홀해서 그 신념이 속절없이 흔들렸다. 사람이 주는 온기가 어떠한 것인지 감수성이 한창 예민할 나이인 윤현은 애써 여태껏 모르는 척해왔다.

활활 타오르는 화톳불이 너무도 따뜻하고 매혹적이라 그 불에 점점 가까이 다가가고 싶었다. 눈보라가 몰아치는 혹한의 추위 속에서 덜덜 떨며 애써 그 추위를 견뎌내려던 그에게 이 작은 불은 거부할 수 없는 끌림이자 동경이었다. 불에 조심스레 한 걸음 다가서니 그 따뜻한 온기와 주변을 밝혀주는 환한 빛에 순식간에 매혹되어 버렸다. 왜 혼자 그 추위 속에서 덜덜 떨고만 있었는지 스스로가 미련하게만 여겨졌다. 조금만 마음을 열면 이렇게 따뜻하고 행복할 수 있는데 왜 혼자 고집을 부려가며 억센 추위 속에 자신을 방치하려 했는지……. 따뜻하고 기분이 좋았다. 이대로 이 환하고 따뜻한 화톳불 옆에서 온몸을 녹이고 노곤하게 지친 몸을 쉬게 해주고만 싶었다.

하지만 그가 가려고 하는 길은 저 추위 너머에 있었다. 화톳불의 안온함에만 취해 있으면 당장은 행복할는지 몰라도 결국엔 아무것도 아닌 지금 같은 인생에서 멈춰 버릴 것이다. 그러한 인생에게 화톳불이 언제까지 자신의 온기와 빛을 나눠줄 수 있을 것인가?

애써 매혹을 외면하고 다시금 추위 속으로 불쑥 발을 내미니 오히려 그 온기를 맛보느니만 못한 상황이 되어버렸다. 더 춥고, 더 살이 에이고, 더 고통스러웠다. 견딜 수 있을 것이라 생각했다. 목표하던 것을 이루고 나면 다시 그 화톳불 옆으로 당당히 다가설 수 있을 것이라 생각하고, 그러한 일념만으로 힘들게 그 같은 결심을 했다. 하지만 그 불은 그 자리에서 그를 기다려 주지 않았다. 누구에게나 환한 빛과 온기를 주는 불은 애초부터 윤현에게만 허락된 것이 아니었다.

왜 그 모습 그대로 그를 위해 남아줄 것이란 헛된 기대를 품게 된 것인가? 그렇게나 매몰차게 외면하고 거부해 버린 건 바로 그 자신인 것을 왜 그 결심을 지키지 못하고 이렇게 힘들어하고 괴로워만 하고 있는 것일까?

자율학습을 끝내고 학교 앞 정류장에서 유진과 헤어진 청아는 희뿌연 가로등 불빛을 가르며 집 앞 골목길을 자박자박 걸어 들어갔다. 늦은 밤 주택가는 이따금씩 지나가는 차량들 이외에는 인적이 드물었지만, 한 번도 위험하다는 생각을 해본 적이 없었다. 환하게 불이 밝혀진 집집마다 거의 친숙한 이웃 사람들이었고, 골목 끝에는 지구대 파출소까지 떡하니 지키고 서 있었다. 그 덕에 치안에는 별다른 걱정이 없는 곳이었다.

청아는 골목 모퉁이를 돌자마자 늦은 시간임에도 집 대문 앞에 누군가가 서성이고 있는 모습을 발견할 수 있었다. 약간 놀라기는 했지만, 이내 대수롭지 않게 생각했다. 대문 앞에서 누군가가 기다리고 있는 것은 그리 드문 일이 아니었다. 중학교 시절부터 얼굴도 잘 모르는 남학생들이 어떻게 집을 알고 찾아왔는지 쭈뼛거리며 구애를 하곤 했다.

오히려 지금은 그런 일이 예전보다는 현저히 줄어든 편이었다. 그녀의 괄괄한 성격에 대한 소문이 일찌감치 퍼져서인가? 사실상 굳이 힘들게 집 앞까지 찾아오지 않더라도 그녀와 친해지는 건 쉬운 일이었다. 청아의 전화번호부에는 그렇게 알게 된 남학생들의 전화번호가 빼곡히 적혀 있었고, 그들과는 아직도 지속적으로 친분을 나누고 있었다.

청아는 또 누가 집 앞까지 찾아와 애써 기다리는 수고를 하고 있을까 궁금한 마음이 들어 걸음걸이에 속도를 더 했다. 대충 달래서 보내 버려야겠다는 생각만을 가지고 있었는데, 가까이 다가가 보니 그 장본인은 놀랍게도 윤현이었다.

그런 윤현의 모습을 확인한 순간 청아는 그만 저도 모르게 걸음을 멈추었다. 윤현은 청아가 움찔해서 걸음을 멈추자 더 기다리지 않고 그녀의 앞으로 성큼성큼 다가섰다. 늘 단정하게 넥타이를 조여 매고 교복 저고리의 단추도 완벽히 채우던 그였다. 한데 뭐가 그리 답답했는지 넥타이도 끌어내리고 목 부분의 단추도 열어젖혔고, 교복 저고리의 단추 역시 풀어헤쳐진 채였다.

"네가 여긴 어쩐 일이야?"

청아는 놀란 와중에도 냉담하게 먼저 입을 열었다. 하지만 내심 윤현의 흐트러진 옷매무새와 무언가를 결심한 듯한 결연한 표정에 약간은 불안함을 느꼈다.

"잠깐 얘기 좀 하자."

"무슨 얘기? 지금 이 시간에? 정 할 말 있음 내일 학교에서 하던가."

뭔가 심상치 않은 기분이 들어 이렇게 말했을 뿐, 실제로는 어디서고 그와 얼굴을 맞대고 얘기하고 싶은 기분이 아니었다.

"지금이 아니면 안 돼. 여기선 그렇고 저기 놀이터로 가자."

그는 어딘지 모르게 초조하고 성급해 보였다. 하긴 오밤중에 찾아와 대뜸 대화를 청할 정도면 어지간히 급하기는 급한 것이다.

"싫어. 내가 왜 이 시간에 네 얘길 듣고 있어야 하는 건데?"

"넌 여전히 네 멋대로구나. 한 번이라도 내 말대로 해주면 안 되니?"

"뭐? 내 멋대로? 이 늦은 밤에 느닷없이 남의 집 앞에서 기다리고 있는 건 내가 아니라 너야. 누가 내 멋대로라는 거야?"

청아의 적절한 지적에 윤현은 그만 할 말을 잃어버렸다.

“미안하다. 그냥 나는…….”

“너 진짜 웃긴다. 서로 모른 척하고 지내자고 했으면서 여긴 왜 온 거야? 무슨 할 말이 더 남았어? 네가 원하는 대로 해줬잖아. 뭐가 부족해?”

“미안해. ……정말 미안하다.”

“뭐가?”

“둘 다. 아니, 모든 게 다 미안해.”

“됐어. 그걸로 이제 접자. 입시에나 신경 쓰셔. 넌 이렇게 시간 낭비할 시간 없잖아?”

청아는 이렇게 비아냥거렸다. 꽤 오랜 시간이 흘렀지만 아직도 그에 대한 앙금은 그대로 남아 있었다. 호감을 가졌고 친하게 지내고 싶었던 친구였다. 드러나는 겉모습과는 달리 불우한 가정환경을 엿보고 나서는 그에 대해 연민과 함께 숨길 수 없는 관심도 모락모락 피어났다. 다른 어느 친구보다 잘해주고 싶었고, 그가 정말로 성공해서 지금의 환경을 극복해 나가는 모습을 따뜻한 시선으로 지켜봐 주고 싶었다. 한데 그런 그녀의 마음을 그는 무참히 짓밟고 거부했다. 누구에게도 거부당해 본 적이 없다는 심리적인 자만심이 여지없이 무너졌을뿐더러, 처음으로 먼저 호감을 가지게 된 상대로부터의 거부라 그런지 더욱더 충격적이었다.

“날 좀 기다려 주면 안 되겠니?”

윤현은 저도 모르게 자신의 진심을 이렇게 토해놓았다.

“뭐?”

“널 좋아해. 널 좋아해서 ……그런 거야.”

한동안 두 사람 사이에는 침묵만이 감돌았다. 청아도 어지간히 놀랐지만, 윤현 역시 자신의 입으로 이렇게 고백해 놓고도 스스로가 놀라고 있었다. 처음 여기 올 결심을 했을 때는 그저 지난 일을 사과하고 다시 친구로 지내고 싶다고 말할 생각이었지 좋아한다는 고백까지 할 생각은 아니었다. 하지만 청아의 냉담한 태도를 보니 그저 미안하다는 말로는 마음을 돌리기 힘들다는 것을 깨달았다. 이왕 이렇게 된 것 이판사판이었다.

“좋아해서 그런 거라고? 좋아해서 그딴 식으로 사람을 무시한 거라고? 그게 말이 된다고 생각 하냐?”

“느닷없는 거 알아. 한데 너, 내 사정 잘 알잖아. 나 이번에 대학 못 들어가면 재수하기 힘들어져. 자꾸만 너한테 마음이 끌리는데 공부는 해야 하고 나도 미칠 것만 같았어. 너랑 떨어져 있으면 이내 괜찮아질 줄 알았어. 한데 아니야. 그날 일이 자꾸만 떠오르고, 날 그렇게 외면하고 지나치는 네 모습을 볼 때마다 하루 종일 공부가 손에 잡히지 않았어. 청아야, 정말 미안해. 날 좋아해 달라는 거 아니야. 그럴 자격도 없다는 거 잘 알아. 하지만 내 마음이 이렇다는 것만 알아줘. 그리고 기다려 줘. 이제 백일 남았어. 석 달만, 석 달만 날 좀 기다려 주면 안 되겠니?”

“너도 결국 그런 거야? 네 일정과 계획에 맞춰 기다려 달라고? 참, 어쩌면 다들 이렇게까지 이기적인지 모르겠다. 아니, 내가 그렇게 취급당할 정도로 우습게 보인 거겠지. 공부 잘하는 사람들이라 그런지, 공부 못하는 내가 무지하게 우습게 보인 모양이야. 좋아해 주면 내가 그걸 감사히 여기며 그 일정과 계획에 맞춰 곱게 기다려 줄 거란 오만함은 대체 어디서 나온 거냐? 정말 궁금하다."

청아는 하준의 일까지 싸잡아 윤현을 다짜고짜 다그쳤다. 하준이야 워낙 어릴 때부터 알던 사이이고 그 제멋대로에 오만한 성정을 누구보다 잘 아는지라 그냥 곱게 봐주고 넘겼는데, 윤현까지 그런 작태를 보이니 더 이상은 참을 수 없었다. 윤현의 진심 어린 애원은 하나도 귀에 들어오지 않았다.

뭘 기다리란 말인가? 뭘 기다려야 한단 말인가? 그런 대사는 이미 마음을 맞춘 사람들에게서나 가능하다는 것쯤은 연애에 무지한 청아로서도 모르지 않았다. 아직 사귀지도 않은, 오히려 원수처럼 냉담해진 사이에서 나올 만한 대사는 결코 아니었다.

자신은 예쁘기만 한 말 잘 듣는 인형 취급을 받을 이유가 전혀 없었다. 아무리 윤현의 처지를 잘 알고, 그가 얼마나 성공에 대한 열망으로 자신을 채찍질하는지 잘 안다 해도 이건 아니었다.

"너한테 대학이 엄청나게 중요하다는 건 잘 알지만, 난 너만큼 절박하지 않아서 그런지 그 이유란 걸 이해하고 싶지도 않고 그럴 필요도 없다고 봐. 그리고 네가 원하는 좋은 대학에 들어가면 얼굴도 예쁘고, 머리도 좋고, 집도 잘사는 무지 괜찮은 여자들이 득시글거릴 테니까, 지금은 공부에나 충실하고 여자 친구는 그때 가서 알아봐. 하지만 대학에 붙으면 바로 사시 준비를 해야 할 텐데 그때라고 여유가 생길까? 하준 오빠 보니까 고 3 때보다 훨씬 더 바빠 보이더라. 아예 너 같은 처지면 사시 붙고 변호사로 완전히 자리 잡은 후에 알아보는 편이 더 나을 거다. 오늘 일은 못 들을 걸로 할게. 너도 쪽팔리겠지만, 그런 취급을 받은 나는 더 쪽팔리니까."

"신청아."

"자꾸 성 붙여서 부르지도 마. 우리 아빠, 심 봉사 아니거든?"

"자꾸 이러지 마. 너한테 미안한 일을 한 건 사실이지만, 내 진심까지 그렇게 취급당하고 싶지 않으니까."

윤현은 청아의 냉담한 거부에 애원하며 부탁하던 저자세를 버리고 본연의 자세를 취했다. 거의 본능적이었다. 이렇게까지 자존심을 버리고 매달렸는데도 그걸 거부하는 사람이 나쁜 거다. 어차피 윤현은 청아를 포기할 생각이 없었다. 포기할 생각이었다면, 이렇게 시간을 내어 그녀의 집 앞으로 달려오지도 않았을 것이다. 하다 하다 방법이 없어서 찾아왔다. 이젠 앞으로 전진하는 수밖에 달리 도리가 없었다.

"그걸 진심이라고 늘어놓는데 나더러 더 어떡하라고? 이제 좀 꺼져 주라. 짜증나려고 하니까."

청아의 매몰찬 말은 완전히 도화선에 불을 붙인 꼴이 되었다. 윤현은 다짜고짜 청아의 손목을 잡아채더니 그녀의 몸을 강제로 으스러져라 껴안았다. 그리고 한 손으로 그녀의 얼굴을 잡아 들어올리고는 놀라움으로 벌어진 그녀의 입술에 자신의 입술을 거칠게 밀어붙였다.

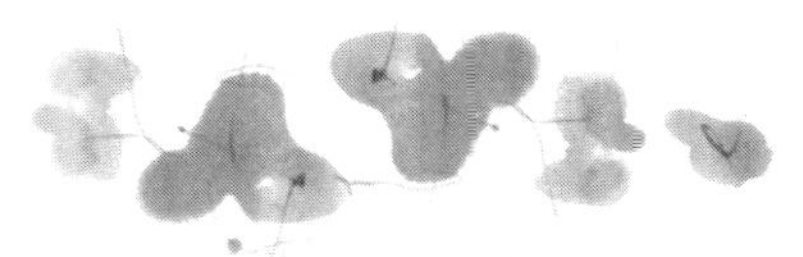

"읍, 읍."

청아는 무언가가 말캉한 것이 입 안으로 들어와 꿈틀거리자 크나큰 충격을 받았다. 축축한 그것은 한 번 그녀의 입 안을 침입하고 나더니 마치 자신의 영역인 양 쓸고 빨아대었다. 이것이 그 영화나 책에서나 보던 키스라는 것을 깨달은 것은 몇 초가 흐른 후였다. 청아는 윤현의 가슴팍을 때리며 벗어나려 안간힘을 썼지만, 덩치 큰 남학생을 힘으로 당해내기란 애초부터 역부족이었다.

"이, 이러지 마. 이거 놔."

청아는 숨이 막힌 윤현이 잠깐 입술을 뗀 틈을 이용해 간신히 애원하는 말을 꺼냈지만 윤현은 이미 키스가 주는 짜릿함과 황홀경에 빠져 이성을 잃고 허우적거리고 있었다.

수없이 상상하고 꿈꿔왔던 키스였다. 하지만 이 정도까지인 줄은 몰랐다. 심장이 다 부서질 것만 같이 요동을 쳤고, 온몸은 알 수 없는 열기로 활활 타올랐다. 꿀처럼 달큰하고, 과자처럼 고소했다. 혀는 캐러멜처럼 부드럽게 착착 감겼다. 청아가 꿈틀거리며 저항하는 것을 느끼면서도 그만둘 수가 없었다. 오히려 그러한 저항조차도 그에게는 도발이 되었다. 이미 그가 자제할 수 있는 선을 넘어가 버렸다. 첫키스가 주는 미지의 황홀감에 정신없이 홀려 버린 그는 그만둬야 한다는 이성의 목소리에도 좀처럼 멈출 수가 없었다. 아니, 멈추고 싶지가 않았다.

하지만 황홀경에 빠진 윤현과는 달리 청아는 잔뜩 겁에 질려 있었다. 윤현의 키스는 폭력 그 이상도 그 이하도 아니었다. 무엇보다 그의 완력에 완전히 제압당해 버린 이 같은 상황이 도무지 믿어지지가 않았다. 축축하게만 느껴지는 그의 입술과 혀는 징그럽고 더럽기만 할 뿐이었다. 남자들과 늘 스스럼없이 지내왔지만, 단 한 번도 그들을 위협적으로 느껴본 적은 없었다. 그들의 우위에 서서 늘 떠받들어지는 위치였고, 늘 존중받았다. 단 한 번도 이런 식의 강제적인 행동의 대상이 되어본 적이 없었기에, 청아는 남자에 대한 가치관이 순식간에 뒤바뀌어 버릴 정도로 대단한 충격을 받게 되었다.

불행히도 윤현과 청아의 첫키스는 그렇게 정반대의 느낌으로

서로에게 완전히 각인되어 버렸다.

"너 이 자식!"

청아는 언제까지고 끝나지 않을 것만 같던 윤현의 거친 숨결에서 간신히 벗어나 헉헉거리며 숨을 몰아쉬었다. 한참이나 숨을 고르고 충격을 가다듬고 나니, 어느새 나왔는지 아빠가 윤현의 멱살을 붙잡고는 거칠게 드잡이를 하고 있었다. 이따금씩 아빠는 청아가 올 시간에 맞춰 담배도 피울 겸 해서 집 앞에서 그녀를 기다리곤 했고, 다행히도 오늘이 바로 그와 같은 날이었다.

느닷없이 누군가에게 어깨를 강하게 잡히고 난 후, 주먹으로 얼굴을 세차게 얻어맞은 윤현은 저도 모르게 고통스러운 신음 소리를 토해내었다. 무의식적으로 입가를 쓱 닦으니 선혈이 묻어나왔다. 정신이 확 나고 달뜨던 돔이 순식간에 식어버렸다. 주먹은 연달아 그의 얼굴을 숨 쉴 틈 없이 가격했다. 아프긴 했지만, 그렇다고 못 참을 정도는 아니었다. 예전에 아버지에게 맞았을 때에 비하면 십 분의 일도 고통스럽지 않았다. 하긴 막노동으로 단련된 아버지가 아니던가? 잔뜩 성난 표정을 한 빼빼 마른 샌님 같은 중년 사내가 아버지의 알 주먹을 능가할 수 있을 리는 없었다.

"너 이 자식, 뭐야? 감히 어디서 내 딸을 가지고 수작질이냐고? 너 당장 경찰서로 가자. 내 이놈의 자식을……."

어느 아버지인들 자신의 금지옥엽 딸이 사내에게 잡혀 강제로 추행을 당하고 있는 모습을 보고 흥분하지 않을 수 있겠는가? 평상시 점잖은 성격에 함부로 손찌검 한 번 해본 적이 없을 만큼 유한 성품을 지닌 그였지만, 지금은 완전히 이성을 잃어버렸다. 고슴도치가 자기 새끼 예쁘다 하는 거야 당연지사지만, 청아나 세린은 그 이상이었다.

대문 옆에 붙어 바들바들 떨고만 있던 청아는 신장호가 바닥 위에 아무렇게나 널브러져 있는 윤현의 멱살을 잡아 당장이라도 경찰서로 끌고 가려 하자, 그만 저도 모르게 그런 아버지를 거세게 말렸다.

"아빠, 그러지 마. 아빠."

신장호와 윤현은 청아의 만류에 놀란 표정을 지으며 그만 멈칫했다. 무의식적으로 아버지를 뜯어말린 청아 역시 자신의 행동에 놀라고 있었다. 윤현의 행동을 결코 용서할 생각은 없었다. 아버지가 나와서 뜯어말리지 않았더라면 더한 일이 벌어졌을지 모른다는 생각은 변함이 없었다. 윤현의 입술과 혀가 더럽고 징그러워 온몸에 소름이 돋았다. 그녀가 상상하던 키스는 이런 게 아니었다. 애틋하고, 감미롭고, 짜릿하고, 온몸을 녹일 듯 부드럽고……. 한데 키스가 폭력이 될 수도 있다는 사실을 지나치게 빨리 경험해 버리고 말았다. 그 상대가 아무리 윤현일지라도 마찬가지였다.

하지만 윤현이 경찰서에 끌려가 곤혹을 치르는 모습까지 보고 싶지는 않았다. 앞날이 창창한 아이이고, 여기서 무너져 버리면 길이 보이지 않을 만큼 아무것도 가진 게 없는 아이이다. 신장호에게 한참이나 두들겨 맞고도 저항 한 번 하지 않은 채 고스란히 그 매를 다 맞고 있는 모습을 보니 그 정도면 응징은 충분하다는 생각이 들기도 했다.

"잠깐 실수한 거야. 그러니까 여기서 그단둬요, 네?"

"실수가 ……아닙니다."

윤현은 이제야 비로소 입을 열었다.

"뭐야?"

신장호는 어이가 없다는 듯 헛헛한 실소를 흘리며 윤현을 노려보았다.

"청아를 좋아합니다. 청아를 사랑해요."

윤현은 주저하는 기색없이 털썩 무릎을 꿇었다.

"죄송합니다. 이런 식으로 안 좋은 모습을 보여드려 아버님께 정말 죄송합니다. 하지만 제 행동을 후회하진 않습니다."

"싫다는 여자앨 상대로 억지로 그런 행동을 해놓고는 후회하지 않는다고?"

"죄송합니다."

신장호는 숨을 가다듬으며 흥분을 가라앉혔다. 어느 정도 안정을 되찾고 난 그는 한참이나 윤현의 모습을 머리끝부터 발끝까지 죽 훑어 내렸다. 얼굴에 멍이 들고 코피까지 흘려 피범벅이 되어 있기는 하나, 보기 드문 아주 잘생긴 남학생이었다. 눈빛도 영민하게 반짝이며 살아 있었고, 무릎을 꿇은 모습도 반듯하니 절도있어 보였다. 교복을 입지 않았더라면 대학생으로도 볼 수 있을 만큼 성숙한 모습이었으나, 모습만 어른이지 아직은 어린아이에 불과했다. 아들을 키워본 적은 없지만, 그는 대신 고등학생 시절의 자신의 모습을 떠올렸다. 한창 이성에 관심이 많을 나이이고 여자에 대해 잘은 몰라 시행착오를 수없이 겪었던 그런 시절이었다. 모습이나 행동을 보니 아주 막되어먹은 아이는 아닌 듯 보여 그는 한동안 망설였다. 그렇다 하더라도 자신의 어린 딸과 강제로 키스를 하는 모습을 목격하게 된 신장호로서는 선뜻 윤현을 용서하기란 쉬운 일이 아니었다.

"일단 들어와."

신장호는 어느 정도 누그러진 목소리로 윤현을 향해 이렇게 말했다.

"아빠!"

청아는 놀라 소리쳤다. 그냥 보낼 일이지 뭐 하러 집에까지 들인단 말인가? 경찰서에는 데리고 가지 말라는 소리지, 집에까지 들여 용서하란 뜻은 아니었다.

"사람들도 지나다니고 저 자식 얼굴도 씻겨야 할 것 아니냐? 그만두라고 한 건 청아 너야. 그러니 저 자식 얼른 데리고 들어와."

이미 한참이나 늦어버린 시간이었다. 윤현은 화장실에 들어가 세수를 하고는 상처가 난 입술 주변에 민 여사가 건네준 연고를 세심하게 발랐다. 통증은 그리 심하지 않았지만, 내일 아침이면 눈 주변에 퍼런 멍이 도드라져 브일 것이었다. 그는 최대한 모습을 단정하게 추스른 후, 심호흡을 몇 번 하고 나서야 비로소 욕실 문을 나섰다.

청아의 집은 정환의 집처럼 크고 화려하지는 않았지만, 네 식구가 살기엔 적당한 규모에 다양한 뜨개질과 수예품, 예쁜 장식물들로 아기자기하게 꾸며져 있었다. 호기심 어린 눈을 반짝거리는 청아의 여동생이나, 어느새 과일과 차를 준비해 응접실에 차려놓은 어머니나, 청아 못지않게 예쁘고 우아해 보였다. 윤현이 꿈꾸어오던 소박하지만 단란한 가정의 모습, 거실 벽에 크게 걸린 가족사진은 나도 저 가족의 일원이 되고 싶다는 열망을 불러일으킬 만큼, 더없이 아름답고 화목해 보였다.

"세린이 넌 그만 방에 들어가서 자."

"아빠."

"어서."

하트 모양의 귀여운 잠옷 차림을 한 세린은 입술을 비죽 내밀면서도 신장호의 명에 즉시 따랐다. 자식들과 격의없을 만큼 화목하게 지내면서도 이런 단호한 태도를 보일 때의 아빠는 결코 건드릴 수 없다는 것을 가족 모두 아주 잘 알고 있었다. 결국 거실에는 청아를 비롯해 부모님과 윤현만이 남게 되었다.

윤현이 씻으러 간 사이에, 청아는 대충 그에 대해 부모님께 설명을 드렸다. 지금의 이 남학생이 전에도 수차례 얘기를 들은

바 있는 그 윤현이라는 것을 알게 되자, 부모님은 적잖이 놀랐
다.

지난여름의 일은 이미 들어 알고 있었다. 청아가 그렇게까지
분개하며 화를 내는 모습은 일찍이 본 일이 없었기에, 그 상대
남학생이 누구인지 꽤나 궁금했던 것이다. 확실히 그 당시 청아
의 관심은 그들이 보기에도 보통은 넘었다.

중학교에 들어간 이후, 숱한 남학생들이 집 앞으로 찾아와 구
애를 해도 대수롭지 않게 넘기던 아이다. 친구는 많아도 누구
하나를 콕 집어 특별하게 생각하는 경우는 없었다. 인생이 늘
즐겁고 재미있는 아이, 누구에게나 사랑받고 환영받는 아이. 그
런 아이가 생전 처음, 한 남학생에게 무참히 거부당했다. 청아
로서는 그것만으로도 대단한 충격이었다.

하지만 자초지종을 자세히 듣고 보니 그 남학생에게 동정의
여지가 전혀 없는 것은 아니었다. 가난한 집안 환경으로 인해
공부에만 전념해야 할 처지로 확실히 청아에게 휘둘려 다녔다
가는 그 중요한 시기를 망쳐 버릴 수도 있었다. 학생이면 학생
답게 공부에 열중하는 것이 그 본분을 다하는 길이다. 청아에게
는 안된 일이지만, 그 아이의 처신은 오히려 옳은 일이라는 생
각도 들었다.

한데 결국에 그 남학생은 남은 몇 달간을 기어이 참아내지 못
하고, 집 앞까지 찾아와 이 사단을 벌여놓았다. 역시 예전의 행
동은 허세였던 모양이다. 당장의 불타오르는 사랑의 감정을 어

쩌지 못하고, 무작정 달려와 자신의 마음을 알아달라 어깃장을 놓고 있었다. 미숙하기 짝이 없는 천상 사춘기 소년의 모습 그 대로였다.

"늦었는데 집에 전화부터 드려."

"아닙니다."

윤현은 허리를 꼿꼿이 세우고 앉아 공손한 태도로 입을 열었다. 어머니야 아직 집에 들어오지도 않으셨을 테고, 아버지야 늦는다 한들 과연 걱정이나 하실까 의문이었다. 동생들은 워낙에 윤현에 대한 신뢰가 깊어 설사 외박을 한다 한들 누가 뭐랄 사람은 아무도 없었다.

"우리 청아를 좋아한다고?"

신장호의 물음에 그는 숨도 쉬지 않고 바로 고개를 끄덕였다.

"네."

"그래서 어쩌겠다고?"

"학력고사가 끝날 때까지 기다려 달라고 말하러 온 겁니다. 한데 제 진심이 제대로 통하지 않자 그만……."

"진심이 통하지 않았을 때는 그 진심을 제대로 드러내지 못한 본인을 탓할 일이야."

"죄송합니다."

"그럼 청아한테 사과해."

"사과는 못합니다."

"뭐야?"

청아는 어이가 없어 빽 소리를 질렀다.

"청아, 넌 가만히 있어. 왜 사과를 못한다는 거냐?"

"못합니다."

신장호는 윤현의 마음을 눈치 채고는 다그치는 것을 그만두었다. 그것도 자존심이라고 키스했다는 것 자체만큼은 잘못한 것이라 인정하지 않겠다는 것이다. 그것이 상대 여자에 대한 마음이라 굳게 믿고 있는 그를 보니 아직 가르쳐야 할 것도 많고 알아야 할 것도 많겠다는 생각이 들었다.

"청아한테 대강은 네 얘길 들었다. 마음 같아서는 학교에 알려서라도 징계를 내리고 싶지만, 청아가 그걸 원하지 않으니 그냥 없던 일로 넘기겠어. 다시는 우리 청아한테 접근하지 마. 다시 한 번 이런 일이 발생할 시엔 그땐 정말 가만히 있지 않겠어."

"청아와 사귀고 싶습니다. 지금 당장은 힘들겠지만 고등학교만 졸업하고 나면 사귈 수 있도록 허락해 주십시오."

윤현은 이 기회를 통해 꼭 허락을 받아야 한다는 일념으로 무작정 이렇게 매달렸다.

"그건 나한테 허락받을 일이 아니야. 우리 청아 마음이 우선인 게지. 한데 그럴 거면 졸업이나 하고 나서 말할 일이지, 지금 와서 왜 이러는 건가? 당장에 사귀지도 못할 거라면서?"

"청아가 저한테 화가 많이 나 있어서……. 그저 예전처럼 인사라도 하고 지내고 싶었습니다."

"아주 쇼를 한다, 쇼를 해. 그 인사도 하기 싫다고 끊어버린
건 너야."

청아는 여전히 분이 풀리지 않아 이렇게 쏘아붙였다. 모르는
척하자고 뒤통수를 때릴 때는 언제고, 느닷없이 이제 와서 사랑
한다 어쩐다 하며 감정을 물밀듯 쏟아놓으니 '쟤, 대체 왜 저
래?' 하는 황당함뿐이었다.

"미안해, 정말 미안하다. 그때 일은 내가 생각이 짧았어."

윤현은 진심으로 사과했다. 그것만큼은 꼭 청아에게 용서를
빌고 싶었다.

"난 한 번 뒤통수친 놈이랑은 다시는 상종 안 해. 너 말고도
친구는 넘칠 듯이 많으니까, 굳이 너까지 친구 삼지 않아도 된
다고."

청아는 예전에 윤현이 했던 말까지 고스란히 기억해 내고는
이렇게 되쏘아주었다. 하지만 그는 아랑곳하지 않았다.

"난 너랑 친구 하자고 온 게 아니야. 친구는 내가 사절이다."

'입만 살아가지고.'

청아는 속으로 꿍얼거리며 윤현의 서늘한 눈빛을 도전적으로
맞받아쳤다.

"아빠, 쟤 빨리 보내요. 인생이 불쌍해서 그냥 용서해 주라 그
런 거지, 누가 집까지 데리고 들어와 과일까지 갖다 먹이랬어?"

"청아야, 아무리 화가 나도 말은 가려야지."

민 여사가 얼른 이렇게 주의를 주었지만, 청아는 아랑곳하지

않았다.

“엄마, 저 자식이 날 성추행했다고요. 근데도 그런 말이 나와?”

윤현은 자신의 키스를 성추행이라 표현하는 청아의 태도에 내심 충격을 받아 그만 입을 꾹 다물었다. 자신의 마음을 표현하기 위함이었는데, 그게 그녀에게는 성추행으로 받아들여졌다니…….

“오늘은 너무 늦었으니 이 정도로 끝내자.”

결국 신장호는 오늘의 해프닝을 일단락 지었다. 표현방식이 서툴러서였을 뿐, 다행히도 성정이 나쁜 아이 같지는 않아 보였다. 잘 타이르고 다독인다면 다시는 이런 일을 벌이지는 못할 것이고, 애초에 그 정도 말귀는 충분히 알아들을 만한 아이라 판단했기에 집까지 데리고 들어온 것이다. 무엇보다 청아에 대한 마음이 단순한 장난으로 보이지는 않았다. 성적 호기심으로 그냥 한번 찔러보는 것이었다면, 아무리 장래가 촉망되는 학생이라 해도 용서치 않았을 것이다. 남의 자식보다 내 자식을 먼저 챙길 수밖에 없는 아버지라는 이름 때문이다.

신장호는 윤현을 대문 바깥까지 배웅해 주었다. 따로 하고 싶은 얘기가 있어서라는 것을 눈치 챈 윤현은 다소곳이 그가 입을 열 때까지 기다렸다.

“얼굴이 많이 부었는데 부모님이 보시면 걱정을 하시겠군.”

윤현은 신장호의 다정한 말에 그만 왈칵 눈물을 쏟아낼 뻔했

다. 당신 딸에게 그런 짓을 한 모습을 목격했는데도 종내는 이
렇게 따뜻하게 대해주시니 도무지 믿어지지가 않았다. 청아의
집에 들어가 볼 수 있었던 것도 ㄱ 대하지 못한 일이었다.

"지금 나이가 한창 여자 생각이 날 나이긴 하지. 나도 예전에
그랬으니까. 한데 말이지. 여자는 섬세하게 다뤄야 해. 여자들
이 자신을 이끌어주는 남자에게 매력을 느끼는 건 사실이지만,
그렇다고 그런 식으로 대뜸 끌어안아 버리면 오히려 거부감만
을 가지게 된다고. 남자와 여자는 생각 자체가 다르거든. 나도
뭐 처음부터 그런 걸 알았던 건 아니고 청아 엄마와 결혼하고
나서야 알게 되었으니, 참 여자란 나이를 먹어도 알기 힘든 존
재들이야. 내가 보기에 청아가 널 싫어하는 것 같진 않던데, 오
늘 일로 정말 싫어하게 될지도 모르겠어. 한 번 키스까지 했는
데 그게 무슨 소리인가 싶겠지만, 좋은 분위기에서 마음을 맞춰
한 것이 아니라면 그건 아무 소용도 없어. 억지로 당했다고 생
각해 봐. 포르노나 빨간 책들에 나오는 싫다면서도 끝에 가서는
좋다고 하는 여자들, 그건 전부 연출이야. 실제 여자들, 특히 아
무것도 모르는 처녀들은 오히려 그런 짓을 당하고 나면 상대를
혐오하고 피하게 된다고."

"그럼 전 어쩌면 좋죠?"

얼핏 이해가 가지는 않았지만 윤현은 놀란 마음에 이렇게 반
문했다.

"무조건 잘못했다고 빌어야지. 입시가 코앞이긴 하지만, 내가

보기에 너 정도의 실력이라면 약간 한눈을 판다 해도 충분히 원하는 대학에 갈 수 있을 거야. 하지만 사람 마음이 한 번 틀어지면 그건 결코 기다려 주지 않아. ……그럼 조심해서 가라."

윤현은 집으로 돌아온 후에도 한바탕 꿈을 꾼 것처럼 정신이 혼란스럽기만 했다. 청아와의 첫키스가 준 황홀경에 취해 있다가도 다음 순간에는 청아의 아버지에게 세차게 두들겨 맞은 창피한 순간이 떠올라 안절부절못했다. 청아의 집, 그리고 청아의 가정이 주는 따뜻한 분위기에 온몸이 녹을 듯 나긋나긋해지면서 아버님의 따뜻한 조언과 관심에 스스로가 고무되는 것을 느끼기도 했다. 하지만 신장호의 충고는 아직도 그에게는 잘 이해가 되지 않았다. 키스까지 한 마당에 청아가 그를 거부할 이유가 대체 뭐란 말인가. 아니, 거부한다 해도 청아는 이제 그의 것이었다.

어찌 되었든 청아의 마음을 다시 잡으려면 지금처럼 입시에만 신경을 쓸 수 없었다. 원하는 대학도 가고 청아도 손에 넣을 것이다. 처음엔 장학금을 노리고 있는 입장이라 애써 청아를 외면했지만, 이젠 그깟 장학금쯤은 미련없이 포기해 버렸다. 청아의 집, 그리고 청아의 부모님을 보니 더욱 그녀가 갖고 싶었다. 그런 따뜻한 가정의 좋은 부모님, 아니, 그러한 좋은 아버지를 갖고 싶었다.

만일 윤지에게 그런 일이 벌어진다면 아버지는 어떻게 행동하셨을까? 윤지의 행실을 비난하며 잡아대거나, 이유 여하를 막론하고 그 상대 남학생을 곤죽이 되도록 편 후, 발로 차 내쫓아 버렸을 것이다.

어른과 그런 식으로 여자와 관련된 대화를 나누게 된 것도 신선한 충격이었다. 여자에 대해 알고는 싶지만 주변에는 그걸 나눌 친구도 애기해 줄 어른도 전혀 없었다.

후에 윤현은 신장호에게 그런 식으로 들키지 않았더라면 청아와는 그 순간에 완전히 끝장났을 것이라는 걸 깨달았고, 두고 두고 그에게 고마운 마음을 품게 되었다. 그리고 그러한 신장호의 역할은 향후에도 두 사람 사이에 지대한 영향을 끼치게 되었다.

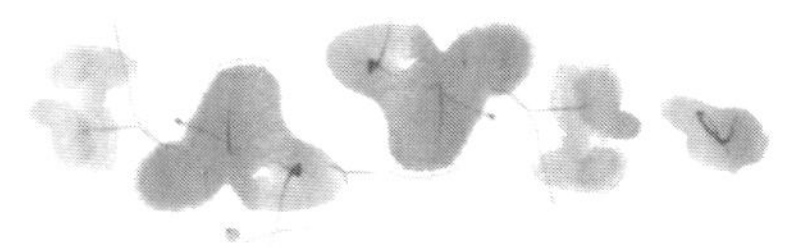

두툼한 블랙의 파카를 껴입고 털목도리로 목을 칭칭 감았
는데도 한겨울의 칼날 같은 추위는 도무지 막을 길이 없었다.
관악산 초입에 세워진 S대는 캠퍼스 자체가 산의 일부에 지어
져 있어서인지 유달리 바람이 얼음장같이 차가웠다.

윤현은 합격자 발표를 이미 전화로 확인을 한 터라 가벼운 마
음으로 학교로 출발했다. 교무처에 가서 등록금 용지와 학사 일
정이 쓰여 있는 봉투를 받은 그는 다행히도 수업료 면제를 받게
된 것을 알고는 가슴을 쓸어내렸다. 합격자 발표가 난 교정의
게시판 앞에는 희비가 엇갈린 수험생들로 소란스러웠다. 취재
를 나온 방송국 카메라가 그 생생한 모습을 고스란히 담고 학생

들의 인터뷰까지 따갔다.

널찍한 캠퍼스를 걷다 보니 확실히 국내 최고의 명문 법대에 입학을 했다는 것이 실감이 나기 시작했다. 이미 학력고사를 치르기 위해 몇 번인가 학교에 와봤지만, 합격자 발표가 난 후 걷는 교정은 새삼 남달랐다. 이 넓디넓은 캠퍼스가 앞으로 그가 다닐 대학이었다. 뿌듯하고 뭔가를 해냈다는 성취감으로 가슴은 이스트를 넣어 반죽한 빵처럼 자랑스레 부풀어 올랐다.

"이윤현."

교문을 막 빠져나가려는데, 뒤에서 낯익은 목소리가 윤현을 잡아끌었다. 뒤돌아보니 역시 두터운 아이보리 색 파카로 무장을 한 최정환이 손을 흔들며 뛰어오고 있었다.

"합격 축하한다."

"너도."

윤현은 같이 S대에 지망한 학생들이 어떻게 되었는지를 알아보기 위해 게시판의 명단을 유심히 살폈고, 그 안에서 정환의 이름을 발견하고는 자신이 합격한 것만큼이나 기뻐했다.

"과는 달라도 자주 보자. 하긴 학교가 워낙 커서 마주치기도 힘들겠다."

"그러게."

"지금 집에 가는 길이냐?"

"응."

윤현은 고개를 끄덕였다.

"청아는 떨어진 거 알지?"

"응. 어제 청아네 집에 갔다가 들었어."

"유진이도 붙었는데 청아만 후기 준비해야 하니 좀 보기가 그렇다."

"안 그래도 지금 청아한테 가보려고."

윤현의 말에 정환은 손사래를 쳤다.

"아서. 오늘 같은 날은 얼굴 안 보여주는 게 돕는 거야. 누구 염장 지를 일 있냐?"

"이럴수록 더 가봐야지."

"아주 열부 났다. 아무리 사랑의 힘이 위대하다지만, 사람이 어쩜 이렇게까지 변신할 수가 있냐?"

정환은 경이롭다는 듯 윤현을 바라보며 혀를 끌끌 찼다.

학력고사 백일 전, 청아의 집 앞에서 느닷없이 그녀에게 키스를 하다가 신장호에게 들킨 이후로 윤현은 하루가 멀다 하고 청아네 집을 찾았다. 하나, 간다 한들 성격 자체가 워낙에 데면데면한지라 어른에게 살갑게 굴거나 분위기를 맞추는 일 같은 것은 꿈도 꿀 수 없었다. 그저 인사 후에 쭈뼛거리며 소파에 잠시 앉아 있다 오는 정도를 반복했을 뿐이다. 청아의 부모님은 난감해하면서도 그를 대놓고 내치지는 못했다. 청아는 아예 그를 외면하고는 벌레 보듯 피했다. 청아의 여동생 세린만이 윤현의 옆에 딱 달라붙어 이것저것 호기심을 드러낼 뿐이었다. 깜찍하고 예쁘장한 외모의 세린은 청아보다는 미도가 조금 떨어지기는 해도, 성격은 오히려 자기 언니를 능가했다. 조잘대며 떠들어대는 모습이 그의 혼을 쏙 빼놓았다. 그래도 그나마 세린이 이렇게 상대를 해주니 덜 민망하고 견디기가 수월했다.

청아는 교내에서나 집에서나 윤현에 대한 차가운 태도를 버리지 않았다. 윤현으로서는 키스까지 한 사이인데 더 가까워져야 하는 게 맞는 일이 아닌가 싶었지만, 신장호의 염려대로 완전히 그 행동은 역효과만을 초래했다. 혐오감에 가득 찬 눈빛으로 매몰차게 피해 버리는 청아와는 달리 윤현은 금단의 열매를 맛본 죄로 잔뜩 몸이 달아올라 조바심을 치는 형국이었다. 확실히 입시 백일 전에 벌여놓은 일치고는 지나치게 위험한 모험이었다. 하지만 윤현의 마음은 오히려 이전보다 훨씬 더 편안했다. 청아의 집에서 보내는 하루에 고작 십여 분의 시간은 나머지 시간을 공부에 전념할 수 있게 해주는 훌륭한 자양분이 되어주었다. 청아의 집이 마냥 편하기만 한 건 아니었고 오히려 불편한 감정이 더 큰 건 사실이지만, 따뜻하고 단란한 가정의 모습을 엿볼 수 있다는 것만으로도 그의 마음은 포근해졌다. 아마 그 때문에 청아의 냉담한 박대에도 굴하지 않고 꿋꿋하게 그녀의 집을 찾을 수 있었던 건지도 모른다.

전기 시험을 보고 나서 점수를 맞춰본 윤현은 합격을 자신할 수 있었다. 하지만 청아의 점수는 지망대의 커트라인에 한참이나 미치지 못할 정도로 처참했다. 오히려 배치고사 때의 점수보

다도 훨씬 떨어진 상태라 크리스마스를 비롯한 연말의 기분은
전혀 내지도 못할 만큼 풀이 팍 죽어버렸다. 물론 이러한 청아
때문에 집안 분위기 역시 말이 아니었다. 윤현으로서는 이럴 때
그녀의 집을 방문한다는 것이 결코 쉽지는 않은 일이었지만, 그
렇다고 발길을 딱 끊는다는 것도 도리가 아닌 것 같았다. 얼굴
에 이미 철판을 깔기로 작정한 그는 여전히 그녀의 집을 방문했
고, 다행히 청아의 부모님은 딸이 대학에 떨어질지도 모르는 상
황에서도 오히려 윤현의 방문을 고마워했다.

"넌 청아가 그렇게 좋냐? 그러게 있을 때 잘하란 말이 명언이
지. 왜 성질을 건드려서 쉽게 갈 길을 이렇게 힘들게 돌아가는
지 모르겠다. 그나저나 청아가 그만한 일로 이렇게까지 화가 오
래갈 앤 아닌데 말이야."

정환은 의아하단 표정을 굳이 숨기지 않았다.

윤현과 청아의 키스 사건은 두 사람과 청아의 가족들 이외에
는 아무도 모르는 일이었다. 정환은 윤현 같은 아이스맨이 대입
시험까지 등한시해 가며 지극정성을 다하는데도 그것을 냉담하
게 내치는 청아를 이해하지 못했다. 하긴 누군들 이해하겠는가?
여학생들의 갖은 구애에도 철벽같은 방어막을 쌓던 이윤현이
신청아를 두고 목을 맨다는 소문은 교내를 진동케 할 정도의 대
단한 스캔들이었다. 선생님들까지 우려의 시선을 보내며 윤현
을 따로 불러 상담을 할 정도였다. 그 천하의 이윤현도 여자 얼
굴이나 밝히는 그저 그런 남자라는 소문까지 나돌았고, 청아의

드러내 놓는 박대와 구박에도 굴하지 않고 쫓아다니는 윤현의 모습은 그에게 처절하게 외면당한 여학생들의 상처받은 마음을 속 시원히 만들어주기도 했다. 물론 신청아가 뭐가 잘나서 이윤현 같은 남자를 거부하냐며 펄펄 뛰는 여학생들도 적지 않았다. 역시 여자는 얼굴이 예쁜 게 최고라는 자조 섞인 반응도 나왔다.

물론 청아를 잘 아는 친구들은 예쁜 얼굴 못지않게 성격 또한 매력적이라는 것을 잘 알고는 있었지만, 교내에 도는 악의적인 소문들을 누구도 어쩌지는 못했다. 대학에 들어가고 나면 신청아보다 더 예쁘고 똑똑한 여자들이 발에 채일 만큼 많을 텐데 과연 그 사랑이 오래갈 수 있을까 회의를 품는 시각도 많았다. 대학입학이 주는 희비의 엇갈림으로 인해 커플들이 깨지는 일이야 부지기수였다.

"난 그럼 청아네 집으로 바로 가봐야겠어. 언제 한번 넷이 같이 만나자."

윤현은 버스정류장 근처에 다다르자 정환에게 미리 작별 인사를 했다.

"어쭈, 이윤현. 네가 웬일이냐? 넷이서 만나자는 소리를 다 하고. 그나저나 여기 교통 진짜 지랄맞다. 아니, 전철역 이름은 S대 입구인데 S대가 대체 어딨다는 거야? 버스 타고 한참을 들어와야 하는구만."

"뭐, 갈아타는 건 감수해야지."

"나 운전학원 다닐 건데 너도 같이 안 다닐래?"

"운전학원?"

"면허 따야지. 하준이 형 차 내가 끌고 다니려고. 하준이 형도 교통 때문에 학교 다니기 힘들다고 입학하자마자 면허 따고 차 뽑았잖아. 너도 부모님한테 차 뽑아달래. 기름 값이야 과외 몇 탕 뛰면 다 해결되니까."

윤현은 정환의 태평한 소리에 그만 가는 한숨을 내쉬었다. 대학 등록금이 더 급선무인 사람에게 팔자 좋게 차 타령이라니……. 하지만 사는 수준이 확연히 다른지라 정환을 탓하고 싶지는 않았다.

"난 나중에. 버스 왔다. 그럼 나중에 보자."

대낮인데도 방 안에 콕 박혀 이불만 뒤집어쓰고 누워 있던 청아는 윤현이 왔다는 엄마의 말에 그만 진저리를 쳤다. 아까 정환의 전화로 윤현이 원하는 대학에 무사히 합격했다는 소식을 들었다. 합격을 했으면 집에 빨리 들어가 식구들과 그 기쁨이나 나눌 일이지 여긴 또 뭐 하러 왔단 말인가? 진드기처럼 굴며 주위를 뱅뱅 맴도는 윤현의 태도는 몇 달간 지칠 줄 모르고 계속되었다. 더 열이 받는 것은 그가 벌이는 행동이라는 게 고작 집으로 찾아와 다소곳하고 얌전한 태도로 앉아 있다 가거나, 학교에서 마주치면 다정히 말을 걸며 인사하는 정도를 벗어나지 않는 것이었다. 차라리 스토커처럼 위협적인 행동이라도 했더라면 청아 쪽이 동정을 살 수도 있었을 것이다. 처음의 느닷없는 거친 키스 이후로는 손 한 번 잡으려는 행동도 없이 그저 청아의 화가 풀리기만을 기다리며 주위를 맴도니 딱 돌아버리기 일보 직전이었다.

청아의 냉담한 태도는 학교 친구들뿐 아니라 부모님에게까지 우려를 살 정도였다. 딸내미가 억지로 키스를 당하는 장면까지 목격했으면서도 아빠는 완전히 윤현에게 홀라당 넘어가 버렸다. 엄마 역시 윤현의 귀공자풍의 외모는 물론이거니와 그 영리하고 조용한 성품을 침이 마르도록 칭찬했다. 까다로운 세린은 더 말할 나위도 없었다. 저렇게 잘생기고 똑똑한 남자가 키스를 해주면 고맙게 받아들일 것이지, 주제에 튕긴다며 언니가 어디 가서 저런 남자를 만나냐며 혀까지 찼다. 가족이 아니라 무슨 원수들 같았다.

청아는 서울 시내도 아니고 수도권의 대학, 그것도 점수에 맞춰 아무 과에나 원서접수를 했음에도 그나마도 떨어져 버렸다. 이미 예상을 했던 일이지만 막상 불합격을 확인하고 나니 마음이 심란하고 푹 가라앉았다. 유진은 여대 국문학과에 합격을 했고, 오늘은 정환과 윤현의 S대 합격 소식까지 들려왔다. 이제부터는 후기대를 준비해야 하지만 오히려 전기보다 더 높은 커트라인의 후기대들도 많았다. 아무래도 일 년 재수를 해야 할지도 모르는데 또다시 그 하기 싫은 공부를 해야 한다는 생각만으로도 숨이 턱턱 막혔다. 그렇다고 이제 와 대학을 포기하면 대체 뭘 해야 한단 말인가? 하고 싶은 일도 아직 찾지 못했다. 자신의 목표를 향해 척척 나아가는 친구들을 보니 혼자만이 뒤처지는 듯 강한 열패감마저 느껴졌다.

"청아야, 나와봐. 윤현이 기다리잖니?"

민 여사가 다시금 청아의 방문을 똑똑 두드렸다.

"아! 몰라. 내가 지금 그 자식 얼굴 볼 기분이야?"

청아는 괜히 엄마에게 화풀이를 해댔다. 공부를 등한시해 대학에 떨어진 건 본인이면서 그걸 가지고 엄마에게 화풀이를 하다니 적반하장도 이런 적반하장이 없었다. 청아도 그 사실을 잘 알고는 있었지만, 이미 꼬여 버린 마음을 어쩔 수는 없었다.

"청아야, 잠깐 얘기 좀 하자."

방문 너머에서 윤현의 나지막한 목소리가 들려왔다.

"오늘은 그냥 안 가. 네가 나올 때까지 집에 안 간다."

청아는 이 소리에 뒤집어썼던 이불을 살포시 걷어 올렸다. 윤현은 한 번도 이런 식의 강경한 태도를 보인 적이 없었다. 대학 합격증까지 받아놓고 나니 뭔가 심경의 변화라도 일어난 것인가? 지금 같아서는 제발 심경의 변화라도 일으키고 떨어져 나가줬으면 하는 마음뿐이었다.

"잠시면 돼. 오 분만 시간을 내줘. 어머니도 옆에 계시고 걱정할 거 없잖아."

"누가 너 따위를 걱정한대?"

청아는 발끈해서 소리를 빽 질렀다.

　지금은 시간이 많이 흘러 나아지기는 했지만, 청아는 키스 사건 이후로 은근히 윤현을 두려워하며 둘만의 시간을 만들지 않기 위해 노력했다. 그를 대놓고 박대했던 것도 그 두려움을 감추기 위한 반사적인 행동이었다. 남자는 마음만 먹으면 여자를 어떻게도 할 수 있다는 것을 너무도 절실히 깨달은 청아는 아무리 겉보기에 유해 보이는 남자라 해도 절대 믿어서는 안 된다는 교훈을 얻었다.

　성폭행은 아는 사람들을 통해 더 많이 일어난다더니 윤현의 그 키스는 청아의 경각심을 완전히 일깨워 주었다. 만약 그 순간에 아빠가 나오지 않았거나 그 장소가 집 앞이 아니었다면 어떠했을지 지금 생각해도 등골이 오싹했다. 당장에라도 땅바닥 위에 눕힐 듯이 격렬히 입술을 부딪치며 온몸을 덜덜 떨던 윤현을 생각하면, 키스만으로 끝난 것이 어쩌면 천운인지도 모르는 일이었다. 남자는 늑대라는 말은 만고의 진리였다. 청아는 심지어 죽마고우 정환조차도 색안경을 끼고 보는 심각한 부작용에 시달렸다. 이게 다 이윤현, 이 자식 때문이었다.

　"청아야, 빨리 얘기하고 윤현이 보내자. 윤현이 집에서도 기다리실 텐데 고집 피우지 말고."

　민 여사까지 나서서 달래는 통에 청아는 하는 수 없이 침대에서 기어나와 방문을 비죽 열었다. 윤현은 방문 앞에 서서 흐트러짐없는 자세로 청아가 나타날 때까지 기다리고 있었다.

　"오 분이라고 했지? 할 얘기 있으면 빨리 해."

윤현은 청아가 미처 저지할 사이도 없이 그녀의 방 안으로 성큼성큼 들어오더니 책상 앞 의자에 턱하니 걸터앉았다. 한 번도 방 안에 들인 적도 없고, 들어오겠다고 한 적도 없는데 오늘따라 아주 거침이 없었다.

"지금 어딜 들어오는 거야?"

"앉아. 방문은 열어놓으면 되잖아."

침대 위의 이불은 아무렇게나 흐트러져 있고 방 안도 잔뜩 어질러져 있었다. 더구나 막 누워 있다 일어난 청아의 머리는 까치집을 방불케 했고, 입고 있는 실내복은 헐렁하니 볼품이라곤 하나도 없었다. 아무리 윤현에게 악감정을 품고 있다지만 이런 몰골로 마주 대하려니 조금은 창피했다. 아까 전, 울었던 흔적까지 남아 눈도 붓고 얼굴도 완전히 엉망이었다. 세수라도 하고 올까 싶기도 했지만 청아는 이내 고개를 휘휘 내저었다. 예쁘게 보일 일도 없고, 그렇게 보이고 싶지도 않았다.

"그 모습도 예뻐 보이는 걸 보니 내가 미치긴 단단히 미쳤나 보다."

윤현은 혼잣말처럼 나지막이 이렇게 읊조렸다.

"뭐?"

"아냐. 많이 힘들지? 하지만 후기대가 남았으니까 포기하진 마."

"남 걱정 말고 너나 잘해. 어쨌든 축하한다, 원하는 대학에 합격해서."

청아는 침대 위에 기대앉더니 옆에 놓여 있던 커다란 곰 인형을 무의식적으로 끌어안았다.

"정환이한테 들었구나? 고마워."

"암튼 너도 대단하다. 우리 집에 하루가 멀다 하고 찾아와 귀찮게 굴었으면서도 그 힘들다는 대학에 턱하니 붙고. 난 너 땜에 심란해서 공부도 잘 안 되던데."

청아는 대학에 떨어진 것을 괜히 윤현의 탓으로 돌렸다.

"미안해. 정말 미안하다."

"미안하단 소린 이제 지겹거든? 미안한 줄 알면 애초에 그런 일은 저지르지 말았어야지. 할 말이 뭔지 빨리 하고 사라져."

"날 용서해 줘."

"뭘 용서하란 거야?"

"그냥 모든 걸."

"다 잊었어. 그러니까 이제 더 이상 찾아오지 마."

"너 후기대 준비해야 하지? 내가 너 공부 도와줄게."

윤현은 짐짓 말을 돌렸다. 청아의 매몰찬 거부에 이제 더 이상 상처도 받지 않았다. 어떻게든 청아의 곁을 맴돌며 그녀의 옆에 있을 수 있는 일을 찾아야만 했다. 전에야 학교에서라도 만날 수 있었지만, 이젠 학교도 갈라지고 만날 기회가 점점 줄어들 수밖에 없었다.

"네가 잠깐 도와준다고 도움될 일이 아니야. 이게 무슨 벼락치기로 될 시험도 아니고."

청아의 어조는 처음보다는 많이 누그러졌다. 겉으로야 왜 찾아왔냐고 박대를 하긴 했어도 그가 찾아와 준 게 한편으로는 고맙기도 했다. 대학에 붙은 정환이나 유진은 청아의 불합격 소식에 미안하고 어색한지 전화 한 통 하고는 끝이었다. 막상 대하려니 어렵고 힘들기도 할 테지만, 그걸 무릅쓰고 찾아와 준 윤현을 보니 새삼 비교가 되는 건 사실이었다. 그나마 윤현이라도 와서 이렇게라도 응대해 주니 우울하던 마음이 적잖이 가라앉았다.

"그래도 아예 손을 놓고 있는 것보다 낫지. 이렇게 이불 뒤집어쓰고 누워 있을 일이 아니야. 내일이라도 당장 공부 시작하자."

"야! 이윤현."

"오늘은 쉬어. 내일 올게."

윤현은 정말 그 다음날부터 청아를 닦달하며 후기대 준비를 도와주었다. 공부를 시작하다 보니 이젠 구박을 받는 것은 청아쪽이었다. 어찌나 기초가 없는지 윤현은 그저 한숨만을 내쉬었다. 수학은 집합 이후로는 손도 대지 못할 정도로 완전히 손을 놓았고, 영어는 눈치코치로 때려 맞히는 수준이었다. 그나마 잘하는 건 국어 과목이었다. 나머지 암기 과목은 공부하는 시간에 따라 편차가 아주 심했다.

윤현이 공부를 봐준 후 치르게 된 후기시험은 전기 때보다 무려 사십여 점이나 높은 점수를 얻을 만큼 효율적이었다. 서울 근교의 후기 여대에 지원한 청아는 국문학과에 지원해 추가합격자 명단에 올랐지만, 결국엔 떨어지고 말았다. 정말로 아까운 일이라 청아는 재수를 해야 할지 달아야 할지 한참이나 고민했다. 하지만 그나마 추가 합격이라도 할 수 있었던 것은 윤현의 족집게 과외가 주효한 탓이었지 일 년을 더 공부한다고 해서 그녀의 힘으로 대학에 갈 수 있으리란 보장은 하기 힘들었다.

결국 청아는 고민에 고민을 거듭한 끝에 전문대 유아교육과에 입학을 했다. 문과인 청아로선 전문대에 마땅히 갈 만한 과가 없었고, 선생님이란 직업을 선호하는 부모님의 권유도 있고 해서 자연스레 그와 같은 선택을 하게 되었다. 막상 선택을 하고 나니 의외로 사람 좋아하고 친화력 높은 성격에 잘 맞는 일이라 청아는 아주 만족했다.

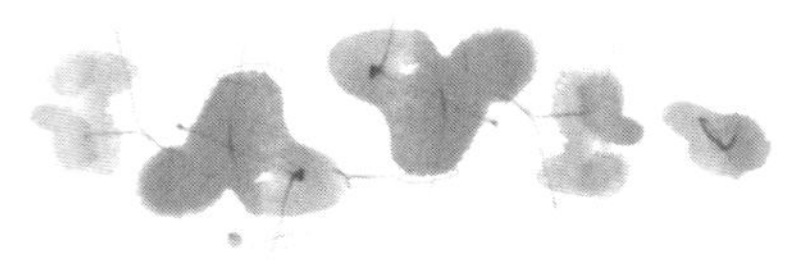

각자 대학이 갈라지고 나니 확실히 고등학교 시절의 친구들과는 소원해질 수밖에 없었다. 사 년제 대학에 다니는 친구들이 수강신청이다 뭐다 하며 무슨 과목을 선택해야 할지 고민할 때, 전문대에 다니는 청아는 그저 딴 세상 얘기를 듣는 듯했다.

토요일엔 아예 수업이 없고 평일에도 하루에 서너 시간 정도만 수업을 듣거나 그나마도 몰아서 신청이 가능한 그네들에 비해 청아는 고등학교 시절을 그대로 옮겨온 듯했다. 아예 시간표가 미리 정해져 있는 데다 그나마도 하루에 여섯, 일곱 시간을 내리 수업을 들어야 했다. 사 년제 대학과 똑같은 교재로 공부를 하는데, 그들이 사 년에 배울 것을 이 년 안에 배워야 하기 때문에 더 빡빡할 수밖에 없다는 것이다. 하루가 멀다 하고 거의 습관적으로 전화통화를 주고받던 정환과도 대학에 들어가고 나서는 일주일에 한 번 작심하고 통화하기가 힘이 들었다. 눈치를 보아하니 그는 이제 유진과 본격적으로 사귀는 모양이었다.

교복을 벗은 청아는 별달리 꾸미지 않은 수수한 모습임에도 벌써 삽시간에 교내의 퀸카로 떠올랐다. 여학생들만이 다니는 과라 그런지 유독 미팅 제안이 많이 들어왔는데, 같은 학교 남학생뿐 아니라 명문 사 년제 대학생들의 미팅 건수도 심심치 않게 들어왔다. 약간의 호기심과 친구들의 강권으로 몇 번인가 미팅에 나간 청아는 그때마다 남학생들의 노골적인 구애에 시달려야 했다. 확실히 그 접근의 강도가 고등학교 때와는 확연히 달랐다. 이제는 이성 교제에 제약을 받지 않는 완전한 성인의 입장이었다. 대학생이 된 지 한 달여가 채 지나지 않았는데도 이미 주변에 캠퍼스 커플이 속속 생기고, 애인이 없는 아이들은 각자 미팅에 열을 올렸다.

고등학교 때와 비슷한 수업 시간이라 그런지 거의 다섯 시 무렵이 되어서야 대부분의 강의가 끝났다. 대학에 들어가면 여유가 있고 자유로울 줄 알았더니 리포트를 쓰는 것부터 시작해서 어려운 것투성이었다. 하나 청아는 비록 원하던 사 년제 대학에 들어가지는 못했지만, 고등학생 때는 느낄 수 없었던 자유와 여유로움을 만끽하며 하루하루를 즐겁게 보낼 수 있었다.

어느새 지독한 꽃샘추위가 물러가고 개나리와 진달래가 그 화려하고 다채로운 색상으로 거리를 물들이며 봄의 향취를 한껏 내뿜었다. 계절을 한발 앞서 나가려는 젊은 여자들의 화사하고 가벼운 옷차림새 또한 봄 그 자체였다.

토요일 오후, 청아는 같은 과 친구 장미의 주선으로 신촌의 한 카페에서 미팅을 하다가 완전히 폭탄을 맞고는 그만 한숨을 푹푹 내쉬었다. 청아는 성격상 아무리 못생기고 마음에 들지 않는 상대가 나오더라도 친절히 응대를 해주었는데, 그게 자칫 잘못하다간 상대에 대한 호감으로 오해를 하는 경우가 더러 있었다. 그녀도 그 사실을 잘 알고 있었지만, 그렇다고 상대에게 노골적으로 싫은 티를 내는 짓만큼은 할 수가 없어 종종 난감한 상황에 처하곤 했다.

암튼 그럭저럭 괜찮은 사 년제 대학생인 오늘의 그 폭탄남은 정말 입을 열기에도 죄송한 외모의 소유자였는데 청아와 파트너가 되자 그만 입이 귀에 걸리고 말았다. 한데 죄송한 외모야 그렇다손 치지만, 그 외모에 어찌나 잘난 척을 해주시는지 청아는 그만 자신의 평소 신조를 무너뜨리지 않을 수가 없었다. 청아와 같은 보기 드문 예쁜 여학생이 싫은 티도 없이 상냥하게 응대를 해주니, 갑자기 자신감이 과잉되어 드러난 모양이었다.

"제가 사실 전문대생이라고 해서 오늘 미팅 자리에 나오는 게 좀 꺼려졌거든요. 근데 청아 씨 같은 분이 나오시니 오늘 나온 보람이 있네요."

"아! 네."

이 부분에서 일단 청아의 미간으로부터 빠지직 소리가 흘러
나왔다. 하지만 이 정도까지였으면 좋은 마음으로 그냥 넘어가
주었을 것이다.

"언제 저희 대학에 한번 놀러오세요. 캠퍼스 전경이 아주 기
가 막혀요. 원래 우리나라에서도 손꼽히는 캠퍼스거든요. 근데
전문대도 캠퍼스란 게 있나요?"

'전문대도 캠퍼스가 있냐고? 저걸 그냥.'

이건 무슨 미팅이 아니라 인내심 테스트 장에 나온 듯한 기분
이었다. 청아는 얼굴에 미소를 간신히 머금은 채 어쨌든 상냥하
고 예의 바른 태도를 견지했다.

"그냥 재수를 하지 그러셨어요. 전문대야 발로 공부해도 들어
가는 곳 아닌가? 하긴 청아 씨 정도 되면 힘들게 공부할 필요가
뭐가 있나요? 조신하게 신부 수업 하다가 결혼하면 되죠. 제가
회계사 시험을 준비 중인데 이게 되기간 하면 판검사나 의사 못
지않거든요. 여자들한테 인기도 좋은 직업이죠."

"아! 그러세요?"

대꾸하기조차 괴로웠지만, 이쯤 되고 보니 어디까지 하려나
궁금해지기까지 했다. 하지만 그 호기심을 채우기 위해 이 꼴을
더 두고 볼 수는 없는 노릇이었다.

"근데 저희 같은 대학이랑 미팅을 자주 하긴 힘들지 않나요?
오늘이야 주선자가 남매간이라 가능한 거고."

주선자인 장미의 오빠가 바로 이 폭탄남의 대학에 다니고 있었다.

"글쎄요, 그럭저럭 많이 들어오던데요? 그나저나 발로 공부해도 들어가는 전문대생이란 소린 오늘 처음 들었네요."

"아! 저 기분 나쁘셨어요?"

폭탄남은 청아가 친절한 태도를 버리고 이렇게 비꼬자 금방 당황한 낯빛을 지었다.

"그럼 삼대 명문대생들이 그쪽 대학을 보고 발로 공부해도 들어갈 대학이라 하면 기분 좋겠어요? 명문대들보다 그쪽 대학이 점수가 낮은 건 사실이잖아요."

청아는 억지로 미소를 머금으면서도 입으로는 잔뜩 그를 비꼬았다. 얼굴이 안 되면 성격이라도 무난하든지 어디서 별 허접한 놈이 나와서 갖은 잘난 척에 무시까지 일삼는단 말인가? 그녀의 인내심은 드디어 그 바닥을 드러내었다. 이윤현 같은 초절정 꽃미남에 장래가 촉망되는 수재까지도 거부하는 판에 네깟 놈이 어디서 감히……? 라는 소리가 절로 튀어나올 뻔했다.

"전문대생이라 미팅 장소에 나오는 것도 꺼려지셨다니 그만 찢어지죠 뭐. 서로 시간 낭비할 거 없잖아요?"

청아가 자리에서 벌떡 일어나자 완전히 당황한 폭탄남은 벌떡 일어나 그녀를 붙잡았다.

"저기 그 뜻이 아니라……. 죄송합니다. 전 그저 청아 씨 같은 분이 제 파트너가 돼서 너무 좋은 나머지……."

"그게 좋다는 표현이었어요? 전 칼로 공부해도 들어갈 고작 전문대생이라서 그쪽의 그 심오한 표현을 도무지 받아들일 수가 없네요. 하! 요새 좋다는 표현은 그렇게 하는군요? 아주 많은 걸 배우고 갑니다."

선선한 날임에도 치미는 화를 식히느라 손부채를 부치며 집으로 돌아가던 청아는 집 앞의 가로등 불빛 아래서 마치 한 폭의 그림처럼 서 있는 윤현의 모습을 발견하고는 저도 모르게 길게 한숨을 내쉬었다.

낡은 청바지와 티셔츠 하나만을 걸쳤는데도 어쩌면 저렇게 길쭉하고 멋질 수 있단 말인가? 조각상같이 어디 하나 흠잡을 데 없는 잘생긴 얼굴에 머리까지 우수한 남자, 가난한 가정환경만 아니라면 완벽 그 자체였다. 그 가난이란 것도 조만간에 스스로의 힘으로 충분히 업그레이드가 가능하니 세월이 흐르면 흐를수록 그는 더욱더 완벽해질 것이다. 그런 놈이 온갖 수모에 무시도 무릅쓰고 목을 매며 쫓아다니고 있는 판에, 어디서 그딴 허접한 놈이 잘난 척을 하며 들이댄단 말인가? 완전 시간 낭비, 돈 낭비, 감정 낭비만 하고 온 셈이었다.

윤현은 대학에 들어가고 난 후에도 사나흘에 한 번씩은 꼭 이렇게 집 앞에서 청아를 기다리곤 했다. 정환의 말로는 벌써 과외 아르바이트를 세 탕이나 잡고 뛴다는데, 그 와중에도 내색 않고 시간을 쪼개어 청아에게 달려오는 것이다. 아직은 대학 생활에 적응 기간을 둔다며 아무것도 하지 않는 정환은 그런 윤현을 보며 아주 돈독이 올랐다며 혀를 내둘렀다. 그의 처지와 상황이 어떠한지 전혀 모르는 정환으로선 당연한 반응이었다.

"많이 늦었네."

윤현은 청아를 보더니 덤덤한 태도로 입을 열었다.

시계를 보니 그럭저럭 벌써 아홉 시를 가리키고 있었다. 그러고 보니 저녁도 먹는 둥 마는 둥 하는 바람에 뱃속에서 순간 꼬르륵 소리가 났다.

"집에 들어가 있지 뭐 하러 여기 서 있어?"

하루가 멀다 하고 제 집처럼 자신의 집을 드나들면서도 여전히 어려워하는 윤현을 보면 그가 얼마나 굳은 결심을 하고 찾아오는 건지 청아도 충분히 짐작할 수가 있었다. 사실 아직까지도 그녀는 윤현의 행동이 언뜻 이해가 가지 않았다. 친하게 지내자고 할 때는 공부에 방해가 된다며 매몰차게 거절하던 그다. 한데 막상 지 뜻대로 모른 척해주니 사실은 좋아서 그런 거였다며 그 중요하단 공부도 등한시하며 쫓아다니니 그걸 어떻게 이해할 수 있단 말인가. 더구나 그때의 그 갑작스런 키스는 청아에게 '남자는 다 늑대'라는 제대로 된 경고까지 남겨주었다. 때문에 청아는 아직도 아무도 없는 곳에서 그와 단둘이 남는 것을 의식적으로 피하고 있었다.

"그냥 날씨가 좋아서. 예쁘게 입은 걸 보니 미팅이라도 있었나 보다."

평상시와는 달리 스커트와 블라우스로 예쁘게 단장을 하고 옅은 화장까지 한 청아의 모습을 보고는 윤현은 이렇게 단정을 내렸다. 평소의 털털한 모습을 지나치게 잘 알고 있으니 속일 수도 없었다.

"뭐 그렇지. 넌 미팅 안 해?"

"내가 그런 걸 왜 해?"

윤현은 쌉쌀한 미소를 머금는가 싶더니 청아의 눈을 똑바로 쳐다보았다. 네가 있는데 내가 왜 딴 짓을 하겠냐는 명백한 뜻을 담은 그의 눈초리에 청아는 그만 뜨끔했다.

"저녁은 먹었어?"

청아는 짐짓 화제를 돌렸다.

"뭐 대충."

비록 윤현은 이렇게 말했지만, 보나마나 과외 아르바이트를 뛰고 오느라 밥 먹을 시간도 없었을 것이다.

"들어가자. 나도 저녁 전이야."

"여태 밥도 안 먹고 돌아다닌 거야?"

"그러게 말이야."

"그럼 어머니 괜히 이 시간에 귀찮게 하지 말고 저기 포장마차로 가자."

윤현은 대뜸 이렇게 제안했다. 조금만 걸어나가면 골목 입구에 우동을 맛있게 하는 포장마차가 있었다. 그러고 보니 그는 청아에게 여태 단 한 번도 뭘 같이 사먹자거나 하는 제안을 한 적이 없었다.

"네가 사주게?"

청아는 무심코 이렇게 반문했다.

"응. 오늘 알바비 받았거든."

왜 그가 집밖에서 기다리고 있었는지 청아는 그제야 눈치를 챘다. 오늘이 그로서는 자신의 힘으로 돈을 번 첫 월급날이었다.

이들은 포장마차의 테이블에 마주 앉아 우동과 김밥을 시켜 먹었다. 밤에는 술손님들이 대부분이지만 이렇게 야식으로 우동을 찾는 사람들도 적지 않았다. 포장마차 안의 대여섯 개의 테이블은 주말이라 그런지 이미 만석이었다.

"소주 한 병 시킬까?"

윤현이 슬쩍 이렇게 물었다.

"난 싫어. 쓰기만 하고 별로더라. 넌 신입생 환영회 때 장난 아니게 마셨지?"

"뭐, 그때야 어쩔 수 없으니까."

사발식이다 뭐다 해서 제대로 된 신고식을 치르긴 했는데 주당인 아버지의 핏줄을 물려받아서 그런지 처음 마시는 술인데도 그다지 힘들지는 않았다. 하지만 윤현은 술자리에는 될 수 있는 한 끼지 않았고, 설사 참석한다 하더라도 예의상 한두 잔으로 그쳤다. 특별히 바른 생활을 하기 위해서 그러는 것은 아니었다. 그와 같은 소모적인 기호 식품에 돈과 기운을 낭비하고 싶지는 않았다. 술, 담배에 찌든 아버지의 모습을 보고 자란 터라 그런 것에 극도의 혐오감을 느낀 것도 큰 이유로 작용했다.

"넌 대체 사는 재미가 뭐냐? 공부? 돈 버는 거?"

"그걸 재미로 하는 사람이 있을까? 난 네 얼굴 보는 게 사는 재미야."

말을 가리다 못해 아예 다물고 살던 인간이 이젠 환골탈태라도 한 양, 노골적인 애정 표현으로 청아를 은근히 기함하게 만들었다.

"오늘은 좀 짚고 넘어가야겠다. 너, 내가 그렇게 좋냐?"

청아는 아예 작정을 하고는 윤현의 얼굴을 빤히 들여다보았다.

"응."

숨도 쉬지 않고 그는 고개를 끄덕였다.

"넌 우리나라 최고의 대학인 S대 법대생이고 난 그저 그런 전문대생이야. 수준이 안 맞아도 상관없어?"

청아는 그 말을 하면서 오늘 미팅을 한, 그 별거 아니던 대학생의 짜증나는 무시를 떠올리지 않을 수 없었다.

"왜 그런 소리를 하는 거야?"

"고딩 때야 별 상관 없는 일이지만, 지금은 다르잖아. 너, 날 여자 친구로 과 친구들한테 소개시켜 줘도 창피하지 않겠어?"

"널 여자 친구로…… 과 친구들한테 소개시켜도 된다는 소리야?”

윤현의 목소리는 믿어지지가 않는다는 듯 가늘게 떨려왔다.

미팅에 나가거나 구애한답시고 쫓아다니는 남자들을 몇몇 상대를 해보니 확실히 윤현만한 남자는 찾아볼 수가 없었다. 이렇게 멀쩡하다 못해 특출한 놈이 거의 비굴 모드로 주변을 어슬렁거리니, 눈은 이미 상향 조정이 되어버려 웬만한 수준의 남자들이 눈에 찰 리가 없었다. 마음 같아서는 조금이라도 윤현보다 나은 남자가 등장한다면야 뒤도 안 돌아보고 뻥 차줄 셈이었지만, 아무래도 그런 남자가 있을 성싶지도 않았다.

또한 막상 생각해 보니 이게 지금 사귀는 상황과 뭐가 다를까 싶기도 했다. 6월이면 2차 시험을 끝내고 등장할 하준을 떠올려 봐도 지금쯤은 마음의 결정을 내리는 게 좋을 것도 같았다. 하준은 정말로 작심을 한 모양인지 두문불출 공부에만 전념하고 있는 상황이긴 하지만, 이따금씩 잊을 만하면 전화를 해서 ‘I'll be back’을 외쳐 댔다. 그럴 때마다 등골이 오싹한 것이 꿈자리마저 사나웠다.

“대신 조건이 있어.”

결국 청아는 마음을 굳히고는 이렇게 다짐을 받았다.

“뭔데?”

“그때처럼 강제로 그러기만 해. 다신 너 안 봐.”

“청아야, 그건…….”

윤현은 난감한 표정을 지었다.

“그리고 너 무뚝뚝한 성격인 건 아는데 다시는 사람 뒤통수치지 마. 네 공부가 힘들다고 모른 척해달라거나 암튼 그딴 식으로 나오면 가만 안 돼. 나중에 마음이 변하면 변했다고 솔직히 말하란 말이야. 알았어?”

“마음이 변할 일은 없어.”

윤현의 목소리는 숨길 수 없는 기쁨으로 가늘게 떨리고 있었다.

“그런 건 장담하는 게 아냐. 암튼 어차피 너 하는 꼴이 사귀는 거랑 별다른 게 없는 것 같아서 접수하는 거야. 솔직히 네가 내 이 순수한 마음을 사정없이 짓밟은 건 인정하지? 내가 웬만하면 이렇게까지 화가 오래가진 않는데, 그만큼 네가 날 확 밟아버렸기 때문에 그랬던 거야.”

“알아. 정말 미안해. 그리고 고마워.”

윤현의 얼굴에는 환한 미소가 저절로 피어올랐다. 어찌나 좋아하는지 그걸 바라보는 청아의 마음도 슬며시 말랑말랑하게 녹아버렸다. 별로 웃지 않는 남자의 환한 미소라는 것은 생각했던 것 이상으로 아름다웠다. 윤현을 앞으로도 이렇게 계속 웃게 하고 싶었다. 그가 대학에 들어가고 나면 마음이 달라질 수도 있다는 것을 청아는 은연중에 염두에 두고 있었다. 그를 힘들게 하면서 좀처럼 마음을 받아주지 않았던 것도 어쩌면 그의 확실한 마음을 더 알고 싶어서였는지도 모른다. 물론 지금 그를 받아준다 해서 그의 마음이 확고하다는 것을 증명 받았다는 것은 아니다. 청아 자신의 마음 또한 확고해질 때까지 기다렸던 것이다. 나중에 상처받더라도 후회하지 않을 자신…….

청아는 마침내 그에게로 향하는 마음을 자유롭게 풀어놓을 수 있었다. 지나치게 멀리 돌아온 길. 실망도 컸고 상처도 컸지만, 결국엔 그의 끈질기고 간절한 노력이 그 결실을 보게 되었다.

두 사람은 누가 먼저랄 것도 없이 테이블 위에 손을 올려 지그시 마주 잡았다. 마주잡은 손이 너무도 따뜻하고 기분 좋아 그들은 내내 그 손을 놓을 줄 몰랐다. 첫사랑의 애틋한 시작, 물씬 풍기는 봄의 향기와 함께 그렇게 이들의 사랑은 그 결실을 맺게 되었다.

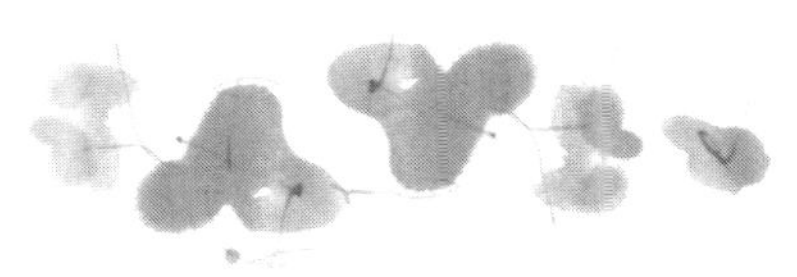

　　윤현이 대학에 들어가자 가족들은 뛸 듯이 기뻐하고 좋아했다. S대 법대생이 주는 타이틀의 의미는 당사자보다 주변에서 더 인정을 하고 대단하게 생각했다. 이갑용은 주위 사람들로부터 부러움의 대상이었고, 예산댁 역시 식당 동료들의 부러움 섞인 축하를 받았다. 같은 셋방살이를 하는 이웃들 또한 고시 패스는 당연지사라며 윤현네 집을 선망 어린 시선으로 바라보았다.

　　윤현은 동네 사람들의 소개와 정환을 비롯한 학교 친구들의 소개로 손쉽게 과외 자리를 구할 수 있었다. 그는 수강신청은 일단 여유있게 하고 먼저 과외에 집중했다. 예상했던 것 이상으로 과외 수입은 훨씬 더 짭짤했다. 개인 두 건과 두 명 이상의 그룹 과외를 한 건 맡았는데 그것만으로도 어머니가 하루 종일 땀을 뻘뻘 흘려가며 받는 수입을 능가해 버릴 정도였다. 하지만 윤현은 집에는 과외비를 얼마나 받는지 일절 말하지 않고 그 돈을 차곡차곡 통장에 저축했다. 그 돈을 다만 절반이라도 내놓는다면 집안에 얼마나 큰 보탬이 될는지 모르는 바는 아니지만, 앞으로의 대학 등록금과 사시 준비 때 들어갈 돈을 생각하며 두 눈을 질끈 감았다.

과외는 생각보다 그의 적성에도 아주 잘 맞았다. 별다른 말 없이 그저 수업에만 집중하는 타입이라 아이들은 지겨워했지만, 참을성있게 꼼꼼히 지도해 주다 보니 성적은 눈에 띄게 올랐다. 윤현은 과외 중간 중간에 아이들에게 문제를 풀어보라 지시하고는 그동안에 자신의 밀린 공부를 보충했다. 이따금씩 간식이며 저녁 대접까지 받는 통에 식사대까지 절약할 수 있었다. 졸업한 선배들 중에는 아예 과외 쪽으로 빠져나가 억대 연봉을 올리는 사람도 있다더니 그게 불가능한 얘기만은 아닌 듯싶었다. 그만큼 과외 아르바이트는 윤현에게 아주 큰 도움을 주었다.

이렇게 눈코 뜰 새 없이 바쁜 와중에도 윤현은 하루도 빠지지 않고 청아의 집에 들르거나 시간이 좀 생겼다 싶으면 그녀의 학교 앞으로 찾아갔다. 오랜 기다림 끝에 결국엔 마음을 받아준 청아는 처음의 다정다감한 모습으로 돌아가 줘 그를 더없이 기쁘게 만들었다. 내색은 하지 않았지만 그동안의 쌀쌀맞던 청아의 모습에 적잖이 상처를 받았던 윤현은 그것만으로도 날아갈듯 행복감을 느꼈다. 청아의 얼굴을 보고 그녀의 재잘대는 수다를 듣는 것만으로도 쌓인 하루의 피로와 스트레스가 스르르 녹아내리는 듯했다. 청아의 학교까지 가려면 그의 학교에서 족히 한 시간은 걸리고 전철에 버스에 차비도 수월찮게 나왔지만 하나도 힘들거나 아깝다고 생각되지 않았다.

한데 이러다 보니 윤현은 정작 자신의 고 친구들과는 그리 어울리는 일이 없었다. 워낙 고등학고 시절부터 혼자서 돌아다는 것이 습관이 되다 보니 본인은 혼자 밥을 먹거나 혼자 공부를 하고 혼자 강의실을 찾아 돌아다니는 것이 아무렇지도 않았다. 강의가 끝나고 나면 바로 과외를 하러 달려 나가거나 과외가 비는 날이면 청아를 보러 가는 일이 당연한 일처럼 되어버렸다. 공강 시간이면 도서관에 가서 책에 머리를 박고 공부에 열중했다. 도무지 남들이 접근할 수 있는 틈을 주지 않았다.

하지만 워낙에 눈에 띄는 출중한 외모이다 보니 윤현은 본인도 모르는 사이에 법대 킹카라는 별명이 붙여지고 교내에서도 제법 유명한 존재가 되어버렸다. 그러다 보니 주변인들과 전혀 어울리려 하지 않는 그를 건방지다그 욕을 하는 사람들도 적지 않았다. 하지만 선배들을 보면 깍듯이 인사를 하고 막상 마주할 때면 예의를 갖춰 대하는 터라 뭐라 대놓고 말하는 사람들은 없었다. 그나마 청아와의 사이가 좋아진 후로는 얼굴에 화색이 감돌고 남들에게 친절하게 대하는 편이었지만, 그걸 다른 사람들이 알 리가 없었다.

윤현은 그 바쁘고 힘든 와중에도 중간고사를 무사히 치렀고, 기말고사도 이제 오늘이면 끝이었다. 6월 중순의 초여름의 캠퍼스는 따로 피서가 필요없으리만치 선선하고 쾌적했다. 관악산 자락에서 불어오는 산바람의 영향 때문이다. 아침에 버스를 타고 오다 보면 관악산으로 산행을 가기 위한 등산객들 또한 사시사철 끊이지 않았다.

윤현은 마지막 시험을 마치고 책들을 주섬주섬 챙겼다. 이제 내일부터 기나긴 여름방학이었다. 시험이 끝나고 과대표가 나와 농활 일정을 비롯해 이것저것 공지사항을 알려주었지만, 윤현은 한 귀로 듣고 흘렸다. 윤현은 이미 방학 동안의 과외 일정을 빡빡하게 잡아놓았다. 그동안의 과외 수입으로 다음 학기 등록금은 무사히 마련해 놓았지만, 그것만으로는 마음이 놓이지 않았다. 시간과 여유가 있을 때 바짝 당겨놓아야 한다는 생각이었다.

책이 든 배낭을 메고 막 과실을 빠져나가려는 윤현을 그때 마침 공지를 마친 과대표 정지용이 대뜸 불러 세웠다.

"이윤현, 잠깐만 얘기 좀 하자."

과대표 정지용은 그나마 윤현과는 과 친구들 중에서 가장 친한 사이였다. 과대표라는 입장 때문인 것도 있지만, 워낙에 사람 좋아하고 서글서글한 성격이라 그 누구와도 가리지 않고 친하게 지내는 스타일이었다. 어떻게 보면 청아의 성격과도 비슷해 윤현은 그 점만으로도 정지용에게 편안함을 느끼곤 했다. 정지용은 윤현보다는 좀 작았지만, 그래도 180㎝가 가까운 훤칠한 키에 옷도 잘 입고 다니고 벌써부터 자가용까지 몰고 다닐 정도로 집안도 넉넉했다. 하긴 교통도 불편한 데다 학교 자체가 워낙에 넓은 편이라 그런지 차를 몰고 다니는 학생들이 적지 않았다.

"너 모임이나 행사에 참석하는 거 별로 안 좋아하는 건 아는데 그래도 한 번쯤은 나와야 하지 않겠냐? 너 저번 체육대회 때도 한 번도 얼굴 들이민 적 없었지? 선배들한테도 벌써부터 한소리 나오더라. 뭐 그런 데 참석 안 하고 그냥 도망치는 녀석들이 너 하나만은 아니지만 네가 워낙에 눈에 띄는 놈이잖아. 법대 장동건이라고 신촌에까지 소문이 쫙 퍼질 정도인데 매번 행사 때마다 빠지니 말이 나오는 건 당연하지."

"법대 장동건? 장동건이 누군데?"

윤현은 의아하다는 듯 반문했다. 텔레비전을 전혀 보지 않으니 요새 한창 인기있다는 배우 이름을 알 턱이 없었다.

"너 TV 전혀 안 보냐? 아주 공부만 파는 모양이네. 무지 잘생긴 신인 탤런트가 하나 있는데 네가 그 장동건 닮았다고 다들 난리잖아. 한데 윤현아, 고시 준비도 혼자 하는 거 아니다. 뭐 고시 때문에 친하게 지내란 건 아니지만, 서로 어울리고 친하게

지내두는 게 여러모로 좋은 일 아니겠냐? 아! 이게 진짜 용건이
아닌데. 너 과외 아직도 구하고 있냐?"

"뭐 그런대로 구하긴 했는데."

"내 남동생이 지금 고1인데 방학 동안 수학 보충을 좀 하려고
하거든. 수학이 많이 좀 약해서. 내가 가르치려고도 해봤는데
이 자식이 형이라고 말을 안 듣네. 일주일에 두 번 두 시간 정도
만 봐주면 되는데 혹시 생각있어?"

"오전밖엔 안 될 것 같은데."

윤현은 자신의 스케줄을 잠시 생각해 본 후 이렇게 답했다.

"그래? 학교 보충수업도 있을 텐데 일단 한번 물어봐야겠다."

"거의 과외 스케줄이 네 시 이후에 있으니까 그전이면 상관없
을 것 같아."

윤현은 어쩌다 보니 고3을 주로 맡았는데 학원을 가거나 학
교에서 보충수업을 하고 오는 경우가 대부분이기에 주로 네 시
이후부터 과외 스케줄이 잡혀 있었다.

지용은 곧바로 과외비를 언급했고, 윤현은 내심 그 액수에 놀
랐다. 평소에 받는 것보다 20% 정도는 더 많았기 때문이다.

"그렇게까지 줄 필요는 없어. 그건 너무 많다."

"성격이 까칠한 놈이라 네가 다루기 좀 힘들 거야. 이건 우리
어머니가 생각하는 금액이니까 나랑 말할 필요는 없고. 오늘 우
리 집에 같이 가볼래? 방배동이니까 여기서 이십 분도 안 걸
려."

“다른 괜찮은 선생도 많을 텐데.”

“나이가 좀 있는 사람들도 써봤는데 그래도 어려워하는 놈이 아니거든. 차라리 나이 차이가 별로 나지 않는 친구 같은 선생님이 더 낫지 않을까 싶어서 말이야. 어머니가 같은 과 친구 중에 믿을 만한 사람으로 추천해 달라고 하시는데 네 생각이 나더라. 성적을 올려달라는 게 아니라 자리에 고분고분하게 앉혀놓기만 해도 충분하니까 너무 부담을 가질 필요는 없어.”

윤현과 지용은 이런저런 대화를 나누며 나란히 법과대학 건물을 빠져나왔다.

“와! 저기 저 여자 무지 예쁜데? 울 학교 여학생은 아닌 것 같고.”

건물 현관을 나서던 이들은 계단 아래 그늘에서 누군가를 기다리는 듯 서성이는 한 여학생을 발견하고는 걸음을 멈췄다. 지용의 말에 그 여자를 향해 시선을 준 윤현의 얼굴에는 순간 미소가 가득 피어올랐다. 긴 생머리는 하나로 올려 묶고 청바지에 티셔츠를 대충 걸쳐 입은 청아가 윤현을 보더니 환하게 웃으며 손을 흔들었다.

“청아야.”

윤현은 옆에 지용이 동행하고 있다는 사실조차 잊어버리고는 청아의 앞으로 날듯이 뛰어내려 갔다. 그걸 지켜브던 지용은 자신의 눈으로 본 게 과연 맞는가 싶어 연신 눈을 깜박거렸다.

“시험 잘 봤어? 너 무지 놀랐지?”

청아는 손으로 윤현의 맨팔을 꾹꾹 누르며 장난스럽게 눈을 찡긋거렸다.

"어떻게 온 거야? 찾기 힘들지 않았어? 나한테 미리 말하지."

청아가 먼저 윤현을 찾아온 것은 이번이 처음이었다. 어렵게 마음을 연 그녀와 정식으로 사귀기로 한 지 두 달여가 가까워오기는 하지만, 그래도 내심 무언가 불안했던 모양이다. 늘 먼저 만나자고 하는 건 그였기에 혹시나 마지못해 만나주는 건 아닌가 걱정을 하곤 했던 것이다. 한데 청아가 일부러 이렇게 학교까지 찾아와 준 것을 보면 이젠 그녀의 마음이 완전히 풀렸다는 것을 알 수 있었다. 윤현은 기쁜 마음을 굳이 숨기지 않았다.

"와! 여기 진짜 넓고 좋더라. 공기도 맑고 경치도 좋고 넌 만날 놀러다니는 기분일 것 같아. 우리 학교는 완전 고등학교 수준인데. 나 학교 구경 좀 시켜주라."

"알았어. 사실 나도 법대 말고는 가본 곳이 없는데 너 온 김에 구경 좀 하지 뭐."

"윤현아."

어느새 지용이 윤현의 옆으로 다가와 호기심 어린 시선으로 청아를 말끄러미 쳐다보았다. 그제야 지용의 집으로 같이 가기로 한 약속을 기억해 낸 윤현은 난감한 표정을 지었다.

"아! 미안하다, 지용아. 오늘 너네 집에 가긴 힘들겠어."

"누구?"

"응, 내 여자 친구."

윤현은 으쓱거림을 숨기지 못하고는 자랑스레 청아를 소개했다. 청아를 여자 친구라 당당히 소개시킬 수 있는 날이 오리라곤 작년 이맘때만 해도 상상조차 할 수가 없었다.

"안녕하세요. 윤현이 같은 과 친구 정지용입니다. 와! 진짜 미인이세요. 윤현이 이 자식이 여자 보길 돌같이 하고 미팅은 거들떠도 안 보더니 다 이유가 있었네요."

"고맙습니다. 전 신청아라고 해요."

"신청아? 심청아?"

청아의 얼굴은 순간 싸늘해졌지만 이내 다시 미소를 되찾았다.

"신청아요."

"오늘 윤현이랑 저희 집에 같이 가기로 했었는데. 실은 동생 과외 문제 때문예요. 저기 청아 씨도 같이 가심 안 돼요? 우리 모친께서 무지 성격이 급하셔가지고요."

"아! 이 친구가 자기 동생 과외 자리를 소개시켜 줬거든. 아직 결정을 내린 건 아니고."

윤현은 슬쩍 이렇게 발을 뺐다. 청아가 생전 처음으로 학교까지 찾아와 주었는데, 지금 그깟 과외가 무슨 대수겠는가? 오히려 자리를 피해줄 생각도 안 하고, 자꾸만 끼어드려는 지용이 점점 불쾌해지기까지 했다. 혹 청아에게 관심이라도 있는 것인가? 너무도 예쁜 여자 친구를 둔 탓에 마음은 늘 좌불안석이었다.

“너 과외 한 타임 더했으면 했었잖아. 빨리 가봐. 나야 얼굴 봤음 됐지.”

윤현의 과외 문제라면 그의 시간을 굳이 뺏고 싶지는 않아 청아는 얼른 이렇게 나섰다.

“아냐, 청아야. 나중에 또 알아봐도 돼.”

지용은 쩔쩔매는 윤현의 모습을 마치 신기한 구경거리라도 보는 듯했다. 마주 보고 서 있던 청아만이 그러한 기색을 눈치챌 수 있었다. 대학에 들어가고 나서도 여전히 예전 버릇을 버리지 못하고 있는 모양이었다. 얼마나 뻣뻣하게 굴고 다녔으면 저렇게 신기하다는 시선으로 바라보겠는가?

“그럼 할 수 없지, 뭐. 오늘은 헤어지고 내일 내가 집으로 전화할게. 오늘 잘 생각해 보고 내일 결정해 줘.”

지용은 이쯤해서 물러나 이들에게 작별 인사를 고했다. 그는 법대 건물 앞 주차장에 세워두었던 자신의 차에 올라 서서히 그곳을 빠져나갔다. 새내기가 몰고 다니기에는 확실히 거해 보이는 고급 중형차였다.

“와! 새내기가 저런 차를 다 몰고 다니고 어지간히 있는 집 자손인가 보다. 아님 부모님 차인가? 정환이 차도 저 정도는 아닌데.”

“글쎄.”

“친구인데도 잘 몰라? 너 또 혼자서 전교생 왕따시키기 놀이하고 있었지? 하긴 어디 그 버릇 남 주겠냐?”

"하하. 가자, 아직 점심 안 먹었지? 학교 구경한 다음에 내가 맛있는 거 사줄게."

정지용은 룸미러를 통해 윤현의 활짝 핀 웃음을 바라보며 고개를 절레절레 흔들었다. 전국의 수재들이 모인다는 법대에서도 윤현은 군계일학과도 같은 특별한 존재였다. 모습부터가 눈에 확 띄는 탁월한 용모라 시선이 한 번쯤 더 가는 것도 있었고, 수업 중에도 그 누구보다 준비가 철저하고 열성적이라 교수님들의 은근한 총애를 받았다. 선배들 사이에서도 장래에 될성부른 나무로 회자되고 있었다.

윤현은 대학에 입학하자마자 누구보다 열심히 과외 자리를 찾았다. 점심은 식당에서 가장 싼 백반만을 먹거나 아예 매점 식빵과 우유로 때우는 모습도 간간이 볼 수 있었다. 옷차림은 늘 똑같은 운동화에 낡은 청바지만을 고집했다. 뭐, 이런 친구들이 영 없는 건 아니었고, 사는 형편에 비해 유달리 검소한 친구들도 적지 않았다. 하지만 그의 집안 형편이 어렵다는 것쯤은 조금만 유심히 살펴봐도 금방 눈치 챌 수 있었다.

윤현은 사람들과 어울릴 여유가 전혀 없는 건지, 아니면 성격 자체가 그런 건지 늘 혼자였다. 웃는 법도 없고, 수업 시간에 질문을 하거나 대답을 할 때 이외에는 아예 입을 닫고 살았다. 여자들에게도 전혀 관심이 없었다. 같은 과 여학생들이 은근슬쩍 대시를 하며 찔러봐도 무반응이었다. 미팅 자리에 끌고 나가려

몇 번 권하기도 했는데 그것도 단칼에 거절했다. 형편이 어려워서 여자에 대한 관심을 끊은 모양이라 생각했는데 그게 아니었다. 여자 친구를 보니 고개가 절로 끄덕여지며 그럴 만하다는 생각이 들었다. 여자 친구라는 신청아는 비록 수수한 옷차림이었지만, 굉장한 미모의 소유자였다. 그냥저냥 예쁜 얼굴이 아니라, 단아하고 청순하면서도 이목구비가 뚜렷한 진짜배기 미인이다. 미치지 않고서야 저런 애인을 두고 어떻게 딴 짓을 할 수 있겠는가? 윤현의 애인이 아니었더라면 한 번쯤 찔러보고 싶을 정도였다.

"저런 여자가 애인이라면 다른 여자들이야 당연히 돌같이 보이지. 암튼 미인들은 다들 잘난 놈들이 채간단 말이야."

지용은 방배동에 위치한 한 호화 빌라로 차를 몰았다. 그는 이름만 대면 알 만한 잘나가는 중견 건설기업의 회장인 아버지를 두었고, 비록 대학은 법대로 왔지만 장래 가업을 물려받을 생각이었다. 원래 중학교 때만 해도 그만그만한 작은 사업체였는데 86아시안 게임과 88올림픽을 거치면서 건설 붐이 일고 아파트 단지들이 대거 등장하기 시작하면서 아버지의 사업은 탄탄일로를 걷기 시작했다.

지용은 빌라 앞에 차를 주차시킨 후, 아기 천사 조각상이 놓인 분수대와 다채로운 꽃들로 아름답게 조성이 된 정원을 지나 집으로 걸어 들어갔다. 복층 구조로 된 빌라는 백여 평 규모로 부모님과 대학 1학년인 여동생, 고 1의 남동생, 그리고 집안일을 도와주는 아줌마가 함께 살았다.

"오빠, 왔어?"

집으로 들어가니 여동생인 지수가 거실 소파에 배를 깔고 누워 책을 읽고 있었다. 지용이 일 년 재수를 한 터라 연년생인 지수와는 같은 대학 1학년이 되었다.

지수 역시 공부를 아주 잘해, 명문 여대 철학과에 무난히 합격했다. 하지만 본인은 내년에 입시제도가 수능으로 바뀌지만 않았어도 일 년 재수를 하고 싶어 할 만큼 공부 욕심이 많았다. 그녀가 배를 깔고 누워 심심풀이로 본다는 책이 키에르케고르의 '죽음에 이르는 병'이었다. 아주 못난 얼굴은 아니지만, 그렇다고 예쁘다고도 볼 수 없는 지극히 평범한 외모와 평범한 몸매를 가진 그녀는 사람들과 어울리는 것보다 책을 읽는 것을 더 좋아하는 아이였다. 사교적이고 활달한 지용과는 정반대의 성격이었다.

"이 좋은 날 집에서 뭐 하냐? 좀 나가라."

지용은 후줄근한 모습을 하고는 책에만 머리를 박고 있는 지수를 보며 혀를 끌끌 찼다. 유달리 예뻤던 운현의 여자 친구를 보고 온 직후라 그런지, 더 비교가 됐다.

"싫어, 나가면 뭐 해?"

지수는 시큰둥하니 대꾸했다.

"방학인데 계속 집에서 죽칠 거냐?"

"뭐 여행도 다니고 영어학원도 다니고 그래야지. 안 그래도 학원에 등록했어. 근데 지섭이 과외 선생 데리고 온다더니 왜 혼자야?"

"아마 내일 올 거야. 짜식, 알고 보니까 무지 예쁜 여자 친구가 있더라. 하긴 그 얼굴에 없는 것도 이상한 일이긴 하지."

"지섭이 녀석을 감당할 만한 인물이라니 나도 기대돼."

"법대 장동건이다. 보고서 괜히 반하지나 마."

"웃기셔. 단벌신사라며? 티셔츠 한 장으로 사계절을 나는."

"나야 유심히 봐서 눈치 챈 거고 워낙에 럭셔리하게 생겨서 그런지 그 낡은 티셔츠도 무슨 명품으로 아는 애들이 있더라. 암튼 걔는 애인 있으니까 보더라도 돌처럼 봐라."

지수는 오빠의 호들갑에 콧방귀만을 뀌었다. 아무리 고작 스무 살의 여대생이라지만 명문 법대 타이틀에 얼굴만 잘생겼다고 넘어갈 군번이 아니었다. 워낙 깔끔한 성격이라 구질구질한 타입은 딱 질색이었고, 남자에 별반 관심도 없었다. 더구나 지천에 집안 좋고 능력있는 남자들이 깔려 있는데 누가 개천의 용을 거들떠나 보겠는가? 공부에나 전념하다가 부모님이 정해주시는 남자를 만나 선을 봐도 좋고, 그도 싫으면 혼자 살 생각이었다.

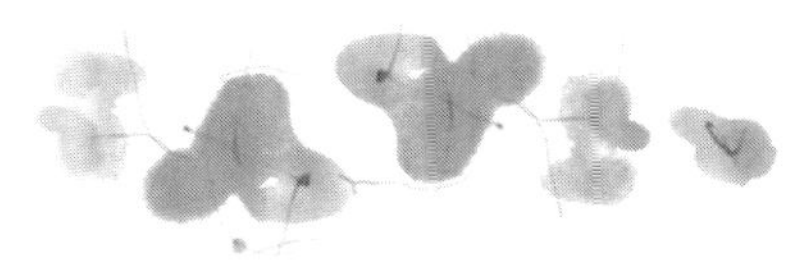

캠퍼스를 산책하던 청아와 윤현은 후문인 낙성대 입구 쪽으로 걸어나와 유명하다는 감자탕 집으로 들어갔다. 원래 감자탕 골목으로 유명한 곳이라 먼 곳에서도 물어물어 찾아오는 곳이었다.

윤현은 오리엔테이션 때 이곳에 한번 와본 적이 있었다. 맛있게 먹은 기억이 나, 청아가 찾아온 김에 한 번쯤은 무리가 되더라도 사주고 싶었다. 사귀는 동안 청아는 윤현에게 허튼 곳에 돈을 쓰지 말라며 대부분의 데이트 비용을 자신이 냈다. 윤현으로선 충분히 자존심이 상할 만한 일이었지단, 이상하게도 대뜸 고개를 끄덕이고는 군말없이 그녀가 하자는 대로 따랐다. 뭐랄까, 청아 앞에서 자존심을 세웠다가 된통 당한 경험이 있어서 그런 것일까? 그는 쓸데없는 자존심을 부리는 것이 얼마나 무의 미한지를 이미 터득하고 있었다.

“와! 여기 감자탕 진짜 맛있다. 양도 무지 많고. 우리 동네는 뼈는 없고 죄 감자만 있거든.”

청아는 뼈 하나를 손으로 들더니 맛있게 그 살을 발라먹었다.

“감자탕 많이 먹어봤어?”

“우리 아빠가 좋아하시거든. 외식하러 나갈 때면 꼭 감자탕 집이라니까.”

“많이 먹어.”

“너도 먹어. 왜 고긴 안 먹고 감자만 깨작거리냐?”

“난 별로 생각 없어. 아까 너 오기 전에 간식도 먹었거든.”

윤현은 짐짓 거짓말을 했다. 사실 그도 먹고 싶은 마음이야 굴뚝같았지만, 청아가 맛있게 먹는 모습을 보는 것만으로도 배가 부르는 듯했다. 그는 나중에 들깨와 김 가루를 넣고 볶아주는 밥으로 배를 채울 작정이었다.

“자! 감자탕의 진수는 이 뼈 안에 있는 골수야. 이거 빼먹는 재미가 만만치 않다니까.”

청아는 뼈를 뜯더니 그 안의 살을 젓가락으로 발라 윤현의 입에 쓱 들이밀었다. 윤현은 약간 머뭇거리는 듯하면서도 그걸 날름 입 안에 넣었다. 그는 청아가 아무렇지도 않게 자신이 먹던 젓가락을 불쑥 내밀자 그것만으로도 숨이 턱 멎어버리는 것 같았다. 더구나 그의 입에 닿았던 젓가락으로 다시금 아무렇지도 않게 반찬을 집어먹는 청아의 모습에 아예 얼굴엔 홍조마저 피어올랐다.

"너 왜 그래? 갑자기 더워졌냐?"

"아, 아니야."

"불이 너무 뜨거워 그런가? 불 좀 줄일까?"

청아의 눈치없음을 이제는 탓할 기운도 없었다. 차라리 그때 키스란 걸 하지 않았더라면 이렇게까지 괴롭고 힘들지는 않았을 텐데……. 청아가 교제를 허락하기 전까지는 어떻게든 그녀의 마음을 돌려야 한다는 생각만으로 꽉 차 있었는데, 막상 그녀와 사귀게 되자 아주 죽을 맛이었다.

"그때처럼 강제로 그러기만 해. 다신 너 안 봐."

청아가 한 이 말이 걸려 윤현은 처음에 그녀의 손을 잡는 것조차 굉장히 조심스러워했고, 어찌 어찌 손을 잡은 이후에도 더 이상의 진도를 빼지는 못했다. 사람의 욕심이라는 게 한도 끝도 없다더니, 청아와 사귀게 되는 것만으로도 충분하다는 생각은 이미 저만치 날아가 버리고, 연신 조잘거리는 저 촉촉한 입술을 한 번만 맛보았으면 좋겠다라는 생각만이 머릿속에 꽉 들어차 버렸다. 하지만 순간의 쾌락으로 지금의 행복을 무너뜨릴 생각은 추호도 없었다. 지금은 다 지난 일이지만, 청아의 마음을 얻기까지의 기간이 얼마나 길고 지난했던지…… 다시금 자신의 실수를 되풀이하고 싶지는 않았다.

식사를 마치고 난 두 사람은 자리에서 일어섰고 청아는 자연스레 계산서를 집어 들었다.

"오늘은 내가 낼게. 여기까지 일부러 왔잖아."

윤현은 청아가 손에 든 계산서를 빼앗으려 했지만, 그녀는 얼른 그것을 자신의 등 뒤로 감췄다.

"싫어. 나가서 콜라나 사줘."

"나 알바비 받았어. 그리고 아까 그 친구가 한 타임 더 소개시켜 줬잖아."

"이깟 감자탕으로 때우려고 하면 안 되지. 나중에 더 맛있는 걸로 사주라."

청아는 가방에서 지갑을 꺼내더니 얼른 계산을 마쳤다. 윤현은 하는 수 없이 피식 웃으며 그녀가 계산을 마치는 것을 지켜보았다. 그는 음식점을 나오며 슬쩍 그녀의 손을 잡았다. 그는 이제 그녀의 손을 꼭 잡고 다니는 것을 당연하게 생각했다. 요새 같은 더운 날엔 마주잡은 손에 금세 땀이 차 올랐지만 그래도 그는 아랑곳하지 않았다.

"내가 언제쯤 너한테 마음 놓고 맛있는 걸 사줄 수 있을까?"

"글쎄, 그건 네가 더 잘 알겠지?"

"너한테 마음 놓고 맛있는 거 사주려면 빨리 자리 잡아야겠구나."

"어느 세월에? 그리고 돈은 돌고 도는 거야. 나 다른 친구들 만날 땐 돈 안 쓰잖아."

"다른 친구 누구?"

윤현은 순간 저도 모르게 신경을 곤두세웠다.

"암튼 다들 사주더라고. 나도 그렇게 막 얻어먹는 체질은 아닌데 어쩌겠냐."

"다들 남자들이지?"

"뭐 정환이 같은 앤 완전 내 밥이잖아. 근데 정환인 유진이랑 깨졌나 봐."

청아는 으레 그녀의 특기를 발휘해 은근슬쩍 이렇게 넘겼다. 하지만 윤현은 이번만큼은 그냥 넘기고픈 마음이 없었다.

"다른 남자들 만나지 마."

"뭐?"

"나 말고 다른 남자들은 만나지 말라고."

윤현의 굳은 표정을 보고도 청아는 그저 재미있다는 듯 웃어 넘길 뿐이었다.

"그게 말이 되냐? 인구의 절반이 남자인데. 그리고 다들 친구에 선후배인데 어떻게 안 만나?"

"너네 과엔 여자들밖에 없잖아. 근데 무슨 남자를 만날 일이 있어?"

"뭐 다 아는 친구들이잖아. 너도 느네 과어 여자 동기랑 선후배들 다 있으면서?"

“난 여자들이랑 따로 안 만나. 심지어 과외도 여학생들은 안 맡는다고.”

“너랑 나랑 어떻게 비교하냐? 넌 여자뿐만 아니라 남자 친구도 없잖아. 네가 비정상인 거라고.”

“다른 남자애들한테 얻어먹어서 굳은 돈으로 나랑 만날 때 쓰는 거라고?”

“얘기가 어떻게 그렇게 돌아가는 거냐? 그런 뜻이 아니잖아.”

청아는 윤현의 날 선 억지 태도에 이내 정색을 하며 걸음을 멈추었다.

“정환이 만나는 것까진 안 말려. 둘이 친한 친구란 거 잘 아니까. 한데 굳이 다른 남자들까지 만나고 다녀야겠어?”

“그냥 이것저것 모임 때문에 만나는 거고, 너 어차피 저녁 땐 나랑 제대로 만나지도 못하잖아.”

“그럼 나 과외 다 그만둘까?”

“너 지금 이걸 질투라고 하는 거냐? 날 못 믿는 거니, 아님 넌 땀나도록 일할 때 난 노는 게 배가 아파서 그러는 거니?”

“뭐?”

윤현은 어이가 없어 그만 실소를 터뜨렸다.

“네가 날 못 믿을 이유가 대체 뭐가 있어? 내가 만나는 남자 친구들 중에 너보다 나은 애는 단 한 명도 없어. 누가 너처럼 잘생기고 똑똑할 수가 있겠냐고? 내가 바보야? 너 같은 애를 두고 바람을 피우게?”

윤현은 너무나 당황해서 그만 입을 조가비처럼 꾹 다물었다.

"게다가 넌 나 말고는 여자 보기를 돌같이 하잖아. 남자 잘나면 다들 얼굴값 한다던데 그럴 걱정도 없지. 술, 담배도 안 하고 당구나 오락 같은 잡기에도 관심없지. 내가 과연 딴 남자한테 눈을 돌릴 수 있겠어?"

"그건……. 암튼 네가 바람피울 거 같아서 하는 소리가 아니라……."

"그럼 넌 내가 노는 게 배가 아파서 그러는 거네?"

"청아야."

윤현은 이젠 땀까지 비질비질 흘리고 있었다.

"너도 참 생긴 거 같지 않게 어리다. 마음을 좀 넓게 써. 그 넓은 가슴으로 호연지기를 좀 기르라고."

길가에 서서 오가는 행인들의 호기심 어린 시선을 받으며 언쟁을 벌이려니 한층 더 진땀이 흘렀다. 그중게는 윤현의 얼굴을 잘 아는 학생들 또한 적잖이 섞여 있었지만, 물론 그는 그 사실을 전혀 모르고 있었다.

"아! 진짜……."

윤현은 발을 동동 구르며 머리만 긁적였다. 본전도 못 찾을 거면서 왜 갑자기 그딴 소린 꺼냈는지 얼굴이 저절로 달아올랐다.

"나 친구들 만나도 통금 시간이 열 시라 그전엔 들어가야 하는 거 잘 알잖아. 윤현아, 나랑 더 싸울 거야? 너 좀 있다 과외

하러 가야 하는데 이대로 싸우고 헤어지고 싶어?"

결국 윤현은 백기를 들었다. 말로 해서는 도무지 청아를 이겨 낼 수가 없었다. 하긴 스스로가 생각해 봐도 다른 남자들을 만 나지 말라는 것은 억지였다. 워낙에 교우관계가 지나치리 만큼 폭넓은 아이였고, 이제 와 그걸 가지고 걸고넘어진다는 것은 그 녀의 본질 자체를 뒤흔드는 일이었다.

청아는 윤현이 꼬리를 내리자 언제 그랬느냐 싶게 다시금 명 랑한 모습으로 돌아왔다. 그녀의 기분이 밝아지자 윤현 또한 속 없이 금방 미소를 머금었다. 두 사람은 헤어질 시간이 점점 다 가오는 것을 아쉬워하며 맞잡은 손을 놓을 줄 몰랐다.

대학생이 된 후 첫 방학을 맞이한 청아는 두 달여간의 긴 여 름방학 동안의 계획을 착착 세워놓았다. 일단 그녀는 운전면허 학원과 피아노 학원부터 등록했다. 대학에 들어가자마자 바로 면허를 따고 차를 몰고 다니는 정환이 부럽기도 했고, 혹시 나 중에 유치원이나 학원을 차리게 되더라도 면허를 따두는 편이 좋으리란 생각에서였다. 청아는 12인승 이상을 몰 수 있는 1종 보통을 신청했다. 피아노는 어릴 때 체르니 100번까지 쳤었는 데 거의 초급 수준이라 다시금 제대로 배울 생각이었다. 피아노 수업 시간이 따로 있어 어차피 학점을 따기 위해서라도 배워둬 야 했다.

윤현의 방학 역시 학기 중보다도 더 분주했다. 과외 아르바이트를 빡빡하게 잡았고 남은 자투리 시간은 열심히 자기 공부를 했다. 그래도 하루 정도는 시간을 내어 같이 놀러가기로 미리 약속을 해두었다. 작년처럼 수영장도 좋고 물 좋은 인근의 계곡도 좋았다. 두 사람으로서는 온전히 하루를 같이 보낼 수 있는 시간을 갖는다는 것이 중요했다.

운전학원에 다녀온 청아는 얼른 샤워를 마치고서 라면을 보글보글 끓였다. 식구들은 다들 외출 중이라 혼자 점심을 해결해야 했다. 청아는 막 라면에 젓가락을 대려다가 우렁차게 울리는 전화벨 소리에 투덜거리며 거실로 향했다.

"라면 불겠네. 대체 누구야? ……여보세요."

청아는 얼른 전화를 받아 상대를 확인했다. 오랜만에 정환의 목소리가 수화기 저편에서 경쾌하게 흘러나왔다.

[청아야, 뭐 해?]

"암튼 넌 내 인생의 태클이다. 라면 먹으려고 지금 막 젓가락 들던 참인데."

[지금 라면이 문제가 아니야. 우리 형, 지금 너네 집으로 가고 있다.]

"준이 오빠가?"

그러고 보니 그동안 그를 싹 잊고 있었다. 이따금 잊어먹을 만하면 전화를 해오긴 했지만, 워낙 말 같지도 않은 말만 늘어놓는 터라 한 귀로 듣고 흘렸고, 그나마 지난 두 달여간은 아예 연락도 오지 않아 모든 게 다 끝난 줄로만 알고 있었다.

"하준이 오빠가 왜?"

[며칠 전에 2차 시험 끝났잖아. 시험 끝내고 와서 며칠간 물 먹은 솜처럼 잠만 퍼자더니 오늘은 새벽부터 목욕탕에 가서 목욕재계하고 이발까지 하고 온 거야. 그러더니 방금 전에 쫙 빼입고는 너네 집으로 간다고 나섰어.]

"……설마 작년에 했던 그 웃기지도 않는 말을 실천하려는 생각은 아니겠지?"

[아무래도 그 설마가 사람 잡을 것 같아서 미리 귀띔하는 거야.]

"지금 집에 아무도 없는데 아니, 이제 얘기하면 어떡해?"

[내가 언제 형 행선지가 어딘지 묻고 다니는 사람이냐? 현관문 나서면서 지 입으로 그러더라고.]

"오 분이면 올 텐데. 나 막 샤워해서 머리도 아직 안 말랐다고."

[피하려고?]

"남자는 다 늑대야. 아무도 없는 집에 외간 남자를 들일 수 없지."

[늑대? 언제부터 네가 그렇게 몸을 사렸냐?]

정환의 웃음소리가 수화기 너머에서 쩌렁쩌렁하니 울렸다.

"일단 끊자."

청아는 라면은 그대로 둔 채, 김치만 냉장고에 넣어두고는 서둘러 외출용 옷으로 갈아입었다. 아직 덜 마른 머리는 그냥 빗

질만 하고 야구 모자를 푹 눌러썼다. 대충 준비를 하느라 했는
데도 벌써 적잖이 시간을 잡아먹은 고양이었다. 공교롭게도 막
집 현관을 나서 열쇠로 문을 잠그려는 그 순간, 뒤에서 하준의
나직한 목소리가 들려왔다. 마치 호러 영화에서나 나옴직한 섬
뜩한 상황이었다. 적어도 청아에게는 그러했다.

“이거 타이밍 죽이는데? 오랜만이다, 청아야.”

청아는 하는 수 없다는 듯 가는 한숨을 내쉬며 뒤를 돌아보았
다.

짜는 듯 더운 여름인데도 정장을 제대로 차려입은 하준은 청
아를 향해 하얀 이를 드러내며 환하게 웃고 있었다. 거의 팔 개
월 만에 보는 그는 그동안의 수험 생활이 꽤나 힘들었던지 눈에
띄게 수척해진 모습을 하고 있었다. 얼굴은 햇빛을 제대로 보지
않아 핏기가 없었고 탄탄하던 몸은 휘청거릴 만큼 말랐다. 하지
만 기분은 날아갈 것 같은지 표정만큼은 더없이 밝고 경쾌했다.
그 자신만만한 표정이나 태도를 미루어 볼 때 아마도 시험결과
에 꽤나 자신이 있는 모양이었다.

“오랜만이야.”

“어디 가는 길이냐? 집엔 아무도 안 계셔?”

“응. 나도 지금 약속 있어서 빨리 나가봐야 돼. 근데 어쩐 일
이야?”

청아는 떨떠름한 표정으로 재빨리 둘러댔지만, 예상했던 대
로 어설픈 임기응변은 통하지 않았다.

· "이봐, 아가씨. 정환이 연락 받고 서둘러 도망치는 거 다 알고 있어."

하준의 얼굴에는 재미있다는 기색이 역력했다. 그러고 보니 작정하고 정환에게 정보를 흘린 모양이었다. 워낙에 사람 놀리는 걸 취미 삼아 하는 인간이니 그러고도 남았다.

"예고도 없이 들이닥치면 더 놀랄 것 같아서 흘려줬지. 암튼 니들은 내 예상을 한 치도 벗어날 수가 없다니까."

"오빠도 그 잘난 척은 내 예상을 한 치도 벗어나지 않는데? 용건있으면 빨리 말해."

청아는 보란 듯이 팔짱을 끼고는 정면승부라도 하듯이 그를 똑바로 응시했다.

"하하, 역시 넌 너무 귀여워. 얼굴도 예쁘지만 난 네가 이렇게 지지 않고 따박따박 응대하는 게 더 재밌다니까."

"오빠야 재밌을지 몰라도 난 하나도 안 재밌거든?"

"예쁘게 갈아입고 나오라고 하면 아예 안 나오겠지?"

하준은 청아의 후줄근한 차림을 아래위로 훑으면서 뭔가를 생각하는 듯 고개를 끄덕거렸다.

"그렇게 입어도 예쁘군. 가자, 바깥 도로에 차 세워놨어."

"빨랑 점심 먹고 피아노 학원에 가야 해."

"네 시간표 다 파악하고 온 거야. 무작정 싫다고만 하지 말고 점심이나 같이 먹자고. 모처럼 컴백했는데 그 정도는 할 수 있 잖아?"

"그 엉큼한 속을 다 아는데 내가 밥이 입으로 넘어가겠어? 나 윤현이랑 사귀는 중이니까 괜히 촌 바르지 마. 난 양다리는 죽어도 안 걸치니까."

"나 없는 사이에 잠깐 한눈파는 거야 기꺼이 봐줄 수 있지."

"그렇게 나오면 댁이 무지 멋있어 보이는 줄 아는 모양이지? 오빠가 나를 아는 만큼 나도 오빨 잘 알거든?"

"날도 더운데 정말 집 앞에서 이러고 있을 거야? 어머닌 언제 오시냐? 아예 여기서 기다렸다 인사까지 드릴까?"

"아유, 알았어. 예쁜 게 죄지. 대신 맛있는 거 사."

하는 수 없이 청아는 이렇게 대꾸했다. 하긴 이렇게 찾아온 이상 한 번쯤은 제대로 대화를 나눌 필요성이 있었다. 하준은 윤현의 대학 선배이기도 하니 섣불리 처리했다가 윤현의 심기를 거스르고 입장만 더 난처해질 할 수도 있었다.

청아의 앞에서는 온화하고 양순한 태도를 보이는 윤현이지만, 실제 성격은 모질다 싶을 만큼 단호하고 매몰차다는 것을 경험상 충분히 알고 있었다. 더구나 얼마 전, 남자 친구들을 만나지 말라고 억지를 부려대던 윤현을 교묘히 달래느라 얼마나 진땀을 뺐던가? 단순한 친구들을 만나는 것조차 못 견뎌하는데 하준이 실없는 소리를 늘어놓으며 쫓아다닌다는 걸 알게 된다면 윤현이 과연 어떤 반응을 보이게 될 것인지 상상조차 하고 싶지 않았다.

윤현이 보통의 또래 남학생이라면 약간의 자극이 될 수도 있을지 모르지만, 그에게는 그러한 자극이 전혀 필요치 않았다. 아무 문제 없이 잘 사귀고 있는 지금도 마치 당장이라도 결별 선언을 들을 것 같은 조마조마한 태도로 자신을 대한다는 것을 청아는 잘 알고 있었다.

뭐가 그리 자신이 없고, 뭐가 그리 두려운 건지……. 지금 이 상황에서 하준의 일을 알게 된다면 아마 당장이라도 하준 쪽으로 갈아탈 거라 생각할 아이였다. 윤현에게 결코 그런 쓸데없는 고통을 안겨주고 싶지는 않았다. 그러지 않아도 인생 자체가 충분히 힘들고 고된 아이였다. 무엇보다 사귀는 동안, 그 상대에게 충실해야 하는 것은 기본 중의 기본이다. 그런 만큼 실낱같은 오해의 소지조차 남기고 싶지 않았다.

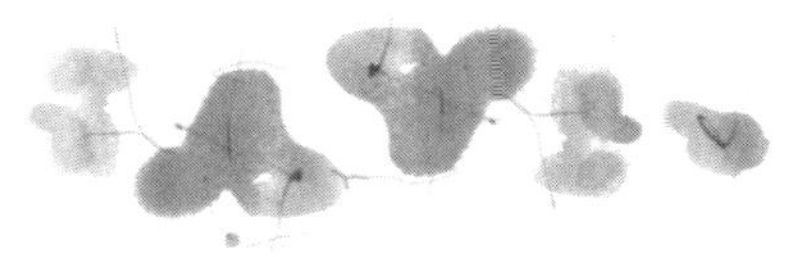

숨이 턱턱 막힐 것만 같은 찌는 듯한 더위가 서울 시내를 용광로처럼 푹푹 달구었다. 하준의 차에 오른 청아는 그가 서울 시내의 한 고급 호텔 앞에 차를 세우자 그만 기겁을 했다.

"아니, 웬 호텔?"

"하하. 엉큼하긴. 호텔이 남녀가 잠만 자는 곳인 줄 아냐?"

하준은 껄껄거리며 면박을 주었다.

"여기 레스토랑에 온 거야. 너 이런 데 한 번도 안 와봤지? 오늘 오빠가 근사하게 한턱 쏠 테니까 그냥 얌전히 따라만 와."

청아는 입을 비죽거리며 몇 마디 꿍얼거리더니 하준을 따라 호텔 로비로 들어섰다. 호텔 로비의 한편에는 프런트가 있었고 그 주위에 카페와 기념품점들이 보였다. 계단을 따라 지하로 내려가니 대리석의 분수대 주변에 하준이 예약해 놓은 레스토랑이 있었다. 엄밀히 말해 지하는 아니었다. 천장 위의 유리창을 통해 햇빛이 그대로 쏟아져 들어왔고, 일층 로비에서 아래를 훤히 내려다볼 수 있는 구조였다. 분수대 옆 작은 무대에는 현악사중주단이 잔잔한 클래식을 연주하고 있었다. 고급스러우면서도 조용하고 격조있는 분위기였다.

청아는 메뉴판의 가격을 보고 질린 표정을 지었지만, 사준다는데 굳이 마다할 이유는 없어 그저 모른 척했다.

"여기 안심 스테이크가 맛있으니까 그걸로 하자. 술은 칵테일로 간단하게 하고."

"알아서 해."

하준은 능숙하게 주문을 한 후, 테이블 위에 놓여 있던 냅킨을 무릎 위에 펼쳐 놓으며 가만히 청아를 응시했다.

"왜 그런 눈으로 봐?"

"내가 너 처음부터 맘에 두고 있었던 거 모르지?"

"우리가 처음 만났던 게 국민학교 땐데 그때부터 맘에 있었다고?"

"안 그랬으면 내가 너랑 놀아줬을 리가 없잖아? 그 나이 땐 어린애랑 노는 걸 보통은 싫어하는 법이거든."

"만날 고무줄 끊고 치마 들추고 괴롭히더니 그게 좋아서 그랬던 거였어? 참 애정 표현도 겁나게 하십니다."

청아는 콧방귀를 뀌었다. 하지만 그는 여전히 청아가 귀여워 죽겠다는 듯, 만면에 미소를 머금고 있었다.

"나 시험 어땠는지 안 물어봐?"

"자신만만하신 걸 보니 잘본 모양인데?"

"감이 좋아. 내가 이번에 합격하면 그건 전적으로 네 덕이야. 목표가 뚜렷하니까 공부하는 데도 탄력이 붙더라고."

"잘됐네."

이내 수프와 하드롤, 샐러드 등이 차례대로 나왔다. 이런 레스토랑은 처음이어서 그런지 청아는 먹던 수프를 테이블 위에 묻히거나 하드롤 부스러기를 여기저기 흘리는 등 내내 좌충우돌이었다. 스테이크를 썰 때는 익숙지 않아 접시를 득득 긁어대기까지 했다.

하준은 여자가 칠칠치 못한 것은 딱 질색이었지만, 청아의 이런 모습은 오히려 재미있어했다. 이 두 사람은 워낙에 어릴 때부터 친하게 지냈기 때문인지 겉으로는 티격태격해도 서로 격의가 없고 편안한 모습이었다.

"학교 다니는 건 어때? 뭐, 과를 잘 선택하긴 한 거 같은데."

"생각보다 적성에 잘 맞는 것 같아. 원래 아이들을 좋아했으니까."

"내 생각엔 편입보다 입시 준비를 다시 하는 게 좋을 것 같아. 물론 올해부터는 수능이라 좀 혼선은 있겠지만, 오히려 넌 수능이 더 맞지 않을까 싶기도 하거든."

“아직도 그 소리야?”

청아는 정색을 했다.

“오빠는 내가 어디가 그렇게 좋아? 오빠야말로 정환이처럼 나에 대해선 모르는 게 없잖아. 서로를 너무 잘 아는데 어떻게 그런 감정이 들어?”

“너무 잘 아니까 좋은 거지.”

하준은 아랑곳하지 않으며 대뜸 화제를 돌렸다.

“청아야. 너 윤현이 그 녀석, 어떤 상황인지는 알고 만나는 거냐?”

“뭐?”

“알아보니까 생각보다 형편이 훨씬 안 좋더라. 학기 중에도 알바 뛰느라 과 사람들이랑 거의 어울리지도 못하고……. 뭐, 조교 형들 얘기로는 그 와중에도 성적이 아주 좋다고는 하더라만. 암튼 워낙에 영리하고 근성이 있는 데다 눈에 확 띄는 아이라 그런지 벌써부터 유명한 녀석이야. 뭐 여자로서 충분히 끌릴 만한 녀석이긴 하지.”

“그래서?”

“윤현이 처지 생각해서 너무 깊게 사귀지는 마. 그 앤 성공에 대한 열망으로 가득 차 있고 그런 앤 여자보다 성공에 더 큰 가치를 두기 마련이야. 결코 너한테 만족할 수 있는 녀석이 아니라고.”

“참내.”

청아는 들고 있던 포크를 테이블 위에 턱 하니 올려놓았다.

"우리 이제 겨우 스물이야. 그리고 사귄다고 다 결혼해? 암튼 오지랖도 넓어요."

"윤현이랑 만나지 마."

하준은 진지한 표정으로 드디어 본론을 꺼내놓았다. 차가우면서도 단호한 눈빛이었다.

"나 없는 사이에 잠깐 만난 것까진 뭐라 하지 않겠어. 하지만 앞으론 안 돼. 그건 용납 못한다."

"지금 장난해?"

"나 장난 아니야. 내가 왜 널 붙들고 장난을 해? 사랑을 하면 모를까."

그는 장난 같은 말을 굉장히 진지하고도 섬뜩하게 하고 있었다.

"오빠랑 나랑은 사귀는 사이가 아니야. 우린 아무 사이도 아니라고. 근데 뭘 용납을 못해? 윤현이가 오빠랑 나랑 만나는 걸 용납하지 못해야 말이 되는 거지 이건 아니라고."

"윤현이를 위해서라도 빨리 마음 접어. 너 솔직히 윤현이한테 그렇게까지 마음이 있는 것도 아니잖아?"

"아니, 내 마음을 오빠가 어떻게 그렇게 잘 알아?"

"넌 기본적으로 아직 남자를 몰라. 그리고 넌 타인보다 너 자신을 더 사랑하는 아이야."

하준은 알듯 말 듯한 말로 청아를 헷갈리게 만들었다. 무엇보다 그녀에 대해 마치 다 아는 것처럼 지껄여대는 그의 행동이 못내 불쾌하기까지 했다.

"내가 윤현이 선배라는 거 잊지 마라. 2학기 되면 복학할 테니 자주 보게 되겠지."

"그래서 어쩌겠다고? 유치하게 괴롭히기라도 하겠다는 거야?"

"사랑이란 원래 유치한 거니까."

살짝 미소를 섞은 그의 이 같은 한마디에 청아는 비로소 사태의 심각성을 깨달았다. 하준은 진심이었다. 짐짓 별것 아니라 무시하고 밀어버렸지만, 정환의 평상시 경고대로 하준은 실없는 성격이 아니었다.

"이제야 내 진심이 통한 모양이군."

그녀의 멍한 표정에 하준은 여전히 입가에 미소를 머금으며 이렇게 입을 열었다.

"우리가 그동안 알고 지낸 세월이 있는데 그것만으로도 날 더 봐줘야 하는 거 아니냐? 서로 집안 사정 훤히 다 알고, 어떤 성격인지도 다 알고 있고, 우리만큼 알맞은 상대가 더 어디 있겠어?"

"웃기시네. 어머니, 며느리 욕심 많은 거 다 알고 있는데 아무리 날 예뻐한다 해도 성에 차시겠어?"

"우리 집에 아들만 셋이다. 그중에 애교 많고 살갑게 구는 너 같은 며느리도 하나 정도는 있어야지. 우리 엄마도 긍정적이셨어."

조건이 마음에 드는 건 아니지만, 그동안의 친분관계로 넘어가 주겠다는 뜻이다. 딸이 없는 ㅎ준의 어머니 신정숙 여사는 평상시 청아를 아주 귀여워하며 이따금씩 쇼핑에 데리고 가기도 하고 정환과 함께 외식을 시켜주기도 했다. 예쁜 옷이나 액세서리 등을 사주며 딸이라고 짐짓 자랑까지 늘어놓았다. 워낙 청아가 인형처럼 예쁜 데다 밝고 명랑한 터라 어디에 데리고 다니던 주변의 이목을 잡아끌었고, 그걸 은근히 즐기기까지 했다. 하지만 아들 세 명을 전부 명문대에 보낸 부잣집 사모님답게 며느리에 대한 기준은 결코 일반적인 사회 통념을 벗어나지 않았다. 청아가 고등학생일 때만 해도 내 며느리 삼고 싶다는 말을 입에 달고 살다가, 막상 그녀가 전문대에 들어가고 나니 그 말이 쏙 들어간 것도 다 그만한 이유가 있어서였다. 조금은 씁쓸한 일이었지만, 그렇다고 이해 못할 일도 아니었다. 뭐, 어차피 그 집 며느리로 들어가고픈 생각도 없었으니 말이다.

"내가 싫다고 하면 그 말 들을 거야?"

"아니."

청아의 물음에 그는 즉시 이렇게 답했다.

"뭐, 어쨌든 내가 윤현이한테 마음이 있는 건지 없는 건지 좀 더 사귀어보고 생각해 봐야겠어. 기다리든지 말든지, 깽판을 놓든지 말든지 그건 오빠가 알아서 해."

"뭐?"

"하긴 이 정도로 헤어지자고 할 놈이면 미리 찢어지는 게 낫지."

청아는 혼잣말을 하듯 중얼거리고는 냅킨으로 입을 쓱쓱 닦았다. 아직 식사는 반이나 남아 있었지만, 그녀는 미련없이 자리를 털고 일어섰다.

"오빠를 싫어하는 건 아니야. 아니, 오히려 좋아해. 하지만 나랑 오빠는 잘 안 맞는 것 같아. 난 오빠처럼 그렇게 인생을 계획표대로 사는 건 익숙지 않아. 솔직히 내 나이에 오빠처럼 사는 게 더 웃기지, 안 그래?"

"네가 아직 어려서 남자 볼 줄을 모르는 거야."

하준은 한숨을 내쉬었다.

"그럼 더 커서 보지 뭐. 잘 먹었어. 이만 가자."

하준은 군말 없이 청아의 뒤를 따라 일어섰다. 그리고 그녀를 집 앞으로 데려다 주는 내내 남자에 대한 강의를 줄줄이 늘어놓으며 빨리 커서 남자 보는 눈을 키워야 한다는 둥, 남자는 인물이 아닌 능력을 봐야 한다는 둥, 집안도 무지 중요하다는 둥, 귀에 못이 박히도록 읊어댔다. 워낙에 언변이 좋아서 그런지 가뜩이나 귀가 얇은 청아는 이런저런 얘기에 순간 솔깃하기까지 했다. 하지만 운전에 여념이 없는 하준의 옆얼굴을 보는 그 순간, 얇아진 귀는 다시금 원위치로 되돌아왔다.

윤현은 하준처럼 맛있는 것도 사줄 수 없고, 좋은 차를 끌고 다니며 편하게 데리고 다녀줄 수도 없고, 말을 재밌게 해서 웃게 만들어주지도 않았지만, 그래도 그와 함께하는 시간만큼은 더없이 즐겁고 행복했다. 하준과 함께 있는데도 자꾸 윤현을 떠올리게 되고 그가 보고 싶었다. 이게 사랑이라면 윤현을 사랑하는 것 같았다. 비록 그의 끈질긴 구애로 마지못해 선심을 쓰듯 교제를 허락하긴 했지만, 정말로 싫었다면 애초에 허락을 하지도 않았을 것이다. 청아는 아이러니하게도 하준 덕분에 윤현에 대한 마음을 더욱더 선명하게 깨닫게 되었다.

온갖 서적들이 삼면을 가득 채우고 있는 넓은 서재를 볼 때마다 윤현은 마치 보물창고를 보는 것마냥 부러움으로 두 눈을 반짝였다. 과외를 하면서 적지 않은 집을 들락거렸지만, 이렇게까지 책이 많은 집은 처음이었다. 같은 과 친구인 정지용의 주선으로 그의 고1 남동생인 지섭의 공부를 봐주게 된 윤현은 면학 분위기가 잘 조성되어 있는 서재에서 그에게 공부를 가르쳤다. 지섭의 방은 근육질의 배우 브로마이드를 비롯해 온갖 잡다한 운동기구와 만화책, 잡지 등이 어지러이 쌓여 있어 정신이 없었다. 공부를 잘하는 형과 누나에 비해 지섭은 공부에는 전혀 관심을 두지 않았다.
"형, 대충대충 해요. 성적이 오르는 건 바라지도 않으니까 떨어뜨리지만 않게 해주면 아마 우리 엄마 무지 감동할걸. 뭐 더 떨어질 성적도 없지만."
한창 성장기에 접어들고 있는 지섭은 공부보다는 운동에 더

관심이 많았지만, 부모님은 제대로 된 대학에 들어가기를 바라
고 있었다. 윤현이 그의 성적을 일단 테스트해 보니 한숨이 나
올 만큼 기초가 전혀 되어 있지 않았다. 꾸준히 과외를 받았다
고는 하는데 대체 뭘 배웠는지 의문이었다.

"시간만 때우다 갔거든. 그래서 다 잘렸고. 형은 어차피 방학
동안만 할 텐데 적당히 해도 손해날 거 없잖아요? 그나저나 형
무지 잘생겼다. 내가 형, 반에 반만 닮았어도 여자들 끝내주게
꼬셨을 텐데. 여자 친구 있죠? 여자 친구도 무지 예쁘겠다. 그
죠?"

"나한테 대충은 없으니까 그런 줄 알아. 배우기 싫으면 미리
말해. 물러나 줄 테니까."

윤현은 과외를 하는 동안, 아이들과 감정적인 교류를 전혀 갖
지 않았다. 형이나 선배로서 따뜻한 말 한 마디를 던진다거나
자신의 경험을 통한 충고를 남발한 적도 없었다. 그가 할 일은
공부를 가르쳐 성적을 올리게 하는 것이다. 시시껄렁하게 시간
을 때우려 작정한 아이들이 보기에는 꼴 보기 싫고 어려운 선생
이겠지만, 그는 아랑곳하지 않았다. 남의 소중한 돈을 받고 하
는 일이다. 결코 허술히 하고 싶지 않았다.

지섭은 제대로 걸렸다는 듯 뜨끔한 표정을 지었고, 거짓말처
럼 꼬리를 팍 내렸다. 윤현이야 별 대수롭지 않게 생각했지만,
그걸 지켜보는 지용과 지수는 내심 혀를 내둘렀다. 지섭은 워낙
에 껄렁거리는 성격이라 책상 앞에만 잡아놔도 성공일 만큼 부

산스러운 아이였다.

윤현은 방학 동안 성의와 끈기를 가지고 지섭을 가르쳤다. 다른 사람이라면 그것도 하나 모르냐며 면박을 줄 법도 한데, 공부 문제에 있어서만큼은 당사자가 이해할 때까지 싫은 내색 하나 보이지 않고 설명을 반복했다.

지섭의 과외는 오전 열 시부터 열두 시까지였는데, 과외를 마치고 나서는 점심까지 대접받을 수 있었다. 윤현은 처음에 만류했지만, 지용의 배려로 지금은 으레 점심까지 먹는 걸로 되어버렸다. 지용은 서재의 책을 뚫어져라 쳐다보는 윤현에게 보고 싶은 책이 있으면 마음껏 빌려가라는 배려까지 해주었다.

사실 지용으로서는 손쉽고 별것 아닌 배려였지만, 받아들이는 윤현으로서는 참으로 의외이면서 불편한 일이었다. 그다지 친하지도 않은 과 친구였고, 사는 것부터가 완전히 다른 아이다.

윤현은 그동안 정환이야말로 굉장히 잘사는 부잣집 아들이라 생각했는데, 지용을 보고 나니 정환의 집은 정말 아무것도 아니라는 걸 깨닫게 되었다. 이 집 식구들은 고등학생인 지섭을 제외하고는 전부 자신의 차를 몰고 다녔다. 지섭조차 외제 오토바이를 소유하고 있을 정도였다.

점심은 늘 지섭과 둘이 먹었지만, 지용이나 지수가 함께할 때도 있었다. 부모님은 처음 인사할 때를 제외하고는 거의 볼 일이 없었다. 두 분 다 사업으로 눈코 뜰 새 없이 바빴고 집안일은 고용인이 다 알아서 꾸렸다. 같은 학번인 정지수와는 처음 인사를 나눈 이후로는 서로가 그저 데면데면하게 굴었다. 윤현의 성격도 그러하거니와 지수 역시 먼저 나서서 대화를 주도하거나 활발한 성격은 아니었기에, 보고서도 인사만 하고 지나칠 때가 많았다. 그러다 보니 같이 식사를 할 때도 주로 지섭이나 지용이 대화를 주도했고, 이들은 말없이 밥만 먹다 일어서는 경우가 허다했다.

윤현은 지용이 실은 일 년 재수를 해서 한 살이 더 많다는 사실도 이때 알게 되었다. 재수뿐 아니라 삼수 이상을 한 학생들도 꽤 많은 편이라 재수한 것 정도로 형이나 누나라는 호칭을 사용하는 일은 거의 없었다. 재수를 한 학생들도 굳이 그런 걸 따지지 않으려 했다.

윤현은 여름방학 동안 시간표를 적절히 활용해 과외 아르바이트를 하고 다음 학기 준비를 해나갔다. 오히려 학기 중보다도 더 빠듯한 스케줄로 늦은 밤 집으로 들어가면 식구들 얼굴도 제대로 볼 사이 없이 그대로 잠자리에 뻗어버렸다. 때문에 서서히 옛날 버릇이 나오기 시작한 아버지가 술주정을 하며 집안을 난장판을 만들고 있다는 사실조차 눈치 채지 못했다. 어머니와 동생들도 쉬쉬했지만, 윤현 자신도 주변에 신경을 쓰다가는 다같이 빠져 죽을 수밖에 없다는 위기의식으로 아예 눈과 귀를 닫아버렸다.

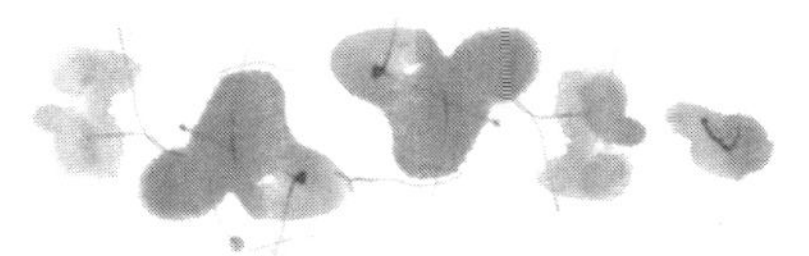

윤현은 청아 이외의 여자들에게는 아무런 관심도 없었고, 당연한 얘기지만 지수에 대해서도 별다른 관심을 가지지 않았다. 관심이 없으니 그녀가 언제부터인가 그의 눈앞을 얼쩡거리기 시작했다는 사실 또한 전혀 눈치 채지 못하고 있었다. 사실상 그가 살면서 유일하게 관심을 보인 사람은 청아 하나뿐이었으니, 그리 무리도 아니었다.

여름방학이 거의 끝나갈 무렵이었다. 과외를 받는 것을 질색하며 싫어하는 지섭과 달리 가족들은 윤현의 수업 방식을 매우 흡족해했다. 아직은 방학 중이라 시험이라는 결과물이 나온 건 아니지만, 일단 자리에 앉혀 엄하게 공부를 시키는 것만으로도 꽤 만족스러운 모양이었다. 지섭의 어머니는 지섭을 계속해서 맡아달라고 간곡하게 부탁을 했다. 하지만 윤현으로서는 곧 다음 학기가 시작되니 몇 타임은 오히려 정리를 해야 할 판이었다.

심사숙고를 하던 윤현은 결국엔 그 제의를 받아들였다. 과외비를 비롯한 조건적인 면도 파격적으로 제시해 주었고, 무엇보다 지용의 간곡한 부탁을 거절할 수가 없었다. 과 친구나 선배들과는 거의 교류를 갖지 않던 윤현은 지용을 통해 2학기 수강 신청에 대한 정보를 비롯해 여러 유용한 정보들을 얻을 수 있었다. 그동안은 혼자인 것에 대해 별 불편함을 모르고 살았는데 확실히 대학은 고등학교 때와는 달랐다. 일률적으로 가르쳐 주는 고등학교와는 달리 대학은 스스로 찾아서 배워야만 했다. 사람들 간의 교류도 물론이거니와 방대한 분량의 고시 준비를 하려면 예전에 하준이 충고한 것처럼 스터디 멤버를 잘 구성하는 것도 중요했다. 사실 윤현으로서는 지용의 호의를 거절할 이유가 없었다.

다음 주 월요일이면 지섭의 개학 일이었다. 오늘은 방학 기간 중의 마지막 수업으로 윤현은 각별히 신경을 써서 지섭의 다음 학기 준비를 도와주었다. 책상 앞에 앉혀두기가 힘이 들어서 그렇지 그 시기를 어느 정도 벗어나자 지섭은 놀랄 만큼 일취월장한 성취도를 보여주었다. 하긴 똑똑한 형과 누나를 생각해 보면 이제껏 공부를 못했던 게 더 이상한 일인지도 모른다.

수업을 마치고 난 후, 그들은 여느 때와 다름없이 점심 식사를 했다. 지용뿐 아니라 지수도 함께였다.

"이제 낮 시간에 오는 건 마지막이구나. 다음 주면 지섭이 녀석 개학이니 말이야."

오늘도 역시 식사 시간에 주로 대화를 이끌어 나가는 사람은 지용이었다. 윤현은 그저 묻는 말에나 대답하며 식사에 열중했고, 지수는 절반만 담은 밥공기를 깨작거리며 그나마도 먹는 둥 마는 둥 하고 있었다.

"이제 개강하면 알바 뛰는 것 좀 줄이지 그러냐? 앞으론 지섭이만 봐줘도 될 것 같은데."

안 그래도 윤현이 이제껏 뛰던 과외를 두 개 정도는 줄여도 될 만큼 파격적인 조건이라 알바 시간을 줄여 그 시간을 여유롭게 보낼지, 아니면 여세를 몰아 한 학기만 더 고생을 할지 고민하던 중이었다.

"안 그래도 고민 중이야. 워낙에 네 어머니가 짭짤하게 주셔서 말이야."

"지섭이 보면서 그만한 가치가 있다는 판단을 내리신 거지. 우리 어머니, 쓸데없는 곳에 돈 쓰는 분이 아니시거든."

"윤현이 형, 진짜 무서워. 다른 선생님들은 얼렁뚱땅 넘어가기도 하더니만 얄짤없다니까."

지섭이 고개를 절레절레 흔들며 혀를 내둘렀다.

"지섭이가 그동안 공부를 전혀 안 해서 그렇지 머리는 좋더라고, 이해력도 빠르고."

"그래? 난 이 자식 꼴통인지 알았는데."

윤현의 말에 지용은 새삼 놀랍다는 듯 피식거렸다.

식사를 다 마친 후, 윤현은 차와 과일까지 얻어먹고 나서야 그 집을 나설 수 있었다. 지용과 지섭 앞에서는 가늘게나마 미소를 지으며 인사를 했지만, 지수에게는 그저 무덤덤한 표정으로 목례만을 할 뿐이었다. 특별히 의식적인 행동이 아니라 워낙에 여자 앞에서는 숫기가 없는 터라 자연스럽게 그와 같은 행동이 배어나왔다.

윤현을 배웅하고 난 지섭은 얼른 자신의 방으로 들어가 버렸고, 거실에는 지용과 지수만이 남게 되었다.

"아니, 쟨 매번 왜 이리 뻣뻣해? 웃기지도 않아, 정말."

지수는 여태 입 한 번 제대로 떼지 않아놓고선 윤현이 가자마자 이렇게 불평부터 늘어놓았다.

"그래도 저 정도면 말수 많아진 거야. 여자애랑은 말 한마디 안 섞는 녀석인데 뭐."

지용은 재미있다는 듯 여동생의 골난 표정을 실실거리며 바라보았다.

"설마."

"과외도 여학생은 안 맡는 애야. 보고도 모르냐?"

"아니, 저렇게 사교성도 없는 애가 나중에 법조인은 어떻게 되겠다는 거야?"

"그래도 강의 시간에는 얼마나 똑 부러지게 말을 잘하는데. 사교성이 없어서가 아니라 사교성을 발휘할 필요가 없어서 그런 거겠지."

"그건 무슨 뜻이야? 나랑은 친하지 지낼 필요가 없기 때문에 저렇게 뻣뻣하게 군다는 거야?"

"너 윤현이랑 친하게 지내고 싶냐?"

"뭐야?"

지수는 그만 빽 소리를 질렀다.

"암튼 여자들이란. 언젠 단벌신사한테는 관심도 없다더니……. 내가 저번에도 얘기했지만 저 자식 무지 예쁜 여자 친구 있어. 윤현이랑 나란히 서 있는데도 하나 꿀리지 않더라. 잠깐 인사만 했는데도, 성격 싹싹하고 목소리는 완전 옥구슬 굴러가는 것마냥 낭랑하고 보통 인물이 아니더라니까."

지용은 살살 약을 올렸다. 새침하고 도도하기 짝이 없는 지수의 모습을 누구보다 잘 아는 그이기에 그녀가 윤현에 대해 관심을 가지고 있다는 것 또한 진즉부터 눈치 채고 있었다. 하긴 윤현 같은 남자에게 무관심하기가 더 어려운 일일 테니 동생을 나무란다거나 무시할 마음은 없었다. 스무 살 여학생이 잘생긴 남학생에게 끌린다고 해서 그게 뭐 그리 큰일날 일이겠는가? 단, 똑똑한 척 다 하며 남자들을 발톱에 낀 때만큼도 여기지 않던 지수가 은근한 태도를 보이니 그게 재미있고 우스꽝스럽게 느껴질 뿐이었다.

"혹시 오빠가 그 여자한테 맘 있는 거 아니야? 무슨 찬사가 그리 거창해?"

"뭐, 윤현이 애인만 아니었다면 소개받고 싶긴 하더라. 워낙 예쁘니까."

"속물. 속이야 어떻든 겉보기에 예쁘기만 하면 그만이란 말이지?"

"포장이 그럴듯하면 그 내용물에도 기대가 가기 마련이지."

"그 내용물이 부실하거나 별 볼일 없으면?"

"포장도 별로고 내용도 별로인 것보단 낫지."

"그럼 포장은 별로인데 내용이 꽉 차 있다면? 그깟 포장 때문에 안에 보석이 들어 있는 것도 모른다면 그건 너무 비극 아닐까?"

"모르는 게 약이란 말이 있지. 애초에 포장이 별로라 관심도 가지지 않았는데 그 안에 보석이 있든 돌멩이가 있든 알 게 뭐야? 풀어보지도 않은 내용물 따윈 관심없다."

"미쳐. 오빠가 나중에 어떤 올케를 데리고 올지 두고 보겠어."

"물론 난 포장과 내용물이 모두 보석같이 빛나는 여자를 데려올 거야. 그러기 위해서 열심히 노력하고 있고. 남자들이 눈이 높은 것만큼 여자들도 눈이 높으니까 거기에 걸맞게 나 자신도 가꾸고 발전시켜야지."

“잘났어, 정말.”

“윤현이 저 자식, 보면 볼수록 괜찮은 녀석이야. 저 녀석이야 말로 포장과 내용물 모두가 꽉 찬 녀석이지. 집이 좀 가난한 게 흠이긴 한데 워낙에 능력있는 녀석이니 그 정도야 충분히 극복할 수 있을 거고 말이야. 솔직히 같은 남자로서 참 괜찮아. 네가 마음에 있다면 소개시켜 주고 싶을 정도긴 한데 저 자식 눈에 네가 어디 차겠냐?”

“진짜 내 오빠 맞아?”

지수는 기가 막혀 너털웃음을 터뜨렸다.

“그러니까 괜히 건드렸다 상처받지 말고 마음 접어라. 넌 윤현이 애인한텐 쨉도 안 돼. 얼굴도 못생긴 게 성격까지 더럽잖아. 계집애가 사근사근한 맛이 있어야 말이지. 퉁퉁 부은 얼굴을 하고는 식사하는데 분위기나 초치고 있고.”

“오빠랑은 더 이상 얘기하고 싶지도 않아.”

“윤현이 같은 녀석은 여자가 자꾸 접근을 해줘야 해. 가만히 앉아서 다가오길 바라서는 죽도 밥도 안 된다고. 내가 은근히 찔러봤더니 지금 사귀는 애인도 그쪽이 먼저 접근한 거라더라.”

지수는 귀가 솔깃한지 그만 뒤돌아 나가려던 것을 멈추고 지용을 말끄러미 쳐다보았다.

“그 친구가 먼저 다가와 주니 무지 고맙더래. 마음은 있었는데 차마 접근하기 힘들었다는 거야. 그렇게 예쁜 여자도 접근을 해줘야 사귀는 녀석인데 너처럼 볼 거 없는 데다 뚱하게 구는 여자를 어디 거들떠나 보겠냐고.”

지수는 이마에 실핏줄이 드러나 보일 정도로 파르르 떨더니, 문이 부서져라 쾅 소리를 내며 자기 방으로 휙 들어가 버렸다. 지용은 그녀가 화를 내거나 말거나 재미있다는 듯 그저 낄낄거릴 뿐이었다. 사실 그는 여느 때와 다름없이 동생을 살살 놀려대느라 그런 것이지, 정말로 지수가 윤현을 심각하게 생각할 것이라 여긴 것은 아니었다. 수많은 소녀 팬들이 잘생긴 스타에게 관심을 가지는 것마냥, 지수 또한 윤현이 워낙에 출중한 외모를 지닌 녀석이니 호기심을 가지고 있으리라 생각했을 뿐이다.

지용은 지수가 방문에 기대서서 벌겋게 달아오른 얼굴로 쉴 새 없이 쿵쾅거리는 가슴을 부여잡고 있으리라곤 상상도 하지 못했다. 지섭의 과외를 마치고 막 방문을 나서던 윤현과 처음 마주친 그 순간, 마치 소설에서와 같이 전기가 오른 듯 강렬한 충격을 받았다는 사실 또한 짐작조차 할 수 없었다. 또한 그날 이후, 윤현이 오는 날만을 손꼽아 기다리며 사춘기 소녀마냥 격동하는 가슴을 주체 못하며 잠 못 이루는 밤을 보내는 것 또한 지용은 전혀 알지 못했다.

청명한 가을 하늘 아래, 대학가마다 떠들썩한 대동제가 그 막을 올렸다. 청아는 마침 과에서 주최하는 장터에 끌려가 사흘 연속 얼굴 마담 노릇을 해야만 했다. 예쁜 여학생이 서빙을 한다는 소문이 퍼지자 인근의 대학에서까지 남학생들이 몰려들었고, 그들의 온갖 짓궂은 집적거림에 청아는 어지간히 골머리를 앓아야 했다. 하는 수 없이 그녀는 방패막이 삼아 남자 친구들을 학교로 죄다 불러들였다. 그리고 어찌어찌하다 보니 청아는 예전 고등학교 시절의 전공을 살려 커플을 엮어주는 중매쟁이 역할까지 하게 되었다. 그 덕분에 축제 기간 동안 청아의 주선으로 본의 아니게 무려 세 커플이나 이루어지게 되었다.

윤현의 대학도 대동제 기간에 접어들었지만, 아르바이트와 공부에 바빠 딴 세상 얘기인 양 그저 무관심하게 지나쳤다. 보통 신입생들이나 타 대학 학생들이 호기심에 참여할 뿐으로 대부분이 윤현과 같이 무관심으로 일관했다. 운동권 학생들이 캠퍼스를 누비며 구호를 외치고 데모를 하거나, 각자 단과대학에서 주최하는 장터나 전시회, 노래 공연 같은 것이 간간이 이루어질 뿐이었다.

청아는 윤현이 한 번쯤은 학교에 들러줬으면 하고 바라긴 했지만, 그걸 드러내 놓고 표현하지는 않았다. 윤현은 요 근래 부쩍 피곤해하고 힘들어했다. 쉴 틈 없이 온갖 아르바이트와 학과 공부에 치이다 보니, 아무리 무쇠 체력을 자랑하는 윤현에게도 그만 무리가 온 것이다.

사실 청아는 바쁜 윤현의 상황 때문에 그동안 단 한 번도 마음 놓고 그와 시간을 보낸 적이 없었다.

그와 하루 종일 놀러다니는 것은 꿈도 꾸지 않았다. 그저 저녁 시간에 만나 여유롭게 식사를 하고 차라도 한 잔 마실 수만

있다면 더 바랄 것이 없을 정도였다. 아르바이트 가기 전 자투리 시간에 잠깐 만나거나, 늦은 밤 집 앞으로 찾아온 그와 십여 분 정도 얼굴을 보는 것만으로는 턱없이 부족했다. 솔직히 말하자면 애인과 달콤한 시간을 즐기는 친구들의 자랑을 듣고 있노라면 부아가 치밀었다.

축제 기간 동안 집적거리는 남자들로 어지간히 골치가 아프긴 했어도, 그중에서는 청아가 보기에도 꽤 괜찮아 보이는 이들도 몇몇은 눈에 띄었다. 그럴 때면 윤현을 확 차버려? 하는 강렬한 유혹을 느끼곤 했다.

친구들 중에 학기 초에 사귄 남자 친구와 아직까지 사귀고 있는 아이들은 극히 드물었다. 서너 달이면 최장수 커플에 속했고 심지어 한 달에 한 번 꼴로 애인을 바꾸는 경우도 있었다. 특별히 바람기가 있어서가 아니라 아무래도 어린 나이다 보니 사랑이란 것에 서로가 서툴렀기 때문이다.

정환도 청아의 초대를 받아 몇몇 친구들을 끌고 그녀의 대학에 모습을 드러냈다. 그 역시 유진과는 진즉에 헤어졌고 그 이후로는 아직까지 홀로였다. 왜 헤어졌는지는 자세히 말하지 않았지만, 서로가 바쁘게 지내다 보니 자연스레 멀어진 것 같았다. 정환과 헤어진 후 유진은 청아와도 짐짓 거리를 두었다. 아무래도 두 사람이 친한 사이이다 보니 꺼리는 마음을 갖게 된 듯싶었다. 청아도 그런 유진의 마음을 이해하고는 별달리 섭섭해하진 않았다.

“야! 이게 무슨 꼴이야? 너 미쳤냐?”

정환은 장터에서 서빙을 하는 청아의 옷차림을 보더니 그만 기겁을 했다. 블라우스에 초미니 스커트를 입고 무릎까지 오는 줄무늬 양말을 신은 그녀의 모습은 무슨 일본 만화에 나오는 소녀 캐릭터 같았다. 게다가 긴 생머리는 양쪽으로 갈라 묶고 볼에는 과장된 핑크빛 볼터치까지 했다. 이 장터에만 순번을 기다릴 정도로 남학생들이 우글거리는 것이 결코 무리가 아니었다.

“왔냐? 나도 죽겠어. 선배들이 이렇게 입혀놨단 말이야.”

청아는 특별히 정환과 그의 친구들을 위해 자리를 서둘러 만들어주었다. 자신을 만나려는 중학고 동창 남자애들 사이에 정환과 그의 친구들을 억지로 우겨넣은 것이다. 어차피 정환과도 다들 아는 친구들이라 무슨 동창회 모임인 양 한동안 서로 떠들썩하게 인사들을 나누었다.

“네가 즐기는 건 아니고?”

정환은 기회를 봐서 슬쩍 청아의 귓가에 대고 이렇게 속살거렸다.

“넝마를 입어도 죽지 않는 미모다. 굳이 내가 이렇게 차려입을 이유가 있다고 보는 거냐?”

“아주 남자애들이 침 흘리고 난리도 아니네. 윤현이가 너 이러는 거 알고는 있어? 걔 성격에 가만히 안 있을 텐데?”

“가만히 안 있으면? 지가 이 꼴을 봐줄 시간이나 있어?”

청아는 기분이 상해 이렇게 버럭 내뱉었다 정환을 비롯한 동창들까지 총출동한 마당에 막상 남자 친구라고 있어 봐야 코빼기도 보이지 않으니 섭섭함이 클 수밖에 없었다. 더구나 다른 이유도 아니고 일하느라 바빠서 그런 것이니 투정조차 부릴 수 없다. 사실상 그게 더 화가 났다.

"모르고 사귀는 것도 아닌데 왜 그래? 정 그게 싫으면 차버리든지."

"안 그래도 오늘 같아서는 확 차버리고 싶어. 무슨 남자 친구가 상감마마 알현하는 것보다 더 힘든지……. 내가 이 나이에 이렇게 삭막하게 살아야겠냐? 날 원하는 남자들이 이렇게 사방에 득시글거리는데 말이야."

"하준이 형이 들으면 얼씨구나 하겠다."

"그 인간은 빼고. 그 인간이랑 엮이면 당장에 호텔방에 끌려들어갈 게 뻔해."

"그 말은 맞다. 며칠 전엔 널 임신이라도 시켜 버릴까, 그 소리를 하고 앉았더라."

정환은 청아의 말에 진지하게 대꾸했다.

"뭐?"

어찌나 기가 막힌지 그녀는 저도 모르게 진저리를 쳤다. 농담이라도 등골이 오싹했다.

"울 학교는 내일모레까진 하는 거 같은데 한번 놀러오든지."

"싫어."

"하긴 울 학교 대동제가 대학 중에선 가장 재미없다고는 하더라.”

 워낙에 찾는 사람이 많아 청아는 정환과 오래 함께 시간을 보
낼 수는 없었다. 정환은 친구들과 막걸리와 파전을 먹고서는 학
교를 한 바퀴 휙 돌고 왔다. 그리그는 자기네 학교보다 훨씬 활
기차고 아기자기한 볼거리와 놀거리가 많다며 꽤나 재미있어했
다.

 청아는 정리를 마치고 친구들과 떠들썩하게 놀다 늦은 밤이
되어서야 비로소 집으로 향했다. 며칠간 고된 일정을 보내다 보
니 온몸이 노곤해 당장이라도 침대 속으로 뛰어들고만 싶었다.
막걸리에 소주까지 섞어 마셨더니 정신도 몽롱했다. 알딸딸하
니 기분이 약간 들뜰 정도로만 마셨을 뿐이라 겉보기에 그렇게
티가 날 정도는 아니었다.

 “명색이 남자 친구도 있는 몸인데 대체 이게 뭐람. 아! 재미없
어. 스무 살 내 청춘, 따분하고 짜증나.”

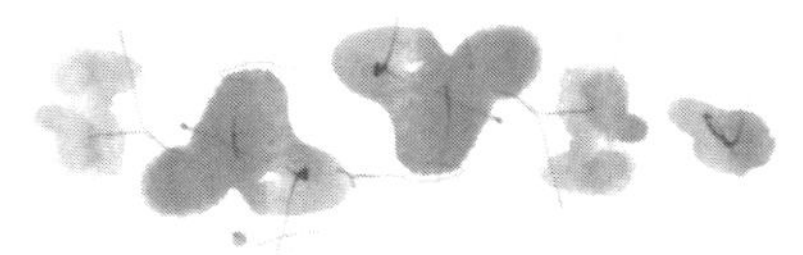

집 앞의 희끄무레한 가로등 불빛 아래 오도카니 서 있는 윤현의 모습을 발견한 청아는 오히려 짜증이 한층 더 치밀어 오름을 느꼈다. 요 근래 그렇게 바쁘고 힘들다면서 하루가 멀다 하고 집 앞으로 찾아오니 화를 내고 원망할 수조차 없었다. 윤현은 자신의 시간을 짜내고 짜내어 청아에게 충실했다. 그녀는 그것이 더 이상 어떻게는 할 수 없을 만큼의 최대한의 애정 표현이라는 것을 너무나 잘 알고 있었다.

윤현은 환한 미소를 지으며 청아를 향해 손을 흔들었다. 어깨에 멘 배낭의 무게가 버거워 보일 만큼 피곤에 절어 있으면서도 그는 내색하지 않았다. 잔뜩 쉬어버린 목소리에 얼굴은 창백하리만치 하얗게 질렸으면서도 그의 미소는 눈부실 만큼 해맑았다.

"너 못 보고 그냥 가야 하는 줄 알았어. 기다리길 잘했다."

밤 열두 시가 가까워오는 시각이었다. 보통은 밤 열 시 이전에는 귀가해야 했지만, 축제 기간 동안은 부고님의 배려로 통금 시간이 자정으로 늘어났다. 피치 못할 사정이 있지 않는 한, 통금 시간에 대한 원칙은 서로가 철저히 지키고 있었다.

"피곤할 텐데 집에 들어가서 쉬지 여긴 왜 와 있어? 아니면 들어가 있든지."

청아는 저도 모르게 화난 목소리로 대뜸 면박부터 주었다. 하지만 윤현은 아랑곳하지 않고 여전히 입가에 미소를 머금은 채였다.

"너무 늦은 시간이잖아. 십 분만 더, 오 분만 더 하다 보니 이렇게 됐네. 네 얼굴 봤으니까 됐어. 그단 갈게."

"몇 분 얼굴만 보겠다고 뭐 하러 그렇게 피 같은 시간을 낭비하냐고."

"그게 무슨 소리야? 시간 낭비라니."

윤현이 정색을 하며 말하는 모습을 보니 청아는 더 부아가 치밀었다. 그로서야 최대한의 애정 표현이고 나름의 행복인지 모르겠지만, 청아로서는 감질맛 나는 일이었다. 차라리 입시에 시달리던 고등학교 시절이 훨씬 더 나았다. 대학성이면 더 자유롭고 여유로워야 하지 않겠는가? 군대 간 남자 친구도 아니고 당장에 고시 준비를 하고 있는 것도 아니다. 지금도 이럴진대 막상 정말 고시 준비라도 들어간다면 그땐 어떻게 해야 한단 말인가? 제대로 된 추억거리조차 하나 가진 게 없는 이 같은 상황에서 말이다.

“앞으론 오지 마. 잠깐 얼굴 보는 게 너한테 좋을는지 몰라도 난 부담스러우니까.”

평상시라면 이렇게 매몰차게 굴지는 않았을 것이다. 그의 사정을 누구보다 잘 알고, 그런 그이기에 좋아할 수밖에 없었다. 하지만 그를 좋아하는 마음이 점점 커져 갈수록 그에 대한 기대 또한 점점 커져만 갔다. 이런 식으로 잠깐 얼굴을 보는 것만으로는 만족할 수 없었다.

“청아야.”

“여유있을 때 천천히 보자. 뭐 그럴 날이 올진 모르겠지만.”

“너 화났니?”

“화는 무슨.”

아무래도 마음에 걸려 청아는 더 이상 매몰차게 굴 수는 없었다. 그저 한숨만이 허탈하게 배어나올 뿐이다. 어린애처럼 대체 이게 무슨 투정이란 말인가. 정환의 말대로 이럴 줄 알고도 사귀었고, 그게 싫으면 헤어지면 그뿐이다.

“내가 요새 너무 바빴지? 한 번은 시간을 빼보려고 했는데 그만 사정이 생겨서…….”

윤현은 청아의 표정을 살피며 쩔쩔맸다.

“통금 시간 다 됐다. 나 그만 들어가 볼게.”

“청아야.”

“미안. 나 술 좀 마셨어. 정환이가 친구들을 데리고 우리 학교까지 왔었거든. 모처럼 동창들이랑 놀다 보니까 네가 없는 게 걸리더라.”

“……”

“나중에 만나자. 그리고 앞으론 무작정 기다리지 마. 정 그럴 생각이면 집에 들어와 있든지.”

청아는 윤현이 미처 붙잡을 새도 없이 대문의 열쇠를 열고 집으로 휙 들어가 버렸다. 망연한 표정을 짓고 서 있는 윤현을 그대로 골목길에 방치해 둔 채…….

밤이 깊어갈수록 얇은 셔츠 한 장만을 걸친 윤현의 몸은 저도 모르게 오돌오돌 떨려왔다. 빛바랜 낙엽이 춤을 추듯 바람에 휘날리더니 옅은 가로등 불빛만이 희미한 골목길을 스산하게 휘몰아 돌았다.

그는 망연자실한 얼굴로 근처의 놀이터를 향해 저도 모르게 터벅터벅 무거운 걸음을 옮겼다. 자정이 넘은 시간임에도 근처 포장마차에서 술을 마신 듯한 취객 몇몇이 아직도 간간이 눈에 띄었다.

윤현은 비어 있는 벤치에 앉아 가방 속에 깊이 갈무리해 둔 통장을 꺼내 한동안 물끄러미 그것을 바라보았다. 지난 몇 개월

간 시간을 쪼개어가며 동분서주한 그 결과가 차곡차곡 통장 안
에 쌓여 있었다. 아르바이트를 하면서도 틈틈이 공부한 덕분에
2학기 때는 전액 장학금을 받을 수 있어 통장의 금액은 전혀 줄
어들지 않았다. 사람의 욕심이란 한도 끝도 없는 것인가? 대입
전에는 꿈도 꿀 수 없을 만큼 엄청난 금액이 통장에 비축되어
있음에도 그는 그러면 그럴수록 통장을 더 불리고 싶다는 유혹
을 느꼈다. 지섭의 과외만으로 이미 충분함에도 2학기 들어 과
외를 전혀 줄이지 않았던 것도 바로 그러한 욕심 때문이었다.

벅차고 힘든 건 사실이었다. 요 근래 거의 제대로 쉬어본 적
이 없을 정도였다. 하지만 목표에 한 걸음 한 걸음 접근해 나간
다고 생각하니 견뎌내지 못할 정도는 아니었다.

솔직히 윤현은 요새 들어와 청아에 대한 마음이 예전과는 사
뭇 달라진 것을 스스로도 느끼고 있었다. 그녀를 사랑하는 마음
이 변한 건 아니었다. 여전히 그녀를 보면 가슴이 뛰고 두근거
렸다. 단, 워낙에 치열하게 살다 보니 그녀에 대한 마음을 한쪽
으로 치워놓아 버린 것이다.

어쩌면 그녀를 이미 손에 넣었다는 안도감 때문에 예전만큼
안달을 낼 필요가 없다는 것을 알아버렸기 때문인지도 모른다.
요즘 일부러라도 청아를 더 찾은 것은 이러한 마음에 대한 반작
용인 것 같다는 생각도 들었다. 몸이 멀어지면 마음도 멀어진다
던가? 청아와 헤어지거나 그녀와의 사이가 멀어진다는 것은 생
각만 해도 끔찍한 일이긴 하지만, 아마 이대로 가다간 사이가

지속되기 힘들 거라는 나름의 경고등이 반짝이는 것 또한 사실이었다.

이런 마음을 청아도 눈치 챈 모양이다. 두 사람의 감정이니 두 사람이 동시에 느끼게 된 것이겠지.

아이들을 가르치는 것은 몸보다도 정신을 갉아먹었다. 정신적으로 지치다 보니 몸 또한 물 먹은 솜처럼 축축 늘어졌다. 여자 친구를 갖는다는 건, 이 상태로는 사치인지도 모른다. 청아와 같이 활달하고 생기 넘치는 아이를 무한정 붙잡아놓는다는 것은 확실히 욕심이 너무도 지나친 일이었다.

“널 놓아줘야만 하는 건가? 널 붙잡고 있는 건 내 욕심에 불과한 건가?”

윤현은 펼쳐 보던 통장을 고이 접더니 허탈한 표정으로 이렇게 가만히 중얼거렸다.

대학 간의 대항전과 축제가 열리는 가을의 신촌은 인파들이 대거 몰려 평일에도 발 디딜 틈이 없었다.

평상시에도 쇼핑을 나온 사람들과 데이트를 하는 연인들로 북적이는 곳인지라 인파는 더욱 늘어나 있었다.

지수는 영어 학원 수강을 위해 신촌에 들렀다가 그 혼잡함에 진저리를 치고는 수업을 마치자마자 재빨리 집으로 가는 전철에 올랐다. 같이 점심을 먹는 두엇의 과 친그를 빼고는 마땅히 친하다고 부를 만한 친구도 없었고, 어딜 같이 어울려 돌아다니는 것도 별로 좋아하지 않았다. 워낙에 조용하고 새침한 성격이라 친구들도 그녀를 조심스레 대하는 편이었다.

오후 네 시경 집에 도착하고 보니 마침 윤현이 와서 지섭의 공부를 가르치고 있었다. 지섭의 중간고사 기간 동안 매일 와서 시험 준비를 도와주기로 한 것이다. 확실히 가르치는 데 재능이 있는 모양인지 지섭의 성적은 단기간임에도 놀랄 만큼 일취월장했다. 2학기 초에 치른 모의고사부터 그 결과가 나타나기 시작했는데, 이번 중간고사도 꽤나 괜찮은 성적을 올리고 있는 모양이었다.

마침 일하는 아주머니가 주방에서 간식으로 샌드위치를 만들고 있었다. 지수는 손을 씻고 옷을 갈아입은 후, 샌드위치와 오렌지주스가 든 쟁반을 들고 서재의 방문을 똑똑 두드렸다. 서재의 책상 앞에 앉은 지섭은 수학 문제집을 풀고 있었고, 윤현은 그 옆의 책상에 앉아 자신의 전공서적을 보며 공부를 하고 있었다. 항상 볼 때면 느끼는 것이지만, 윤현은 한 시도 시간을 낭비하는 일이 없이 자투리 시간 하나하나까지 유용하게 사용하고 있었다.

"샌드위치 먹고 해."

지수는 소파 앞의 테이블에 쟁반을 올려놓았다.

"어, 누나. 언제 왔어? 형, 우리 먹고 해요. 안 그래도 출출해서 뭐 좀 달라고 할 생각이었는데."

지섭은 재빨리 책상을 박차고 나오더니 소파에 앉아 샌드위치를 하나 집어 들었다. 윤현 역시 슬쩍 일어나 기지개를 켜며 다가왔다. 지수는 일순 덜컹하는 마음에 저도 모르게 고개를 외면했다. 늘씬하고 쭉 뻗은 그의 몸매를 볼 때마다 새삼 가슴이 두근거렸다. 사람을 외모로만 평가하는 것에 대해 혐오감을 갖고 있었음에도 윤현에 대해서만큼 그 가치관에 혼란이 왔다.

"고마워. 잘 먹을게."

윤현의 무심한 인사말에도 내심 감격을 하는 꼴이라니……. 지수는 스스로도 이런 자신이 도무지 믿어지지가 않았다.

"누난 안 먹어?"

"어, 난 밖에서 먹었어. 공부는 잘되고 있어?"

"울 엄마 이번 성적 보면 아마 기절할걸."

지섭은 자신만만한 표정으로 샌드위치를 덥석 물었다. 윤현 역시 배가 고팠던 모양인지 샌드위치를 단숨에 먹어치웠다.

"요새 너네 학교도 대동제 기간이라며? 오빠는 꽤 바빠 보이던데 넌 안 가봐도 돼?"

지수는 용기를 내어 먼저 말을 걸었다. 예전에 지용이 했던 말이 자꾸만 떠올라 그녀는 별다른 용건이 없어도 일부러 그에게 이렇게 말을 걸곤 했다. 하지만 워낙에 점진적으로 천천히 다가갔기 때문에 지수가 이런 식으로 슬쩍 끼어드는 것을 아무도 이상하게 여기지는 않았다. 그녀로서는 이런 질문 하나뿐 아니라 간식거리를 들고 방문을 두드리는 것 자체만으로도 온갖 용기를 다 끌어내야 했지만 말이다.

“지용이야 과대표라 바쁜 모양이야. 근데 별로 볼 것도 없어. 시끄럽기만 하고.”

“아! 나도 가보고 싶어. 대학 축제에 한번 가보는 게 소원이라구.”

아무래도 고등학생인 지섭 쪽이 더 관심이 많은 모양이었다. 윤현은 이런 지섭의 한탄을 듣더니 피식 미소를 흘렸다.

“내일 시험 끝나고 한번 와보든지.”

“그래도 돼?”

“안 될 건 없잖아. 지용이도 있을 텐데.”

“형은?”

“난 안 가. 시끄럽고 골치 아파서 시립도서관에서 공부하고 있거든.”

“암튼 재미없어. 내가 형 얼굴의 십 분지 일만 생겼어도 형처럼은 안 살지. 형한테 달려들 그 수많은 부나방 같은 여인네들을 생각해 봐. 그중에서 부잣집 딸내미만 하나 딱 골라내면 인생이 고속도로를 달려줄 텐데 말이야.”

윤현은 지섭의 농담에도 그저 미소만을 지을 뿐이었다.

슬쩍 서재를 나와 자신의 방으로 돌아온 지수는 침대 위에 몸을 묻고는 지섭이 했던 말을 곰곰이 떠올려 보았다.

부잣집 딸내미를 만나 팔자가 핀다? 윤현이라면 분명 고시에 패스할 것이고 법조인 사위라면 집안이 아무리 가난하다 한들 부모님 또한 마다하진 않으실 것이다. 관상을 조금은 볼 줄 아는 아버지는 윤현을 보더니 귀골이라며 장래 큰일을 할 것이라는 칭찬을 하신 적도 있었다. 어려운 환경에서도 한눈 한 번 팔지 않고 성실히 생활하는 그의 모습에 자수성가한 당신의 과거를 떠올리셨는지 기특하다는 칭찬도 아끼지 않으셨다. 분명히 턱없이 앞서 가는 생각이긴 하지만, 앞날이란 알 수 없는 일 아니겠는가? 지금 같아서는 윤현과 단둘이 차를 마시는 것조차도 이룰 수 없는 꿈처럼 여겨지지만 말이다.

윤현과 사귀고 있다는 그 여학생이 미칠 듯이 부러웠다. 윤현 같이 잘생긴 남자 옆에 서도 조금도 꿀리지 않는 미모라니 새삼 자신의 평범한 얼굴이 원망스럽기만 했다. 쌍꺼풀도 없고, 코도 오뚝하지 않고, 입술도 지나치게 두텁고, 머리칼은 또 왜 이리 뻣뻣하니 개털 같은지……. 쌍꺼풀을 비롯한 성형수술을 하는 친구들이 은연중에 늘어가고 있는 것을 보면서도 코웃음만을 쳤는데, 지금은 당장이라도 병원으로 달려가고 싶을 만큼 자신의 평범한 외모가 원망스러웠다. 이런 스스로의 모습이 답답하고 짜증스러웠지만 어쩔 도리가 없었다. 이미 그녀의 감정은, 제어하기에는 너무도 멀리 가버리고 있었다.

지수는 이 생각 저 생각에 침대 위에서 몸을 뒤척이더니 갑자기 무언가를 결심한 듯 벌떡 일어나 옷장 문을 열었다. 옷장에는 심플한 청바지와 티셔츠 종류를 비롯허 다양한 원피스와 정장들도 적지 않았다. 부모님은 지수가 여성스럽고 깔끔한 복장을 하길 원했고 또한 그런 옷을 주로 권해주었다.

지수는 그중에서 가장 잘 어울린다고 생각하는 핑크색 원피스를 꺼내 들어 갈아입고는 머리칼도 정성들여 빗어 핀으로 마무리했다. 그리고 문 앞에서 귀를 쫑긋 세우고 있다가 윤현이 과외를 마치고 나가려 할 즈음 마치 우연인 것처럼 거실로 나섰다.

"어? 누나 어디 가?"

"응. 친구가 저녁 먹자고 해서. 과외 지금 끝났나 봐?"

지수의 계획대로 그녀는 윤현과 나란히 집을 나설 수 있었다. 그녀의 빌라는 전철을 타려면 셔틀버스를 타거나 십오 분 이상을 걸어가야만 했고, 윤현은 으레 그 거리를 걸어다니고 있었다. 혹 지용이 집에 있는 날이면 그가 차로 바래다주는 경우도 있었다.

"차 쓸 건데 전철역까지 바래다줄게."

지수는 큰맘 먹고 윤현에게 이렇게 제안했다. 부디 거절하지 말아주길 속으로 빌고 또 빌었지만, 그는 한 치의 예상도 벗어나지 않은 채 숨도 쉬지 않고 바로 거절의 대답을 돌려주었다.

"괜찮아. 운동 삼아 걷는 게 더 편해."

정말로 우연한 상황이었다면 지수도 이 정도로 권하고 말았을 것이었다. 하지만 이미 작정하고 나온 그녀는 이 정도로 물러서지 않았다.

"그냥 타고 가. 어차피 나가는 길이잖아."

지수의 차는 바로 빌라 입구 앞의 주차장에 세워져 있었다.

대입 선물로 받은 차는 어린 여학생이 몰고 다니기에 부담이 없는 하얀색 국산 소형차였다. 지용과 같은 차종을 고르려고 했지만 지나치게 큰 차는 외려 부담스러워서 이걸로 골랐다. 학교 주차장이 넉넉한 지용의 학교와는 달리 지수의 학교는 학생이 주차할 만한 장소도 마땅치 않았고, 워낙에 막히는 동네라 주말 이외에는 거의 끌고 다니지 않았다. 그래도 시간이 날 때마다 열심히 끌고 다니고 지난 여름방학에는 고속도로도 몇 번 달려 줬더니 운전 실력이 많이 나아진 편이었다.

"내 운전 실력이 미심쩍어서 그러는 거야? 나 이래 봬도 오빠보다 더 잘해."

"알았어. 그럼 신세질게."

지수는 속으로 안도의 한숨을 내쉬었다. 조수석에 윤현을 태우고 단둘이 잠시나마 시간을 보낼 수 있다고 생각하니 순간 믿어지지가 않았다. 걱정했던 것에 비하면 정말 너무도 손쉬운 일이었다.

윤현은 조수석에 오르더니 먼저 안전벨트부터 맸다. 지수 역시 얼른 운전석에 올라타 시동을 걸고는 차를 출발시켰다. 윤현의 다리가 지나치게 긴 탓인지 작은 차 안이 꽉 찰 지경이었다.

"바로 집으로 가는 거니?"

역시 먼저 말을 건넨 것은 그녀였다.

"아니, 일곱 시까지 다음 과외를 하러 가야 해."

"어딘데?"

“반포동.”

“어머, 가는 길이네. 그럼 아예 거기까지 태워줄게.”

물론 이것 역시 거짓말이었다. 반포동이 아닌 다른 곳을 말했다 하더라도 어차피 마찬가지였을 것이다.

“그럴 필요 없어.”

“일부러 돌아가는 것도 아니고 가는 길이야. 반포면 전철도 갈아타야 할 텐데 번거롭잖아. ……지섭이가 그래도 잘 따라 하는 것 같더라. 우리 집 골칫덩이라 걱정이 많았는데 부모님도 아주 좋아하시더라고.”

지수는 슬쩍 화제를 돌렸다. 아무래도 두 사람 사이의 가장 안전한 대화는 지섭에 관한 것이었다. 일단 스스럼없는 친구 사이로 만들리라 작정을 했고, 아직까지는 생각보다 그 진행이 순조롭게 이루어졌다. 결심을 한 이상, 곧바로 행동을 취하지 않으면 못 견디는 자신의 급한 성격이 이번에는 아주 제대로 마음에 들었다.

“머리가 좋더라. 공부하기를 싫어해서 그렇지.”

“이번 중간고사 결과가 좋으면 아마 따로 사례하실 거야. 역시 경험 많고 실력있는 전문 과외 선생님이라도 맞는 사람이 다 따로 있나 봐.”

“그러실 거 없는데. 지금도 과분한 대우를 받고 있어서.”

“전문 과외 선생님은 지금 네가 받는 거 세 배는 가져가. 우리 부모님이야 오히려 이득이니까 너도 모르는 척 받아둬. 우리 오빠는 학교에서 어때? 혹시 우리 오빠 사귀는 여자 없어?"

"그건 모르겠는데?"

"우리 오빠랑 안 친해?"

"뭐 각자가 바빠서."

윤현은 계속해서 단답형으로 일관했다. 그래도 지수는 개의치 않고 어떻게든 질문을 이어나갔다.

"넌 여자 친구 있다면서?"

"응."

막상 대놓고 여자 친구가 있다는 대답을 들으니 지수는 순간 기운이 죽 빠져 버렸다. 하지만 애써 마음을 가다듬고, 다시금 흔연스럽게 이것저것 화젯거리를 쥐어짜 내었다.

다행히도 윤현은 지수가 묻는 질문에 별 거부감 없이 순순히 대꾸를 해주었다.

"이렇게 바쁜데 만날 시간도 없겠다. 여자 친구가 섭섭해하겠어."

"……아무래도 그런 것 같아."

"흠, 솔직히 나라면 많이 섭섭할 거야. 여자들 대부분이 그럴걸."

"그래?"

갑자기 윤현은 어두운 표정을 짓더니 입을 굳게 다물었다. 지수는 운전을 하는 중간중간 흘긋거리며 그의 표정을 살폈고, 일순 양미간을 찌푸리는 그의 모습에 뭐라 더 화제를 이어갈 생각을 하지 못하고는 눈치만 보았다.

"아무래도 나 같은 남자는 여자들이 싫어하겠지?"

지수는 순간 놀라서 저도 모르게 브레이크를 잡는 타이밍을 놓쳐 버리고는 급브레이크를 밟아버렸다. 다행히 횡단보도에는 아직 지나가는 사람이 없었고, 뒤차도 차간 거리를 넉넉히 유지하고 있었기에 별다른 일은 벌어지지 않았다. 천만다행한 일이었다.

"네가 이상한 얘길 하니까 놀랐잖아. 괜찮아?"

지수는 얼른 숨을 가다듬고 윤현을 살폈다. 안전벨트를 맸기에 약간 놀랐을 뿐으로 딱히 부딪친 곳은 없어 보였다.

"어, 괜찮아."

"바쁘더라도 자주 만나줘. 여자는 다른 거 필요없어. 관심을 가져주는 것만으로도 충분하니까."

"그럴까? 그랬으면 좋겠지만 그 기간이 너무 길면 관심만으로는 지탱하기가 힘이 들겠지?"

"친구가 동갑이라며? 학교는 어디 다녀?"

"○○전문대."

"전문대?"

지수는 놀란 표정을 숨기기 위해 안간힘을 써야 했다. 전문대생일 거라고는 생각지도 못했다. 그냥 윤현이라면 무엇이든 잘난 여자와 사귈 거라 생각했었다. 그의 상대라면 미모는 기본이고 당연히 머리까지 좋은 여자여야만 했다.

지수의 마음은 스스로가 저열하게 느껴질 만큼 급속도로 밝고 명랑해졌다. 아까 전에 뼈가 시리도록 느꼈던 얼굴에 대한 콤플렉스는 순식간에 잦아들었다. 윤현 같은 남자가 얼굴만 예쁜 머리 텅 빈 여자와 길게 사귈 수 있을 리 없다. 갑자기 일말의 서광이 비추기 시작하며 희망이 마음 한켠에 서서히 꿈틀거리기 시작했다.

“그렇구나. 따로 데이트할 시간이 없으면 우리 집에 같이 와. 너 과외 하는 동안 나랑 놀고 있으면 되잖아. 동갑끼린데 친하게 지내면 좋을 것 같은데.”

“그렇게 폐를 끼칠 수는 없고.”

하긴 이 정도면 너무 선을 넘어버렸다. 아무렴 과외를 하러 가는 집에 자신의 여자 친구를 데리고 갈 수야 없지 않겠는가?

차는 어느덧 목적지에 도착했다. 한참 막히는 시간대에 접어들어 생각보다 시간이 오래 걸리긴 했지만, 지수로서는 생각지도 않은 선물을 받은 듯한 아주 소중한 시간들이었다. 윤현 역시 덕분에 편하게 왔다며 지수에게 고맙다는 인사를 빼놓지 않았다. 룸미러를 통해 윤현이 손을 슬쩍 흔들고 있는 모습을 확인한 그녀는 그만 두근거리는 심장을 주체하지 못하고 운전대를 잡은 손을 덜덜 떨었다. 자신이 무슨 생각으로 이렇게까지 일을 벌였는지 스스로도 믿어지지가 않았다. 그녀는 생각보다 윤현과의 거리를 좁힐 수 있었다는 생각에 그날 밤 감격에 겨워 한숨도 자지 못하고 내내 침대 위에서 온몸을 뒤척거렸다.

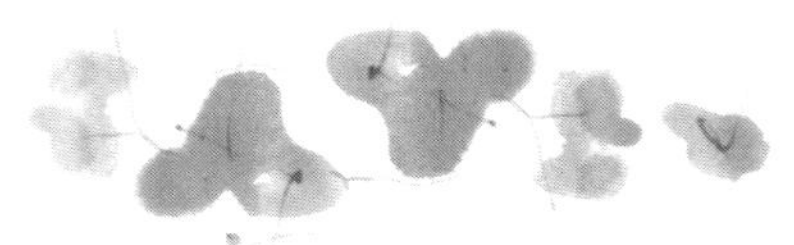

거실 창밖을 통해 앙상한 나뭇가지 위로 소담스런 눈이 펑펑 쏟아져 내리는 것을 보며 청아는 쭉 기지개를 켰다. 눈이 온다고 탄성을 지를 나이는 벌써 지나 버린 모양이었다. 꽁꽁 얼어버릴 골목길을 떠올리니 오히려 번거롭다는 생각이 먼저 드니 말이다.

"언냐, 눈 온다, 눈. 우리 나가서 눈사람 만들자."

마침 세린이 길게 하품을 하며 나오더니 창밖의 풍경을 보고는 탄성을 내질렀다.

"눈 그치면 마당이나 쓸어. 너저분하게 눈사람은 무슨."

"삭막하기는. 언니, 변했어."

“너도 늙어봐라. 다 귀찮다. 엄마, 밥 줘요.”

일요일 오전은 가족들이 다같이 모여 여유있게 식사를 하는 유일한 시간이었다. 고등학생이 된 세린도 그렇지만, 청아 역시 늦게 귀가하는 날이 대부분이었다. 겨울방학이 된 후에도 청아는 하루 종일 바쁜 일정을 보냈다. 영어 학원에 피아노 학원, 컴퓨터 학원까지 다녔다. 처음에는 카페에서 서빙을 하거나 패스트푸드점에서 아르바이트를 할까도 생각했는데 부모님이 극구 말렸다. 이 년간의 빡빡한 대학 생활인데 학교생활에 더 충실하라는 것이다. 생각해 보니 부모님 말씀에도 일리가 있지 싶었다. 용돈을 벌며 사회성을 기르는 것도 좋겠지만, 어차피 일 년 후면 직장 생활을 시작해야 한다. 차라리 그 시간에 하나라도 더 많이 배워두고 학생의 본분을 지키는 편이 나을 것이란 판단이 들었다.

아침을 먹고 청소를 하고 나니, 때마침 시간을 맞춘 듯 정환으로부터 전화가 걸려왔다.

[그저께 스키장 갔다 왔더니 죽을 것 같아. 어제까진 그래도 견딜 만했는데 오늘은 완전 삭신이 쑤신다.]

“아주 염장을 지르시지? 난 스키장은커녕 스케이트장에도 못 가봤구만. 그딴 소리 하려거든 전화 끊자.”

동아리에서 2박 3일간 스키장을 다녀왔다더니 저렇게 우는 소리였다. 정환은 일 년 내내 공부는 거의 등한시하고는 고3 시절의 그 팍팍했던 시간들을 보상받으려는 듯, 놀러다니는 데만

열중했다. 두 형들 역시 그랬기에 부모님도 일 년 정도는 너 좋
을 대로 하라며 오히려 후원을 해주었다.

[하준이 형 사시에 최종 합격했어. 오늘 축하 파티 한다니까
너도 와라.]

정환은 얼른 용건을 꺼내놓았다.

"발표났어?"

[공식적으로는 새해 초에 신문에 싣는다더라.]

"정말 붙었구나."

[워낙 근성이 있잖아. 어쨌든 여섯 시 전에 와라. 식당 예약해
놓는다니까.]

"내가 가족끼리 파티 하는데 왜 끼냐?"

[우리 집에선 완전 널 며느리로 알고 있어. 괜히 이리저리 빼
지 말고 오늘 와서 확실히 해둬라. 차라리 오늘 같은 날 완전히
쐐기를 박아놓는 게 나아. 우리 부모님 지금 기분이 날아가시니
까 이럴 때 말해두는 편이 낫지.]

"그런가?"

[아님 너 정말 내 형수라도 될 작정이냐?]

"미치지 않고서야……. 어쨌든 고맙다, 최정환. 넌 정말 내 십
년지기다."

고급 일식집의 룸 하나를 빌린 정환의 부모님은 연신 만면에
미소를 머금은 채, 하준을 기특하다는 듯 자랑스레 바라보았다.

얼마 전 군에서 제대한 큰형 성재와 정환, 그리고 청아가 함께 한 자리였다. 식구들 사이에 끼는 게 어색할 법도 하지만, 워낙에 어릴 때부터 넉살좋게 제 집마냥 드나들던 사이라 서로가 화기애애하고 편안했다.

기모노 풍의 가운을 입은 종업원이 맛깔스런 음식들을 하나하나 정성껏 들여왔다. 차마 입에 넣기에도 아까울 정도로 예쁘게 장식한 해산물과 야채, 스시, 탕류들이었다.

"우리 하준이 이제 장가갈 일만 남았네. 안 그래요, 여보?"

신정숙 여사의 말에 최산호 사장은 천죽 좋게 이렇게 맞받아 쳤다.

"그러게 말이야. 근데 우리 청아가 아직 어리니 이를 어쩐다?"

"내 생각에도 하준이 연수원 수료하고 군대 문제 해결된 다음에 하는 게 나을 것 같아요. 청아, 너도 그렇게 생각하지?"

뉘앙스로 보아하니 신 여사는 아직도 마음이 반반인 듯싶었다. 아들이 원하니 시키기는 해야 할 텐데 장차 얻을 수 있는 며느리의 기대치를 생각하면 그 또한 꽤나 아쉬운 모양이었다. 마주 보고 앉아 있던 정환은 이때가 기회라는 듯 청아에게 슬쩍 눈짓을 주었다. 그녀 역시 이 기회를 놓칠 생각이 없었다.

"아유, 어머니, 제가 어떻게 어머니 며느리가 되겠어요? 지금 같은 딸이라면 몰라도, 호호호."

순간 하준은 무서운 눈으로 청아를 노려보았다. 평소 거칠 것 없던 청아도 등골이 오싹해질 만큼 냉기 어린 시선이었다. 하지만 그녀는 두 눈을 질끈 감고는 계속해서 밀어붙였다. 설마 눈빛으로 죽기야 하겠는가? 태권브이가 쏴대는 레이저 광선도 아니고…….

"그리고 하준이 오빠라면 더 좋은 여자를 만나야죠. 열쇠 세 개는 들고 올 여자라야 수준이 맞지, 안 그래요?"

"애는, 우리가 그렇게 속물인 줄 아니? 우린 그런 거 안 따져."

말은 이렇게 하면서도 신 여사는 은근히 반가워하는 눈치였다.

"이거 청아가 우리 하준일 별로 안 좋아하는 거 아니야? 둘이 서로 마음을 맞춘 거 아니었나?"

눈치 빠른 최 사장은 흘러가는 분위기를 보더니 이렇게 정곡을 찔렀다.

"에이, 아버님도. 하준이 오빠가 농담하는 걸 진짜로 알아들으셨어요? 저 따로 남자 친구도 있잖아요."

"그래?"

"전 농담 같은 거 안 합니다."

이때 하준이 단호한 목소리로 이렇게 끼어들었다. 순간 다들 놀라서 저도 모르게 행동을 멈추고는 그를 빤히 쳐다보았다.

"제가 왜 부모님 앞에서 건방지게 농담을 하겠습니까? 청아가 아직 어려서 결혼하기가 겁나는 모양입니다. 아무래도 청아가 졸업은 한 후에야 결혼해야겠지만 전 미리 약혼이라도 해두고 싶어요. 어차피 아버지도 저와 이미 약속하셨잖아요. 이번에 붙기만 하면 당장이라도 청아와 결혼시켜 주시겠다고요."

이 소리에 정환과 청아는 다시금 놀라 헛기침을 해댔다. 그런 모종의 거래가 있는지는 정환조차도 전혀 모르고 있었다.

"뭐 약속이야 당연히 지킬 것이고 나 역시 청아가 우리 집 며느리로 들어온다면야 대환영이지만, 청아가 이렇게까지 말하니, 이거 원."

최 사장은 난감한 표정을 지으며 청아와 하준에게 번갈아 시선을 주었다. 그가 보기에도 아들의 일방적인 행동이라는 것이 적나라하게 드러나 보였던 것이다.

"청아야 이럴 수밖에 없죠. 아직 스무 살인데 벌써부터 결혼할 생각이야 했겠습니까? 그리고 성재 형도 있으니까 그게 걸린 모양이에요. 형, 이해하지? 요새 순번 정해 결혼하는 사람들 별로 없잖아."

"……뭐 그야 그렇지만."

청아는 속으로 이를 바득바득 갈았다. 아주 여우 수십 마리는 찜 쪄 먹을 위인이었다.

"뭐 어쨌든 니들 뜻이 그렇다면 차후에 청아 부모님과 자리를 한번 마련해 보도록 하지."

"아니에요, 아버님. 전 하준 오빠가 오빠 이상으로 느껴지지 않아요. 그리고 결혼도 일찍 할 생각이 없구요."

결국 그녀는 진지하게 자신의 의견을 피력하기로 결심하고는 이렇게 입을 열었다. 얼렁뚱땅 넘겼다가는 당장이라도 식장으로 끌려가게 생겼다. 이렇게까지 우격다짐으로 나올 줄은 상상조차 하지 못했다. 대체 무슨 억하심정으로 이러는 건지 하준의 뇌를 해부해 보고 싶은 마음마저 들 지경이었다.

"좋아하지도 않는데 억지로 결혼할 수는 없잖아요. 정말 죄송합니다."

"그래? 뭐, 네가 죄송할 것까지야 없지."

신 여사의 어조는 꽤나 떨떠름했다. 며느리로 들어온다 해도 걱정이긴 했지만 막상 대놓고 싫다 하니 그다지 유쾌한 기분은 아니었던 것이다. 청아는 그러한 신 여사의 심정을 누구보다 잘 헤아리고는 다시금 미소를 지으며 평소의 특기를 발휘했다.

"전 평생 어머니 딸하고 싶은데 며느리가 되어버리면 사이가 멀어질 것 같단 말이에요. 고부간에 사이좋다는 사람 주변에 보면 하나도 없더라. 어머니랑 어디 같이 나가면 다들 딸이냐고 하잖아요. 어떻게 난 우리 엄마보다 어머니를 더 닮았나 몰라."

신 여사가 젊은 시절에도 그리 미인 축에 드는 얼굴은 아니었기에, 청아의 이 같은 말은 금방 그녀의 마음을 기껍게 만들었다. 어딜 가도 주변의 시선을 확 잡아끄는 예쁜 아이가 이렇게 간접적으로나마 칭찬을 늘어놓으니 그게 아무리 예의상 하는 말일지라도 기분이 나쁠 리 없었다.

"하긴 닮았단 소리를 많이 듣긴 했지. 저번에도 같이 나가니까 다들 모녀 사이가 아니냐고 그러잖니."

정환은 청아의 은근한 수법에 혀를 내두르며 끌끌거렸고, 성재는 웃음을 참느라 헛기침을 해댔다. 하준만이 치미는 화를 어쩌지 못하고 냉담한 모습으로 청아를 잡아먹을 듯 노려볼 뿐이었다.

어찌 됐든 자신의 의사를 확실히 표현한 청아는 한결 가벼운 마음으로 이들 가족과 헤어질 수 있었다. 하준은 불쾌한 표정이 역력한 채로 친구들과 약속이 있다며 어디른가 훌쩍 사라져 버렸다. 뭐, 이 정도로 쉽사리 포기할 거라 생각한 건 아니지만, 어찌 됐든 한 고비는 넘긴 듯싶었다. 결혼이란 중차대한 문제를 아무렇게나 결정할 수는 없는 노릇이었다. 그녀는 그가 정 진드기같이 나오면 부모님에게 알려 해결을 봐야겠다고 작정했다.

지난 가을, 그런 식으로 헤어진 후 윤현든 오지 말란다고 정말로 오지 않았다. 이따금 전화통화를 하며 서로의 근황은 주고받았지만, 예전과는 달리 그들의 사이는 적잖이 서먹해져 있었다. 섭섭하기도 하고 화가 치밀기도 하고 결국엔 그 정도밖에 안 되는 녀석이란 생각에 실망감이 들기도 했다.

어떤 날은 이런 식으로 무책임하게 굴 거면 애초에 왜 사귀자고 한 거냐며 퍼부어주고 싶은 마음이 울컥하고 치밀 때도 있었다. 친구들과 대화를 나누며 이런저런 얘기를 하다 보면, 애인 중에 바람을 피워 헤어지는 경우도 심심치 않게 들을 수 있었는데, 혹 윤현도 바쁘다는 핑계로 다른 여자를 사귀는 건 아닌가 불현듯 의심이 든 적도 있었다. 물론 그것은 그녀의 지나친 억측에 불과하겠지만, 그만큼 이들의 사이는 진전이 없이 오히려 전보다도 못한 사이가 되어가고 있었다.

청아가 부지런히 이일저일을 만들며 바쁘게 보내는 것도 다 이 같은 이유 때문이었다. 워낙에 어울릴 친구도 많아서 사실 작정하고 들면 심심할 겨를이 없었다. 생각해 보면 대학에 들어간 후에는 윤현과 별다른 추억거리랄 것도 없이 시간만을 흘려보내 왔다. 지금 같아서는 이대로 흐지부지 헤어질 수도 있겠구나, 라는 생각도 결코 무리는 아닌 듯싶었다.

떠올려 보면 고등학교 시절, 윤현이 느닷없이 냉담해지며 모르는 척하자고 선언했던 것이 지금에 와서는 어느 정도 이해가 되기도 했다.

사랑을 키워나가는 건 서로가 좋은 감정을 가지는 것만으로는 턱없이 부족했다. 사랑이라는 감정은 부지런히 물을 주고, 비료를 주고, 잡초를 뽑아주고, 적당한 빛과 온도를 맞춰주는 등 소중히 관리해 줘야만 싱싱하고 아름다운 꽃을 피울 수 있다. 그때의 윤현은 자신의 처지를 깨닫고 현명하게도 과감히 그 감정의 싹을 잘라 버린 것이리라.

차라리 윤현이 아닌 다른 남자를 좋아하고 싶었다. 접근하는 남자들 중에 고를 생각만 있다면 얼마든지 적당한 남자를 고를 수도 있었다. 친구라는 미명하에 다른 남자들과 영화를 보러가거나 놀이동산에 놀러간 적도 있었다. 다들 청아의 비위를 맞추며 무엇이든 해주려 하고, 비싼 선물공세와 화려한 꽃다발을 사다 안겼다. 그에 반해 윤현과 만나면 싸구려 분식집에서 간단히 김밥으로 때우거나, 근처 공원이나 놀이터에서 자판기 커피를 마셨고, 그나마도 그녀가 대부분 그 돈을 지불해야 했다. 한데 그럼에도 불구하고 윤현과의 시간이 훨씬 더 행복하고 소중하게만 느껴졌다.

청아의 성격대로라면 이같이 질질 끄는 상황을 더 이상 참지 못하고 헤어지는 길을 선택하거나, 아니면 다시금 사이좋게 지내자며 손을 내밀었을 것이다. 하지만 두 가지 다 선뜻 행할 수 없었다. 헤어지는 것도 엄두가 나지 않을뿐더러, 그렇다고 손을 내밀자니 어차피 윤현의 처지로는 그녀가 원하는 대로 해줄 수 있는 상황이 아니기 때문이다. 다른 아이들처럼 평범하게 일주일에 한 번이나마 같이 영화를 보고 차를 마시는 일이 그에게는 지나친 사치였다. 그럴 수 없다는 것을 잘 아는 사람에게 그렇게 해달라고 요구할 수는 없는 노릇이었다. 참 사랑이란 힘들고 어려운 감정이었다.

"형, 잠깐 있어봐. 지금 코피 나."

지섭은 수학 문제를 가르쳐 주고 있던 윤현의 코에서 붉은 피가 흘러나오자, 얼른 손을 뻗어 티슈를 꺼내 그의 코에 갖다 대었다. 윤현은 얼른 고개를 젖히고 휴지로 코를 막았다.

"고개 뒤로 하지 말고 잠시만 있어 봐요. 얼른 탈지면 찾아올 테니까."

지섭은 서둘러 서재를 나가더니 구급상자를 가지고 왔다. 마침 집에 있던 지수 역시 윤현이 코피를 쏟았다는 말에 걱정스런 표정을 하고는 서둘러 달려왔다.

"뭐 대단한 일이라고 다들 그런 표정이야?"

윤현은 걱정을 해주는 남매의 호들갑에 그만 머쓱한 표정을 지었다.

"소파에 좀 누워. 얼음찜질 해줄게."

지수는 손바닥만한 얼음찜질팩을 가져오더니 그의 코 윗부분에 슬쩍 눌러주었다. 다행히 코피는 잠시 후 멎었다. 요 며칠 피로가 쌓였는지 간간이 코피를 흘리기는 했지만, 막상 사람들이 보는 앞에서 흘린 것은 처음이었다. 조금은 창피하기도 하고 무안하기도 했다.

"오늘 공부는 그만 하는 게 좋겠어. 좀 쉬었다가 집에 가."

"아냐, 오늘까지 해야 할 진도는 마쳐야지."

"형, 미리 예습도 하고 복습도 해놓을 테니까 그냥 가요. 피 철철 흘리는데 무서워 죽겠어."

지섭까지 호들갑을 떨며 등을 떠미는 데다 아무래도 피를 흘린 탓인지 약간의 어지럼증마저 느껴졌다. 윤현은 하는 수 없이 수업을 중단하고는 주섬주섬 가방을 챙겼다.

오전에 내린 눈이 그치고 나자 그 눈들이 그대로 빙판이 되어 거리를 꽁꽁 얼려놓았다. 기온도 한층 떨어져 털목도리를 칭칭 휘감으며 옷을 여몄지만, 싸늘한 추위를 막기에는 역부족이었다. 빌라를 나와 정원 사이의 보도블록을 걷던 윤현은 순간 걸음을 멈추었다.

지수가 어느새 차에 시동을 걸어놓고는 헤드라이트를 깜박거리고 있었다. 그녀는 차창 사이로 얼굴을 내밀고는 윤현을 향해 손짓을 했다.

"타. 집까지 바래다줄게."

"그럴 필요 없어."

"날도 춥고 몸도 안 좋잖아. 오빠가 있었더라도 그냥은 안 보냈을 거야."

그동안 지수는 이따금씩 나가는 길이라며 윤현을 전철역까지 태워다주곤 했다. 어떤 날은 우연히 길에서 마주쳐 차를 같이 타고 간 적도 있었다. 윤현은 이것이 전부 지수의 철저한 계산이라는 것은 꿈에도 모른 채, 그저 단순한 호의라고만 생각했다. 윤현은 이제껏 수많은 여학생들의 구애와 대시를 받았으면서도 그는 아직도 그러한 호감을 제대로 구별하지 못했다. 그는 청아 이외의 사람에게는 단 한 번도 주의를 기울여 본 적이 없었고, 타인의 감정에 대해 그 어떠한 관심도 가진 적이 없었다. 관심이 없으니 상대가 대체 무슨 생각을 하고 있는지, 왜 호의를 베풀고 있는 것인지, 깊이 생각할 이유가 없었다.

윤현은 별다른 생각 없이 지수의 차에 올랐다. 정말로 몸이 안 좋기도 했고 날도 유달리 으슬으슬하니 춥고 쌀쌀해, 따뜻하고 편안하게 갈 수 있는 길을 외면하기가 힘이 들었다.

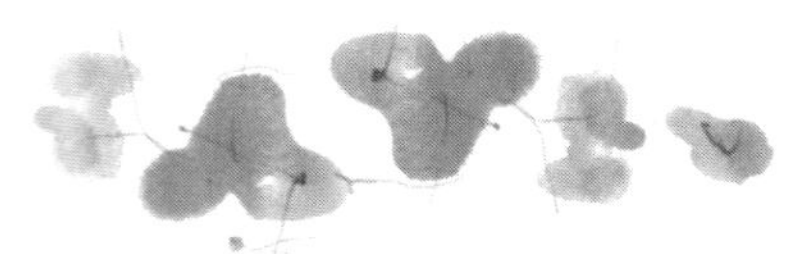

해가 떨어지기 시작하면서 아침나절부터 내린 눈들이 그대로 얼어붙어 거리를 꽁꽁 언 빙판길로 만들었다. 눈이 오는 날에 차를 운전해 본 적은 없던 지수는 제설 작업이 미처 이루어지지 않은 골목길을 운전하면서 어지간히 애를 먹었다. 당황한 티를 내지 않으려 애를 쓰다 보니 등을 비롯해 이마에도 땀이 송골송골 맺혔다.

"이쯤에서 내려줘."

큰길가에 내려달라 했지만, 지수는 굳이 그의 집 앞까지 가겠다며 고집을 피웠다. 하지만 경사가 심하고 투박한 골목길을 오르는 것은 눈길 운전에 서툰 지수로서는 확실히 무리였다. 결국 그녀는 이러다 사고라도 내면 더 낭패라는 생각이 들어 적당한 고갯길에서 차를 멈추었다.

"집 앞까지 데려다 주려고 했는데 아무래도 안 되겠어."

지수는 머쓱한 표정을 지으며 윤현을 슬쩍 곁눈질했다.

"바로 저기 계단만 올라가면 우리 집이야. 데려다 줘서 고맙다."

지수가 생각했던 것 이상으로 훨씬 초라한 동네였지만, 이상하게도 그에 대한 실망보다는 오히려 안쓰러움이 더 앞섰다. 이렇게나 잘나고 똑똑한 남자가 어째서 이렇게까지 어려운 삶을 살아야만 하는 것인지 더없이 안타깝기만 했다.

"몸조리 잘해."

"응. 너도 조심해서 운전해."

윤현은 한시도 머무르지 않고 재빨리 차어서 내려 총총히 사라졌다. 참으로 무심했다. 한쪽에서 손을 내밀면 그 손을 잡아 주지는 못할망정 손바닥이라도 쳐주어야 관계가 지속이 될 터인데, 늘 지수만이 허공에다 손을 흔들고 있었다.

문제는 허공에 메아리없는 헛손질만을 하고 있음에도 그것을 멈출 수가 없다는 것이다. 사람이 좋은 데는 이유가 없다더니 지수는 자신이 무슨 바보라도 된 것만 같았다. 지수는 윤현의 모습이 시야에서 사라진 후에야 어렵게 차를 돌렸다.

으슬거리는 몸을 저도 모르게 잔뜩 움츠리며 걷던 윤현은 집 앞마당에서 누군가가 서성거리는 모습을 발견하고는 순간 걸음을 멈추었다. 그리고 그 사람이 전혀 예상치 못한 인물임을 확인하자 그만 어지간히 놀라 버렸다.

정장 차림에 짙은 회색의 캐시미어코트를 단정히 입은 하준은 덤덤한 표정으로 윤현을 맞았다.

"늦은 건 알지만 잠깐 어디 가서 얘기 좀 하자."

언뜻 손목시계를 보니 밤 열 시가 가까워오고 있었다. 몸이 워낙에 좋지 않아 당장이라도 거절하고 바로 집으로 돌아가 쉬고 싶은 마음이 간절했지만, 이 시간에 집 앞까지 찾아온 사람을 그냥 돌려보낼 수는 없었다. 더구나 집 앞까지 찾아온 사람이 대화를 나눌 만큼 절친하지도 않은 사람일 경우는 그 용건이 심상치 않을 것이라는 건 불 보듯 뻔한 노릇이었다.

윤현은 별다른 망설임 없이 선선히 하준의 뒤를 따랐다. 2학기 들어 복학을 한 하준과는 이따금씩 학교에서 마주친 적은 있지만, 그저 수인사만을 나누는 정도였다. 처음 정환을 따라 그의 집으로 갔을 때의 서글서글하니 친절하던 모습은 찾아볼 수 없었다. 오히려 그는 냉담함을 넘어서 쌀쌀맞기까지 했다. 물론 윤현은 그다지 개의치 않아했다. 하준이 청아에게 갖고 있는 감정을 처음부터 눈치 채고 있었기에 오히려 윤현 스스로가 그와 어울리고 싶은 마음이 전혀 없었다.

하준은 집 근처 골목길에 차를 주차시켜 놓았다. 조금 전 지수가 윤현을 내려준 바로 그 근방이었다.

“이 근처엔 갈 만한 데가 없으니 일단 차로 이동하자.”

“괜찮다면 차 안에서 얘기했으면 합니다.”

“뭐, 그것도 괜찮겠군. 굳이 시간 낭비할 필요도 없겠고.”

도착한 지 얼마 되지 않은 모양인지 차 안에는 아직도 훈기가 남아 있었다. 하준은 차에 오르자마자 먼저 히터부터 틀었다.

“너 따로 여자 사귀냐?”

“그게 무슨 소립니까?”

“여자 차를 타고 오길래.”

하준의 눈빛은 묘하게 번뜩였다.

“제 여자 친구가 누군지는 잘 아실 텐데요.”

윤현은 냉담하게 대꾸했다. 이미 선배로서의 예우는 접은 상태였다. 하준 역시 그의 불손한 태도를 보고도 그저 피식 웃을 뿐이었다. 선배의 자격으로 이 자리에 온 것이 아니기에 불쾌할 것도 없었다.

“흠, 별 사이 아니다?”

“저희 과대표 정지용 아시죠? 그 친구 여동생입니다.”

“정지용? 그 친구 거의 준재벌집 아들로 알고 있는데 그 친구 동생이란 말이지?”

“오신 용건부터 말씀하시죠.”

“용건이 있어서 오긴 왔는데 굳이 꺼낼 필요는 없을 것 같아.”

“그게 무슨 뜻입니까?”

물론 정말로 몰라서 묻는 게 아니었다.

"이 빙판길에 여자가 일부러 집까지 바래다준다는 건 쉬운 일이 아니지. 내가 알기로 넌 남의 차를 선뜻 얻어 탈 사람도 아니고……."

윤현의 표정은 순간 충격으로 굳어졌다.

"내가 오늘 괜히 온 것 같기도 하고, 오길 잘했다는 생각이 들기도 하고 여러 가지다. 괜히 얘길 잘못 꺼내서 긁어 부스럼을 만들면 안 되는데……."

하준은 윤현의 얼굴을 정면으로 바라보며 진지하게 입을 열었다.

"그래도 온 김에 한 마디만 하고 갈게. 두 마리 토끼를 다 잡기는 힘들어. 특히 너처럼 뒷받침해 줄 여건이 전혀 없는 상황에서는 이도저도 다 놓칠 수밖에 없다고. 무엇이 우선인지를 한번 잘 생각해 봐."

"그 말을 하러 힘들게 여기까지 찾아오신 겁니까?"

"내가 우스워 보이지?"

하준의 얼굴에는 자조 섞인 미소가 감돌았다.

"너니까 우스운 짓인 걸 뻔히 알면서도 여기까지 온 거야. 내가 보기에도 넌 너무나 잘난 놈이라서."

"선배님께 들을 만한 말은 아닌 것 같군요. 모든 걸 다 가지신 분이……."

"내가 제일 갖고 싶은 건 가질 수 없는데 그게 무슨 소용이지?"

"배부른 소리를 하시는군요. 어쨌든 전 두 마리 토끼를 다 잡을 겁니다. 애초에 그럴 생각이 아니었더라면 시작도 하지 않았을 거예요. 이 정도면 답이 되었으리라 생각합니다."

"언젠가는 지칠 날이 올 거야. 그때 네가 편한 길을 선택한다 해도 죄책감을 느끼거나 걱정할 필요는 없어."

"아뇨, 지금 제가 가는 길이 편한 길입니다."

윤현은 더 이상 할 말이 없다는 듯 거침없이 차에서 내린 후 하준을 향해 슬쩍 목례를 했다. 하준의 차가 골목길 너머로 사라지는 것을 바라보는 윤현의 얼굴엔 그 어느 때보다도 지치고 힘든 기색이 역력했다.

지용을 통해 하준이 사법고시에 최종합격했다는 소식은 이미 들어 알고 있었다. 지난 10월 말경에 2차 합격자 발표가 있었기에 그의 합격이야 당연한 일이었다. 3차 면접에서 떨어지는 일은 거의 없기 때문이다.

물론 당사자들은 100% 합격이라 해도 면접 때까지 긴장을 늦추지는 않았다. 시험 당일 무슨 일이 벌어질지는 아무도 모르기 때문이다.

어쨌든 하준은 삼백여 명이 채 되지 않은 올해 합격자 명단 안에 당당히 이름 석 자를 올릴 수 있었다. 사실 교내에서는 하준의 합격을 이변으로 받아들이는 분위기였다. 법대가 워낙에 전국의 수재들이 죄다 모이는 곳이라고는 하지만, 그렇다고 모두가 다 공부에만 전념하는 것은 아니었다. 대입이라는 힘든 관문을 통과한 학생들 중에는 긴장이 풀려 공부를 등한시하는 경우도 적지 않았는데 입학할 당시 하준도 그러한 부류에 속했다. 그는 녹두거리의 주점이나 신림 사거리의 오락장에서 하루 종일 죽치고 앉았거나 여대생들과의 미팅으로 대부분의 시간을 보냈는데, 그가 정신을 차린 것은 2학년 말 무렵이라 했다. 그때 공부를 시작해 1차에 바로 합격을 하고 그 다음 해인 올해 드디어 최종합격의 꿈을 이룬 것이다. 그는 높은 합격률을 자랑하는 법대 내에서도 확실히 손에 꼽을 만한 인재였다. 넉넉한 집안 환경만으로도 모자라 넘치는 능력까지 지니고 있었다. 정말로 세상은 불공평하지 않을 수 없었다.

이런 대단한 남자가 청아를 좋아하고 있다는 생각에 윤현은 가슴이 답답해졌다. 청아 하나만을 붙잡기에도 버거운데 숨 막히는 상대까지 도사리고 그를 압박하고 있었다.

지난 가을 이후, 그는 선뜻 청아에게 다가설 수가 없었다. 그녀가 원하는 것을 너무도 잘 알기에 그것을 줄 수 없는 상태로는 섣불리 다가설 수 없었던 것이다. 그래서 그녀가 원하는 것을 주기 위해 그는 다시금 이를 악물고 공부와 일에만 전념했다. 어느 정도 돈을 모은 후 과외 스케줄은 12월까지 다 정리하기로 마음먹었다. 지섭의 경우는 너무도 아까운 자리라 한참이나 망설였지만, 그것 또한 조만간에 정리하리라 마음먹고 있었다. 어차피 청아는 내년이 마지막 학년이었다. 단 한 학기만이라도 학생답게, 그리고 연인답게 그녀와 시간을 보내고 싶었다. 다른 연인들처럼 그녀에게 꽃도 사주고 싶고, 맛있는 밥도 사주고 싶고, 놀이동산에 놀러가 솜사탕을 먹으며 거리를 활보하고도 싶었다. 하지만 그러한 혼자만의 목표에 너무나 몰입한 나머지, 그동안 청아의 마음이 변할 수 있으리란 생각은 전혀 하지 않았다. 교내 남학생들의 관심을 한몸에 모으고, 하준과 같은 대단한 남자도 대수롭지 않게 생각하는 그녀가 다른 누구도 아닌 그 자신을 선택했다. 윤현은 그러한 그녀의 선택에 믿음을 가지고 있었다.

"그래, 청아가 좋아하는 사람은 바로 나야. 하준 형을 선택할 거였으면 애초에 나한테 오지도 않았을 거야."

윤현은 자신의 마음에 다짐을 주듯 이렇게 나직이 읊조렸다.

그는 저도 모르게 무언가에 이끌리듯 골목길의 구멍가게 옆에 놓인 공중전화로 향했다. 늦은 시간이지만 청아의 어머니는 반갑게 윤현의 전화를 받아주었다.

[요새 많이 바쁘니? 집엔 통 오지도 않고 전화도 뜸하고.]

"죄송합니다. 새해 지나기 전에 꼭 인사드리러 가겠습니다."

[그래. 그때 너 좋아하는 불고기 해줄 테니까 꼭 와. 청아 바꿔줄게.]

청아의 마음을 돌리기 위해 뻔질나게 드나들던 그때, 한 번은 민 여사가 불고기를 해준 적이 있었다. 어렵기만 한 어른들 앞에서 조심스레 수저를 들던 그로서도 평소 맛보기 힘든 소불고기를 보니 자제하기가 힘이 들었는지 접시가 순식간에 바닥을 드러내었다. 청아의 부모님은 오히려 그 모습을 보고는 입 짧은 두 딸들을 키우다가 먹성 좋은 사내를 보니 요리할 맛이 난다며 웃으며 좋아하셨다. 그 후로는 수시로 불고기가 상에 올라왔음은 물론이다.

갑자기 울컥하는 마음에 멍하니 서 있던 윤현은 수화기 너머에서 청아의 목소리가 들려오자 이내 정신을 차렸다.

[오늘은 과외가 일찍 끝났나 봐. 이 시간에 웬일이야?]

청아의 목소리는 덤덤했다. 언제나 느끼는 것이지만, 수화기 너머에서 들리는 그녀의 목소리는 참으로 근사했다. 장난을 칠 때와 진지할 때, 그리고 전화 통화할 때의 목소리가 제각기 다른 느낌을 주었다.

"어, 눈도 오고 좀 피곤하기도 해서 일찍 왔어. 그동안 잘 지냈어?"

[나야 늘 그렇지 뭐. 넌?]

"나도."

[바쁘더라도 몸은 챙기고 있지?]

"청아야."

[응?]

"보고 싶어."

수화기 너머에서 한동안 침묵이 흘렀다.

"볼 시간도 없으면서 보고 싶다고 하다니 나 뻔뻔하지?"

[알긴 아네.]

"기다려 달란 말도 못해, 나는."

[그런 말을 할 필요가 없는 거겠지. 내가 군소리 않고 기다릴 거 뻔히 아니까.]

"청아야."

[넌 정말 타이밍이 기가 막혀. 널 차버릴까 말까 요새 고민하던 차였거든. 근데 보고 싶단 한 마디에 어이없게 넘어가 버렸네. 최소 한 달은 약발이 먹힐 것 같아.]

윤현은 그만 피식 웃어버렸다. 도무지 사랑하지 않을 수 없는 여자였다. 시리던 가슴 한켠이 봄눈 녹듯 금방 흐물거리며 축 처졌던 어깨에도 불끈 힘이 들어갔다.

[설마 죽기 전엔 만날 날이 오겠지, 그치?]

"그럼, 죽기 전엔 만날 거야."

[농담까지 하는 거 보니 너도 참 많이 컸다.]

"하하. 다 네 덕분이야. 나 원래 저미없는 놈이잖아."

[그렇게 재미없진 않아. 그런 놈이면 내가 만나겠니?]

"그런가?"

윤현은 그저 머쓱하게 웃어버렸다. 이들의 전화통화는 공중전화의 동전이 다 할 때까지 계속도었다. 다음 한자락 슬쩍 드러내 보인 것만으로도 서로의 어색하고 섭섭했던 마음은 서서히 풀려갔다. 아마 서로를 생각하는 마음은 늘 한결같기 때문인

지도 모른다. 내 마음을 알아줄 거라 굳게 믿으면서도 표현하지
도 않는 믿음까지 알아달라고 하는 것은 어쩌면 지나친 요구일
테니 말이다.

윤현은 다시금 기운을 내기로 했다. 하준에게 호기있게 선언
한 것처럼 두 마리 토끼를 다 잡으려면 이렇게 축 처져 있을 수
만은 없었다.

"그래, 기운내자. 난 해낼 수 있어. 꼭 해낼 수 있어."

내일모레면 크리스마스였다. 거리 곳곳은 꼬마전구의 휘황찬
란한 빛으로 눈부시게 반짝였고, 감미로운 캐럴이 사방에 흘러
넘쳤다. 백화점이나 쇼핑센터가 밀집한 중심가에는 연말을 맞
아 선물을 준비하기 위한 사람들로 여지없이 북적였다.

지수는 영어 학원 강의가 끝난 후, 백화점에 들러 가족들에게
줄 선물을 골랐다. 이미 집안 거실에는 커다란 트리를 비롯한
갖가지 크리스마스 장식들로 아름답게 꾸며져 있었다. 부모님
이 독실한 기독교 신자라 크리스마스가 되면 예배를 보고 선물
을 교환하고 손님들을 초대해 파티를 열기도 했다. 올해도 가까
운 교인들의 가족을 초대할 모양이었다.

지수는 가족들의 선물을 산 후, 윤현을 위해 고급 지갑을 심
사숙고 끝에 골랐다. 그가 늘 지니고 다니며 자신을 기억해 줄
만한 선물로는 지갑이 가장 적당하다는 생각이 들었다. 그녀는
집으로 들어가지 않고 지섭의 과외 시간이 끝날 때까지 차 안에

서 초조하게 윤현을 기다렸다.

"윤현아."

오리털 파카를 걸치고 회색 목도리로 목을 칭칭 감은 윤현의 모습은 대수롭지 않은 초라한 옷차림임에도 아주 근사하고 멋있어 보였다.

"어."

윤현은 반가워하는 지수와는 달리 덤덤한 태도로 걸음을 멈추었다.

"지금 가는 길이야?"

"응."

"잘됐네. 전철역까지 태워다 줄게."

"괜찮아."

"할 얘기도 있어서 그래."

"무슨 얘긴데? 약속이 있어서 곤란한데."

"약속?"

한 번도 약속이 있다며 거절한 적은 없는지라 지수는 고개를 갸우뚱했다.

"친구가 전철역 앞으로 오기로 했거든."

"뭐, 그럼 상관없네. 타. 가는 길에 얘기하면 돼."

지수의 강권에 윤현은 하는 수 없이 그녀의 차에 올라탔다. 얼핏 시계를 보니 약속 시간에 늦은 것 같기도 해서 겸사겸사 거절을 하지 못했다.

"내일이 크리스마스이브는데 뭐 할 거야?"

"친구 만나려고."

"여자 친구?"

"응."

"좋겠다. 재밌게 보내."

지수는 질투심으로 온몸이 타 들어가는 것 같은 심정이면서도 애써 아무렇지도 않은 듯 흔연스럽게 굴었다.

"이거 받아."

지수는 한 손으로는 운전대를 잡고 있으면서 다른 손으로 준비한 선물을 슬쩍 윤현의 무릎 위에 턱하니 올려놓았다.

"이게 뭐야?"

"그동안 우리 지섭이 봐주느라 고맙다는 선물. 앞으로도 잘 부탁해."

"이런 거 받을 만큼 잘한 것도 없는데. 그리고 나 오늘이 마지막이었어."

"뭐?"

지수는 예상치 않은 윤현의 말에 그만 가슴이 철렁 내려앉았다. 마지막? 오늘이 마지막이었다고?

"얘기 못 들은 모양이구나. 내년엔 공부에만 전념해야 할 것 같아서 과외를 다 정리했거든."

"그, 그랬구나."

너무나 기가 막히고 느닷없는 일이라 그런지, 머릿속이 하얗게 변해 버린 듯 그만 멍해져 버렸다. 윤현이 그만둘 거란 생각은 조금도 하지 않았다. 누가 봐도 대우도 좋고 여건도 좋은 자리다. 윤현의 처지로는 결코 그만둘 만한 조건이 아니었던 것이다.

"어쨌든 고마워. 난 준비한 것도 없는데."

전철역까지는 차로 고작 오 분여도 채 걸리지 않는 거리지만, 연말이라 그런지 오늘따라 유달리 도로가 막혀 거의 이십여 분이 흐른 후에야 목적지에 도착할 수 있었다. 지수는 운전을 어떻게 했는지도 모를 만큼 제정신이 아니었고, 윤현 역시 먼저 말을 걸지 않은 이상 가만히 있는 스타일이라 차 안에는 그저 무거운 침묵만이 감돌았다.

"그동안 고마웠다. 잘 가."

윤현은 선물을 흔들어 보이며 마지막 인사를 남긴 후, 차에서 내렸다. 지수가 미처 답례 인사를 하기도 전에 그는 마치 누군가를 발견한 듯 서둘러 내려 어디론가 뛰어가고 있었다.

지수는 무슨 예감이 들었는지 전철역 입구에 서 있는 한 여학생에게로 자연스레 시선을 주었다. 청바지에 아이보리색 더플코트를 입고 찰랑거리는 긴 머리에는 같은 색 베레모를 쓴 눈이 휘둥그레지도록 예쁜 여학생이었다. 먼발치에서도 정말로 눈에 확 띄었고 길거리를 오가는 사람들 역시 한 번쯤은 눈길을 주지 않고는 못 배길 만큼 밀가루처럼 뽀얗고 빛나는 얼굴이었다.

"아니야, 설마 저 여자는 아닐 거야."

지수는 주문을 걸듯 이렇게 되뇌었다. 하지만 기대와는 달리 윤현이 환한 얼굴로 그 여학생을 향해 달려가 어깨를 끌어안는 것을 보고는 그만 절망감에 두 눈을 질끈 감아버렸다.

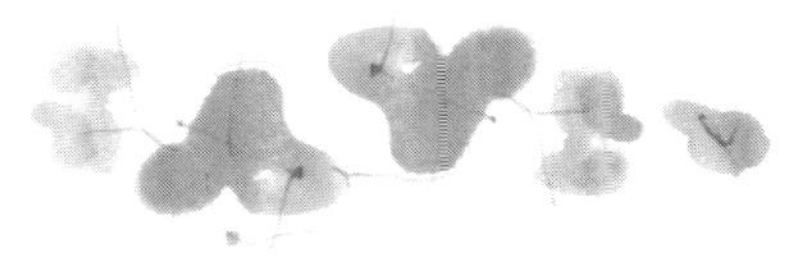

어른들이 평소 하시던 말씀이 과연 진리 중의 진리였다. 부모님의 용돈을 받아가며 공부할 때가 가장 행복이라는 것 말이다. 청아는 대학을 졸업하고 첫 출근을 하면서 그 말뜻을 뼈저리게 실감했다. 2학년 때 한 달간의 실습 기간을 가졌기에 어떤 일을 하는지는 이미 대충은 숙지하고 있었지만, 막상 유치원에 취직을 하고 나니 그 박봉과 격무에 입이 떡 벌어졌다. 그나마 청아는 다행히도 체계가 잘 갖추어진 규모 있는 유치원에 취업할 수 있었다. 청소와 식사 담당 직원이 따로 있는 곳이라 아이들의 교육에만 전념할 수 있는 곳이었다.

어린이집이나 학원, 규모가 작은 유치원에 취업한 친구들의

경우는 청소며 식사 준비까지 하느라 거의 매일을 우는 소리를
하다 급기야는 전직을 하는 친구들도 있었다. 아직 아기나 다름
없는 취학 전 아동들을 상대하고 교육시키는 것만으로도 큰일
인데 교구를 만드는 등 수업 준비를 하고, 따로 교육을 받고, 유
치원 선생님들과의 직장 내 관계를 비롯하여 각양각색의 학부
모들까지 상대를 해야 하니, 사회 초년병인 청아로서는 머리가
어질어질할 일이었다. 친화력있는 활달한 성격을 자랑하는 그
녀로서도 처음 몇 달간은 정신없이 헤매며 녹다운이 되어버릴
정도로 힘든 하루하루였다.

아침에 일찌감치 출근을 해 하루 종일 익숙지도 않는 격무에
시달리다 늦은 저녁에 퇴근을 하고나면 그냥 딱 쓰러져 버리고
만 싶었다. 다리는 퉁퉁 부어 저리는 데다 수업하고 아이들을
돌보느라 목은 딱 잠겨 버리니 친구들을 만나 놀고 싶은 생각도
싹 사라졌다.

그러고 보면 윤현이 공부와 아르바이트를 병행하며 이제껏
생활해 온 것은 실로 대단한 일이었다. 그뿐인가? 그 늦은 시간
에 집 앞으로 찾아와 데이트까지 했으니 엄청난 정성과 마음이
아니고서는 행할 만한 일이 아니었다는 것을 새삼 깨달을 수 있
었다. 그녀는 자신의 생활이 너무 힘들고 고되다 보니 윤현과
만나기는커녕, 요새는 본의 아니게 그의 전화마저도 씹고 있는
상황이었다.

대학 3학년이 된 윤현은 이제 본격적인 고시 준비에 들어갔

다. 작년 한 해, 처음 몇 달간은 과외도 완전히 접고는 대학 생활의 본문인 공부와 청아와의 데이트에만 열중했다. 한데 막상 작정을 하고 여유로운 시간을 확보하고 보니, 오히려 졸업반인 청아 쪽이 더 바빠져 버리는 웃지 못할 상황이 연출되었다.

생각만큼 둘만의 시간을 많이 보낼 수는 없어 실망스럽긴 했지만, 그래도 두 사람은 틈나는 대르 영화드 보고, 가까운 놀이 공원에 가거나 교외로 드라이브를 나가기도 했다. 운전면허를 땄지만 아직은 운전에 서툰 청아는 겁도 없이 아빠 차를 빌려와 종종 윤현을 옆에 태우고 드라이브를 했다.

수많은 추억을 만든 행복한 시간들이었다. 여유롭게 서로를 만날 수 있는 것만으로도 크나큰 행복을 느낄 수 있는 아름다운 시간들이었다. 비록 가을 학기가 시작되기 전, 대여섯 달 정도의 한정된 시간이었지만 말이다.

두 사람은 수많은 대화를 나누며 자신들만의 꿈을 펼쳐 보였다. 두 사람은 서로 다른 기질과 독표를 가졌음에도 서로에게 매력을 느꼈다.

윤현은 머리가 좋고 공부를 잘했지만, 사실 그는 사람들과의 원만한 교류를 비롯해 일반적인 상식에 대해서는 무지한 면이 많았다. 그런 그에게 적당히 넘어간다는 건 있을 수도 없는 일이었다. 때문에 대리 출석을 하는 친구들을 이해하지 못했고 족보를 받아 얼렁뚱땅 시험 준비를 하거나 리포트를 베끼는 것과 같은 편법도 있을 수 없는 일이라 여겼다. 주변에서는 그 대쪽 같은 성격 때문에 판사가 맞춤이라고들 수군거렸지만, 실상 그의 꿈이 변호사고 그 이유가 오직 돈과 성공 때문이란 걸 안다면 화들짝 놀랄 일이었다. 천성이 편법을 모를 만큼 강직하고 반듯함에도 그의 궁극적인 목표는 돈을 많이 벌어 가난에서 벗어나는 것이었다. 전혀 그의 기질에는 맞지 않는 아이러니한 목표이지만, 청아는 그런 그를 이해했다. 세상의 정의를 실현하고, 사회적으로 공헌을 하고, 타인을 돕기 위해 변호사가 되겠다고 하는 사람도 있겠지만, 돈을 잘 벌기 위해 변호사가 될 수도 있는 것이다. 청아가 보기에 윤현처럼 성실하고 반듯한 사람은 돈값 이상을 할 것이 분명했고, 지금과 같은 돈 걱정에서 벗어나게 된다면 그 누구보다도 자신의 재능을 유익하게 펼쳐 보일 수 있으리란 굳은 믿음이 있었다. 스스로를 속물이라 생각하며 은근히 비하하던 윤현은 청아의 이 같은 생각지도 못한 격려에 크나큰 위로를 받았다.

한편 청아는 비록 윤현보다는 학벌을 비롯해 공부 면에서는 떨어졌지만, 사회성이나 적응력은 훨씬 뛰어났다. 부모님과의 대화로부터 주워듣는 일반 상식을 비롯해 다양한 주변 사람들과의 친화력을 통해 다양한 사회적 지식들을 습득했다. 잡기에도 관심이 많아 7, 8급 정도인 아버지와 한 점도 깔지 않고 바둑 상대를 하며 이길 때도 있고, 정환을 비롯한 남자 친구들과 어울리다 보니 사구 당구를 200까지도 쳤다.

명절 때마다 친척들과 모여서 하는 고스톱은 거의 도신 수준이고 주로 바둑돌을 칩으로 해서 재미삼아 하는 포커는 과감한 배팅과 상황 판단으로 할 때마다 싹쓸이였다. 포커는 대학에 들어간 이후에 친척 오빠들과 삼촌들이 가르쳐 줬는데 워낙에 일취월장이라 차라리 카지노 딜러로 나가토라는 얘기까지 들을 정도였다. 전자오락실에 가면 백 원을 가지고도 몇십 분을 놀았다. 테트리스를 비롯해 스트리트 파이터까지 두루 섭렵할 수 있었는데, 아무래도 남학생들과 자주 어울리다 보니 저도 모르게 자연스럽게 이런 것에 통달하게 된 것이었다. 물론 윤현은 이러한 잡기에는 전혀 관심이 없었고, 그녀가 그런 것들에 능하다는 것도 전혀 몰랐다. 그와 어울릴 때는 철저히 그에게만 맞췄기 때문이다.

두 사람이 나누는 대화는 항상 화제가 막히는 일이 없었다. 처음에는 청아가 더 말을 많이 했지만, 나중에는 윤현이 훨씬 더 입을 많이 열었다. 말도 자꾸 하면 느는 것인지 윤현은 처음에 만났을 때보다 말주변도 좋아지고 이젠 제법 썰렁한 농담까지 늘어놓아 청아를 깜짝 놀라게 만들었다.

윤현의 바쁜 일정 탓에 한 번의 위기를 겪은 이들은 이젠 서로의 일정을 조절해 적절히 만남을 유지할 만큼 능숙해졌다. 각자의 공부와 일에 지장을 주면서까지 만난다는 것은 서로에게 마이너스라는 것 또한 인지하게 되었다. 그래서인지 2학기가 되어 윤현이 다시금 과외를 시작하고 청아가 취업 준비와 졸업 준비로 바빠지면서 서로의 만남이 뜸해졌어도, 1학년 때와 같은

위기는 다시 오지 않았다.

청아는 취업을 한 후 첫 월급을 타서 주위에 선물을 하고, 만든 지 얼마 되지 않은 신용카드로 무선호출기, 일명 삐삐를 할부로 두 개 장만해 하나를 윤현에게 선물했다. 의사를 비롯한 전문직 종사자들이나 외근을 많이 나가는 직장인들이 주로 사용하던 삐삐가 점점 값이 내리면서 학생을 비롯한 일반인에게도 두루 확산될 무렵이었다. 월급을 훌쩍 넘어버리는 과한 비용을 지불해야 했기에 부담스러웠지만, 확실히 있으니까 편하고 좋았다. 왜 진작 사지 않았을까 싶을 정도였다. 윤현은 삐삐를 선물 받고는 왜 이런 짓을 하냐며 눈살을 찌푸렸지만 언제나 그러하듯 그를 달래는 건, 식은 죽 먹기였다. 막상 삐삐를 통해 서로의 녹음한 음성을 듣고 그때그때 연락이 가능하게 되자, 그전에는 어떻게 그다지도 불편하게 살아왔는지 의아할 지경이었다.

윤현은 왜 이리 비싼 걸 사주느냐며 타박을 할 때는 언제고, 재미가 들렸는지 수시로 삐삐에 음성녹음을 남겼다. 청아 또한 그 음성을 확인하는 재미에 푹 빠져 버렸다. 서로의 비밀번호를 공유했기에 누구에게 음성이 오는지 누구와 만나고 누구와 친하게 지내는지도 손바닥 들여다보듯 훤히 알 수 있었다. 물론 윤현보다 청아에게 오는 연락이 몇 배는 더 많았다. 웬 남자들이 그리도 연락을 해대는지 이따금씩 윤현이 확인을 해볼라 치면 부아가 치밀 때가 한두 번이 아니었다. 하지만 청아 스스로가 먼저 비밀번호를 공유하자고 손을 내밀었기에 그것만으로도 윤현은 그녀를 의심할 필요가 없었다.

청아 같은 경우는 윤현의 삐삐를 일부러 확인한 적도 없었고, 그럴 필요조차 느끼지 못했다. 윤현이 여자들에게 인기가 있다는 것쯤이야 처음부터 알고 있었지만, 그의 매몰차고 냉정한 성격까지 이겨낼 만한 여자들은 극히 드물다는 것 또한 잘 알고 있었기 때문이다. 설사 얼굴과 능력에 혹해 달라붙더라도 오래 버티지 못할 것임을 누구보다 청아가 더 잘 알고 있는 사실이었다. 이 때문에 청아는 윤현의 삐삐에 지수가 정기적으로 음성을 남기고 있음을 전혀 눈치 채지 못하고 있었다.

대학에 들어와서 맞는 세 번째 여름방학이었다. 윤현은 방학임에도 학교 도서관에서 구슬땀을 흘리며 공부에 열중했다. 그는 전부터 여러 스터디와 고시 준비 모임에 가입하라는 권유를 받았고, 그중에서 가장 마음에 맞는 친구와 함께 스터디를 만들었다. 고시 합격자를 여럿 배출한 스터디나 도서관의 명당자리들은 서로가 차지하지 못해 안달이었다. 징크스도 많고 믿거나 말거나 류의 전설도 많았다. 1996년인 내년을 필두로 점차 합격자 수를 늘린다는 정부 발표가 있은 후로 고시 준비생들은 한층 흥분하며 시험 준비에 열을 올렸다.

지용도 같은 스터디에 들긴 했지만, 그는 고시에는 그다지 열의를 쏟지 않았다. 되면 좋고 안 되도 그만이라는 식이었다. 어

차피 아버지 사업을 물려받아야 할 처지라 그는 오히려 경영이
나 경제학 쪽을 도강하며 그쪽에 더 신경을 썼다. 윤현이 지섭
의 과외를 그만둔 후에도 두 사람은 그때의 인연을 죽 이어가
이제는 스스럼없는 사이가 되었다. 하지만 윤현은 지용이 모르
는 비밀로 인해 그를 대할 때마다 마음이 편치만은 않았다. 바
로 지수 때문이었다.

윤현은 진동으로 해놓은 삐삐가 진즉부터 울린 것도 모르고
공부에만 열중하고 있었다. 화장실도 가고 싶고 슬슬 저녁 무렵
이라 출출하기도 해서 그는 자리에서 벌떡 일어섰다. 무심결에
삐삐를 확인한 그는 몇 시간 전에 음성이 들어와 있음을 알고는
얼른 구내 공중전화로 향했다. 그는 청아의 음성이 들려오기를
기대했고 그 기대가 무너지자 그만 저도 모르게 눈살을 찌푸렸
다. 수화기 너머에서 들려오는 것은 지수의 나직하고 자분자분
한 음성이었다.

[윤현아, 오랜만이지? 그동안 잘 지냈어? 오늘 날씨 참 덥다.
방학했는데 뭐 하고 지내는지 궁금하기도 하고 해서……. 저기
음대 다니는 내 친구가 협연을 한다고 초대권을 보내줬거든. 오
빠랑 같이 올래? 사람이 많을수록 좋다니까 네 친구들도 데려오
면 좋고. 이거 확인하면 연락 좀 줘. 내 삐삐 번호 알지?]

윤현은 음성을 바로 삭제한 후 수화기를 내려놓았다. 삐삐가
생기고 난 후, 지용을 통해 윤현의 번호를 알아낸 지수는 이렇
게 이따금씩 음성을 보내곤 했다.

지섭의 과외를 그만두고 난 후에는 사실상 지수와 만날 일이 전혀 없었다. 하지만 지용을 보러 왔다는 핑계를 대고 학교로 찾아오거나 이것저것 용건을 만들어 모습을 드러내는 지수를 보며 윤현은 차츰 그녀가 다른 의도를 가지고 자신에게 접근하고 있음을 깨닫게 되었다. 그러고 보면 잠깐 스치듯 보고 간 하준이 사태 파악을 더 제대로 한 셈이었다. 그저 동생의 과외를 맡았기에 베푼 단순한 호의라고만 생각했는데, 이쯤 되니 확실히 그것만으로는 설명할 길이 없었다. 아무리 눈치없고 무심한 그라 해도 이렇게 대놓고 접근을 하는 것을 단순한 친분으로만 해석할 수는 없었다.

윤현은 지수에 대해 떠올려 보았다. 평범한 여자였다. 그리 예쁘지도, 그리 못생기지도 않은 정말로 어디서나 볼 수 있는 평범한 여자. 여성스럽고 차분한 옷차림에 늘 조용하고 자분자분한 태도와 말씨, 청아와는 전혀 다른 성격의 여자였다. 그러고 보니 별로 그녀에 대해서는 생각해 본 적이 없었다. 지금 쓰고 있는 그의 지갑이 예전에 그녀가 선물해 준 것이라는 것도 미처 떠올리지 못할 만큼 지수는 별 의미 없는 주변 인물에 불과했다.

처음 몇 번 지수가 음성을 남겼을 따 또한 그저 단순한 안부 인사이겠거니 했다. 안부인사가 아니면 대체 무엇이겠는가? 다른 생각을 할 이유는 전혀 없었다. 하지만 점점 시간이 흐를수록 지수의 이 같은 접근은 윤현에게 서서히 알 수 없는 의혹을 남겨주었다. 물론 그저 친구로서의 접근일지도 모르지만, 윤현은 지수와 친구로 지내고 싶은 마음이 전혀 없었다. 여자와 친구로 지낸다는 것은 그의 생각으로는 있을 수 없는 일이었다. 청아와 같은 성격이면 모를까 그는 이성을 친구로 편하게 대할 만한 무던한 성격이 못 되었고, 그저 불편하기만 할 뿐이었다. 불편한 사람과 굳이 친구 관계를 맺을 필요가 뭐가 있단 말인가?

윤현은 생각을 차분히 정리한 후, 다시금 공중전화의 수화기를 들었다. 그리고 지수에게 차분하지만 단호한 목소리로 음성을 남겼다. 손목시계를 보니 시간은 5시 50분을 가리키고 있었다.

참으로 더운 날씨였다. 백화점에 들르면 좀 시원할까 했더니 오늘따라 백화점의 에어컨이 고장이 난 상태라 찜통이 따로 없었다. 집 근처의 백화점이지만, 평상시에는 그리 자주 가는 편이 아니었다. 백화점에 갈 일이 있으면 학교 인근의 것을 찾았기에 방학 때 집에 있을 때나 이따금씩 들르는 곳이었다.

지수는 며칠 후면 친구의 생일이라는 것을 떠올리고 작은 귀걸이나 하나 해줄까 하는 마음으로 층을 오르내리며 아이쇼핑을 했다. 부유층이 많이 찾는다는 고급 백화점이라 그런지 화려한 내부 장식과 명품매장들이 돋보이는 곳이었다. 백화점 안이 너무 더워 오래 돌아다니기가 여의치는 않았지만, 일곱 시까지 강남역 근처에 위치한 영어 학원으로 가려면 아직은 시간이 많이 남아 있었다. 딱히 그때까지 시간을 때울 길이 없고 해서 그녀는 아무 생각 없이 매장 안을 활보하고 돌아다녔다.

5시 50분, 삐삐가 울린 것은 바로 그때였다. 다른 때 같았으면 천천히 확인을 했겠지만, 지금은 마음이 급했다. 그녀는 몇 시간 전에 윤현에게 음성 메시지를 보내고 난 후, 내내 그의 답신을 초조하게 기다리고 있는 중이었다. 마침 일층 매장을 돌아다니던 그녀는 서둘러 공중전화를 찾았다. 하지만 막상 가보니 오늘따라 사람들이 길게 줄을 서서 기다리고 있었다. 하긴 원래 일층의 공중전화 앞은 늘 붐비곤 했다. 주로 백화점 입구에서 만나기로 약속을 잡은 사람들이 바르 이곳에서 삐삐 연락을 확인하곤 하기 때문이다. 이층으로 올라갈까 잠시 고민하던 그녀는 결국엔 그냥 백화점을 나서기로 했다. 차라리 전철역 안의 공중전화나 길가에 서 있는 전화를 이용하는 편이 더 나을 듯싶었다. 또 백화점 안이 너무 더워 바깥 공기가 오히려 더 그립기도 했다.

지수는 백화점을 빠져나와 교대역 쪽으로 천천히 걷기 시작했다. 백화점에서 교대역은 그리 멀지 않았고 내리막길이라 걷기에도 편했다.

한데 거의 중간 정도쯤 걸어갔을 무렵이었다. 갑자기 폭탄이라도 터진 듯 쿵하는 소리에 지수는 그만 오마디 비명을 질렀다. 어디선가 먼지가 자욱하니 일고 다시금 쿵 하는 소리가 연

·신 들려왔다. 주변을 오가던 사람들은 깜짝 놀라 웅성거렸고, 차도를 오가는 차량 역시 경적을 울려대며 우왕좌왕 놀란 기색들을 감추지 못했다.

처음엔 전쟁이라도 난 줄 알았다. 작년 미국의 대북 선제 핵공격설이 나돌며 주변에서는 사재기 열풍까지 불 만큼 전쟁의 위기가 고조된 적이 있었다. 북한은 서울 불바다 발언까지 하며 이에 자극하고 대응했다. 설마 전쟁이 나랴 태평하게 생각한 사람들이 대부분이었다. 하지만 지수의 아버지는 클린턴 정부 쪽에서 재한 미국인들을 자국 내로 불러들이는 소개 계획을 감지했고, 또한 외국의 자본들이 점차 빠져나가고 있다는 사실에 위기감을 느꼈다. 사업을 하는 사람들이 전쟁설에 더 촉각을 곤두세우고 그 같은 정보에 한층 민감했다. 난파하기 직전에 쥐들이 먼저 그것을 감지하고 배를 피하는 것과 같았다. 다행히도 위기는 무사히 넘겼지만, 지수는 아버지의 걱정을 들으며 우리나라에서도 전쟁이 일어날 수 있겠구나 하는 위기감을 너무도 절실히 느낄 수 있었다. 실제 그 즈음에 걸쳐 주변에서 외유를 핑계로 출국을 하는 사람들도 적지 않았다.

지수는 전쟁이 난 것이 분명하다 생각하고는 바들바들 떨었다. 길을 걷던 사람들이 웅성거리며 어딘가로 달려가기에 그녀 또한 멍한 표정을 하고는 자동인형처럼 몸을 되돌려 소리가 난 곳으로 휘청휘청 걸음을 옮겼다. 굉음으로 인해 고막이 터져 나간 듯 처음에는 아무것도 들리지 않았지만, 이내 그 모든 것이 온전히 그녀의 눈과 귀에 들어왔다.

그녀는 자신의 눈을 차마 믿을 수가 없어 연신 눈을 깜빡였다. 방금 걸어나왔던 백화점이 무슨 종잇조각처럼 허무하게 무너져 내렸다. 뿌연 먼지가 뭉게뭉게 피어오르고 독한 연기에 쉴 새 없이 기침을 하면서도 지수는 한동안 그곳을 떠날 줄 몰랐다. 어느새 구급차를 비롯한 소방차와 경찰차, 그리고 카메라를 들쳐 멘 방송기자들이 떼를 지어 몰려왔다.

1995년, 6월 29일 목요일, 오후 5시 55분. 삼풍백화점은 그렇게 어이없이 지수의 눈앞에서 사라지고 말았다.

어떻게 집으로 돌아올 수 있었는지는 기억이 나지 않았다. 지수가 백화점에 갔다는 걸 전해 들은 가족들은 발을 동동 구르며 그녀를 기다리고 있었다. 하얗게 질린 멍한 얼굴과 흰 상의 여기저기에 묻은 검은 먼지를 보는 순간, 가족들은 구사일생으로 그녀가 살아났음을 직감했다.

TV에서는 연신 백화점의 참사 사크 속보가 방송되었다. 부모님의 지인들의 사고 소식도 속속 들려왔다. 백화점 근처의 아파트 단지에 살던 어머니의 친한 친구 분도 슈퍼에 장을 보러 간다 하고는 소식이 끊겼다 했다. 생활권과 인접한 대형백화점의 사고 소식이라 동네의 분위기는 뒤숭숭했다. 서로간의 안부들을 묻느라 전화나 삐삐가 불이 날 지경이었다.

불과 일 분여 전만 해도 멀쩡하던 건물이고 그 안에서는 수많은 사람들이 쇼핑을 하고 물건을 팔고 있었다. 쇼핑을 하다 스쳐 지나간 그 많은 사람들과 매장 직원의 운명이 바로 TV 뉴스를 통해 적나라하게 들려오고 있었다. 도무지 믿어지지가 않았다. 저 참혹한 잔해 속에 깔린 채 운명을 달리 했을지도 모른다는 생각은 이후 지수의 머리에 딱 달라붙어 좀처럼 떨어지지 않았다.

지수는 그 다음날에야 비로소 삐삐 메시지를 확인할 수 있었다. 사고 이후 그녀의 안부를 묻는 지인들의 음성 메시지가 하나하나 흘러나오기 시작했다. 그녀는 덜덜 떨리는 손으로 자신의 목숨을 구해준, 결정적인 마지막 메시지의 주인공을 확인했다. 굳이 확인하지 않아도 누구인지 느낄 수 있었다. 그녀의 직감이 누구인지를 이미 정확히 가리키고 있었다.

[나 윤현이야. 돌려 말하는 건 익숙지 않으니까 그냥 솔직하게 말할게. 네가 자꾸 연락하는 거 부담스럽다. 내가 그렇게 사교적인 성격도 못 되고 여자들과 친구로 지내는 것도 편하지 않아서 말이야. 앞으로는 연락하지 말아줬으면 해. 미안하다.]

건조하고 매몰찬 거절의 음성이었지만, 지수의 귀에는 마치 천상의 목소리마냥 달콤하게만 들려왔다. 그동안 숱한 메시지를 보냈어도 그는 답을 보낸 적이 없었다. 이것이 처음으로 준 답이고 바로 그 답이 자신을 구했다. 내용이 어떻든 그게 뭐가 중요하단 말인가?

이것이야말로 운명이었다.

"정말 끔찍하지 않냐? 나라가 어떻게 되려고 이러나 몰라. 전쟁이나 지진이면 모를까 부실 공사 때문에 다리가 무너지고 백화점까지 무너지다니……. 어제 수업하는데 애들이 백화점이 왜 무너졌느냐며 묻더라고. 진짜 난감하더라. 애들 보기 창피해서 원."

토요일 오후, 모처럼 약속 시간을 잡은 청아와 윤현은 평소 잘 가던 분식집에서 쫄면과 떡볶이, 순대 등을 시켜놓고 함께 저녁을 먹었다. 깔끔한 인테리어에 값도 저렴하고 맛있는 곳이라 특별히 시내로 나가지 않는 이상은 대부분 이곳에서 저녁을 해결하곤 했다. 워낙에 눈에 띄는 커플이라 그런지 주인 부부도 이들이 들를 때마다 반갑게 맞아주며 서비스를 듬뿍 얹어주었다. 청아의 싹싹한 성격도 한몫했음은 물론이다.

"나 아는 후배 중에 정수라고 있거든. 걔 누나가 하필이면 그 백화점 식품매장에서 알바를 뛰었는데 그날 마침 점심 무렵에 어머니가 쓰러진 거야. 원래 지병도 좀 있으시고 그런 일이 다반사라서 처음엔 누나한테 연락할 생각을 안 했대. 평소에는 어머니도 괜히 일하는데 방해된다고 부르지도 못하게 하셨고. 한데 그날따라 어머니가 누나를 그렇게 찾더라는 거야. 꿈자리가 뒤숭숭하대나, 어쨌대나? 하도 어머니가 성화를 하셔서 정수가 누나한테 연락을 하고 누나도 어렵게 조퇴를 해서 병원으로 달려갔대. 근데 세상에 병원에서 뉴스가 나오는데 바로 자기가 일하던 백화점이 무너져 내린 거야. 그날 가족들이 천운이라고 가슴 쓸어내리고 그 누난 멍해 가지고 청심환 찾아 먹고……. 그 누나 꼼짝없이 죽을 뻔했는데 어머니 덕분에 산 거잖아. 그 어머니가 원래 꿈이 좀 잘 맞았나 본데 완전 생명의 은인인 거지. 정수가 자기도 가슴이 벌렁거려서 도무지 아무 생각도 나지 않더래. 그러니 그 누난 오죽하겠어? 같이 일하던 사람들은 그 누나 빼놓고는 다 실종이라는데, 지금 그 누나는 집에 틀어박혀서 아무것도 못하고 있나 봐. TV도 못 보고 그냥 음악만 들으면서 머리 싸매고 누워 있다는 거야.”

백화점 사고 이후 이틀이 지났고 속속 피해자와 실종자들의 명단이 공개되고 있었다. 그리고 이러저러한 구사일생의 사연들 또한 쏟아지고 있었다. 우연히 참사를 피한 사람들과 피할 수 있었음에도 참사를 당한 사람들, 그리고 그 안에 갇혔다가 천운으로 목숨을 구한 사람들, 그 절절한 사연들은 끝도 없이 흘러나왔고, 온통 사람들의 화제는 백화점 참사에 관한 것들뿐이었다. 하도 어이없는 일이라 폭탄 테러일지도 모른다는 유언비어까지 나돌았는데 차라리 그런 것이었다면 더 나았을지도 모른다. 부실 공사로 인한 사고이며 충분히 막을 수도 있던 인재였다는 것이 속속 밝혀지며 사람들은 이 비극을 한층 더 안타깝게 여겼다.

“백화점에 갇혔다 해도 살아난 사람들이 꽤 되잖아. 자신의 운명인 거지, 그 어머니 덕분이라고까지 말할 수 있을까?”

윤현은 정색을 하며 청아를 물끄러미 바라보았다.

"뭐, 죽을 운이 아니어서 그 어머니가 새삼 딸을 찾았던 걸 수도 있겠지. 하지만 그렇게 따지자면 인명 구조하는 사람들에게 굳이 고마워할 필요는 없는 거잖아. 그 사람들이 날 구해준 건 내가 살 운명이기에 구해주었던 거니까. 너 만약에 네가 물에 빠졌다고 쳐. 내가 널 힘들게 구해 줬는데 나한테 고맙다는 소리 안 할 거야? 그저 네가 죽을 운명이 아니었기에 당연한 일이라 생각하겠냐고."

"그건 아니지. 생명의 ……은인인 거지.'

"근데 어째 표정이 떨떠름하다?"

"아, 아니야."

윤현은 미소를 짓더니 고개를 가로저었다. 하지만 그의 마음은 뭔가 알 수 없는 불안감으로 착 가라앉아 있었다.

사실 그는 어제 지용의 느닷없는 연락을 받고는 아직까지도 충격에 휩싸여 있었다. 지수에게 보낸 음성 메시지가 기가 막힌 타이밍으로 그녀를 살렸다는 소식에 다행이라 생각하면서도, 그를 마치 생명의 은인처럼 여기며 떨리는 목소리로 감사 인사를 전하는 지용의 태도에 한편으로는 난감하기만 했다. 다시는 연락하지 말아줬으면 한다는 차가운 내용의 메시지가 지수를 살리다니 참으로 황당하기 그지없는 일이었다.

윤현이 생각하기에는 그 순간 바로 메시지를 확인하기 위해 백화점을 빠져나간 그녀의 적절한 선택이 목숨을 구한 것이었지만, 그녀의 가족은 그렇게 생각지 않는 듯했다. 지용의 부모님은 직접 감사 인사를 하고 싶다며 일요일 저녁, 윤현을 집으로까지 초대했다. 물론 몇 번이고 고사하려 했지만, 어른이 부르시는데 더 이상 거절한다는 것도 힘든 일이라 결국엔 초대에 응하고 말았다. 한데 윤현은 막상 이 같은 사실을 청아에게는 말하지 않았다. 무언가가 마음에 걸려 도무지 입이 떨어지지 않았다. 그 얘기를 하려면 지수에 대한 얘기를 해야 했고, 그러다 보면 청아의 마음을 다치게 할 것만 같은 우려가 들었던 것이다.

윤현은 그동안 지수에 대한 얘기를 청아에게 거의 한 적이 없었다. 그저 친구의 동생이며 과외 하러 드나들다 몇 번 차로 태워다 준 적이 있고, 고맙다는 선물을 받은 정도로만 지나가듯 얘기했을 뿐이다. 청아에게 호출기를 선물 받고 나서 지수로부터 지속적인 음성 메시지를 받았다는 사실은 이상하게도 차마 꺼낼 수가 없었다. 처음에는 그냥 뭐라 설명하기 힘든 미묘한 상황이라 말을 꺼내지 못했고, 말하지 못하다 보니 시간이 지날수록 말하기가 더 힘들어졌다.

"생명의 은인이라면 아무래도 더 남다르게 생각하게 될까? 부모님 같은 친척이 아닌, 아주 남인 경우에도 말이야."

윤현의 조심스런 물음에 청아는 당연하다는 듯 이렇게 일축했다.

"저 상황이라면 누군들 남다르게 생각지 않겠어? 당장에 딱 죽을 고비를 넘기게 해준 건데……. 그러고 보면 이렇게 살아 있다는 것 자체가 참 소중하다는 생각이 들어. 정말 유치원 교사란 거 빛 좋은 개살구지 완전 노가다거든. 오늘도 너무 힘들어서 딱 그만두고 싶다가도 저렇게 예기치 못한 사고를 당하는 사람들도 있는데 난 행복이다 싶으니까 견딜 만해지더라고."

"그렇게 힘들어?"

"말도 마. 미운 일곱 살이라고 하잖아. 아이 하나 보기도 힘든데 십여 명이나 되는 애들 일일이 신경 쓰다 보면 정신이 쏙 빠진다니까. 그리고 애들이 가르친다그 쏙쏙 알아듣는 나이도 아니잖아. 그래도 예쁜 짓 할 때는 얼마나 천사같이 귀여운지 몰라. 유아 때의 교육이야말로 그 아이의 인성과 재능에 큰 영향을 미친다니까 더 신경도 쓰이고."

"넌 좋은 엄마가 될 거야."

"당연하지. 나쁜 엄마가 어디 있겠어?"

"그런가?"

"난 이왕이면 아들을 낳고 싶어. 우리 엄마가 딸이라고 만날 머리를 아프게 꽁꽁 땋아주고 레이스 달린 옷을 입혀주고 하는 통에 아주 스트레스 받았거든. 아들 낳아서 머리 짧게 깎아가지고는 씩씩하게 키워야지."

"널 닮은 딸이면 더 좋을 텐데."

윤현은 저도 모르게 얼굴을 붉혔다. 불현듯 미래에 부부가 되어 두 아이를 양손에 안고 활짝 웃는 모습이 연상이 되었던 것이다. 아이를 가진다는 것이 무얼 뜻하는 것인지 잘 알기에 아직 키스도 마음대로 하지 못하는 작금의 처지가 마냥 한심스럽기도 했다.

"왠지 시사적인 발언이군. 얼굴까지 빨개지기는……."

청아의 계속된 놀림에 윤현은 결국 당황함을 감추지 못하고는 헛기침을 하며 얼른 화제를 돌려야만 했다.

식사를 하고 난 후 청아는 자연스레 지갑을 꺼내 계산을 했다. 본격적으로 고시 준비를 시작한 윤현은 언제나 그러하듯 궁핍하고 쪼들렸다. 다행히도 이번에 고등학교를 졸업한 윤지가 대학을 포기하고 취업을 해 집안에 보탬이 되었고, 예산댁 또한 얼마 전에 대출을 끼고 식당을 인수받아 성업 중이었다. 아르바이트한 돈이 통장에 남아 있고 장학금도 받아 당장에 어려움은 없었지만, 앞일은 모르기에 늘 절약하지 않을 수 없었고 학원비나 교재비 또한 만만치 않았다.

청아는 취직까지 하고 나니 이젠 자신이 데이트 비용을 내는 것을 당연시 여겼다. 심지어 윤현이 가진 호출기도 청아 명의로 되어 있어 이용료가 전부 그녀 앞으로 나왔다.

윤현 역시 뻔뻔하리만큼 이것을 당연시 여겼다. 그 누구에게도 이유없는 신세를 지는 일만큼은 꺼려하는 그이지만, 청아에게 받는 것만큼은 아무렇지도 않았다. 반드시 성공할 것이란 확신을 가지고 있었고, 그러기 위해 모든 것을 걸고 노력하고 있었다. 그것은 그의 앞날에 청아가 언제나 함께할 것이라는 믿음이 확고했기에 가능한 행동이었다.

거리에는 하나둘씩 반짝거리는 네온사인이 켜지기 시작했다. 아직 한낮의 열기가 남아 푹푹하니 더운 날씨였지만, 두 사람은 다정하게 손을 꼭 붙잡고 거리를 거닐었다. 언제나 그러하듯 거리를 걷는 이 두 사람을 행인들은 경탄의 눈으로 힐끔거렸다. 너무도 잘 어울리는 커플이었다. 무뚝뚝하고 표정없는 윤현의 얼굴이 이때만큼은 황홀하리만큼 달콤하게 청아를 향하고 있었다.

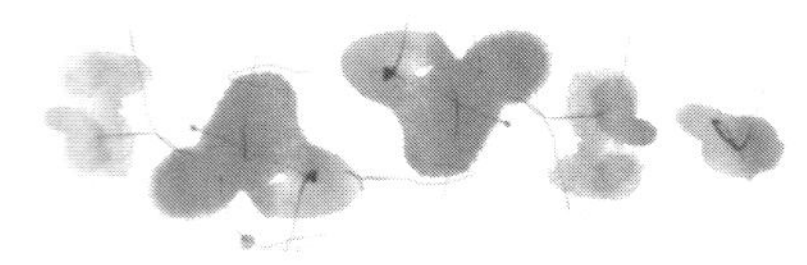

나흘간의 2차 시험을 무사히 마치고 시험장의 캠퍼스를 빠져나오는 윤현의 얼굴에는, 결코 끝나지 않을 것만 같았던 기나긴 여정을 무사히 일단락지었다는 안도감으로 가득했다. 작년 1차 시험에 붙고 난 후, 경험 삼아 본 2차 시험에는 비록 떨어지긴 했어도 그에게 해볼 만하다는 자신감을 심어주었다. 동차합격을 한다는 것이 그리 쉬운 일도 아닐뿐더러 준비도 철저하지 못했기에 실망보다는 희망을 가지고 이번 2차 시험을 준비했고, 다행히도 예감은 아주 낙관적이었다.

윤현은 공중전화를 발견하자마자 얼른 수화기를 들어 누구보다도 청아에게 먼저 음성메시지를 남겼다.

[시험 끝나고 이제 가는 길이야. 유치원 앞에 가서 기다릴 테니까 바로 나와.]

긴장이 풀려서인지 노곤하니 피곤이 확 몰려왔지만, 시험 준비를 한다며 근 몇 달여간을 고시원에 틀어박혀서는 이따금씩 전화 연락만을 주고받았기에 청아가 몹시도 그립고 보고 싶었다. 부모님이나 동생들보다 청아가 먼저 생각이 나는 것을 보니 확실히 여자가 생기면 가족도 다 소용없다는 말이 맞는 것 같았다.

윤현은 청아에게 메시지를 보낸 후, 그제야 어머니의 가게로 전화를 걸었다. 예산댁은 이 년여 전 작은 백반 집을 인수했는데 그런대로 벌이가 괜찮은 모양이었다. 적잖은 대출금을 껴안고 시작했지만, 대출금을 갚아가며 윤현의 고시 뒷바라지에 가족들의 생활비까지 대부분 그 음식점 운영으로 해결했다.

아직 막내인 윤민은 고등학생이고 윤지는 졸업 후 작은 회사에 경리로 취업해 집안의 생활을 도왔다. 아버지에게는 아무런 기대도 하지 않았다. 여전히 이따금씩 술과 도박으로 사고를 치는 모양이었지만, 그래도 예전처럼 감당하지 못할 정도는 아닌 듯싶어 그나마 다행이었다. 고시 준비에 열중하던 요 몇 년간 윤현은 집안일에는 거의 신경을 쓰지 않았고, 집에서도 그에게 별다른 말은 전하지 않았다. 그저 집안 걱정은 말고 공부나 열심히 하라며 독려할 뿐이었다.

"어머니, 저예요."

[그래, 윤현아. 시험은 잘 봤니?]

수화기 너머에서 어머니의 반가운 음성이 들려왔다.

"네, 최선을 다했어요. 지금 많이 바쁘시죠?"

[저녁 장사 준비 중인데 그렇게 바쁘진 않아.]

"오늘은 집에 못 들어갈 것 같아요. 이왕이면 고시원 정리도 하고 천천히 들어갈게요."

[저기 윤현아.]

"네, 어머니."

[정리하면 일단 가게로 와, 알았지?]

"그럴게요."

이때만 해도 윤현은 별달리 이상한 점을 느끼지는 못했다. 그저 무사히 시험을 마쳤다는 안도감과 시원함, 그리고 청아와 드디어 마음 편히 만날 수 있다는 해방감만으로 꽉 차 아무런 생각도 할 수가 없었다.

"책이 이렇게 많은데 어디 한 번에 옮길 수 있겠어? 정환이 부를까?"

청아는 비좁은 고시원 방 안을 가득 채우고 있는 책들을 보며 고개를 절레절레 흔들었다. 윤현 혼자 누워 자기에도 비좁은 방 안에는 책들이 켜켜이 쌓여 있었다. 이달 말까지 계약이 되어 있어 당장에 뺄 필요는 없었지만, 쉬엄쉬엄 짐을 옮겨놓기 위해 청아는 일부러 아버지에게 차까지 빌려왔다.

“그럴 거 없어. 계약 끝날 때까지 여기서 생활할 거니까 당장에 안 보는 책 같은 것만 미리 옮기면 돼.”

윤현은 안 보는 책들을 골라 미리 준비한 종이상자에 집어넣어 박스 테이프로 봉했다. 간편한 복장을 하고 온 청아 역시 긴 생머리를 하나로 질끈 묶고는 부지런히 일을 도왔다.

“너랑 이렇게 하루 종일 같이 있을 수 있다니 꿈만 같아. 이게 진짜 얼마 만이니?”

“이젠 마음 놓고 만나도 돼.”

윤현은 환하게 웃으며 청아를 지그시 바라보았다.

“너, 너무 자신만만한 것 같다? 그러다 떨어지면 어쩌려고?”

“떨어지면 내년에 다시 봐야지 뭐.”

“뭐야? 일 년을 또 이렇게 생이별하고 살자고?”

“하하, 그건 내가 싫어.”

꿈쩍도 하지 않을 것만 같던 세월이 흐르고 흘러 어느덧 두 사람은 스물넷의 어엿한 성인이 되었다. 만난 세월을 따지자면 고1 때 처음 만났으니 벌써 근 칠여 년이 흐른 셈이었다. 하지만 막상 교제를 시작한 것은 훨씬 후였고 그나마도 데이트라고 제대로 해본 기간은 그리 길지 않은 터라 이다지도 긴 세월이 흐른 것을 실감할 수는 없었다.

어쩌면 감질나고 애달픈 만남이 언제나 처음의 두근거림으로 지속되어 늘 신선한 느낌을 주었던 건지도 모른다. 고시라는 길고도 지루한 터널을 막 뚫고 나온 윤현에게 청아는 한줄기 휘황

·찬란한 빛이었고, 고된 직장 생활에 치이며 바쁘게 살아온 청아에게도 다시금 돌아온 윤현은 크나큰 기쁨이었다. 물론 청아의 주변에는 수많은 친구들이 있었고, 윤현이 곁에 없다 해서 심심하거나 지루할 겨를은 없었다. 주말이면 부지런히 친구들과 놀러다니기도 하고, 저녁이면 만나 술을 한잔하기도 하고, 날을 잡아 여행을 가기도 했다. 그가 없다고 해서 외롭게 홀로 시간을 보내온 것은 아니었다.

하지만 늘 청아는 윤현과 함께였으면 더 좋았을 텐데 하는 아쉬움을 느끼곤 했다. 부지런히 친구들을 만나 돌아다닌 것도 어쩌면 윤현의 부재를 잊기 위한 반작용이었을 것이다. 물론 윤현은 청아의 이 같은 말에 핑계도 아주 가지가지 한다며 혀를 끌끌 차곤 했다.

"너 그나저나 약속 지켜."

윤현은 책을 싸다 말고 문득 이렇게 말했다.

"무슨 약속?"

"나 시험 끝나면 ……키스해 준다고 했잖아."

"죽을래?"

청아는 기겁을 하고는 그만 몸서리를 쳤다. 좁디좁은 고시원의 방에 단둘이 있다 보니 윤현의 이런 진담 같은 농에 그만 저도 모르게 긴장이 되어 뒷목마저 뻣뻣해졌다.

"솔직히 우리가 사귄 지가 몇 년이냐? 아직 키스도 제대로 못해본 사이라는 걸 누가 믿겠어?"

“그러니까 누가 그렇게 짐승같이 덤벼들래?”

예전에 고3일 무렵, 청아의 집 앞에서 있었던 일을 말하는 것이다.

“그때가 언젠데 아직도 그 소리는. 나도 실수한 거 아니까 이제껏 참은 거잖아. 네가 강제로는 절대 그런 짓 하지 말라고 해서…….”

윤현은 겸연쩍은 표정을 지으며 말끝을 흐렸다. 시험을 마친 해방감에 농담 삼아 불쑥 꺼낸 말이긴 한데 막상 꺼내놓고 보니 가슴이 쉴 새 없이 쿵쾅거렸다. 더구나 서로의 숨소리가 가감없이 들리는 좁디좁은 단둘만의 공간이었다.

“어떤 면에선 너한테 고맙다는 생각도 하고 있어. 너 때문에 그 이후로는 다른 남자들이랑은 아무리 친구 사이라 해도 단둘이 어두운 곳에 가는 것만큼은 조심하고 살았으니까. 오죽하면 정환이가 무슨 어두운 과거라도 생긴 거냐며 타박을 주더라고.”

“그때 일이 그렇게 충격이었어?”

“그럼 갑자기 들이대는데 충격 안 받아?”

윤현은 심각한 표정을 지은 채, 이젠 아예 일손을 놓아버렸다. 갑자기 분위기가 묘하게 가라앉기 시작했다. 벽에 걸린 시계의 초침 소리만이 째깍째깍 귀에 울려왔다.

“너 그럼 그때처럼 지금 내가 그런다면…… 여전히 충격 받을 거야? 충격 받고 그때처럼 다시는 날 브지 않겠다며 그렇게 외면하고 도망갈 거야?”

새삼 몇 년 전 일을 떠올리다 보니, 윤현 또한 그때의 아픈 기억이 다시금 오롯이 되살아남을 느꼈다. 그때의 그 짜릿한 달콤함, 그리고 달콤함을 미처 되새길 여유도 없이 청아의 마음을 돌리기 위해 무수히 노력했던 그 수많은 시간들.

한창 성적으로 왕성할 시기였지만 집으로 돌아가면 바로 쓰러지다시피 곯아떨어지는 과중한 일과의 연속과 청아의 매몰찬 반응으로 그는 또래의 남학생이라면 으레 겪기 마련인 성적 경험이 아직도 없었다. 선후배와 친구들이 하는 진한 성적 농담이나 이따금 툭툭 내던지곤 하는 경험들을 들으면서도 애써 모른 척했다.

그에게도 청아의 반응은 충격이었다. 그저 좋아하는 마음을 표현한 것뿐이고 아직까지도 그 일은 짙은 여운을 남길 만큼 황홀하고 멋진 경험이었다. 한데 그녀는 짐승 같다는 표현과 충격적이라는 말을 사용하며 그때의 경험을 폄하하고 난도질하고 있었다. 성추행이란 표현까지 썼다.

물론 지금은 그런 그녀의 반응을 어느 정도 이해할 수 있었다. 어린 나이였으니 충격을 받을 만도 했을 것이다. 하지만 지금은 그때와는 다르다. 성숙한 어른이 되었고, 그동안 쌓아온 사랑과 추억이 켜켜이 두 사람 사이에 확고하게 자리하고 있지 않은가?

"널 볼 때마다 껴안고 싶고 키스하고 싶었지만, 네가 질겁하고 도망갈까 봐 차마 그럴 수가 없었어. 키스하는 게 아무리 좋다 해도 너와 헤어지는 것과는 바꿀 수 없으니까. 어쩌면 너와 자주 만날 수 없었던 게 오히려 다행이었을지도 모르지. 그랬더라면 너와의 약속, 지키기가 훨씬 더 힘들었을 거야. 그때 일은 지금 다시 정식으로 사과할게. 그땐 내가 너무 어려서 널 좋아한다는 마음을 표현한다는 것이 그만 네 마음을 다치게 해버렸어. 미안해. 정말 미안하다.”

윤현의 힘있는 어조에는 의심할 바 없는 진심이 담겨 있었다. 청아는 어이가 없기도 하고, 기가 막히기도 하고, 이 요령부득인 인간을 어떻게 교육시켜 데리고 사나 걱정이 되기도 하고, 암튼 혀를 차며 긴 한숨만을 내쉴 뿐이었다.

“이윤현, 그때 일을 염두에 두고 있었으면 내가 너랑 사귀겠니? 그리고 너, 이제 시험도 끝났으니까 이 누나가 쓴 소리 좀 하마. 아무리 공부밖에 모른다 해도 어쩜 그렇게 인간관계에 대해서 무지할 수가 있냐? 그땐 너랑 내가 어떤 사이였니? 네가 내 자존심을 깔아뭉개고 다시는 아는 척도 하지 말자고 선언한 후였잖아. 근데 갑자기 달려와서 느닷없이 그렇게 들이대면 내가 아유 고맙습니다, 우리 한번 잘 사귀어봅시다, 그럴 줄 알았어?”

윤현은 그만 당황해서 멍하니 눈을 크게 떴다.

“한데 말이지. 어쨌든 그 후에는 너랑 내가 정식으로 사귀게 된 거잖아. 너도 날 좋아하고, 나도 널 좋아하고, 암튼 우린 연애하는 사이가 되었단 말이야. 말 그대로 연인 관계인 거지. 그럼 연인 관계란 게 뭘까? 어느 정도의 스킨십은 허용할 수 있다, 뭐 이런 암묵적인 동의가 상호 깔려 있는 관계란 말이야. 일일이 허락받지 않아도 되는 관계. 나이 스물넷이 넘도록 굳이 숫처녀, 숫총각으로 버틸 필요가 없는 그런 관계. 아! 정말 내가 널 어디까지 가르쳐야 하는 거냐? 나도 이런 일은 잘 모르거든?"

"그때처럼 강제로 그러면 다시는 날 안 본다고 했잖아."

"이 바보야. 강제로 그러면 안 본다고 한 거지."

"……그럼 이젠 내가 다가가도 괜찮다는 거야?"

"다가오기나 하고 그러시지?"

완전한 도발, 말을 꺼내는 청아 본인으로서도 결코 쉽지만은 않은 행동이었다. 키스라는 것이 그리 좋은 느낌은 아니었지만, 언제까지 그 경험을 회피할 수만은 없는 노릇이었다. 수많은 영화에서 그려지는 키스신과 베드신을 보면 나쁜 느낌만은 아닐 것 같기도 했다. 암튼 내친김에 오늘이야말로 키스 정도는 꼭 하고 넘어가야겠다는 결의가 새삼 차 올랐다. 생각해 보면 윤현이 정환을 비롯한 다른 남자 친구와 다를 바가 뭐가 있단 말인가? 다른 남자 친구들과도 밥 먹고 영화 보고 놀러가고 윤현과 함께하는 것들을 그대로 하는데 말이다.

윤현은 잔뜩 상기된 표정을 감추지 못한 채 자리에서 일어나 청아를 향해 천천히 다가갔다. 청아는 저도 모르게 서늘한 벽에 등을 기대었다. 훤칠하니 큰 키의 윤현은 자그마한 청아의 몸을

완전히 벽에 밀어붙이고는 그녀의 붉어진 볼을 긴 손가락으로
가만히 만지작거렸다. 긴장을 감추지 못해 숨을 몰아쉬는 윤현
의 호흡 소리가 유독 청아의 귀에 긴장감있게 다가왔다. 그녀의
가슴도 터질 듯이 부풀어 올랐다. 도발을 한 건 그녀지만, 새삼
사내의 날 것 그대로의 체취가 코끝에 호르륵 끼쳐 오자 그만
휘청거릴 듯 어지러웠다. 윤현은 담배도 피우지 않았고, 술도
거의 마시지 않았다. 따로 스킨을 사용하지도 않았다. 그런데도
그만의 향긋하고 알싸한 체취가 취할 듯이 기분 좋게 느껴졌다.

　"너한텐 항상 달콤한 향기가 나."

　윤현은 청아의 머리칼에 코를 묻더니 떨리는 목소리로 이렇
게 말했다. 청아의 얼굴은 완전히 그의 가슴에 푹 파묻혀 버렸
다. 그 감각이 생각했던 것 이상으로 이상야릇하고 짜릿해 청아
는 저도 모르게 가는 한숨을 내쉬며 얼굴을 비비적거렸다.

　윤현의 뜨거운 손길이 청아의 얼굴을 한동안 부드럽게 어루
만지더니 어느덧 그녀의 턱을 부드럽게 잡아 올렸다. 청아의 눈
에는 그의 촉촉한 입술만이 유달리 선명해 보였다. 그의 입술이
다가설 듯 말듯 조심스레 탐색을 하는 듯하더니 어느 순간 그녀
의 입술을 담뿍 먹어버렸다. 크림처럼 부드럽고 촉촉한 느낌의
그것은 슬쩍슬쩍 청아의 입술에 머물다가 떨어지고를 반복했
다. 너무 떨려서 당장이라도 심장이 터져 나갈 것만 같았다.

　부드러운 키스에는 감질이 난 윤현은 본능에 따라 혀를 이용
해 그녀의 하얀 치열을 두드렸다. 살포시 열린 그녀의 입술 안

으로 침범한 그의 혀는 이젠 더 이상 처음의 부드러움을 유지하기를 포기했다.

"혀를 좀 더 내밀어봐."

갑자기 격렬해진 윤현의 태도에 일순 겁을 집어먹은 청아는 저도 모르게 혀를 뒤로 빼었지만, 이미 잔뜩 고무된 윤현으로서는 그것을 용납할 수가 없었다. 그는 자꾸만 뒤척이는 그녀의 허리를 한 팔로 완전히 휘어 감고는 한 손으로는 얼굴을 붙잡아 거칠게 고정시켰다. 그녀를 옴짝달싹 못하도록 만들고 난 후에야 그는 비로소 만족했다. 미쳐 버릴 것만 같았다. 한 번도 여성을 경험해 보지 못한 중심부가 거칠게 부풀어 올라 그녀에게 닿기만을 열망하고 있었다.

"이제 그만. 이제 그만 해."

경험이 부족한 윤현은 흥분을 어쩌지 못하고 숨 막힐 듯 그녀를 몰아붙였다. 혀와 혀가 뒤엉키고 서로의 타액이 하나가 되어 흘러내렸다.

"하아, 하아. ……미칠 것만 같아."

스스로를 제어하지 못하고 거칠게 밀어붙이는 윤현을 막기에는 이젠 너무 늦어버렸다. 청아는 그만 저도 모르게 두 눈을 질끈 감아버렸다. 그가 어느 정도 욕심을 채운 후, 제정신을 차리기를 기다리는 수밖에 없었다.

윤현은 서서히 키스로 즐거움을 찾는 방법을 터득하고 있었다. 누가 가르쳐 줘서가 아닌 본능이 이끄는 대로 하다 보니 저절로 깨닫게 된 것이다. 그는 핏줄이 선명히 드러나 보일 만큼 맑고 투명한 목덜미에 욕심껏 이빨 자국을 내었다. 턱 선을 슬슬 혀로 자극하다 귓불을 한 입 가득 물고 빨아들이기도 했다. 귓속에 혀를 집어넣어 돌리니 청아는 자지러질 듯 온몸을 떨며 밭은 신음 소리를 쏟아내었다. 혀를 희롱하며 빨아대다가 어느 순간엔 목덜미에 짙은 키스 자국을 남겼다.

그가 하자는 대로 이끌려만 가던 청아는 그의 손이 어느덧 자신의 티셔츠를 끌어올리기 시작하자 그만 화들짝 놀라 정신을 차렸다. 윤현의 스킨십이 청아가 용납할 수 있는 선을 넘어버렸다. 이젠 멈출 시간이 온 것이다.

"이제 그만. 이제 그만 진정해.'

"청아야, 제발……."

"거긴 안 돼. 거긴 싫다고."

하지만 이미 발동이 걸려 버린 윤현을 멈추게 하는 일은 쉽지 않았다. 청아는 간신히 그를 떼어놓을 수 있었다. 한동안 두 사람은 헐떡거리는 숨을 고르느라 아무 말도 할 수 없었다. 청아의 입술은 눈에 띄게 부풀어 오른 데다 워낙에 하얗고 약한 피부라 목덜미 전체에 윤현의 입술 자국이 어지러이 남아버렸다. 윤현은 자신이 남긴 자국을 보며 그만 깜짝 놀라 멈칫했다. 이럴 줄 알았다면 좀 더 조심하는 건데 키스를 하면 이렇게 자국이 남을 수도 있다는 것을 윤현이 미처 알 리가 없었다.

"키스를 하랬지 누가 잡아먹으랬어? 숨 막혀 죽는 줄 알았잖아!"

청아는 간신히 숨을 진정하고는 버럭 소리를 질렀다. 처음엔 기분이 제법 좋기도 하고 느낌도 짜릿하니 괜찮았는데 나중엔 너무 들이대니 무섭기까지 했다.

"미안. 나도 모르게 그만……."

윤현은 살살 그녀를 달래었다.

"나 갈래."

"이제 다신 그렇게 심하게 안 해. 처음이라 너무 좋아서 그만. 우리 조금만…… 조금만 더 하면 안 될까?"

"뭐?"

"이번엔 정말 살짝 부드럽게 할게. 아깐 내 정신이 아니라서 어떤 느낌이었는지 기억도 안 나."

"짐 정리는 어떡하고?"

"짐은 천천히 옮겨도 돼. 너도 허락한 거잖아. 연인 관계에는 암묵적으로 이런 스킨십이 허용되는 거라며?"

청아는 어이가 없어서 그만 피식 웃음을 터뜨렸다. 반면에 윤현은 전혀 재밌지 않은 모양이었다. 무슨 달콤한 케이크를 반쯤 먹다 빼앗긴 어린아이처럼 그는 다급하고 탐욕스런 눈길로 청아를 안타깝게 바라보고 있었다.

결국 이들은 오늘의 목적은 전혀 달성하지 못한 채, 처음으로 맛보는 둘만의 은밀한 즐거움을 탐닉하며 그날 하루를 보냈다. 키스 이상은 허용하지 않으려는 청아의 강력한 거부 탓에 더 이상의 진전은 없었지만, 윤현에게는 그것만으로도 충분했다. 그 역시 이런 초라한 고시원 방구석에서 소중한 첫 경험을 나누고 싶지는 않았다.

청아 역시 처음의 두려움이 어느 정도 사라지고 나니 키스가 주는 이상야릇한 쾌락에 차츰 젖어 들어갔다. 같은 사람과의 경험인데도 그때와는 마음이 달라졌기 때문인 것일까? 어느덧 지난 과거의 찝찝한 충격에서 벗어난 그녀는 저도 모르게 양팔을 들어 그의 목을 적극적으로 휘어 감았다.

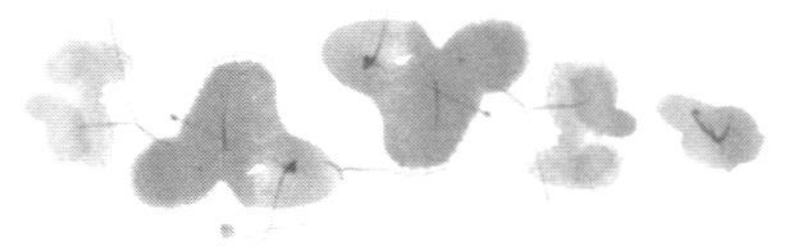

예산댁이 어렵게 인수해 운영하는 작은 식당은 인근에 대규모의 아파트 단지가 들어서면서 주로 건축 노동자들을 상대로 장사를 했다. 더구나 이 같은 고정적인 손님들 이외에도 정갈하고 맛깔난 음식 솜씨가 소문이 나 인근의 직장인들까지 대거 몰려들었다. 대출금 상환뿐 아니라 윤현의 고시 준비 뒷바라지를 비롯한 집안 살림을 꾸려가는 것에도 별 문제가 없을 정도로 장사는 거의 대박 수준이었다. 하지만 둘째 윤지는 대학을 포기하고 바로 취업을 해야 했고, 고3인 막내 윤민 역시 대학에 보낼 수 있을는지 불투명했다. 윤현의 경우는 등록금이 월등히 싼 국립대에 장학금까지 받으며 다녔고, 아르바이트로 대부분

의 용돈과 학업 준비물들을 해결해 사실상 뒷바라지를 할 것도
없었다. 그저 마지막 일 년여간, 윤현의 그시원 비용을 도와준
것이 뒷바라지라면 뒷바라지였다. 손님이 항시 들끓는 대박 식
당을 운영하면서도 돈에 쪼들릴 수밖에 없는 이유는 따로 있었
다. 바로 이갑용 때문이었다.

윤현은 실로 오랜만에 어머니의 식당을 찾았다. 고시 1차에
합격한 이후, 예산댁은 집안일은 아예 신경 쓰지 말고 공부에만
열중하라며 윤현을 고시원에 밀어 넣었다. 그리고는 반찬이며
옷가지, 세탁물들은 윤지를 시켜 나르게 했다. 윤현 역시 굳이
복잡하고 골치 아픈 집안일에 신경을 쓰고 싶지는 않아 의도적
이든 아니든 집안에 대해서는 완전히 신경을 끊어버렸다. 설사
걱정될 만한 일이 벌어진다 한들 그로서도 해결을 할 능력이 못
되었기 때문이다.

오층 규모의 낡은 붉은색 벽돌의 건물 일층에 당장이라도 떨
어져 나갈 것만 같은 허름한 간판을 단 예산댁의 식당은 늦은
저녁임에도 아직까지 대여섯의 손님들이 테이블을 차지하고 앉
아 왁자지껄 흥청거리고 있었다. 그들은 모두 삼겹살에 소주를
홀짝이는 중년의 술손님들이었다.

"윤현이 왔구나."

손님들의 테이블에서 술을 따르던 예산댁이 윤현을 보더니
반색을 하면서도 난처한 기색을 감추지는 못했다. 어머니가 그

저 밥장사를 하는 것이라 생각했던 윤현 역시 예기치 않은 모습에 그만 불쾌한 기색을 내비쳤다.

"아니, 예산댁 능력있어. 이 총각 누구야?"

"허, 거참 인물이네. 예산댁 요새 돈 좀 긁어모은다더니 이거 장난이 아닌데?"

불콰한 얼굴을 해가지고는 어이없는 쉰 소리들을 내뱉는 취객들의 작태를 보니 그저 기가 막힐 따름이었다. 예산댁은 얼른 자리에서 일어나더니, 윤현을 향해 주방 뒤편으로 가보라며 슬쩍 눈짓을 주었다.

"최 사장님도 참, 제 아들이에요. 윤현아, 얼른 방으로 들어가 있어."

"아들? 그럼 이번에 사시 2차 봤다는 그……?"

"네."

"햐! 앞으로 예산댁한테 잘 보여야겠어. 장차 판검사 나리가 되실 잘난 아드님이 떡하니 버티고 있으니 얼마나 든든하고 좋아?"

"내 보기엔 판사님보다 영화배우를 하는 게 더 나을 것 같은데?"

"하하, 맞아. 저 인물로 고리타분하게 영감님 소리 들을 필요 있겠어? 요새 탤런트들이 그렇게 돈들을 많이 번다잖아."

"그럼, 딴따라라고 무시하는 건 옛말이지."

윤현은 시시껄렁한 잡소리들을 뒤로하고는 좁고 허름한 주방

뒤편으로 휙 들어가 버렸다. 두어 번 와봤을 뿐인 이 식당 뒤에는 자그마한 살림방 하나가 딸려 있었다. 그 전주인은 이 방에서 생활을 하며 장사를 했다고 하는데, 예산댁이야 그럴 필요가 없어 창고 비슷한 용도로 사용을 하고 있었다. 한데 반투명 미닫이 유리문으로 되어 있는 방엔 불이 환하게 켜져 있었고 문 아래엔 신발들이 몇 켤레 놓여 있었다. 뭔가 이상하단 생각으로 문을 연 윤현은 그 조그만 단칸방에 살림살이가 가득 차 있고 윤지와 윤민이 TV를 틀어놓은 채, 각자 할 일을 하며 앉아 있는 것을 보고는 그만 멈칫했다. 순간 예전 일이 주마등같이 스쳐 지나갔다.

아버지가 빚보증을 잘못 선 탓에 살던 집에서 쫓겨나 몸 하나 누이기도 버거운 단칸방에서 벌벌 떨며 자던 기억. 설마 그때와 같은 상황은 아닐 거라 아무리 다독여 봐도 기분은 조금도 나아지진 않았다. 불행히도 나쁜 예감은 언제나 틀린 적이 없었다.

"어떻게 된 일이야?"

윤현의 목소리는 저도 모르게 떨려왔다. 얼굴은 이미 사색이 되어 있었다.

"일단 들어와, 오빠. 다 얘기해 줄 테니까."

윤지는 모든 걸 체념한 듯한 표정을 짓더니 그동안 숨겨왔던 집안 사정들을 낱낱이 털어놓기 시작했다.

그동안 윤현이 자의든 타의든 모르는 척해왔던 집안 사정은 상상했던 것 이상으로 악화가 되어 있었다. 윤지가 어엿이 자라 직장인이 되었고 윤민도 이젠 자기 앞가림은 할 만한 나이가 되었다. 어머니의 식당은 다른 사람들이 보기에 그동안 작은 집 한 채는 장만하고도 남을 성황을 이루었다. 예전보다 나아졌으면 나아졌지 결코 문제가 될 만한 상황이 아니었다. 굳이 윤지의 설명을 듣지 않더라도 아버지가 아니면 이런 상황으로까지 떨어질 이유가 전혀 없었다.

"아빠가 몇 년 전부터 다시 도박에 손을 댔더라고. 거기다 딴 살림까지……. 뭐, 그건 지금 상황에서 둘째 문제고. 아빠가 여기저기 사채를 끌어 쓰다 막지 못하고는 몇 달 전에 도망가 버렸어. 엄마가 저축해 놓은 통장들까지 다 들고 말이야."

윤현은 기가 막힌다는 말로도 도저히 이 같은 상황을 설명할 길이 없어 그저 혀만 찰 뿐이었다. 그렇게 집안을 말아먹고 가족들을 몇 번이고 고생시켰으면 이젠 그만둘 때도 되지 않았는가? 어떻게든 집안을 살려보겠다고 피 끓는 청춘을 오직 공부 하나에만 쏟아 부었다. 이제 그 과실이 막 눈앞에 보이려 하는데, 그새를 못 참고 왜 또다시 이런 무책임한 일을 벌인 건지 당장이라도 엎드려 통곡하고만 싶은 심정이었다.

"사채업자들이 장사를 방해하고 난리를 치는 통에 일단 전세금 빼서 이자는 껐는데 아직도 첩첩산중이야. 엄마가 장사가 잘 되고 있으니 어떻게든 갚겠다고 통사정을 하고 있는데 하루라도 이자가 늦으면 득달같이 달려와서 식당 안에서 누워버리는 통에 속수무책이고."

“남은 빚이 총 얼마야?”

“……일억 칠천.”

윤현은 그만 숨을 훅 들이마셨다. 상상도 하지 못할 막대한 금액이었다. 올해 사시에 붙는다 해도 연수원 수료에 군대 문제까지 해결하려면 적어도 오 년은 지나야 한다. 순간 머리가 깨질 듯이 아파왔다.

“엄마가 가게 인수하느라 받은 은행 대출도 아직 이천이나 남아 있는 데다 아빠가 몰래 내 명의로 카드를 만들어서 사백 넘게 써버렸어. 카드 회사에서 자꾸 독촉 전화가 오는 걸 은행 다니는 친구 도움으로 분할 상환하기로 했는데, 매달 이자까지 사십만 원 넘게 넣어야 해. 내 월급이 이것저것 다 떼고 나면 오십인데 그러면 남는 것도 없어. 윤민인 내년에 대학도 가야 하는데 이 상태론 꿈도 꿀 수 없고……. 워낙 갚아야 할 빚이 많다 보니 사백은 별것도 아닌 것 같아. 그래도 그 빚은 일 년만 허리띠를 졸라매면 갚을 수 있는 금액이니까.”

“왜 진즉에 얘기하지 않은 거야?”

“얘기해 봐야 오빠도 별다른 수가 없는데 알아서 뭐 하겠어? 괜히 시험 준비하는 데 방해만 됐지.”

“고리 사채는 불법이고 도박 빚도 갚을 필요가 없어. 내가 그 사람들을 만나봐야겠어.”

“오빠가 너무 공부만 해서 세상 물정을 잘 모르는 것 같아.”

윤지는 가만히 한숨을 내쉬더니 윤현을 향해 또박또박 이렇게 말했다.

"그런 사람들은 법을 초월한 사람들이야. 감방 가는 거, 자기네 집 화장실 들락거리듯 하는 사람들이라고. 법보다 주먹이 앞서는 사람인데 그런 사람들이랑 무슨 말을 해? 아예 그런 사람들 돈은 쓰지 말아야 하고, 쓴 이상은 벗어날 수 없어. 돈을 안 갚으면 날 납치라도 해서 사창가로 넘겨 버리겠다는 무서운 말도 서슴지 않는 사람들이야. 문제는 그게 정말 단순한 협박만은 아닐 거란 거지."

"뭐?"

하도 무서운 얘기라 윤현은 들으면서도 자신의 귀를 의심해야 했다.

"빚을 못 갚으면 도망이라도 가야 하는데 우리야 그렇다 치지만 오빠는 어떻게 해? 모르겠어. 너무 막막하니까 아무런 생각도 나지 않아."

윤지는 눈물조차 보이지 않았다. 처음에야 울고 불며 하늘이 무너지고 땅이 꺼져라 한탄을 했지만, 어느 정도 시간이 흐르고 나니 이젠 그 단계도 벗어나 버린 것이다.

윤현 역시 지금의 이 같은 상황이 좀처럼 믿어지지가 않아 오히려 허탈하니 웃어버렸다. 고시에만 합격하면 이 시궁창 같은 현실에서 벗어날 길이 보일 거라 생각했다. 비빌 언덕 하나 없이 그저 믿는 거라곤 좋은 머리 하나뿐이었다. 어떻게든 이를 악물고 공부해 이 시궁창에서 벗어나고 싶었고, 노력만 한다면 얼마든지 벗어날 수 있을 거라 생각했다. 한데 그게 아니었다. 시궁창에서 살던 사람은 그냥 시궁창에서 살아야 하는 모양이다. 도무지 앞이 보이지 않았다.

"아버진 전혀 찾을 길이 없는 거냐? 우리나란 부부별산제라 집안에 기여하지 않은 배우자의 빚은 갚을 필요가 없어. 도박을 한 경우는 불법이라 이혼소송을 내면 되고.'

윤현은 하나마나한 얘기를 다시금 힘없이 꺼내놓았다.

법이라면 알 만큼 알지만 오히려 잘 알기에 소송이라는 것이 얼마나 힘들고 지난한 과정을 거쳐야 하는지, 돈이 얼마나 많이 들어가는 행위인지도 너무나 잘 알고 있었다. 게다가 그는 아직 변호사가 아니었다. 지금과 같은 상황에서는 소송을 할 돈이 있으면 차라리 그 돈으로 빚을 갚는 편이 훨씬 더 나은 선택이었다.

"어디 가서 찾겠어? 작정하고 잠적해 버렸는데. 살림 차린 여자네 집에도 가봤는데 오히려 적반하장이더라고. 자기 돈도 들고 날랐다며 혼인빙자에 사기죄로 고소를 해버리겠대. 내가 하도 기막혀서 우리 오빠가 사시 1차에 합격한 예비 법조인인데 이 경우에 간통죄로 걸고 손해배상도 받을 수 있다며 난리를 쳤더니 기가 팍 죽더라고. 근데 내 생각에는 아무래도 그 여자랑 같이 있는 것 같아. 아빠가 갈 데가 어딨어? 친척들한테는 이미 찍힌 지 오래고, 등쳐먹을 친구들은 있어도 도와줄 친구는 없는 사람인데."

· 윤민은 고개를 푹 수그린 채, 누나와 형이 나누는 대화를 그저 말없이 듣고만 있었다. 윤현이 공부에 전념한답시고 밖으로 나도는 사이, 그는 어느새 훌쩍 자라 버렸다. 윤민은 윤현처럼 머리도 좋지 않았고 윤지처럼 심지가 굳지도 못했다. 어지러운 집안 환경에 가장 많이 노출이 되고 휘둘린 탓인지 비쩍 마른 몸에 성장도 더뎠다. 단칸방에서 엄마와 누나와 함께 지내야만 하는 상황이 그동안 얼마나 견디기 힘들었는지 모른다. 생각 같아서는 형이 지내는 고시원에라도 가서 같이 지내고 싶었지만, 괜히 방해하지 말라는 엄마와 누나의 만류에 그동안 벙어리 냉가슴만 앓고 있었다.

윤현은 말없이 침울한 표정만을 짓고 있는 윤민을 바라보며 그동안 가족들을 등한시한 자신을 원망하고 질책했다. 그나마 이갑용을 제지할 만한 사람은 윤현뿐이었는데, 가족을 위한답시고 공부에만 열중한 탓에 아버지는 고삐 풀린 망아지마냥 더욱 엇나가 버렸다.

이윽고 가게 문을 닫은 예산댁이 미닫이문을 끼익 열며 피곤에 지친 모습을 드러냈다. 구운 삼겹살에 선지해장국이 차려진 소반이 양손에 들려 있었다.

"저녁 먹어야지."

"먹었어요."

"그럼 안주 삼아 소주라도 한잔할래?"

어머니로부터 술이나 한잔하라는 소리는 처음 들은 터라 윤현은 약간 놀랐다. 예산댁은 이미 손님들과 전작이 있는지 거나하게 취한 모습이었지만, 그렇다고 비틀거리며 정신을 놓을 정도는 아니었다.

"아버지랑 이혼하세요."

"윤지한테 얘기 다 들은 모양이구나. ……너한텐 정말 미안하다. 우리 같은 부모만 안 만났어도 훨훨 날아갔을 텐데. 잘생기고 똑똑한 내 새끼, 밭도 씨도 다 변변치 않은데 어떻게 너 같은 자식이 우리 품에서 태어났는지."

"어머니."

"그래도 네 아버진데 어떡하니? 널 태어나게 해준 분인데 자식으로서 안고 가야지."

예산댁의 이 같은 말은 윤현의 분노에 화르륵 불을 붙였다.

"저 중학교 2학년 때, 그때 어머니가 결단만 내렸어도 우리 이렇게까지 되진 않았어요. 왜 그때 헤어지지 못했어요? 나라고 어려운 집안 형편 모른 척하면서 공부에만 전념하는 거 쉬운 줄 아셨어요? 사시에 합격해서 변호사가 된다 해도 당장에 떼돈 버는 거 아니에요. 일억 칠천, 우리는 구경도 못한 그 엄청난 돈을 메우려면 몇 년이 걸려야 할지 모른다고요. 당장에 살 집은 또 어떡하고요. 지금 이런 상황까지 왔는데도 아버질 두둔하는 거예요? 어떻게 우리한테 아버질 못 놓고 자식으로서 안고 가라는 말씀을 하실 수가 있어요?"

"이혼을 해도 네가 아버지 자식이 아닌 게 아니잖니?"

"적어도 빚은 물려받지 않아도 돼요. 아버지 빚, 우리들은 갚을 의무가 없다고요. 어머니가 부부로 엮여 있는 바람에 우리한테까지 피해가 와버린 거예요. 우리가 어머닐 어떻게 외면해요? 어머니가 빚 갚느라 허덕이는 걸 보며 내가 어떻게 그걸 모른 척할 수 있겠냐고요."

가족이 지은 빚은 당연히 가족이 갚아야 한다고 생각하는 예산댁으로선 놀라지 않을 수 없었다. 하지만 윤지의 말대로 사채를 끌어 쓴 이상, 그것도 이제는 하나마나한 얘기였다.

그날 밤, 오랜만에 모인 가족들은 좀처럼 잠을 이루지 못하고 뜬눈으로 밤을 새웠다. 엎친 데 덮친 격으로 대화를 나누다 보니 문제가 되는 건 아버지가 남긴 빚뿐만이 아니었다.

지금 장사를 하고 있는 이 건물이 두 달 후쯤에는 재개발이 된다는 것이다. 워낙에 오래되고 낡은 건물이라 주변에 속속 들어서고 있는 신축 건물들을 생각해 본다면 피할 수 없는 수순이었다. 하지만 적지 않은 권리금을 내고 인수한 가게인데다 장사도 아주 잘되는 곳이라 포기하기엔 아까운 곳이었다. 재계약을 해야 하지만 보증금을 비롯한 월세를 월등히 올린 데다 결정적으로 건물 주인이 재계약을 꺼리고 있었다. 장사는 그렇다 치고 당장에 숙식을 해결할 만한 보금자리부터 구해야 할 판이었다. 갈수록 태산에 첩첩산중이었다.

콘크리트가 다 녹아내릴 만큼 찌는 듯이 더운 날씨가 며칠간 계속되면서 길거리를 오가는 사람들을 시든 콩나물처럼 축 처지게 만들었다. 에어컨을 틀어놓은 시원한 차 안에 있으면서도 지수는 길가는 행인들의 더위에 지친 모습에 땀이 송골송골 맺히는 기분이었다.

지수는 얼마 전에 바꾼 은색의 외제 중형차를 몰고 지용을 만나기 위해 시내의 한 레스토랑으로 향했다. 올해 대학을 졸업한 그녀는 유학을 가라는 권유도 뿌리치고 대학원에 진학해 학업을 계속하고 있었다. 철학도로서 나중에 교수가 되어야겠다는 막연한 꿈을 가지고 있던 그녀에게 유학은 꼭 필요한 과정이었다. 워낙에 해외 유명 대학의 석, 박사들이 몰려오는 터라 국내의 학위를 가지고는 정교수가 되기는 힘든 추세였다. 하지만 현재 지수의 관심사는 따로 있었다.

은은한 클래식이 흐르는 스카이라운지의 고급 레스토랑으로 들어선 지수는 웨이터의 안내에 따라 창가의 예약석으로 향했다. 먼저 도착해 테이블에 앉아 있던 지용이 지수를 향해 슬쩍 손을 들어 보이며 자리에서 벌떡 일어섰다.

"네가 웬일이냐? 이런 곳에서 밥을 다 산다 그러고."

수프라이트 무늬의 셔츠에 청바지를 입은 지용은 마치 여자 친구를 에스코트 하듯 동생을 위해 의자를 정중히 빼주었다. 지용 역시 대학원에 진학을 했는데, 법 쪽이 아닌 경영 계열을 전공하고 있었다. 한때는 윤현과 더불어 같은 스터디에서 고시 준비를 하기도 했지만, 1차에 두 번이나 떨어지고 나서는 고시는 과감히 포기한 터였다. 대학원 진학 이유도 군대 문제도 걸려 있고 아버지의 회사를 물려받으려면 경영 쪽 공부를 해둘 필요가 있다는 판단이 들어서였다. 지용은 지금 다니는 대학원을 휴학하고 MBA를 취득하기 위해 9월 학기부터 미국으로 유학을 가기로 결정한 상태였다.

"다음 달이면 미국으로 유학 가는데 이 정도는 해주고 싶어서."

지수는 자리에 앉으며 테이블 위의 냅킨을 곱게 무릎 위에 깔았다.

"그러게 너도 같이 가서 공부하자니까. 주변에 다들 유학 떠났는데 너 혼자 남아 심심하지 않겠어?"

이들 가족이 이따금씩 식사하러 가는 레스토랑이라 그런지, 웨이터들은 이들의 취향을 묻기도 전에 극진한 서비스를 아끼지 않았다. 스테이크를 어떻게 구울지, 수프와 샐러드 소스는 어떤 것을 선호하는지, 미리 기억하고는 알아서 준비해 주었다.

지수는 미디움으로 구운 연한 등심을 입 안에 넣으며, 오늘 만나자고 한 용건을 거침없이 꺼냈다. 집에서 얘기해도 충분한 일이지만, 굳이 밖으로 나와서 이런 자리를 마련한 것은 좀 더 차분한 분위기에서 진지하게 도움을 구하고 싶었기 때문이다.

"오빠는 윤현일 어떻게 생각해? 내 결혼 상대로 말이야."

지용의 표정이 순간 딱딱해졌다. 그녀가 하는 말이 단순한 농담이 아니라는 것을 전체적인 분위기를 통해 감지했기 때문이다.

"아직도 미련을 못 버린 거냐? 걘 너한테 관심도 없어."

이 년 전, 백화점 붕괴 사고를 윤현의 음성 메시지로 간신히 모면한 지수는 그를 생명의 은인으로 여기고 한동안 감사 인사를 전해야 한다며 줄기차게 가족들을 들들 볶았다. 물론 부모님 또한 더없이 고마운 일이라 윤현을 집으로 초대해 선물을 하기도 하고, 뒤를 돌봐주겠으니 필요한 일이 있으면 서슴없이 말하라는 호의도 아끼지 않았다. 하지만 윤현은 별것 아닌 일이라며 그러한 호의들을 깍듯이 거절했다. 그러한 윤현의 모습에 부모님이 그에게 더욱 호감을 갖게 된 것은 당연한 일이었다. 지용도 그런 그가 고마워서 같이 스터디를 하며 친하게 지냈고, 필요한 책이나 옷들을 선물하기도 하며 그와 같은 마음을 아낌없이 표현했다. 여러 모로 보나 평생 고마워해야 할 생명의 은인이라는 것은 의심의 여지가 없는 일이었다.

한데 윤현을 대하는 지수의 심연찮은 태도를 보며 그녀가 짝사랑의 열병에 빠졌음을 가족들은 너무도 쉽게 알아차릴 수 있었다. 윤현의 집안이 비록 가난하고 볼품없기는 하지만, 워낙에 능력있고 출중한 인재라 부모님으로서도 여러 가지를 고려해 볼 때 교제를 굳이 반대할 이유가 없었다. 문제는 바로 지수에게 전혀 관심이 없는 윤현의 태드였다. 당사자가 싫다는데 억지로 들이밀 수는 없지 않겠는가? 부모님으로서는 윤현이 쉽사리 고시 1차에 붙고 나자 더욱 아수워하셨지만, 평양 감사도 저 싫다면 할 수 없는 일이었다.

　게다가 지용은 윤현을 가까이하며 그가 얼마나 애인을 아끼고 애틋하게 사랑하는지 직접 보고 확인할 수 있었다. 윤현보다 못하게 생긴 남자애들도 여자 바꾸기를 무슨 액세서리 바꾸듯 서슴지 않으며 저 잘난 맛에 사는데, 그는 주변의 유혹에는 아예 눈과 귀를 닫아버리며 오직 공부 아니면 애인 생각뿐이었다. 아마 공부할 필요가 없다면 온통 애인 생각으로 가득했을지도 모른다.

　윤현이 지갑 속에 넣고 다니는 애인과 찍은 모습의 다정한 사진은 솔직히 어울려도 너무 잘 어울려, 그냥 천년만년 백년해로 해라 하는 말이 저절로 입 밖으로 새어나올 지경이었다. 처음부터 지수가 낄 자리가 아니고, 낄 수도 없는 상황이었다. 입질도 어느 정도 미끼가 유혹적이어야 가능한 일이다.

　"저번에 내가 소개시켜 준 선배는 진짜 마음에 안 드는 거야? 아니, 집안 좋고 인물도 훤칠하고 능력까지 있는데 네가 마다할 이유가 없잖아?"

　윤현에게 열중하는 여동생이 걱정돼 한 달여 전 같은 학교 선배를 소개시켜 주었고, 둘이 몇 번인가 만나는 눈치라 안심하고 있었는데 그게 아닌 모양이었다.

　"모르겠어. 그냥 내 인연이 아니라 여기려 했는데도, 내 인생은 덤이라는 생각이 자꾸만 드는 거야. 윤현이한테 도움이 되고 싶어. 그 애가 날 좋아하지 않아도 좋아. 그저 도와주고 싶어서 그래."

“아주 삽질을 한다. 순전히 도와주고 싶은 마음에 여자로서의 행복을 포기한다고? 걘 융통성이라곤 전혀 없는 애야. 애인 이외의 여자랑은 허튼 농담 한 마디 안 하는 녀석이라고. 이 우주에 여자라고는 자기 애인 하나뿐인 줄 알고 있어. 아마 그 녀석은 첫 경험도 그 애인이랑 했을 거다.”

“윤현이 집안이 지금 아주 힘들어.”

하지만 지수는 지용의 만류에도 아랑곳하지 않고 진짜 용건을 꺼내놓았다.

“그걸 네가 어떻게 알아?”

“몇 번 그 집에 간 적이 있거든.”

“뭐?”

지용은 너무도 놀라 그만 입 안에 머금은 물을 와락 내뱉을 뻔했다.

“윤현이 어머니가 하는 식당에 친구들을 데리고 몇 번인가 밥을 먹으러 간 적이 있었어. 작고 허름하긴 한데 손맛은 좋으시더라.”

“거긴 어떻게 알고? 윤현이도 그 사실을 알아?”

“그럴 리가. 그냥 내가 알아본 거야. 그 어머니는 내가 누군지도 모르셔.”

“너 미쳤구나? 아니, 거기가 어디라고. 근데 집안이 힘들다는 건 또 무슨 소리야?”

이쯤 되면 빠져도 단단히 빠져 버렸다. 도도하고 새침하기 짝이 없는 동생이다. 그런 그녀가 일부러 그런 수고까지 마다않고 쫓아다니다니 도무지 듣고도 자신의 귀를 믿을 수가 없었다.

"며칠 전에 밥을 먹으러 갔었는데, 웬 남자들이 나타나더니 돈을 갚으라며 가게 안을 엉망진창으로 만들더라고. 나중에 그 사람들이 나오길 기다려 어떤 상황인지 슬쩍 물어봤지. 알고 보니 윤현이 아버지가 사채를 빌려 쓰고는 갚지 못했대. 금액을 들으니까 윤현이 형편으로는 거의 감당하긴 힘들겠더라."

"얼마나 되는데?"

"일억 칠천 정도. 그나마 원금은 갚지도 못하고 이자만 어렵사리 내고 있더라고. 사채업자들이 그렇게 지독한 줄은 몰랐어. 빌린 건 이천밖에 안 되는데 무슨 이상한 계산법인지 몇 달 만에 그렇게 불어났더라고."

"원래 고액 사채는 불법이긴 한데 급전을 빌릴 만큼 돈 없는 사람들이 소송 비용을 감당할 리 없지. 소송한다 해도 주먹들이 먼저 와 깽판을 놓을 텐데 간 크게 소송 들어갈 사람들도 없고."

"어쨌든 당장에 갚을 능력도 없는데 이자가 그렇게 눈덩이처럼 불어나면 윤현이 집안 사정으로서는 감당할 수 없는 일이잖아. 장차 법조인이 될 사람인데 이런 일이 신용 문제로 빌미가 될 수도 있을 거고."

지수는 차분한 어조로 이렇게 말했다.

"윤현이가 이번에 사시에 합격한다 해도 당장에 돈을 벌 수 있는 것도 아니고 내 생각엔 도와줘야 할 것 같아. 아니, 꼭 도와주고 싶어."

"뭐, 아버지도 어려운 일이 있으면 도움을 주겠다고 하셨으니 그 정도 해결해 주는 거야 문제는 아니지. 잘나가는 판검사들 뒤 봐주면서 떡값도 찔러주는 판인데 아두렴 생명의 은인을 모른 척하겠어? 그럼 일단 도와주는 걸로 아버지께 말씀드려 보자. 한데 너, 도와주면 와줬지 그런 걸 빌미로 결혼을 요구하는 행동 같은 건 제발 하지 마. 그거 정말 쪽팔린 일이다."

"상관없어."

"야!"

"굳이 내가 요구하지 않아도 그 돈을 받는 이상 윤현은 나한테로 오게 될 거야. 그 애 성격에 이유없이 그런 큰 도움을 받을 리는 없을 테니까."

"그렇게도 그 자식이 좋은 거냐?"

지용은 혀를 끌끌 찼다. 손에 넣기 힘든 떡이라 더욱 집착하는 것일까? 도무지 지수의 심리 상태를 이해할 수가 없었다.

"내가 무슨 십대 사춘기 소녀야? 내 생명의 은인이고 장래도 기대되는 인재라 도움을 주고 싶었을 뿐이야."

"그걸 나보고 믿으라고? 그냥 윤현이는 사심없이 도와주고 우린 같이 유학 가자. 몇 년 바깥 물 덕고 들어오면 남자 보는 눈도 바뀔 거야."

"어쨌든 나 좀 도와줘. 오빠가 진행하는 게 모양새가 좋을 것 같아서 그래. 그리고 그 돈은 윤현이어게 알리지 말고 바로 갚는 게 좋겠어. 이미 갚아서 채무를 변제해 버리면 그땐 지가 어쩌겠어?"

"그래도 그건 아니지. 넌 몰라도 난 윤현이 친구라고."

"친구니까 그런 어려운 일이 생기면 알아서 도와줘야지. 오빠, 거기까지만 해줘. 오빠는 어차피 유학 가버릴 거잖아. 거기까지만 해주고 떠나 버리면 무슨 상관이야, 안 그래?"

지수의 얼굴에는 이미 모종의 결심을 단단히 한 듯 결연한 빛이 감돌았다. 지용은 완전히 입맛을 잃어버리고는 포크와 나이프를 접시 위에 가지런히 포개놓았다. 동생이 벌이려는 짓이 차후 어떤 결과를 불러 오게 될는지는 상상조차 하고 싶지 않았다.

불현듯 지나치게 잘 어울리는 윤현과 그의 애인의 모습이 떠올랐다. 그와 동시에 가슴 한편에 알 수 없는 죄책감이 스멀스멀 피어올랐다. 하지만 그는 지수를 차마 막을 수가 없었다. 무심한 듯 입을 달싹이며 차분하게 용건을 뱉어놓는 그녀의 마음 깊은 곳에는 윤현을 향한 비틀어진 애정이 쓰라리게 자리하고 있음을 엿보았기 때문이다.

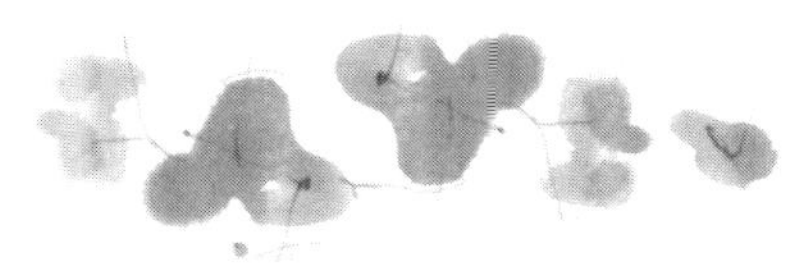

포테이토칩을 게걸스럽게 먹으며 거실 소파에 길게 모로 누워 TV를 보던 세린은, 퇴근을 하자마자 샤워를 하고 옷장의 옷을 죄 꺼내어 이것저것 거울에 대보는 청아의 부산스러운 모습에 혀를 끌끌 찼다.

한가로운 토요일의 오후였다. 부모님은 지인의 결혼식이 있다며 일찌감치 외출 중이었다.

"이윤현이가 그리 좋냐? 뭐, 잘생기고 머리 좋고 능력있는 건 알겠는데 남자가 영 멋대가리가 없어서."

대학생이 된 세린은 청아보다는 좀 못하다는 평을 듣긴 했지만, 역시 성숙하고 아름다운 외모로 주변에서 인기가 높았다.

남자 친구는 많되 애인은 오직 윤현 하나만을 수년간 사귀어온 청아와 세린은 정반대였다. 남자와는 쿨한 친구 사이가 될 수 없다는 지론을 가졌고, 대학에 들어가고 나서는 여러 숱한 남학생들을 사귀었다.

물론 그중에서도 나름의 원칙은 가지고 있었다. 양다리 걸치지 않기, 남의 남자는 눈길도 안 주기. 싫증을 잘 내는 타입이라 그런지 아무리 괜찮다 싶은 남자라도 이 개월 이상을 사귀어본 적이 없을 정도였다. 그녀는 얼마 전에 한 달간 사귀던 선배와 헤어지고는, 이 황금 같은 주말에 집구석에만 틀어박혀 TV만을 끌어안고 있었다. 연애에는 질려 버렸는지 남자고 뭐고 다 징글징글하다며 차라리 TV쇼프로를 보는 편이 더 바람직하다 구시렁거리곤 했다.

"그런 소리 마. 내 앞에선 얼마나 귀엽고 다정다감한데."

청아는 날씬한 몸매를 돋보이게 하는 과감한 민소매 티셔츠에 청 미니스커트를 코디했다. 긴 생머리는 하나로 올려 단정히 묶었다. 찌는 듯 더운 여름임에도 머리칼을 치렁치렁 늘어뜨리고 다니는 여자들도 많았지만, 청아는 더운 건 딱 질색이었다.

"그 덩치가 귀여워? 저번에 보니까 윤현이 오빠, 살이 많이 붙었더라. 앉아서 공부만 파서 그런가 봐."

"딱 보기 좋구만. 난 너무 마른 남자는 싫어."

"아주 콩깍지가 단단히 씌웠지. 하긴 어디 그 인물이 웬만해야 말이지. 그나저나 오늘은 어디 갈 건데?"

“뭐 저녁 먹고 비디오 방에 가거나 산책이나 하는 거지.”

“참 재미없는 청춘이네. 하긴 언니가 데이트 비용을 다 대야 하니 어딜 가도 걱정이겠지. 뭐, 꼭 남자한티 얻어먹어야 맛은 아니지만, 그래도 서로 주고받는 건 있어야 하는 거 아냐? 아무리 언니가 직장인이라 해도 꼭 그렇게까지 100% 감당할 필요가 있겠어?”

“누가 내든 무슨 상관이야? 내가 좋아서 내는 건데.”

“뭐, 나도 윤현이 오빨 잘 아니까 그럴 거란 생각을 갖는 건 아니지만 말이야. 나도 얼마 전에 들은 건데 우리 학교 선배 언니 하나가 가난한 고시생 뒷바라지를 몇 년간이나 하다가 완전 토사구팽 당한 적이 있거든. 남자 쪽이 마담뚜의 마수에 놀아나다 땅 부잣집 딸내미한테로 홀라당 넘어간 거지. 마담뚜들이 연수원생 명단을 확보해서 그렇게 전화질을 해댄대. 당장에 열쇠 세 개는 싸 짊어지고 달려든다는데, 평범한 집안 남자들이라면 유혹을 느끼지 않겠어? 나라도 침 흘리지.”

“말하고 싶은 요지가 뭐냐?”

“윤현이 오빠, 형편도 별론데 그 유혹을 물리칠 수 있겠어? 아무리 언니랑 그 오랜 시간을 함께 했어도 당장에 엘리베이터가 눈앞에 있는데 그걸 외면하고 언니랑 뚜벅이로 힘들게 걸어갈 수 있겠냐고. 오빠는 그렇다 처도 오빠 집안에서는 욕심이 생기지. 우린 그렇게까지 해줄 형편이 아니잖아. 언니 학벌도 좀 달리고.”

"앞서가기는. 우리 아직 결혼할 나이 아니야."

청아는 피식 웃으며 이렇게 일축했다.

"그 언니도 사귈 때는 남자가 그렇게 잘하더래. 고생한 거 다 갚아주겠다며 큰소리 땅땅 치면서 말이야. 그 남자도 뭐 처음부터 그랬겠어? 상황이 사람을 그렇게 만드는 거지. 언니도 이참에 오빠 잡으려면 확 잡든지, 아님 마음의 준비를 하든지 해. 그냥 일반 대기업에 들어간 남자들도 연수 중에 바람나는 일이 태반이야. 그 여자들도 어디 자기 남자가 그럴 사람이란 거 알고 당한 거겠어? 언니도 겉으로 보기엔 딱 부러진 거 같으면서도 실제 하는 행동들을 보면 그런 여자들이랑 똑같아. 데이트 비용은 그렇다 치고 철마다 옷 사다 입혀, 반찬 해다 날라, 책 사다 안겨, 삐삐 사용료까지 부담하고……. 솔직히 언니같이 생긴 여자가 남자한테 굳이 그렇게까지 하며 살 필요는 없잖아."

"보답 받으려 하는 것도 아니고 그냥 내가 해주고 싶어서 하는 거야. 난 윤현이보다 여유도 있고 그 돈 없어도 잘살잖아."

"제대로 된 적금통장도 하나 없으면서 큰소리는. 부모님 등골 빼먹는 건 생각 안 하고 지 남자만 챙기지. 아무리 사심 없이 잘해준다 해도 본전 생각이 나게 되어 있어. 휴! 그만 할란다. 나도 주변에 들리는 얘기가 있어서 그런 건데 언니, 오빠한테야 그럴 일은 없겠지."

"설사 윤현이 마음이 변한다 하더라도 그걸 가지고 원망하진 않을 거야. 본전 생각으로 매달리지도 않을 거고."

"과연 그게 될까?"

세린은 코웃음을 쳤다.

"그 앨 사랑하지 않아서가 아니야. 그렇게 하면 그 애와의 좋았던 시간을 부정하게 되어버리는 거니까. 내가 뒷바라지를 한 것도 없지만, 설사 그랬다 한들 내 마음이 기꺼워서 한 일이었어. 주는 즐거움은 꼭 받아야만 보답 받는 것이 아니야. 주는 것 자체만으로도 기쁨이고 즐거움이니까."

청아는 어느덧 장난기를 버리고 진지한 어조로 힘주어 이렇게 말했다. 세린에게만 하는 얘기가 아니었다. 청아 자신에게 던지는 다짐이었다.

저녁 무렵이지만, 아직도 공기는 뜨겁고 습했다. 윤현과는 집 근처의 패스트푸드점에서 만나기로 약속이 되어 있었기에 그녀는 약속 시간에 늦지 않기 위해 서둘러 종종걸음을 쳤다.

사실 아까 전 세린이 한 물음은 주변의 친구들로부터 요 근래 숱하게 듣는 물음이었다.

언제가 됐든 윤현이 고시에 합격하리라는 건 아무도 의심하지 않았다. 아무리 고시 합격자 수가 늘기 시작하면서 예전 같진 않다 해도 여전히 고시 합격자는 성공의 바로미터로 여겨졌다. 또한 법조인이 되고 나서도 변치 않은 마음으로 사귀던 애인과 결혼하는 순애보적 얘기코다, 더 나은 조건을 찾아 떠나는 남자들의 얘기가 훨씬 더 활개를 치는 것도 사실이었다. 영화나 드라마에서도 자주 다루는 전형적인 배신 스토리지만, 어찌 보면 너무도 보편적인 상황이기에 그렇게 많은 드라마에서 다루는 건지도 모른다.

윤현 역시 그런 남자들처럼, 후에 조건 좋은 여자를 찾아 떠나 버릴 수도 있을까? 윤현이 2차 시험을 준비하는 동안, 청아 역시 몇 번이고 곰곰이 그와 같은 생각을 해본 적이 있었다. 절대 그럴 리는 없다 확신하면서도 마음 한편으로는 윤현의 힘든 가족 상황이 걸리는 것 또한 사실이었다. 어머니가 식당을 운영하며 형편이 좀 나아졌다고는 하지만, 윤지는 대학 가기에 충분할 만한 성적임에도 집안을 위해 대학을 포기해야만 했다. 또 고3인 윤민도 내년에는 대학 진학을 앞두고 있었다. 아무리 힘들게 아르바이트를 하며 대학 등록금을 비롯한 고시 준비를 스스로 해왔다 한들, 그것이 온전한 혼자만의 힘일 수는 없었다. 윤현이 고시 준비를 한다는 것 자체가 가족들에게는 부담이었고, 그것을 누구보다 잘 아는 그는 그만큼 집안에 대한 보상 심리를 가지고 있을 것이었다.

이제껏 흘려들었던 그와 같은 주변의 우려들을, 두 사람 사이를 누구보다도 잘 아는 세린에게까지 듣고 보니 청아 역시도 신경이 쓰이지 않을 수 없었다. 그냥 이렇게 서로를 좋아하며 행복한 만남을 이어가고 싶은 소박한 소원만을 가질 뿐인데도 나이를 먹어갈수록 사랑하는 감정만으로는 유지하기 힘든 여러 가지 현실들이 그녀의 마음을 무겁게 만들었다.

청아는 먼발치에서 패스트푸드점의 창가 앞 테이블에 자리한 윤현의 모습을 한동안 물끄러미 바라보았다. 너무나 익숙한 얼굴이라 그동안은 미처 생각지 못했었다. 그가 얼마나 잘생기고 멋있는 남자인지를 말이다.

약간 구겨진 듯한 아이보리색 폴로 티와 사계절을 주구장창 입어대는 빛바랜 낡은 청바지, 그런 소박한 차림을 마치 디자이너 브랜드처럼 보이게 만드는 더없이 매력적인 남자…….하지만 그의 진짜 매력은 오가는 사람들의 찬탄 어린 시선을 받곤 하는 출중한 외모가 아니었다. 또한 자신이 원하는 것이면 무엇이든 될 수 있는 명석한 두뇌와 추진력도 아니었다.

한 여자만을 바라보는 지독한 순애, 바로 그것이었다.

만나는 동안뿐이 아니라, 만나지 못하는 그 수많은 시간들조차도 넘치는 사랑을 받고 있다는 사실을 한 치도 의심하지 않게끔 만들어주는 남자. 삶의 무게에 허덕이면서도 힘들다 소리 한 번 입 밖에 꺼내지 않으며 오히려 함께 있어주지 못함을 미안해하는 남자. 서툰 표현력 속에 숨겨진 애틋한 마음과 따뜻한 배려를 한없이 느끼게끔 만들어주는 남자…….

'생각해 보니 내가 너한테 해준 별것 아닌 물질적 도움보다 네가 나한테 베푼 사랑이 더 크고 아름다웠구나. 너는 점점 세상을 향해 높이 뻗어나가는데 난 그런 너와 발맞춰 가기엔 너무도 평범한 여자인 것 같아. 네가 혹여 미래를 위해 다른 여자를 선택한다 해도 내가 그걸 비난할 수 있을까? 난 너처럼 나 자신

을 발전시키기 위해 피나는 노력을 한 적도 없고, 그러고 싶은
생각도 없었어. 빛나는 장래가 보장되어 있는 네 옆에, 단지 사
랑이라는 이름으로 머물며 무임승차하는 것이 과연 올바른 일
일까?'

분명 앞서 나가는 생각이었다. 아직 윤현은 고시에 합격한 것
도 아니고 합격한다 한들 바로 장밋빛 미래가 펼쳐지는 것도 아
니다. 그리고 무엇보다 두 사람의 사랑은 그 누구도 감히 범접
하지 못할 만큼 두텁고 탄탄했다.

'젠장, 세린이 계집애까지 이상한 소리를 하니까 괜히 마음이
싱숭생숭해지네. 뭐, 솔직히 까놓고 말해 내가 또 못한 건 뭐야?
하준이 오빠같이 더 조건 좋고 능력있는 남자도 덤비는 판인
데.'

마침 윤현은 거리에 우두커니 서 있는 청아의 모습을 창밖 너
머로 발견하고는 얼른 자리에서 일어나 손을 흔들었다. 덕분에
청아의 끝도 모르고 뻗어나가던 상념은 다행히도 이쯤해서 중
단되었다.

"왜 거기서 그러고 서 있었어? 더운데 얼른 들어오지."

패스트푸드점 안은 토요일이라 그런지 인근의 학생들과 연인
들로 발 디딜 틈이 없었다. 웅성거리는 사람들의 목소리와 장내
에 크게 틀어놓은 요란스런 음악이 귀를 쩡쩡 울려 서로의 대화
가 제대로 들리지 않을 지경이었다.

"네가 창을 통해 보이길래 그냥 우리 잘생긴 애인 얼굴 좀 감

상하려고."

청아의 너스레에 윤현은 피식 겸연쩍은 웃음을 터뜨렸다.

"또 놀린다."

"근데 너 요새 무슨 일 있어? 어떻게 얼굴이 고시 준비 때보다 더 안 좋냐?"

청아는 그 와중에도 며칠 전보다 부쩍 어두운 빛을 띠고 있는 윤현의 안색을 살폈다. 갑자기 살이 빠진 듯 얼굴선이 더 예리해졌고, 며칠 밤을 뒤척인 양 푸석푸석해 보이기까지 했다. 청아는 윤현이 바쁜 와중에도 항상 수면 시간만큼은 적절히 지킨다는 사실을 잘 알고 있었기에 윤현의 어두운 안색이 신경 쓰였다.

"그냥 긴장이 풀렸나 봐. 날이 덥기도 하고."

"너 아무래도 영양 보충 좀 해야겠다. 우리 삼겹살 먹으러 가자."

"아냐, 간단히 먹자."

"나 며칠 전에 월급 탔잖아. 나도 요새 기운이 없어서 그래. 옛날엔 삼겹살 같은 거 싫어했는데 입맛도 변하더라. 오랜만에 소주도 한 잔 하자, 응?"

청아가 하자는 일이라면 뭐든 다다않는 그였기에 결국 두 사람은 근처 삼겹살집으로 들어가 잘 익은 삼겹살을 안주로 소주잔을 기울였다. 윤현은 고기가 구워질 때마다 청아 앞으로 냅다 밀어놓았고, 그럴 때마다 청아는 상추쌈을 싸서 그의 입에 억지로 넣어주었다.

"나한테 다 싸주면 넌 언제 먹어? 난 괜찮으니까 너나 먹어."

"그럼 고긴 내가 구울게."

"이런 건 남자가 하는 거야."

"남자 여자 따지긴."

"그냥 내가 하고 싶어서 그래. 그리고 기름이 자꾸 튀어서 네가 하기엔 위험해."

윤현은 평소 술은 거의 입에 대지 않았지만, 오늘은 고기보다 소주잔을 더 빠르게 비웠다.

"너무 많이 마시는 거 아니니? 이렇게 마신 적은 없었잖아."

청아는 그의 느닷없는 모습에 놀라서 조심스레 이렇게 말했다.

"나 술 센 거 모르는구나? 안 마셔서 그렇지 작정하고 마시면 소주 서너 병은 거뜬해."

"그렇게 많이 마신 적도 있었어?"

"뭐, 선배들한테 끌려가서 몇 번 정도."

하지만 소주 서너 병은 거뜬하다 장담하던 윤현은 한 병 반 정도를 마셨을 뿐인데도 술에 완전히 취해 버렸다. 게다가 오늘따라 그는 호기있게 지갑을 열어 밥값까지 지불했다. 청아에게야 별 부담 없는 금액이지만, 윤현에게는 아주 큰 금액이었다. 이번에는 청아가 마다해도 술이 거나하게 취한 탓인지 좀처럼 말을 듣지 않았다.

"청아야, 나 사실 모아놓은 돈 많아. 과외하면서 엄청 모아놨는데, 장학금까지 받아서 쓸 일이 없더라. 근데도 혹시 몰라서 그 돈은 없는 셈치고 너 만나서 단날 얻어먹고, 집에도 돈 같은 거 없는 척, 고시원 비용까지 타다 쓰고 그랬어. 가족이야 그렇다 치지만, 너한테까지 빌붙어가며 그렇게 아꼈는데 그게 다 소용이 없더라. 이럴 줄 알았으면 그렇게 아등바등 살지 말걸. 너한테 맛있는 것도 많이 사주고, 예쁜 옷도 사주고, 좋은 데 놀러도 많이 다니고 그렇게 사는 건데."

"너…… 지금 우는 거니?"

체구가 작은 청아로서는 비틀거리는 윤현을 감당한다는 것이 애초부터 무리였다. 간신히 그를 부축하며 거리를 걷던 청아는 윤현의 눈이 촉촉이 젖어오는 것을 확인하고는 그만 화들짝 놀랐다.

"우리 예쁜 청아. 내가 너 처음 본 그 순간부터 좋아했던 거 아니? 고등학교 입학식 때 말이야. 입학식 끝나고 나서 교정을 걷는데 정말 눈부시도록 예쁜 여자 아이가 웬 여드름투성이의 볼품없는 남학생 옆에 딱 붙어 서서 환하게 웃고 있더라. 얼마나 예쁜지 가슴이 덜컹 내려앉을 지경이었어."

"윤현아."

전혀 모르고 있던 사실이었다. 윤현은 1, 2학년 내내 청아를 무시하고 인사조차 받지 않으며 줄곧 냉담하게 굴어왔기 때문이다.

"정환이 자식이 그렇게 부러울 수가 없었어. 생긴 건 볼품없는 놈이 교내 최고 미인이랑 어울려 다니고 있으니 그 꼴이 얼마나 얄밉던지. 그 자식 알고 보니 공부도 잘하고 집도 잘살고 성격도 좋고 나보다 못한 게 없더라. 공부라도 지지 않으려고 정말 이 악물고 했어. 그러면서도 그냥 네가 예쁘게 생겨서 눈길이 가는 거라고 애써 그렇게만 생각했지."

늦은 저녁, 거리 곳곳에는 네온사인이 화려하게 불을 밝히고 있었다. 낮 동안의 더운 열기가 쉬이 가시지 않아 후덥지근했고, 땀을 식혀줄 바람 한 점 불지 않았다. 청아는 자신의 어깨에 두른 윤현의 팔을 단단히 붙잡고는 힘들여 그를 부축했다. 어느새 땀방울이 비 오듯 흘러내렸고, 옷은 완전히 젖어 등에 착 달라붙었다.

"난 너 절대 못 놔. 너 때문에 이제껏 버티고 살았어. 당장이라도 포기하고 편하게 살고 싶은 마음이 굴뚝같았는데도 네가 있어 억지로 마음을 다잡고 노력한 거야. 우리 엄마, 불쌍하지. 불쌍하게 사신 분이야. 하지만 난 동정 안 해. 엄마가 엄마 인생을 그렇게 시궁창으로 몰아버린 거니까. 불쌍한 내 동생, 윤지, 윤민이. 진짜 불쌍한 건 걔네들이지만, 어차피 지들 인생이야. 내가 지들 인생을 대신 살아줄 것도 아니잖아?"

"왜 새삼스레 그런 말을 하는 거야? 왜 네가 날 놓는데?"

그 잠깐 사이에 윤현에게 뭔가 심상치 않은 일이 벌어진 것만은 확실했다. 윤현이 자신에게 이렇게 흐트러진 모습을 보인 일은 단 한 번도 없었다. 서로의 고민, 상처, 그리고 속내를 남김 없이 주고받았지만, 이런 식은 아니었다. 무언가 그에게 감당하기 힘든 일이 벌어진 것이다.

아버지가 또 사고를 친 것일까? 아니면 어머니 식당에 무슨 문제라도 생긴 걸까?

"뭐든지 노력하면 다 이루어질 거라 생각했는데 내 의지대로도 안 되는 게 있더라, 욱."

갑자기 윤현은 구토증을 보이기 시작했다. 청아는 얼른 외진 골목길로 그를 이끌었지만, 미처 쓰레기통을 찾기도 전에 윤현은 길바닥에 먹은 것을 다 토해놓기 시작했다. 구토물 특유의 이상야릇한 쉰 냄새가 골목 안에 진동을 했다. 청아는 꾹 참고 그의 등을 세차게 두드려 주었고 어느 정도 진정을 하고 나자, 손수건을 꺼내 그의 입가와 옷에 묻은 구토물을 세심하게 닦아 내었다.

"참 가지가지 한다. 더러워 죽겠어, 정말."

청아는 이렇게 타박을 늘어놓으면서도 말과는 달리 더러운 줄 모르고 윤현의 매무새를 다시금 꼼꼼하게 점검해 주었다.

"나…… 눕고 싶어."

술이 아직 덜 깬 그는 몽롱한 눈빛을 하고는 휘청거렸다.

"그래? 그럼 얼른 집으로 가자."

"집? 집은 안 돼."

"왜? 어머니 걱정하실까 봐? 하긴 언제 이런 모습을 보였어야 말이지. 그럼 우리 집으로 가자.”

　“이런 몰골로?”

　윤현은 고개를 가로저었다.

　“이런 거 이해 못하실 분 아닌 거 알잖아.”

　“싫어. 잠깐만 쉬면 나아질 거야.”

　“그럼 저기 보이는 비디오방이라도 들어가자. 거기 의자에 좀 누워 있으면 나아지겠지.”

　“씻고 싶어. 이도 닦고 싶고.”

　“어쩌라고? 이 시간엔 목욕탕도 문 안 연다고.”

　“나 여관 가서 잘래. 자고 싶어.”

　청아는 이 시점에서 화를 내야 할지 말아야 할지 고민에 빠졌다. 이도저도 싫다며 거부할 때부터 눈치가 이상했는데, 대놓고 여관에 가야겠다 말하니 조금은 난감했던 것이다. 한데 왠지 모르게 윤현이 정말로 사심이 있어서 그러는 것 같지는 않았다. 한 번 키스했다고 늑대처럼 이럴 거냐며 타박을 줄 생각이었는데, 더없이 지치고 피곤해 보이는 그의 눈빛을 보고는 그 말은 이내 혀끝에서만 맴돌다 사라졌다.

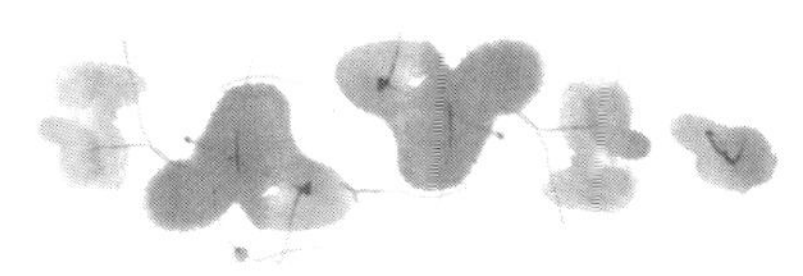

보기만 해도 거부감이 치밀어 오르는 번쩍거리는 네온사인의 간판을 내건 모텔은 사방곳곳에 너무도 가까이 자리하고 있었다. 그동안은 왜 쉽사리 눈에 들어오지 않았던 걸까? 사람의 눈에는 자신이 원하고 필요로 하는 것들만 들어오는 모양이었다.

모텔 입구에 쭈뼛거리며 들어선 청아는 카운터 남자의 '쉬었다 가실 겁니까?' 란 소리에 바보처럼 놀란 눈만을 깜박거렸다. 그리고는 주말이라 숙박은 안 된다는 연이은 말에 그만 완전히 당황해 버렸다.

"쉬었다 가는 게…… 뭐예요?"

“세 시간만 사용하시는 겁니다. 방 드려요?”

“네? 네.”

윤현은 구토를 한 직후인지, 어지럼증을 호소하며 그저 벽에 몸을 기대어 괴로운 표정을 짓고 있었다. 청아는 얼른 지갑을 꺼내어 돈을 지불했다. 열쇠를 건네받은 웨이터 복장을 한 남자 하나가 윤현을 부축하더니 이층의 방까지 친절히 안내를 해주었다.

처음으로 러브호텔을 구경하게 된 청아는 웨이터가 신발장 옆에 달린 무언가에 열쇠를 꽂자마자 마치 노래방이나 나이트클럽에 온 듯이 천장에 요란스런 조명이 빙글거리며 도는 것을 보고는 기겁을 했다. 원형의 침대는 그 용도가 무엇인지 너무도 노골적으로 보여주었고, 심지어 욕실의 벽은 훤한 유리로 되어 있어 안이 그대로 들여다보였다.

윤현은 비틀거리며 욕실로 들어가더니 다시 한 번 구토를 하기 시작했다.

“아무래도 안 되겠다. 술 깨는 약 좀 사 올게.”

청아의 말에 그는 얼른 이렇게 만류했다.

“가지 마. 속을 다 비웠으니까 조금만 쉬면 괜찮아질 거야. 나 좀 씻을게.”

“저기…… 여기 좀 이상해. 밖이 다 보이잖아. 너 샤워할 동안에 나 아무래도 나가 있어야겠어.”

윤현도 침실이 훤히 보이는 욕실의 창을 보며 순간 당혹스런 표정을 지었지만, 이내 고개를 내저었다.

"이런 곳에서 너 혼자 복도에 나가 있으면 어쩌려고? 고개 돌리고 있으면 되잖아. 난 봐도 상관없지만."

"죽을래? 넌 지금 이 상황에서도 농담이 나오냐? 암튼 너 허튼짓 할 생각 같은 거 하지 마. 그럼 그냥 가버릴 테니까."

"나 허튼짓 할 기운도 없어. 오랜만에 술을 마셨더니 머리가 아파 죽을 것 같아. 가지 말고 꼭 기다려."

하는 수 없이 청아는 애써 유리창에서 시선을 돌린 채, 이상 야릇한 기분을 느끼며 윤현이 샤워하는 소리를 가감없이 들어야만 했다. 같이 수영장도 몇 번인가 놀러간 사이라 벌거벗은 상체를 보는 것쯤이야 별것 아니었지만, 닥상 그가 알몸으로 샤워를 하고 있다 생각하니 갑자기 전신에 알 수 없는 열기가 피어올랐다. 난감하게도 슬쩍 엿보고 싶다는 엉큼한 유혹마저 느껴져 그걸 억누르기 위해 입술을 아프도록 깨물어야 했다.

얼마 지나지 않아, 윤현은 샤워를 마치고 수건으로 머리를 말리며 욕실을 나왔다. 상체는 벌거벗은 채 청바지만을 입은 상태였다. 운동이라고는 새벽에 한 시간가량 조깅만을 할 뿐인데도 몸에 적당히 근육이 붙어서 꽤 근사해 보였다. 그렇다고 복부에 왕(王) 자가 멋들어지게 아로새겨진 것은 아니지만 말이다. 사실 근육이 너무 지나치게 발달한 것도 오히려 징그럽고 보기 싫을 것 같았다.

"옷에 오물이 묻어서 그 부분만 좀 빨았어."

윤현은 굳이 상체의 옷을 벗어버린 것에 대해 구차한 설명을 늘어놓았다.

"그래?"

청아는 괜히 벌게진 얼굴로 헛기침을 했다. 윤현은 머리를 미처 다 말리지 않았는데도 그냥 침대 위에 쓰러지듯 풀썩 드러누웠다. 그가 드러눕자마자 침대가 출렁이며 요동을 쳤다. 말로만 듣던 물침대였다.

"이 침대 정말 재미있네. ……씻으니까 좀 살 것 같다. 오랜만에 술을 마셨더니 갑자기 확 취했나 봐."

"근데 너 무슨 일 있는 거야? 아까 이상한 소리까지 다 하고."

"청아야, 난 욕심이 정말 많은 놈이야."

윤현은 침대 위에 반듯하게 누워 있는 반면, 청아는 침대 옆티 테이블의 의자에 불편한 자세로 엉덩이만 걸치고 앉아 있었다.

"난 아무것도 가진 게 없지만, 내가 가져야겠고 해내야겠다 생각한 것은 한 번도 포기해 본 적이 없어."

"너 정말 오늘따라 이상하다."

"난 사랑하기 때문에 떠나보낸다는 말 같은 건 믿지 않아. 네가 내 옆에 있으면 힘들어질 거란 거 잘 알지만, 난 너 포기 안해. 아니, 못해."

"이상한 얘기 그만 하고 어서 말해. 아버지가 또 대형사고 친거지? 이번엔 감당하기 힘들 만큼 크게 사고 친 거지?"

　이것 이외엔 달리 윤현의 이상야릇한 행동을 설명할 길이 없었다.

　어린 시절부터 잡다한 사고를 치며 가족들을 괴롭혀 온 아버지가 존재는 항상 윤현의 발목을 잡고 숨통을 조였다. 그가 대학에 들어간 이후에는 조금 잠잠해진 듯싶었지만, 어디 그 버릇 남 주랴? 이따금씩 윤지와도 연락을 주고받았던 청아는 그동안에도 간간이 그의 아버지가 소소한 문제를 일으킨다는 사실을 전해 듣곤 했다. 차라리 아버지가 없거나 조금만 더 평범한 집안에서 태어났더라면 얼마나 좋았을까? 청아는 윤현을 볼 때마다 늘 안타까운 마음뿐이었다.

　"아냐, 그래 봐야 늘 있어왔던 일인데 뭐. 예전에도 하늘이 무너질 것만 같이 절망적이었는데 어떻게든 헤쳐 나왔어. 맞다. 엄마가 우리 셋 붙들고 같이 죽자고 운 적도 있었어. 그런데도 어찌어찌 살아지더라. 지금이야 뭐가 문제겠어? 그땐 힘없는 어린애였지만 난 지금 내 앞가림도 훌륭히 할 수 있을 만큼 다 컸는데 그때보다 훨씬 더 나은 상황인 거지."

　윤현의 자조 섞인 떨리는 음성은 청아의 가슴을 철렁 내려앉게 만들었다.

　"이번에도 어떻게든 이 고비를 넘길 수 있어. 아니, 꼭 내 힘으로 넘길 거야. 근데 우리 청아, 어떡하냐? 나 올해 사시 붙으면 너랑 결혼하려고 했는데."

　"뭐?"

청아는 그의 느닷없는 말에 어안이 벙벙해 이렇게 반문했다.

"연수원생들은 은행 대출도 받을 수 있다더라. 내가 모아놓은 돈이랑 은행 대출 받으면 조그만 빌라 전세 하나쯤은 얻을 수 있겠더라고. 시험 준비하면서 나 혼자 이것저것 꿈 많이 꿨다?"

"야! 우리 이제 겨우 스물넷이야."

"나이가 무슨 상관이야? 그리고 너, 나랑 결혼할 거 아니었어?"

"뭐, 그거야……."

말끝을 흐리기는 했지만, 청아 역시 언젠가 결혼을 하게 된다면 윤현이 그 상대일 거라 생각해 왔다. 서로 말하지 않아도 그건 너무나 자연스러운 일이었다.

"뭐, 어차피 그 꿈도 물 건너 가버렸다. 널 번듯하게 데려올 꿈은 애초에 꾸지도 않았지만, 적어도 같이 살 방 한 칸은 마련할 수 있을 줄 알았는데."

"암튼 혼자 북 치고 장구 치고 다 해라. 난 절대 일찍 결혼 안 해. 적어도 27살은 넘은 후에 하려고 했다고."

"그래도 넌 내가 하자고 하면 할 거야, 안 그래?"

"이제 좀 살 만한가 보다? 괜찮아졌으면 어서 나가자. 여기 아주 정신 산란하고 음침해 죽겠어."

색색의 어지러운 사이키 조명을 뱉어내는 천장을 바라보며 청아는 진저리를 쳤다.

"내가 지금 왜 너한테 키스 안 하는지 알아?"

윤현의 느닷없는 도발성 발언에 청아의 얼굴은 순간 잘 익은 사과처럼 달아올랐다.

"이는 닦았는데 아직도 냄새가 남아 있어서."

"……넌 혼자 쉬었다 와라. 난 간다."

그가 놀리는 게 기분이 나빠서가 아니었다. 오히려 그런 그의 모습을 보는 것이 당혹스럽고 힘이 들었다. 입으로는 아무렇지도 않은 듯 농담 섞인 말을 늘어놓으면서도 그의 눈빛은 더없이 깊고 처연해 보여, 저도 모르게 눈물이 왈칵 솟았다. 실없는 농담 한마디 하는 법이 없는 아이다. 정말로 그는 자신과 결혼할 생각이었던 것이다.

윤현은 재빨리 몸을 일으키더니 정말로 몸을 돌려 나가려는 청아의 팔을 강하게 잡아챘다.

"너랑 자고 싶어. 실은 오늘 너, 너랑 잘 생각이었어."

청아는 흠칫 걸음을 멈추었다.

"이런 음침한 모텔에서가 아니라 근사하고 멋진 곳으로 가려고 했는데 그만 생각지도 않게 술을 먹는 바람에……. 주변에서 그러더라. 여자가 도망 못 가게 하려면 도장을 꽉 찍어야 한다고."

"너 저번에 한 번 키스까지 했다고 자꾸 이렇게 엉큼한 소리 할래?"

청아는 너무도 당황스러워 그의 손을 뿌리치려 했지만, 그는 미동도 하지 않은 채 나머지 말을 이어갔다.

　"옛날에 내가 너한테 억지로 키스한 적 있었잖아. 그때 너도 놀랐겠지만, 나도 많이 놀랐어. 난 이렇게 좋은데 왜 넌 그토록 진저리를 치며 싫어했는지 도저히 이해가 안 가더라고. 네 반응이 너무 차갑고 의외였고 그걸 풀어주기까지 너무 오랜 시간이 걸려서 그 후로는 차마 너한테 손댈 엄두가 나지 않더라. 하지만 나도 혈기왕성한 남자야. 널 볼 때마다 안고 싶고, 만지고 싶고, 키스하고 싶고…… 힘들었어."

　"……."

　"그래서 어떻게 하면 빨리 결혼할 수 있을까 많이 궁리했거든. 그랬는데……. 휴! 나 좀 더 누워 있다 갈게. 바래다주지 못해 미안하다."

　윤현은 청아의 손을 가만히 놓더니 다시금 침대 위에 훌렁 누워 양팔로 얼굴을 가렸다. 가린 얼굴 사이로 한줄기 눈물이 또르르 흘러내리는 것을 청아는 놓치지 않았다. 하지만 그녀는 그것을 짐짓 못 본 척했다.

　"이윤현, 너랑 나 사이엔 무슨 약속 같은 거 필요없잖아. 너한테 빚이 한 십억은 있고, 그걸 갚느라 매일 허리띠 졸라매며 밥에다 간장만 찍어 먹어도 나, 너 안 버려."

　"청아 넌 가난이 뭔지 몰라. 정말로 밥에다 간장만 찍어 먹고 산다는 게 어떤 의미인지를. 넌 아마 일주일도 못 버틸 거야."

　"그럴지도 모르지. 나도 내가 겪어보지 못한 일은 장담하고 싶지 않으니까. 하지만 이것 하난 약속할 수 있어. 밥에다 간장

을 찍어먹는 생활이 무서워서 지레 도망치진 않겠다는 것 말이
야."

　모텔을 나서는 청아의 눈 역시 어느새 촉촉이 젖어 들어가고
있었다. 평상시와는 전혀 다른 윤현의 모습은 차마 마주하기 힘
들 정도로 마음을 쓰라리게 만들었다. 그는 마음을 터놓는 사이
가 된 후에도 힘들다는 내색 한 번 제대로 한 적이 없었다. 항상
시간이 흐르고 나서야 그때 이러저러한 일이 있어서 힘들었다
는 말을 지나가듯 할 뿐이었다.
　윤현의 옆에 있어주고 싶었다. 그의 눈에 흐르는 눈물을 가만
히 닦아주고 싶었다. 하지만 지금은 자리를 피해주어야만 한다
는 사실을 본능적으로 느끼고 있었다. 술에 취해 흐트러진 모습
을 보였다는 것 자체만으로도 낯 뜨겁게 후회할 것이기에…….
아직은 자존심을 더 챙기고 싶어 하는 젊디젊은 치기 어린 청년
이기에…….

　윤현은 은행에 가서 그동안 알토란 같이 모아놓았던 비상통
장의 돈을 모두 찾아 사채업자를 찾아갔다. 이 돈에 대한 미련
은 없었다. 어차피 진즉부터 집에 내놓았어야 하는 돈이다. 손
에 쥔 천만 원가량 되는 돈은 윤현에게는 제대로 한 번 써본 적
도 없는 막대한 금액이었지만, 그래 봐야 원금은 손도 대지 못
하고 그동안 밀린 이자만 간신히 막을 금액에 불과했다.
　종로 세운상가 근처의 낡은 빌딩 오층에 자리한 사무실은 황

용상회라는 조금은 의아한 간판을 달고 있었다. 들어가 보니 직원은 여직원 하나뿐으로 그저 구색을 맞출 정도의 집기들만을 몇 개 갖다 놓은 것에 불과했다. 딱 보기에도 유령 사무실이었다.

작달막한 키에 다부진 몸을 한 사십대가량의 성태수 사장은 윤현의 모습을 보더니 휘파람을 불며 아래위로 그를 훑었다. 그는 찌는 듯한 더운 여름임에도 정장을 제대로 차려입고 화려한 색상의 넥타이로 단단히 두터운 목을 졸라매었다.

"이 주사도 인물이 만만치는 않은데, 이거 아드님은 사람이 아니구먼. 아니, 그 얼굴로 법조인이라니 너무 아깝지 않나? 미스 정은 침 그만 흘리고 나가서 커피나 진하게 두 잔 타와."

"네, 사장님."

윤현의 외모를 힐긋거리던 여사원은 상기된 표정으로 얼른 차를 준비해 왔다. 테이블 위에 찻잔을 올려놓으면서도 노골적으로 윤현을 힐끔거릴 정도였다.

"미스 정."

"알았어요. 나가면 되잖아요."

여사원은 입을 비죽거리더니 문이 부서져라 세차게 닫으며 사라졌다.

"저, 저 버르장머리 하고는. 마누라가 하도 애원을 해서 처형 딸을 데려다 앉혀줬구만 아주 지가 상전이야. 아! 이거 손님을 앞에 두고 내가 실례를. 들어요, 어서."

“네.”

하지만 윤현은 커피에는 손도 대지 않았다.

“이 주사가 아들 자랑을 그렇게 하더니 자랑할 만하네. 이번에 2차 시험 봤다고?”

윤현은 아무 대꾸도 없이 그저 피식 웃었다. 돈 문제를 해결하러 온 것이지 그런 사생활을 까발리기 위해 온 것은 아니다. 하지만 성 사장은 대수롭지 않다는 표정으로 담배를 꺼내 입에 물고는 라이터로 불을 붙여 길게 한 모금 빨아들였다.

“내가 먹고 살려다 보니 소일 삼아 일수를 약간씩 찍고 있는데 뭐 이게 따지고 보면 불법은 불법이지. 그래도 없는 서민들이 어디 그 높은 은행 문턱을 넘을 수나 있나? 이 사회에 나 같은 사람도 있어야 어려운 서민들이 급전도 돌리고 뭐 그렇게 사는 거지. 안 그런가?”

“자! 받으세요.”

윤현은 수표가 든 봉투를 꺼내 성 사장에게 건넸다. 그는 수표를 세어보더니 봉투 속에 다시 잘 갈무리해 넣어두었다.

“아버지가 빌려간 돈의 원금은 모두 합쳐 이천만 원인 걸로 알고 있습니다. 한데 그 돈이 팔 개월간 딱 8배 이상이 뛰어올랐는데 그 이자 계산법이 궁금하군요. 이미 그 원금에 해당하는 돈은 갚은 상태잖습니까? 이자제한법으로 연 25% 이상은 받을 수 없다는 건 잘 아실 텐데요?”

“이거 우리 계산법을 잘 모르시네. 원래는 이천을 빌려가면서

석 달 내 상환으로 매달 5부 이자로 가져가셨거든. 가만있자, 계산기가⋯⋯."

성 사장은 테이블 위에 놓여 있던 큼지막한 전자계산기를 들더니 계산을 시작했다.

"담보 없이 5부면 사실 거저지. 원금에 이자까지 더해서 매일 257,250원을 찍어줘야 하는데 처음 칠 일간만 딱 찍어서 백팔십 정도만 끄고는 그냥 잠수를 타버렸단 말이야. 가만있자, 그럼 원금 이천에 매일 이십 오만 원이 붙는 건데 이자만 따로 계산해 봐도 팔 개월간 사 천만 원이 넘고 거기에 삼 개월 이후에는 이율을 좀 높이기로 차용증에 이미 명시를 했거든? ⋯⋯연 200% 복리로 계산해서 원금과 이자를 합쳐 올려보면 일억 칠천육백만 원 딱 나오잖아?"

"하! 연 200%?"

성 사장은 윤현이 얼을 빼놓을 정도로 재빨리 계산을 끝마쳤다. 뭐라뭐라 떠들기는 하는데 무슨 뜻인지는 하나도 이해할 수가 없었다.

"이건 아버지가 그렇게 약정을 한 거야. 본인이 이렇게 갚겠다고 약속을 했으면 그건 어쩔 수 없는 거라고. 암튼 매일 원금과 이자는 불어나고 있으니까 어떻게든 빨리 해결하는 게 좋을 거야."

"이걸 다 갚는 건 불가능해요."

"뭐, 그거야 그쪽 사정이고."

"갚을 능력이 없다는데 어떻게 가져가겠다는 겁니까?"

"그건 또 내 사정이고."

"원금에 5부 이자 이상은 드릴 수 없습니다."

"이게 무슨 똥배짱이신가?"

성 사장은 재미있다는 듯 싱글거렸다.

"우리가 재미로 장사하는 줄 알아? 돈 안 갚는 무책임한 것들 쫓아다니며 닦달하는 것도 보통 일이 아니라고. 애들 교통비에 밥값에 여관비에 거기다 정신적 피로는 얼마나 큰 줄 알아? 근데 원금에 5부? 지금 장난하자는 건가?"

"아버지를 잘 아시는 것 같은데 언제부터 아신 사이입니까?"

윤현은 평정을 잃지 않은 채 여전히 덤덤하고 차가운 태도를 견지했다.

"뭐, 꽤 됐지. 한 십여 년 됐나? 뭐 이쪽에 공사일 하면서 이따금 술도 하고, 한 판 돌리기도 하고 그랬지."

"그럼 아버지 능력이나 집안 상황쯤은 잘 아시겠군요. 저에 대해서도 잘 아시는 걸 보니 당연한 일이겠지만."

"대충은."

"우리 집은 이억 가까운 돈을 바로 상환할 만큼 여유롭지 못합니다. 그런 계산법이면 몇 년 안 가 십억, 백억까지도 가겠군요. 정말로 그 돈을 받을 수 있으리라 생각하는 건 아니시겠죠?"

성 사장의 얼굴은 일순 진지해졌다.

"현실적으로 보십시오. 받아낼 수 없는 뜬구름 같은 금액을 제시해 아예 채무를 변제할 의욕을 꺾느니 가능한 금액을 알차게 받아내는 편이 더 이득이지 않을까요?"

"내 이득은 내가 판단하네."

"원금에 5부. 그것도 오 년 후부터 상환하겠습니다."

"뭐?"

"내년에 연수원 들어가고 법무관까지 삼 년 마친 후, 로펌에 들어갈 생각이에요. 돈은 그때부터 갚습니다."

"아니, 붙을지 어떨지도 모르는데 지금 그걸 말이라고 하나?"

"올해 꼭 붙습니다."

윤현은 힘주어 이렇게 말했다. 한동안 두 사람 사이에는 미묘한 긴장감이 흘렀다.

"이 은혜는 잊지 않을 겁니다. 변호사가 되고 나면 성 사장님의 일을 도울 수도 있을 거구요."

"그깟 변호사가 뭐 그리 대단해서? 나도 거래하는 변호사가 따로 있어."

"수임료도 만만치 않은 데다 변호사라 해서 다 믿을 만하진 않죠. 그건 아마 성 사장님이 경험해 보셔서 더 잘 아실 겁니다. 생각해 보시고 연락 주세요."

윤현은 더 길게 끌 것도 없다는 듯 자리에서 벌떡 일어섰다.

"이봐, 아직 얘기 안 끝났어. 대체 이 무모한 자신감은 뭔가?"

"중국 고전을 즐겨 읽으시는군요."

윤현은 사무실 책장에 꽂힌 몇 가지 안 되는 책들 중에 삼국지와 사마천의 사기가 꽂혀 있는 것을 발견하고는 뜬금없이 이렇게 말했다. 책상 위에는 방금까지도 읽고 있었던 듯 사기 한 권이 펼쳐진 채 놓여 있었다.

"전국 시대의 맹상군에겐 많은 식객들이 있었는데 그중에 풍환이란 식객이 있었죠. 맹상군의 빚을 받아주러 간 풍환은 고기와 술을 풀어 채무자들을 모으고는 가난한 사람들의 차용증서는 불태우고 채무 능력이 있는 사람에겐 여유있게 상환 날짜를 다시 조정해 주었습니다."

이제야 성 사장은 그 부분을 기억해 냈다. 열심히 읽고는 있으나 워낙 방대한 인물들이 나오는지라 일일이 이름까지 외울 정도는 아니었던 것이다.

"어차피 갚지 못할 사람에게 무리하게 독촉을 해봐야 도망이나 가고, 인심이나 잃어버린단 말이지. 한데 맹상군은 군주고 백성들의 인심을 잃어선 안 되는 입장이라 그렇지만 난 다르지 않은가?"

"다를 것 없습니다. 사장님은 적이 아닌 아군을 얻게 되는 것이니까요. 어차피 지금도 원금 이상을 받아냈으니 금전적으로 손해를 본 건 아니지 않습니까? 쓸데없이 적을 만드느니 차라리 나중에 도움이 될 아군을 만드는 편이 더 이득이죠. 사냥감도 도망갈 구멍을 만들어놓고 몰아야 하는 겁입니다. 특히 위험한 사냥감일 경우엔 말이지요."

윤현은 사무실에서 보여줬던 호기와는 달리 문을 박차고 나서자마자 두근거리는 가슴을 진정시키기 위해 가쁜 숨을 몰아쉬어야 했다. 등줄기는 땀으로 범벅이 되었고 양손은 덜덜 떨고 있었다.

이런 호기가 상대에게 통할 거라 생각한 건 아니었다. 그저 더 이상의 방법을 찾을 수 없었기에 택할 수밖에 없는 어쩔 수 없는 행동이었다. 들어준다 하면 좋은 일이지만, 안 들어준다 한들 어쩔 도리가 없다. 한 가지 분명한 것은 이대로 맥없이 무너질 수는 없다는 것이었다.

『사랑하고 사랑한다』 제2권으로…